博士生导师学术文库

A Library of Academics by
Ph.D.Supervisors

# 平安朝宫廷才女的散文体文学书写

张龙妹 著

光明日报出版社

图书在版编目（CIP）数据

平安朝宫廷才女的散文体文学书写 / 张龙妹著 . --
北京：光明日报出版社，2021.9
ISBN 978 - 7 - 5194 - 6240 - 6

Ⅰ.①平… Ⅱ.①张… Ⅲ.①古典散文—古典文学研
究—日本—平安时代（794 - 1192） Ⅳ.①I313.076

中国版本图书馆 CIP 数据核字（2021）第 160745 号

# 平安朝宫廷才女的散文体文学书写
## PING'ANCHAO GONGTING CAINÜ DE SANWENTI WENXUE SHUXIE

| | | |
|---|---|---|
| 著　者：张龙妹 | | |
| 责任编辑：黄　莺 | 责任校对：张彩霞 | |
| 封面设计：一站出版网 | 责任印制：曹　净 | |

出版发行：光明日报出版社

地　　址：北京市西城区永安路 106 号，100050

电　　话：010 - 63169890（咨询），63131930（邮购）

传　　真：010 - 63131930

网　　址：http://book.gmw.cn

E - mail：gmcbs@ gmw.cn

法律顾问：北京德恒律师事务所龚柳方律师

印　　刷：三河市华东印刷有限公司

装　　订：三河市华东印刷有限公司

本书如有破损、缺页、装订错误，请与本社联系调换，电话：010 - 63131930

开　　本：170mm × 240mm

字　　数：293 千字　　　　　　　　印　张：17

版　　次：2021 年 9 月第 1 版　　　印　次：2021 年 9 月第 1 次印刷

书　　号：ISBN 978 - 7 - 5194 - 6240 - 6

定　　价：95.00 元

# 目 录
## CONTENTS

# 序章　文学史上的平安朝宫廷女性散文体文学

日本平安时代的女性们留下了丰富多彩的文学作品，其中尤其令人瞩目的是散文体文学书写。本书旨在从东亚汉字文化圈的视角出发，以中国古代以及朝鲜王朝时期的女性文学为参照，分析平安时代女性散文体文学产生的婚恋习俗、宗教信仰以及政治和时代背景，在此基础上思考散文体文学书写与韵文文学在表达上的异同，探讨作为文学体裁的散文体文学的成因，最终论及女性散文体文学繁荣的文学文化意义。

本章将从以下三个方面展开。先对日本平安朝女性散文体文学及其在文学史上的地位做一简要概述。由小及大，从其在日本"国文学"中的地位出发，到东亚，再从世界文学的视角，一观这一时期的女性们创造了怎样的文学史奇迹。在此基础上，探讨本书的研究意义，兼述研究方法。

## 第一节　平安朝女性散文体文学及其在日本 "国文学" 中的地位

平安朝女性散文体文学包含当前文学史上属于不同体裁的日记文学、随笔、物语、历史物语四个类型。为了以后叙述展开的便利起见，以下对这四类作品以及作者的文学成就进行概述，以期读者能够对作者、作品有个感性的了解。

### 一、日记文学

日记源于中国，日本天皇首先接受了这一先进文化，宇多（887—897 在位）、醍醐（897—930 在位）、村上（946—967 在位）三代天皇的日记史称"三代御记"。在天皇的影响下，公卿也纷纷以日记的形式记录自己的仕官生活，著名的有小野宫实资（957—1046）的《小右记》、藤原道长（966—1027）的《御堂关白记》等传世。受此影响，醍醐天皇的皇后藤原稳子在仕女的协助下书写了《太后御记》①，为女性宫廷日记的鼻祖。935 年左右，纪贯之（866?—945?）结束土佐国守任期返回平安京（现在的京都），他假托女性，用假名书写了 55 天旅途中的见闻和所思所想，这就是日记文学的开山之作《土佐日记》（935）。稳子的宫廷日记和纪贯之的带有虚构色彩的假名日记是女性日记文学的两大渊源。

"日记文学"这一概念产生于 20 世纪 20 年代的大正末期，指用假名书写的、基于作者自身生活经历的、持续性地抒发作者个人所思所感的文学作品。大正末期，随着女性读者的急剧增加，"女流文学"这一范畴在日本"国文学"中得以确立，"日记文学"以其特有的文学性虚构在日本古典文学中获得了非常重要的地位。目前，一般意义上的"日记文学"具有以下特点：①由女性书写；②作品主要由假名写成；③其中包含部分和歌；④具有一定的时间意识；⑤注重事实；⑥体现了一定程度的自省。这些特点其实也是"日记文学"的共性。

现存最早的作品为藤原道纲母（936?—995）的《蜻蛉日记》，约成书于 977 年。道纲母被誉为"本朝三大美人"② 之一，且和歌才能出众，《拾遗和歌集》以下的敕撰和歌集共收录了她的 36 首和歌。才貌双全的她赢得了其父之上司、摄关家贵公子藤原兼家的爱慕，在父母的促成下顺理成章地结婚。只是，兼家不光已有妻室时姬，且他对女性的追求甚至胜过他的政治野心，没有收敛的时候。于是，在短暂的新婚生活结束以后，道纲母便开始哀叹自己的空闺生活，并将这些哀叹付诸笔端。《蜻蛉日记》便是她对自 954—974 年整整 20 年婚姻生活的回忆式叙述。

《和泉式部日记》（约成书于 1008 年），顾名思义是由和泉式部创作的。和泉式部的生卒年不详，擅长即兴吟咏和歌，《后拾遗和歌集》以后的敕撰和歌集收录她的和歌作品多达 246 首，另有歌集《和泉式部集》《和泉式部续集》传世。即兴咏歌的才能应该源于她奔放的激情，这样的天性使她拥有了丰富的恋爱经历。她先与身为和泉国守的橘道贞结婚，却与三条天皇（1011—1016 在

---

① 约成书于 929 年，已散佚。《源氏物语》的古注《河海抄》中有数条佚文，用假名书写。日文研データベース. 摂関期古記録藤原穏子大后御記［EB/OL］. 国際日本文化研究センター，2021 – 04 – 15.

② 《尊卑分脉》中称其为"本朝第一美人三人内也"。黒板勝美. 尊卑分脉：第一册［M］. 东京：吉川弘文館，1966：41.

位）的皇子为尊亲王（977—1002）陷入热恋，可惜的是好景不长，为尊亲王26 岁便死于时疫。谁知，还在守丧期间的和泉又与为尊的同母弟敦道亲王（981—1007）产生恋情，并最终搬入亲王府以仕女的身份与亲王共同生活，导致亲王的正妃愤然离家且最终离婚。只是这段感情也没有维持很久，敦道亲王亦步兄长的后尘，仅存世 27 年。其后，和泉式部出仕一条天皇的彰子（988—1074）中宫。再之后，在彰子父亲藤原道长的安排下，嫁与道长的家司兼地方官藤原保昌（958—1036）为妻，晚年应该生活得比较安稳。《和泉式部日记》便是她身为中宫仕女时的作品，以第三人称的口吻叙述了与敦道亲王的那段轰动一时的恋情。

《紫式部日记》约成书于 1010 年前后，作者紫式部（973？—1014？）。紫式部可谓是日本历史上最大的才女，也是《源氏物语》的作者，其父藤原为时（949？—1029？）是一条天皇时代首屈一指的汉诗人①和学者。紫式部于 998 年与已经年过不惑的藤原宣孝结婚，一年后产下一女，1001 年宣孝就死于时疫。其后，紫式部也出仕彰子中宫，《紫式部日记》便是其作为仕女记录的、自 1008 年秋至 1010 年正月彰子生产第一皇子前后的各种典礼仪式、对朋辈们的酷评以及对自己身世的悲悯、对出家生活的向往。除日记外，紫式部还有《源氏物语》、和歌集《紫式部集》传世，《源氏物语》中以作品出场人物口吻所咏和歌多达 795 首。

《更级日记》约成书于 1059 年，作者为菅原孝标女（1008？—？）。孝标女之父菅原孝标乃后世被尊为学问之神的菅原道真的玄孙，母亲是上述藤原道纲母的同母妹。也即，孝标女是菅原道真的来孙女、道纲母的外甥女。从中也可以看出才女们的家族性渊源。菅原孝标（972—？）曾是上总国守，作者幼年应该是在上总国度过的。1020 年随父亲返回平安京，其后也曾在内亲王府做过仕女，幻想过《源氏物语》中描绘的那种婚恋生活，至 1040 年才结婚生子。《更级日记》就从作者虚岁 13 岁随父亲回京的旅途写起，直到 1059 年作者 52 岁时，丈夫去世，孩子们也已各自独立，是作者整个人生的记录。其间主要叙述了她醉心于物语世界的少女时代、与物语世界大相径庭的世俗生活的烦忧、对出家生活的向往等。孝标女还被推测为《夜半梦醒》（『夜の寝覚』11 世纪后半叶成书）、《滨松中纳言物语》（约成书于 1053 年）和已经散佚的《自我忏悔》（『み

---

① 在中文语境中"汉诗人"虽有"汉代诗人"之嫌，这里为了区别于和歌，按照学界习惯，特指用汉语创作诗文的日本和朝鲜半岛的文人，同样，他们创作的汉语诗文被称为"汉诗文"。

づからくゆる』)、《朝仓》(『朝倉』)共四部物语的作者(御物本《更级日记》藤原定家识语)。除散文创作外,她有 14 首和歌被《新古今和歌集》之后的敕撰集收录,仅《更级日记》中就记录有 88 首和歌,其中 65 首是她自己的作品。

《赞岐典侍日记》一说成书于 1109 年,作者藤原长子(1079—?)。长子的父亲藤原显纲是藤原道纲的玄孙,因摄关家的权力落入道纲同父异母的道长手中,道纲一脉沦落为地方官。长子在堀河天皇时任内侍所的女官典侍,在堀河天皇的身边度过了 8 年春秋。在堀河天皇去世后,朝廷又命她担任年幼的鸟羽天皇的典侍,照顾天皇的日常生活,为此,长子在鸟羽天皇及后宫具有很高的威信。日记分上下两卷,上卷是侍奉堀河天皇的记录,下卷虽是关于鸟羽天皇时代的叙述,但经常触景生情,无时无刻不在追忆堀河天皇。虽然身为女官,但作者在字里行间透露了对天皇浓浓的爱恋之情。日记中有 10 首和歌,其中 1 首被《新敕撰和歌集》收录。

女性创作日记文学的传统一直保持到中世。在镰仓时代,藤原为家(1198—1275)的继室阿佛尼(1222—1283)创作了《梦寐之间》(『うたたね』),记述了作者 20 岁前后因为初恋失败伤心出家而后又还俗的经历。《十六夜日记》则是作者晚年时的作品,因为亲生之子与为家嫡长子之间的财产纠纷,阿佛尼前去镰仓幕府提起诉讼,作品描述了前往镰仓途中的所见所闻以及在镰仓滞留期间的生活,字里行间体现了对孩子们深深的母爱。另外,作为后深草上皇仕女的二条(1258—?)著有《告白》(『とはずがたり』成书于 1313 年前后),叙述了自己与包括后深草院在内的众多男性之间的两性关系、出家后巡礼各地寺院的修行体验。在战事频仍的南北朝时代,日野名子(1310?—1358)著有《竹向日记》(『竹向きが记』)。名子的丈夫西园寺公宗因试图恢复镰仓幕府而惨遭杀害。在作品中,名子记述了独自抚养遗腹子成长的 20 年奋斗精神史。因本书主要目的是要解明日本女性散文体文学产生的内外因,所以,将主要论述范围局限于平安时代的作品。

女性的日记文学创作还对近现代文学产生了不可低估的影响。20 世纪 20 年代,在女性日记文学的文学价值得到充分肯定的过程中,认为真挚的自我告白和自我审视才是文学的根本,这样的文学观得到广泛渗透。为此,宫本百合子(1899—1951)、林芙美子(1903—1951)、平林泰子(平林たい子 1905—1972)等女性作家开始创作自传性、告白性质的作品,从而使得"私小说"这一概念具有了非同一般的影响力。显然,自我告白和自传性是"私小说"从女性日记文学中继承而来的。

## 二、随笔

日本古典文学中有"三大随笔"一说，指的是平安时代的《枕草子》和中世时期的《方丈记》《徒然草》，而随笔这一文学体裁的开山之作《枕草子》的作者正是一条天皇（986—1011 在位）时的宫廷仕女清少纳言（966？—1025？）。清少纳言出身于歌学之家，一门中歌人辈出，父亲清原元辅（908—990）曾参与《后撰和歌集》的编撰，是"梨壶五人"① 之一。清少纳言侍奉一条天皇的定子皇后，《枕草子》就是她用定子赏赐的纸张写就的。作品主要分为类聚章段、随想章段和回想章段，其中回想章段又被称为日记章段，可以看作清少纳言的宫廷生活日记。文章运用独特的视角描绘了定子皇后及其周围的人和事。《枕草子》被后世尊为随笔文学的鼻祖，与《源氏物语》并称为日本古典文学的"双璧"，奠定了日本"国文学"的基调。

因其父亲在和歌方面的成就卓越，清少纳言在和歌方面总是显得比较低调，唯恐玷污了父亲英名。但从《枕草子》中可以看出，她在吟咏和歌方面同样非常机智，有和歌入选《百人一首》，也有《清少纳言集》（收录于《新编国歌大观》三）传世。

## 三、物语

日本的物语文学的开山之作《竹取物语》是部传奇故事，是外来的佛道思想与日本的民间传说结合后的产物。之后的《宇津保物语》也富于传奇色彩，讲述了一个擅长汉诗文的青年清原俊荫通过获得天人相赠的七弦琴和弹琴秘法最终实现"立族"（在其孙子仲忠时代将自己的血统融入皇室成为摄关之家）的故事。再之后，就要数《落洼物语》了。这是一部嫡母虐待庶出子女的故事，描述了特殊婚姻制度下非亲生母女之间围绕婚姻产生的纠葛，体现了与世界文学中典型的"灰姑娘"型故事迥然不同的日本特色。以上三部作品均出自男性文人之手。如《竹取物语》中赫映姬被流放到人间的原因、她与五位求婚者的交涉过程等，随处可以看到佛道典籍的影子；《宇津保物语》中的仲忠孝子形象的塑造、弹琴引起的灵异以及与皇权若即若离的关系中，同样可以看出刻意模仿中国典籍的痕迹。而这些与作者男性文人身份应该存在着密切的关系。

---

① 因《后撰和歌集》的编撰所设在宫中的梨壶，故称参与编撰的五位歌人为"梨壶五人"。此五人也是第一次为《万叶集》训点的。

紫式部的《源氏物语》开辟了与先行物语全然不同的世界。日本最早的文论、成书于镰仓时代的《无名草子》称其"诚乃祈佛所得""非凡夫之所能"①。作品共 54 卷，分为正篇和续篇，翻译成中文也有洋洋百万余言，正篇讲述的是光源氏的一生，续篇是他的后人们的故事。虽然作品也受到中国文化的影响，比如，开篇就以杨贵妃比喻桐壶更衣，对汉籍的引用更是随处可见，但通过这些比喻或者引用，作者实际上是在主张日本的特殊性。作品的主旨之一在于通过一系列女主人公的不幸婚姻的叙述，揭示一夫多妻制时代女性婚姻生活不幸的根源，而融入日常生活的佛教信仰又使作品拥有了之前的男性文学中所没有的思想性，其中有关人类与宗教信仰的思考，甚至具有跨时代的普遍性意义。

《源氏物语》在创作方法、文字表述以及作品的思想性等方面远远超越了先行物语，也正因为如此，《源氏物语》对其后的文学创作产生了决定性的影响，而且这种影响至今尚在持续。

### 四、历史物语

日本的国史编撰始自奈良朝的《日本书纪》（720 年成书），是以中国的史书为范本用汉文撰写的编年体史书，此后有《续日本纪》《日本后纪》《续日本后纪》《日本文德天皇实录》，901 年成书的《日本三代实录》记述了从清和、阳成、光孝（858—887）三代天皇约 30 年间的历史。此后，正史的编写因故中断。而历史物语正是在编撰汉文国史这一国家行为中断后产生的，其开山之作居然也是女性的作品。《荣花物语》成书于 1028 年以后，以编年体的方式，用假名文字记述了从宇多天皇（887—897 在位）至堀河天皇（1089—1107 在位）为止的十五代天皇约 200 年间的历史。作品共 40 卷，分为正篇和续篇，一般认为正篇的作者为赤染卫门（956？—1041？），续篇或谓出羽弁（1007—？）所作。自《荣花物语》之后，历史物语成为日本古典文学的一个体裁，形成了以《大镜》为首的"镜物"系列。

---

① 本书中引文的中文译文，除具体注明出处的以外，均为笔者所译。此处原文为：「さてもこの源氏作り出でたることこそ、思へど思へどこの世一（ひとつ）ならずめづらかに覺ゆれ。まことに仏に申し請ひたりける驗（しるし）にやとこそ覺ゆれ。それより後の物語は、思へばいとやすかりぬべきものなり。かれを才覺にて作らんに、源氏に勝りたらん事を作り出す人もありなむ。わづかに宇津保・竹取・住吉などばかりを物語とて見けむ心地に、さばかりに作り〔出で〕けむ凡夫のしわざとも覺えぬことなり。」无名草子［M］. 久保木哲夫，校注. 东京：小学馆，1993：188.

赤染卫门的丈夫大江匡衡（952—1012）是当时屈指可数的汉学家、文章博士，赤染卫门自身擅长和歌，是藤原道长之妻伦子的仕女，日后又出仕荣升为上东门院的道长之女彰子。出羽弁也是当时闻名的女歌人，起初与赤染卫门同为上东门院的仕女，后来成为彰子的胞妹威子（后一条天皇中宫）的仕女，威子去世后，又侍奉威子所生的内亲王章子。

从以上简短的概述中可以概括出这样几点内容：

（1）平安朝女性开创了随笔、历史物语这样两种文学体裁。

（2）平安朝女性的日记文学和物语文学的文学性达到了巅峰，对后世文学产生了深远影响，至今依旧是思考日本文学文化之民族性的最为本源性的文本。

（3）这些才女同时也有和歌作品传世，除藤原长子外，其他诸才女在和歌方面也具有非凡的才能。

（4）女性运用假名文字，创作了除和歌以外的日记、随笔、物语、历史物语等不同类型的文学作品。

（5）这些女性都出自地方官家庭，除了藤原道纲母以外，其他才女都有作为"女房"出仕宫廷或贵族家庭的经历。

早在《徒然草》中，兼好法师（1283？—1352？）在言及不同时节的美景时感叹道："凡此，亦是《源氏物语》《枕草子》等的旧话重提而已。"① 可见，在镰仓时代的兼好法师眼中，《源氏物语》《枕草子》已然是审美的典范。女性创作的这些文学作品在日本"国文学"的文学史上的地位是不容置疑的。

## 第二节　东亚视域中的平安朝女性散文体文学

我们先把视线转向位于中国和日本之间的朝鲜王朝②。从统一新罗时代开始就有女诗人的汉诗文问世，到了朝鲜王朝时代，从张伯伟教授主编的《朝鲜时代女性诗文集全编》可知，女性除了诗歌外，也留下了丰富的散文体作品，其中尤其值得一提的是允挚堂（1721—1793）③，除了箴铭赞类韵文外，其他传

---

① 原文为："言ひつづくれば、みな源氏物语・枕草子などにことふりたれど……"徒然草［M］. 水积安明，校注. 东京：小学馆，1995：79.

② 指1392—1910在朝鲜半岛上建立的统一朝鲜王朝，或称李氏朝鲜。为了叙述简便，以下简称"朝鲜"。

③ 张伯伟. 朝鲜时代女性诗文集全编：上［M］. 南京：凤凰出版社，2011：519 - 591.

世的文字都为散文，有"论"11 篇，"跋"2 篇，"说"6 篇，"祭文"3 篇，"引"1 篇，"经议"2 篇。比如，"说"类的 6 篇分别为："理气心性说""人心道心四端七情说""礼乐说""克己复礼为仁说""治乱在得人说""吾道一贯说"，俨然是一个士大夫的学问。女诗人许兰雪轩（1563—1589）在她短暂的一生里，留下了 210 首诗歌和 3 篇文章。她的游仙诗最受中朝男性诗人称道，3 篇文章分别为《广寒殿玉楼上梁文》《恨情一叠》《梦游广桑山诗序》①。《广寒殿玉楼上梁文》《梦游广桑山诗序》从题目来看，应该与她的诗情一致。上梁文自古就是男性才子的作品，她以一女子写上梁文，居然写的是广寒宫玉楼的上梁文！她描写前往广寒宫路途为："乘龙太清，朝发蓬莱，暮宿方丈；驾鹤三岛，左挹浮丘，右拍洪崖。"② 而在结尾处写道："伏愿上梁之后，琪花不老，瑶草长春。曦舒凋光，御鸾舆而戏；陆海变色，驾飚轮而尚存。银窗压霞，下视九万里依微世界；璧户临海，笑看三千年清浅桑田。手回三霄日星，身游九天风露。"③ 兰雪轩大丈夫般的豪情可谓展露无遗！《恨情一叠》以"春风和兮百花开，节物繁兮万感来"开头，以"人生赋命兮有厚薄，任他欢娱兮身寂寞"结尾④，有闺怨诗的味道，或许与她不幸的婚姻生活有关。此外，描写个人生活的汉文散文体作品当推金锦园（1817—1887）的《湖东西洛记》，全篇 14000 余字，是东亚女性汉文学中的杰作。

朝鲜的"时调"继承传统文学"乡歌"在高丽王朝时代应运而生，16 世纪的黄真伊（1506—1567）是朝鲜时代代表性的"时调"歌人。谚文"训民正音"诞生 200 年以后，在 17 世纪的朝鲜宫廷，终于产生了《癸丑日记》《仁显王后传》《恨中录》三部由女性用"训民正音"书写的散文体作品。"训民正音"又被称作女性文字，这三部由宫廷女性用女性文字书写的作品展现了朝鲜王朝赤裸裸的宫廷争斗。

《癸丑日记》是光海君⑤时发生的仁穆大妃（1584—1632）幽禁事件的记录。从文字描述可以推知，这是大妃身边的仕女记录的。仁穆大妃于 1602 年被册封为宣祖（1567—1608 在位）王妃，成为光海君的继母。宣祖去世后，光海君即位，先后残忍杀害了诸多威胁他王位的王室成员。因仁穆大妃所生之子永

---

① 李南. 许兰雪轩及其作品研究综述［J］. 湖北第二师范学院学报，2013，20（7）：24.

② 张伯伟. 朝鲜时代女性诗文集全编：上［M］. 南京：凤凰出版社，2011：149.

③ 张伯伟. 朝鲜时代女性诗文集全编：上［M］. 南京：凤凰出版社，2011：151.

④ 张伯伟. 朝鲜时代女性诗文集全编：上［M］. 南京：凤凰出版社，2011：156.

⑤ 朝鲜王朝第 15 代国王，宣祖的庶子，1608—1623 在位，是著名的暴君。

昌大君（1606—1614）乃嫡长子，是光海君最大的威胁。于是光海君一派诬告大妃之父策划拥立永昌大君，导致大妃父兄被赐死，永昌大君被流放，最后惨遭蒸杀。受此牵连，1618 年大妃被光海君囚禁于德寿宫，受尽非人虐待。至 1623 年仁祖（1623—1649）反正才被释放复位。《癸丑日记》就是大妃这段囚禁生活的记录，大妃以及宫女们日复一日的恐惧、永昌大君被带走时大妃撕心裂肺的哭喊等，形象地再现了朝鲜王宫惨绝人寰的权位之争。

《仁显王后传》记述了肃宗（1674—1720）继室显仁王后闵氏（1667—1701）奇迹般的短暂人生，作者也应该是侍奉她的宫女。作品生动地描写了肃宗、王后闵氏、禧嫔张氏以及围绕他们展开的各派宫廷斗争。

《恨中录》由世子嫔惠庆宫洪氏（1735—1815）亲笔写成，记录了她从 9 岁（1744）被选为世子嫔到 71 岁（1806）为止的波澜壮阔的一生。全书一共分六篇，第一篇记述了被选为世子嫔到入宫的过程，后五篇是在她与思悼世子（1735—1762）所生之子正祖（1776—1800 在位）去世后动笔的，为的是向孙子纯祖（1800—1843 在位）详述 1762 年的思悼世子废世饿死事件的经过，也为她娘家亲人洗冤。她最终也达到了目的，娘家胞弟官复原职，其父也得到平反。《恨中录》又名《闲中录》，悲愤和怨恨是全篇的基调。总之，三部日记作品可谓是女性书写的朝鲜宫斗史。

那么，我国古代女性的散文体文学书写又如何呢？在我国古代，才女辈出，仅从胡文楷先生编著的《历代妇女著作考》（增补本）一书，就能推测出我国有着数量相当庞大的古代女性诗作传世。就广义的散文体书写而言，被称为我国第一才女的班昭（45—117）接替兄长班固续补了《汉书》的"八表"和"天文志"，显然具有很强的散文表达能力。《后汉书·列女传第七十四》收录了班昭的两封上疏，一为《为兄超求代疏》，二为《上邓太后疏》①。前者上书汉和帝希望能够从西域召回业已古稀的同母兄班超，以使其能落叶归根，后者乃是向邓太后上呈的恣政报告。邓骘等太后的四位兄弟因母亲过世而欲告老还乡，太后有意挽留，班昭上书述说谦让之美德。太后听从了班昭的建议，同意邓骘等人的请求，使邓骘等人得以辞官还乡。另据《后汉书·列女传》记载，班昭的创作有赋、颂、铭、诔、问、注、哀辞、书、谕、上疏、遗令等类型，共 16 篇，其儿媳丁氏曾将其编撰成集，但今已散佚。然从以上这些类别来看，"问、注、书、谕、上疏、遗令"当属散文，就类型推测，当与上述"上疏"

---

① 王秀琴，胡文楷. 历代名媛书简 [M]. 长沙：商务印书馆，1941：7-8.

内容类似。《女诫》七篇是她年逾古稀时为告诫女儿所作，在第一章中便明言"夫有再娶之义，妇无二适之文"①，提倡儒家妇德。她的才气足以与兄长媲美，令男子们为之汗颜。但遗憾的是，她没有留下今天意义上所说的散文体文学作品。

就日记、传记类作品而言，《史记》中司马迁的自传性"后记"可以看作我国传记的第一部作品。现存最早的现代意义上的旅行记类作品为唐李翱的《来南录》②。女性的同类作品，或许要推迟到明末王凤娴的《东归日记》（1600）。我国古代的日记多与国事公事有关，所以女性基本上是与日记无缘的。女性最早的自传体作品大概要推南宋李清照（1084—1155）的《金石录·后序》。《金石录》是她的丈夫赵明诚的遗著，李清照撰写了 2000 来字的后序，记述了成书过程，其中涉及他们的家庭生活。此后，明代的女性书简以及清代的邱心如（1805？—1873？）的《笔生花》中可以发现有自传性文字的片段③。真正意义上的女性日记或许要推清末外交官钱恂夫人单士厘（1856—1943）的《癸卯旅行记》。

至于小说，在进入 20 世纪之前，女性作品只有清代汪端（1793—1838）的《元明佚史》、顾太清（1799—1876）的《红楼梦影》、陈义臣（1873—1890）的《谪仙楼》三部④。1911 年我国最早的妇女杂志《妇女时报》创刊，第一任编辑主任包天笑在《我与杂志界》一文中是这样叙述创刊目的的：

> ……惟女子在旧文学中，能写诗词者甚多，此辈女子，大都渊源于家学。故投稿中的写诗词者颇多，虽《妇女时报》中亦有诗词一栏，但不过聊备一体而已。办《妇女时报》的宗旨，自然想开发她们一点新知识，激励她们一点新学问，不仅以诗词见长。⑤

显而易见，诗词的创作被看作旧文学，而作为新知识、新学问载体的小说等的创作受到奖励。也即，在我国，女性的小说创作是新文学的象征。

那么，新文学与旧文学之间只是体裁的问题吗？如果诗词是旧文学的话，

---

① （南朝）范晔. 后汉书：曹世叔妻传［M］.（唐）李贤，等注. 北京：中华书局，1965：2786.
② 胡晓真. 才女彻夜未眠［M］. 北京：北京大学出版社，2008：81.
③ 胡晓真. 才女彻夜未眠［M］. 北京：北京大学出版社，2008：81.
④ 薛海燕. 论中国女性小说的起步［J］. 东方丛刊，2001（1）：34－39.
⑤ 李舜华. 明代章回小说的兴起［M］. 上海：上海古籍出版社，2012：279.

那么小说等散文体文学就是新知识新学问？平安时代的女性散文体文学书写是否是新文学？归根结底，何谓新文学？关于此，将在第四节中探讨。

## 第三节　世界文学史上的平安朝女性散文体文学

哥伦比亚大学白根治夫（Haruo Shirane）教授将欧洲女性文学的历史分为以下四个阶段：

（1）古代。从纪元前 8 世纪到基督宗教诞生的 2 世纪。相当于古希腊文明的时代。

（2）中世纪。从基督宗教开始传播的 3 世纪到 15 世纪。

（3）近世。西洋的历史学者将 15、16 世纪定义为近世。

（4）近现代。从 18 世纪开始到现在。女性作者的数量随着时间的推进逐渐增加，到近世呈爆发性的增长，18 世纪迎来顶峰。①

在古希腊时代，有著名的抒情女诗人萨福（Sappho），她被认为是西方文化中最早的女性作者，被柏拉图誉为第十位文艺女神。她出生于公元前 7 世纪的莱斯博斯岛，活动时期大约在公元前 610—公元前 580 年②。现传为萨福作品的文本断片有六种类型：献给爱神阿佛洛狄忒的诗、爱情诗、与朋友和礼仪相关的诗、神话题材的诗、婚礼上的歌谣、其他内容驳杂的断章③，主要是歌颂爱情的作品。

女性散文体作品当推西班牙的埃赫里亚（Egeriae）。她是罗马时代的女性作家，活跃在 4 世纪末到 5 世纪初。在 381—384 年前后，埃赫里亚进行了一次长达 3 年的圣地巡礼之旅，从耶路撒冷、埃及、巴勒斯坦直到西西里岛等地。在当时，这样的旅途在某种意义上几乎是与死亡为伴的，她用平易的拉丁语，将每天的行动以书信体的方式记录下来。现存的书稿一般被称作《埃赫里亚的旅行记》（*Itinerarium Egeriae*）。形式上与平安时期的《蜻蛉日记》《更级日记》中去寺社参拜，尤其是与中世时期后深草院二条的《告白》中的寺院巡礼相近，但从内容来说，《埃赫里亚的旅行记》完全是信仰世界的产物，与日本的日记文学大相径庭。不过，这部旅行记是最早的体现女性与信仰、旅行、文学关系的

---

① 白根治夫. 世界文学中的日本女性文学 [J]. 日语学习与研究，2015（2）：1-9.

② 萨福. 你是黄昏的牧人——萨福诗选 [M]. 罗洛，译. 北京：人民文学出版社，2017：1.

③ 白根治夫. 世界文学中的日本女性文学 [J]. 日语学习与研究，2015（2）：1-9.

作品。关于此，将在后面章节加以论述。

几乎在整个欧洲的中世纪，宫廷和教会是政治、宗教、社会、教育、文化的中心机构，女性文学作品主要在这两个场所产生①。也正因为如此，中世纪的女性文学也与宗教密切相关，具有神秘主义色彩。到了 12 世纪，玛丽·德·法兰西（Marie de France）开始创作世俗的浪漫叙事诗。玛丽的生平不得而知，只因她在下文提到的她所翻译的《伊索寓言》中称"我的名字叫玛丽，法兰西出身（Marie ai nun，si sui de France）"，才知道她的名字和国籍。学界对她的身世有各种推测，不一而足，不过都认为她与英国亨利二世宫廷有着密切关系。目前能确认的她的作品有一部短篇集和两部译作，《法兰西·玛丽的短诗》（*The Lais of Marie de France*）是部由 12 个短小的恋爱故事构成的短篇集，写的虽是恋爱故事，但是由韵文写成，应该是继承了欧洲叙事诗的传统。她用法语翻译了《伊索寓言》和爱尔兰圣徒圣帕特里克（St. Patrick 387？—461）的《炼狱的传说》（*Tractacus de Purgatorio Sancti Patricii*）。两部译作的原作都是拉丁语，可见玛丽必定具有阅读拉丁语的能力，由此也可以推测她的身份②。

到了 17 世纪，由于对消闲文化的需求日渐增长，现在被看作小说的散文体作品在欧洲才逐渐得到认可③。代表作家有法国的玛德琳莱娜·德·斯居德里（Madeleine de Scudéry 1607—1701）和拉法耶特夫人（Marie Madeleine de La Fayette 1634—1693）。她们出身于贵族阶层，活跃在专制君主路易十四（1161—1715 年间亲政）的时代④。前者著有《阿尔塔麦娜，或伟大的西吕斯》（1649—1653）和《克蕾丽》（1654—1660），是在巴罗克小说的开山之作奥诺雷·德·于尔菲的《阿丝特蕾》（1607—1624）的直接影响下产生的。后者著有几部中篇和长篇，其中《克莱夫王妃》描写了一位具有非凡精神力量的女性。她们讲述的大多是宫廷的故事，但她们本身在宫廷之外进行创作活动。同样在 17 世纪，在小说文学最为繁荣的英国，也开始有女性作家问世。玛丽·罗思夫人（Lady Mary Wraoth 1586—1651？）被称为英国女性小说家第一人，1620 年出版了散文体小说《爱情的胜利》（*Love's Victory*）、1621 年出版《尤拉妮娅》（*Urania*）等。而英国历史上第一位职业女作家阿弗拉·贝恩（Aphra Behn

① 白根治夫. 世界文学中的日本女性文学［J］. 日语学习与研究，2015（2）：1-9.
② 玛丽·德·法兰西. 十二の恋の物語マリー・ド・フランスのレー［M］. 月村辰雄，译. 东京：岩波文库，1988：287-290.
③ 李赋宁. 欧洲文学史：第 1 卷［M］. 北京：商务印书馆，2016：301.
④ 白根治夫. 世界文学中的日本女性文学［J］. 日语学习与研究，2015（2）：1-9.

1640—1689），她也是于 17 世纪后半期才开始戏剧和小说创作的①。

可以说，由女性创作的现代意义上的小说，在古老的欧洲是到了 17 世纪才诞生的。迄今为止，从诞生的时间、在本国文学史上所拥有的地位而言，没有一个国家的女性文学可以与日本平安时代的女性文学相提并论。

## 第四节　平安朝女性散文体文学的研究意义

自从对平安朝女性文学有所了解开始，笔者一直抱有这样的疑问：为什么日本在千年之前就有如此繁荣的女性文学，甚至在世界文学史中都是绝无仅有的，中国虽然有如此众多的才女青史留名，却要等到明末清初才有真正意义上的女性散文体文学诞生？以下结合国内外一些有关女性文学研究的观点，分析这一研究的意义所在。

### 一、女性文字与女性文学

从以上关于东亚三国女性散文体文学以及欧洲女性文学的概述中可以看出，朝鲜王朝的女性在谚文"训民正音"产生 200 年后开始创作女性日记、传记，欧洲最早的女性作品，比如，萨福的诗歌以及埃赫里亚的旅行记是用拉丁语撰写的。拉丁语在欧洲的地位，就好比汉文在东亚的地位，它是男性的、宗教的、官方的文字。用拉丁语书写，某种意义上决定了她们写作的体裁和表达的内容。由此也许有读者会轻易地产生这样的结论：日本女性文学繁荣得益于假名文字的发达，而中国女性散文体文学的这种滞后，与中国女性用汉字写作有关，那是男性的文字，所以她们不能用男性的文字书写自己的内心世界。

确实，日本和朝鲜王朝的女性拥有自己的文字有利于文学的创作。目前，世界上唯一的女性专用文字——我国湖南永州的永江女书，时至今日也是男性所不能认读的。朝鲜王朝《恨中录》的作者世子嫔洪氏在作品中称，她带出宫廷的写在布帛上的文字，家人看完后就要水洗，以免文字落入他人眼中。女性自己的文字，既是一个表达工具，又是一道防护墙。只是，日本的假名虽然被称为"女字"（女手），但实际上，男性照样能够运用假名书写和歌，且从纪贯之（868—945）的《古今和歌集》"假名序"（905）、《土佐日记》（935）开

---

① 李维屏，宋建福. 英国女性小说史 [M]. 上海：上海外语教育出版社，2011：12 – 28.

始，男性也已经具有了运用假名书写散文的能力。也就是说，日本的假名，实际上是他们的民族文字，是男女共同的文字。

再从内容上来看，朝鲜的女性记传文学与日本平安时代的截然不同。比如，《仁显王后传》中的闵氏王后，她被描写为生来就具备"圣德"的女圣人，虽然文史无不通晓但从不装模作样地舞文弄墨。《恨中录》的作者洪氏，即使是在丈夫有了宠妾，自己因为没有向公公英祖禀报丈夫的不轨而受到英祖责备时，还是坚持不妒忌是女性的美德。作品体现出来的是她们如何扼杀自我的血淋淋的心路历程。这样的内容反倒与班昭撰写的训诫类著作《女诫》没有区别，都在于告诫女性，如何做一个合乎男性要求的女性。也就是说，朝鲜时代的女性虽然与日本平安时代的女性一样，拥有被称作"女手"的女性文字，但她们书写出来的内容与没有自己文字的中国女性是一样的。而日本平安时代的女性文学，可以说从各个方面展示了女性的内心和生存环境。就拿上面提到的女性的妒忌来说，作为同样处于一夫多妻制（或称一夫一妻多妾制）社会的女性，中国和朝鲜王朝的女性都是在自我标榜不妒忌的美德，而藤原道纲母在她的《蜻蛉日记》中则赤裸裸地吐露了因为妒忌甚至显得有些扭曲的内心。包括《蜻蛉日记》在内的女性日记，基本上与现代意义上的日记无异。那么，是否拥有女性自己的文字，这与女性文学的繁荣乃至女性文学的性质究竟有何关联呢？

### 二、韵散文的创作与生存环境

也有人设问：近代以后的女性为什么不写诗歌？认为近代以后女性的生活变得繁忙，有的不得不以卖文为生，没有时间咬文嚼字，所以只能创作不讲究押韵对偶等修辞方法的散文。事实上，上文提到的英国女性小说家第一人的玛丽·罗思夫人（Lady Mary Wroth）和英国历史上第一位职业女作家阿弗拉·贝恩（Aphra Behn），前者出身于贵族家庭，后者是商人之妇，虽然出身不同，但二者皆遭遇了丈夫去世这样的不幸，以至于不得不投身于有损于女性名声的文学创作。也就是说，她们是出于生存的需要而进行小说创作的①，她们的小说创作某种意义上是被动行为。而平安时代的女性作者，她们也都出身于贵族家庭，如紫式部虽然也经历了丧夫之痛，但她并不像罗思夫人那样需要偿还丈夫的巨额债务而不得不写作。而且她们在自己家中还有各自的侍女侍奉，不存在因为生活劳顿而没有时间咬文嚼字一说。从《紫式部日记》可知，她纯粹就是

---

① 李维屏，宋建福. 英国女性小说史［M］. 上海：上海外语教育出版社，2011：12 – 28.

为了表达自己对于人生的思考、排遣心中的积郁。不仅紫式部，其他诸如藤原道纲母、清少纳言、和泉式部、菅原孝标女等女性作家，无一例外地把写作当作书写自己人生的一种方式，而非稻粱谋。

更何况，正如第一节中所介绍的那样，这些女性同样拥有非凡的和歌才能，和歌才能也是她们散文创作的看家本领，像和泉式部、清少纳言、紫式部等甚至有自己的歌集传世。那么，韵散文文学的创作是否存在着舍此即彼的矛盾呢？

### 三、宫廷文化与女性文学

12世纪活跃在英国文坛的玛丽·德·法兰西（Marie de France）与亨利二世的宫廷关系密切，她写的12个恋爱故事也多取材于宫廷生活。17世纪法国的玛德琳莱娜·德·斯居德里和拉法耶特夫人的文学创作也与宫廷生活有关。而平安朝的那些女作家，如第一节中指出的那样，除了藤原道纲母外，其他女性都曾出仕宫廷。这样的经历启发了她们的思维，激发了她们书写宫廷生活、倾诉自己内心的激情。但同样，本章第一节中提及的班昭，她多次奉昭入宫，几乎是邓太后以下众多后宫嫔妃的家庭教师，但她起到的作用主要是教导后宫女性如何按照男性的要求去践行妇德。再比如，在武则天时代的唐朝宫廷，也有上官婉儿这样的女性活跃在宫廷文化沙龙中，婉儿创作了大量的诗歌，其在当时宫廷文学沙龙中的作用非其他男性文人可以比拟，但她没有留下能够一窥她内心世界的散文文学。宫廷文化与女性的文学创作的关系到底如何？

### 四、信仰、旅行与文学创作

如第三节中所述，欧洲最早的女性散文体作品是西班牙的埃赫里亚（Egeriae）创作的旅行记，她是出于对神的信仰开始了为期近3年的圣地巡礼，并将沿途的感受记录下来，以书信的方式告知有着同样信仰的人们。平安朝的女性也经常去寺社参拜，在那里祈求佛的梦告，同时也借旅行排遣日常生活中的种种不如意，进而实现自我认知。在中国古代，参拜寺院也是女性可以外出的一个正当理由。而且在中日古代，女性独自旅行，基本都是以出家人的形式进行的。女性的信仰与旅行以及她们的文学书写之间又存在着怎样的联系呢？

### 五、作为"个性的文学""人的文学"或"新文学"

如第二节中已经提及的那样，新文学与旧文学应该不只是韵文和散文的区别。周作人在《人的文学》一文中提出了"个人主义的人间本位主义"，将文

学也分为"人的文学"和"非人的文学",将中国历代的所谓纯文学分为以下十类:

(1) 色情狂的淫书类

(2) 迷信的鬼神书类(《封神榜》《西游记》等)

(3) 神仙书类(《绿野仙踪》等)

(4) 妖怪书类(《聊斋志异》《子不语》等)

(5) 奴隶书类(甲种主题是皇帝状元宰相,乙种主题是神圣的父与夫)

(6) 强盗书类(《水浒》《七侠五义》《施公案》等)

(7) 才子佳人书类(《三笑姻缘》等)

(8) 下等谐谑书类(《笑林广记》等)

(9) 黑幕类

(10) 以上各种思想和合结晶的旧戏

周作人认为"这几类全是妨碍人性的生长、破坏人类的和平的东西,统应该排斥"①。此后,又在《个性的文学》中强调道:"假的,模仿的,不自然的著作,无论他是旧是新,都是一样的无价值,这便因为他没有真实的个性。"最后得出这样的结论:

(1) 创作不宜完全抹杀自己去模仿别人。

(2) 个性的表现是自然的。

(3) 个性是个人唯一的所有,而又与人类有根本上的共通点。

(4) 个性就是在可以保存范围内的国粹,有个性的新文学便是这国民所有的真的国粹的文学。②

从上引周作人的论述可知,所谓"个性文学"就是摆脱了专制的因袭与礼法的"个人主义的人间本位主义"的文学,也即"人的文学",也就是"新文学"。

平安时代的女性散文体文学在创作方法、思想内容、个性特色等方面,与先行文学或同时代的男性文学都有着本质性的区别。也正因为如此,这些作品拥有女性共通的思想情感,同时也是日本最为"国粹"的文学。那么,平安朝的这些女性文学是否可以称为"人的文学""个性的文学"甚至"新文学"呢?

---

① 周作人. 周作人散文:第二集 [M]. 北京:中国广播电视出版社,1992:121 – 129.

② 周作人. 谈龙集 [M]. 北京:北京十月文艺出版社,2011:161 – 162;周作人. 周作人散文:第二集 [M]. 北京:中国广播电视出版社,1992:134 – 135.

## 第五节  研究目的和方法

显而易见，按照包天笑的观点，平安朝女性的散文体文学可以被称作"新文学"，而按照周作人的观点，这些作品无疑是"人的文学""个性的文学""新文学"。就本课题而言，平安朝女性的散文体文学这一在世界文学史上绝无仅有的女性文学是在怎样的背景下产生的？它又具有怎样的与和歌不同的表达能力？这样的表达能力又达到了怎样的文学高度？回答这三个问题，便是本书研究的最终目的。自然，我们也可以从中发现中国包括朝鲜王朝时代女性散文体文学之所以贫瘠的根本原因。

至于研究方法，需要强调的一点是，东亚视域中的平安朝宫廷女性散文体文学研究，并不是具体以比较研究为方法的。"东亚视域"只是提供一个视角，通过这一视角，或者以东亚乃至世界文学为参照物，发现平安朝女性文学的特质，以此来揭示女性文学研究中存在的诸如上节提出的女性文字与女性文学、宫廷文化与女性的文学创作、韵文与散文的关系等普遍性问题。

本书重在文本解读，通过细致的原典阅读，指出文本的深层含义。同时，兼用文史互证的方法，以解明文本的历史语境。

# 第一章　平安朝女性散文体文学诞生的
## 政治文化背景

在序章中已经对平安朝宫廷女性的散文体文学进行了概述，在本章将主要论述这一文学现象产生的大环境。任何一样事物的产生，都不会是偶然的，那么女性散文体文学是在怎样的大背景下产生并且繁荣的？它与男性文学的关系如何？与以和歌为代表的韵文的关系又是如何？

## 第一节　摄关政治与"和文学"的兴起

### 一、和歌的再兴

《万叶集》的最后一首和歌创作于天平宝字三年（759），大伴家持在这年的正月元日于因幡国的官府举办宴会，庆贺新春，作歌云①：

> 新年伊始初春日，今日之雪吉上吉。　　　（《万叶集》4516）
> （新しき年の始めの初春の今日降る雪のいや重け吉事）

将对新年的种种期许寄托在纷纷落下的瑞雪中，寓意吉祥。只是，在此后的约百年时间里，和歌就不再登上大雅之堂了。用《古今集》"真名序"的话来说，便是"和歌弃不被采"，进入所谓"国风黑暗时代"。和歌重新获得生机

---

① 本书引用的《万叶集》以中西进. 万叶集：全译注原文付［M］. 东京：讲谈社，1984. 为底本。其他和歌作品，除单独说明的以外，据新编国歌大观编集委员会. 新编国歌大观［M］. 东京：角川书店，1985. 另，为了便于懂日语的读者的阅读，笔者翻译的和歌，均在（）内标注了原文。

是在 849 年。那年的 3 月，兴福寺的僧侣为了向仁明天皇（833—850 在位）祝贺四十寿辰，献上佛像 40 尊、《金刚寿命陀罗尼经》40 卷和日本传说中的浦岛子像①，附上了一首 300 句的长歌。有意思的是《续日本后纪》有关收录这首长歌的意图是这样的：

> 夫和歌之体、比兴为先、感动人情、最在兹。季世陵遲、斯道已墜。今至僧中、頗存古語。可謂礼失則求之於野。故採而載之。②
>
> 嘉祥二年（849）三月二十六日条

把歌道的衰落说成是"季世陵遲"，并将采录僧人所作和歌的行为说成是"礼失則求之於野"。这样上纲上线的文字背后体现的，无疑是对和歌这一本民族的文学形式的一种爱恋，对"唐风讴歌时代"的一种反思。

实际上，仁明天皇时代，也是六歌仙活跃的早期，和歌再兴已是迟早的事了。

### 二、摄关政治与和歌的繁荣

从政治制度上来说，这一时期也是日本从律令制向摄关政治过渡的时期。在律令制时代，天皇亲政，天皇与群臣的关系，在文化上的体现便是《文华秀丽集》中展示的那样一种君臣唱和的关系。但是到了仁明天皇时代，以敕撰三集为代表的君臣唱和的世界已经基本解体。早在弘仁十四年（823），嵯峨天皇让位于皇太弟淳和天皇的时候，曾是敕撰三集编撰者也是主要汉诗作者的左大臣藤原冬嗣（775—826）、大纳言良岑安世（785—830）、参议小野岑守（778—830）已逐渐在朝廷中丧失了主导地位。到了仁明天皇的承和年间（834—848），上述三位重臣的下一代藤原良房（804—872）、良岑宗贞（816—890）、小野篁（802—852）登场，其中以汉诗文闻名的只有小野篁，良岑宗贞于 850 年因仁明天皇驾崩而伤心出家，成为后来的六歌仙之一的僧正遍照，而藤原良房已不再拘泥于汉诗人身份，他通过承和之变（842）、善恺诉讼事件（846）、应天门之变（866）等一系列政治事件，拥立胞妹顺子所生的道康亲王（后来的文德天皇）为皇太子，同时扫清了政治上的绊脚石。在文德天皇（850—858 在位）时代，良房将自己的女儿明子送入后宫，待明子于 850 年顺利产下文德天皇的第

---

① 浦岛子也即浦岛太郎，因其曾到过不老不死的仙境，在此应寓意长寿。
② 详见《续日本后纪》嘉祥二年（849）三月二十六日条。

四皇子，于是良房又强行让这位幼年皇子越过已经成年的兄长，于 858 年即位，即后来的清和天皇。

《古今和歌集》收录有藤原良房的和歌：

> 秋去春来人虽老，但得观花无所忧。　　（《古今集》52）
> （年経れば齢は老いぬしかはあれど花をし見ればもの思ひもなし）

良房的府邸称为"染殿"，所以其女明子被称为"染殿后"，这首歌是在皇后面前看到花瓶里插着盛开的樱花时所作。显然，歌中所咏之花既指花瓶中的樱花，也指女儿明子。看着这样位居皇后的花一样的女儿，虽然年岁老去，也毫不担忧了。第三句表示转折的「しかはあれど」不仅多了一个音，也属于汉文训读口吻，是和歌中所不常见的，也许从这样微小的地方尚能看出作为汉诗人藤原冬嗣后人的痕迹吧。整首和歌吐露的是朝政在握的得意。

良房去世后，养子藤原基经（836—891）把持了清和、阳成、光孝、宇多四代天皇的朝政。到了醍醐天皇（897—930 在位）时代，其子藤原时平（871—909）将自己的妹妹稳子送入后宫成为醍醐天皇的女御，同时设计陷害汉诗文出身的菅原道真（845—903），使得汉诗文出身的官员从此彻底失势。延喜二年（902）三月二十日在宫中的飞香舍举行了藤花宴，醍醐天皇作歌云：

> 今日紫藤分外好，心愿藤花香万代。　　（《新古今集》163）
> （かくてこそ見まくほしけれ万代をかけてにほへる藤波の花）

飞香舍也就是藤壶，此时是稳子女御的居所。藤原氏出身的女御居住在藤壶，在那里举办藤花宴，那样的宴席无疑是要庆祝藤原氏的。醍醐天皇和歌中的"藤波之花"是藤花的歌语，和歌表面是在歌咏紫藤能够花香万代，实则是在祝愿藤原氏能够永远这般繁荣。这首和歌之所以值得关注，倒不是它的歌意，这样的一语双关也是咏歌方法的常套。从和歌史来说，这应该是在经历了所谓"国风黑暗时代"以后，和歌初次出现在宫廷的宴席上。在这次宫廷宴席上，没有吟诵汉诗的记载。实际上，在延喜元年（901），菅原道真已经遭到左迁，两年后在太宰府郁郁而终。到延喜五年（905），醍醐天皇就下令编撰《古今和歌集》了。其实，在昌泰三年（900），醍醐天皇才命令道真进献其家族的汉诗集《菅家文草》《菅相公集》《菅家集》，御制《见右丞相家集》一诗，盛赞道：

"更有菅家胜白样，从此抛却匣尘深！"① 政治体制的转变也彻底带来了文学风尚的改变。和歌从此再度登入大雅之堂，步入敕撰和歌集的时代。

### 三、假名的产生

和歌的复兴繁荣得益于假名的产生。奈良时代已有万叶假名存在，平安时代产生了基本上接近于汉字草书的平假名和将汉字省略笔画后的片假名。片假名起源于汉文训读，用来表记"TE NI WO HA（テニヲハ）"等助词，所以它的起源应该与汉文训读同步。现存最早的片假名资料是正仓院圣语藏和东大寺图书馆藏《成实论》（十一卷）上标注的训读记号②。

平假名的产生，根据近几年的考古发现，提早到了清和天皇（858—876 在位）时期。据 2013 年 1 月 12 日《朝日新闻》的报道③，平安时代的贵族藤原良相（813—867）位于京都的府邸遗址出土了 90 余块陶器碎片，其中有约 20 块上写有假名，而且从可认读的片段来看，内容很可能是和歌。从这些碎片中可以看出，连绵的假名书写已经非常成熟。良相不是别人，正是藤原冬嗣之子、良房的胞弟。良房发动承和之变的时候，正是良相带兵前去包围皇太子恒贞亲王并收缴了他的武器。也就是说，他是后来的清和天皇时代的功臣。正如新闻报道指出的那样，据《日本三代实录》记载，贞观八年（866）清和天皇曾带领 40 余名官员行幸良相府邸，一行人举办了盛大的诗歌会和赏花宴（贞观八年三月二十三日条）④。上述陶片的发现不禁令人联想：那些陶片上留下来的文字可是那次行幸时文人们的风雅之作？

到了 905 年，纪贯之（866？—945？）用假名书写了《古今和歌集》的"假名序"。可见平假名不仅用于和歌，已经用来书写散文，具有了完整的书写语言的功能。而到了一条天皇（986—1011 在位）时期，作为宫廷仕女的清少纳言和紫式部分别创作了《枕草子》和《源氏物语》两大奠定日本文化基调的作品，假名文学达到巅峰。

尤其是平假名的产生和熟练的运用，使得本土的"和文学"具有了自己的载体，其优雅的书写体与风雅的文学样式相得益彰，成为平安王朝文化的典型象征。

---

① 菅原道真. 菅家後集 [M]. 川口久雄，校注. 东京：岩波书店，1966：471.
② 小松茂美. かな [M]. 东京：岩波书店，1968：111.
③ 筒井次郎. ひらがな、いつごろできたの？[N]. 朝日新聞 DIGITAL，2013－01－12.
④ 黑板胜美. 日本三代实录 [M]. 东京：吉川弘文馆，1966：174.

### 四、歌赛及女性在歌赛中的作用

和歌地位复兴的最为主要的象征性活动便是歌赛。文学史上记录的最早的歌赛是仁和元年至三年（885—887）由在原行平（818—893）主办的《在民部卿家歌合》。从目前的资料来看，在该歌赛上进行了以"郭公"和"恋"为题的 12 回合的和歌比赛，具体参赛的歌人以及判者已经不得而知。

《中将御息所歌合》，应该是在仁和三年（887）八月六日之前的春天举办的，根据萩谷朴的推断，这次歌赛的主办人应该是光孝天皇的更衣或是宇多天皇的更衣①。从和歌史来说，这应该是第一次由后宫的嫔妃主办的歌赛。《内裏菊合》是由宇多天皇举办的斗菊会，斗菊的每个回合要吟咏应景的和歌，这些和歌的作者也已经无从考证了。《是贞亲王家歌合》（893 年以前），是贞亲王是宇多天皇的兄长，从该歌赛中所咏和歌与后世歌集所收和歌的重合可以推测出包括《古今集》撰者在内的当代主要歌人出席了这一盛会。在早期歌赛中，最为盛大的是《宽平御时后宫歌合》（宽平五年（893）九月之前），是以宇多天皇为后援，由光孝天皇的皇后班子女王举办的，为此又称《皇太夫人班子女王歌合》，以春夏秋冬恋为题，左右两队分别吟咏了 100 首共计 200 首和歌，是当时最大规模的歌赛。有藤原兴风、纪有则、纪贯之、藤原敏行、壬生忠岑、素性、大江千里、凡河内躬恒、在原元方、坂上是则、凡河内躬恒等著名歌人出席，特别值得关注的是女歌人伊势也出席了这次歌赛②。

自此，以天皇为后援的后宫嫔妃成为歌赛的主要举办者，女性歌人也逐渐崭露头角。比如，女性主办的歌赛还有《后宫胤子歌合》（宽平八年六月之前）、《东宫御息所温子小箱合》（宽平九年春）、《亭子院·女七宫歌合》（延喜十三年八月十三日）、《藤壶女御前载合》（某年秋）、《藤壶女御歌合杂载》（延喜十九年八月）、《京极御息所褒子歌合》（延喜二十一年五月）等，不一而足。京极御息所褒子是藤原时平之女，为宇多天皇的妃子。在这次歌赛中，除了女歌人伊势外，左方的领队为宇多天皇的皇女源氏、右方领队为褒子之胞妹。后宫成为和歌的主要舞台，女性也逐渐主导歌赛。

到了女性文学空前繁荣的 10 世纪末 11 世纪初，以皇后、斋院等女性为中心的文化沙龙已经达到了顶点，成为女性文学繁荣的温床。

---

① 萩谷朴. 平安朝歌合大成［M］. 京都：同朋舍出版，1995：14.
② 萩谷朴. 平安朝歌合大成［M］. 京都：同朋舍出版，1995：78.

　　就这样，随着政治体制由律令制向摄关政治的转变，成为下一代天皇的外祖父便是权贵们掌控朝政的唯一途径，后宫随之成为政治的中心，而作为律令制时代天皇亲政象征的汉诗渐次淡出，和歌随之登上了大雅之堂。

# 第二节　以贵族仕女为主要成员的家庭式文学创作场所

### 一、女官与"女房"

　　"女房"泛指那些在宫廷或皇亲国戚的府邸当差的女性。属于后宫十二司的宫廷仕女为女官，其他在嫔妃身边的仕女以及在大贵族府邸当差的女性则属于私人雇佣关系，日语将这两类统称为"女房"。为了叙述方便，本书将"贵族仕女"作为"女房"一词的译文。

　　由于后宫本是天皇的私人生活空间，禁止男性官员出入，后宫设有"十二司"，如内侍司、藏司、膳司、药司、缝司等负责天皇的日常生活，官职分为尚（长官）、典（副官）、掌（判官）三等，享受与男性同级官员相同的待遇。平安时代后期，作为天皇秘书的男性官员藏人得以出入后宫，由此降低了女性官员在后宫的地位，十二司的基本职责归入内侍司。到了摄关政治时期，充当奏请和传达天皇旨意、守护神镜①的内侍司成为女性的主要职场。尚侍由最有权力的摄关家的女儿充任，也由此促进了尚侍的后妃化。如下文要提到的藤原道长的女儿威子，她先是作为尚侍入宫，其后成为后一条天皇的东宫妃、中宫。为此，具体承担奏请和传达天皇旨意的工作由典侍承担，她们熟悉宫廷掌故，擅长待人接物，在宫廷中如鱼得水，甚至成为贵公子们注目的对象。像《源氏物语》中描写的源典侍那样，她们是宫廷文化的最为直接的体现者，所以也是中等贵族出身的女性向往的职位。清少纳言曾有过这样的感慨：

　　　　前途没什么希望，只是老老实实的守候仅少的幸福，这样的女人是我所看不起的。有些身份相应的人，还应该到宫廷里出仕，与同僚交往，并且学习观看世间的样子，我想至少或暂时任内侍的职务。②

①　象征神权的三种神器之一，被安放在内侍司的温明殿。神镜也因此被称为"内侍司"。
②　清少纳言. 枕草子［M］. 周作人，译. 北京：中国对外翻译出版公司，2001：24. 下文中的《枕草子》译文皆据此本。

认为那些结婚后笼居在家的女性的幸福都是虚假的，只要家庭出身够资格，哪怕只是短暂的一段时间，也应该到宫廷里，担任"宫中内侍"等官职，见见世面。译文中的"内侍"原文作"典侍"，为内侍司的副官，也应该是清少纳言向往的职位吧。平安末期，撰写了《赞岐典侍日记》的藤原长子就是堀河天皇时的典侍，她在字里行间表达出来的与天皇之间非同寻常的关系，应该也是这一阶层女性心存向往的。

事实上，属于私人雇佣关系的仕女主要活动在嫔妃和大贵族的女主人身边。如创作了《枕草子》和《源氏物语》的两大才女清少纳言和紫式部分别属于一条天皇的定子皇后和彰子中宫；《和泉式部日记》的作者和泉式部、推测为《荣花物语》正篇作者的赤染卫门是藤原道长正妻伦子的仕女，和泉式部其后又成为道长与伦子之女彰子中宫的仕女；而被推测为《荣花物语》续篇作者的出羽弁开始为彰子的仕女，其后出仕后一条天皇的中宫——彰子的胞妹威子，威子去世后，又侍奉威子所生的内亲王章子。其实，在《紫式部日记》中也有她与伦子交流的描写。宽弘五年（1008）九月九日重阳节，紫式部的同僚仕女给她带来了伦子令转交的"菊露棉①"，紫式部特意作歌致谢。也就是说，这类属于私人雇佣关系的仕女，即便是在后宫侍奉嫔妃或内亲王，实际上也是大贵族家出身的嫔妃的娘家雇佣的，所以她们在这一大贵族的势力范围内是流动的。而大贵族将才女们聚拢在自己身边，无疑是为了提高已经在后宫的或将要进入后宫的女儿们的竞争力。在《源氏物语》中，光源氏得知明石姬生下一女后，联想到宿曜占卜的预言：

> 当生子女三人，其中必兼有天子与皇后。最低者太政大臣，亦位极人臣。
>
> 《源氏物语：航标卷》315 页②

预言说光源氏命中有 3 个孩子，其中必有帝王和皇后出现，最差的也是位极人臣。而在此之前，他还没有女儿降生。所以，这个女婴是将来的皇后无疑！于是在京城里挑选其父桐壶院时的"宣旨"③ 的女儿作为明石姬所生之女的乳母。待这位女公子长到 3 岁，光源氏就将其接到自己身边，作为紫夫人的养女。

---

① 日语作"菊の着せ綿"，重阳节前一天的夜里把棉花敷在菊花上，到第二天早上，棉花上就会沾满露水，因菊花寓意长寿，相传用这样的菊花棉拭擦就能抹去衰老。

② 紫式部．源氏物语：上［M］．丰子恺，译．北京：人民文学出版社，1986：326．此后出现的《源氏物语》的引文，凡标注丰子恺译的，皆据此本。

③ 负责传达天皇旨意的女官，应该就是内侍司的典侍。

而紫夫人身边的仕女，自然是入得了光源氏法眼的。

　　除此之外，才女聚集的地方是斋宫寮和斋院司。斋宫和斋院分别是通过占卜选定的伊势神宫和贺茂神社的祭主，一般由未婚的内亲王担任，也可以是不出三代的皇族出身的女性。她们自身多才多艺，擅长和歌，其身边也聚集了相当数量的属于令外女官的才女，在平安时代形成了足以与皇后的后宫相抗衡的文化沙龙。

　　斋宫中最为闻名的或许要算村上天皇的斋宫女御（929—985）了。其人又称徽子女王，是醍醐天皇之子重明亲王（906—954）的第一王女。因上一任斋宫突然亡故，她在 8 岁时被占卜为斋宫，17 岁因母亲亡故而离任回京。其后，入宫成为叔父村上天皇的女御，因其居所为承香殿，又称"承香殿女御"。从《荣花物语》《大镜》《村上御集》等作品中可知斋宫女御具有很高的和歌天分和古琴弹奏技艺。比如，《大镜》171 段中有如下的描述：

　　　　叫作承香殿女御的，就是斋宫女御。村上天皇多日不曾来访的某个傍晚，她弹起了古琴。琴声悠扬，天皇闻听，匆忙来到女御身边。但女御过于专注于奏琴，根本没有注意到有人在附近，她一面弹琴，一面吟歌道：
　　　　秋日日暮最相思，风吹荻叶声声听。
　　　（秋の日のあやしきほどの夕暮に荻吹く風のおとぞきこゆる）
那琴声歌声着实催人泪下。①

　　根据小学馆《大镜》该处的头注可知，在《斋宫女御集》中，上述和歌有后注云：

　　　　据说，天皇御日记中写道：闻听此歌，悲不自胜。

　　由此可知，村上天皇在听到女御吟诵的和歌，也是深为感动，并将这段经历写在了他的日记中。而这一段文字充分展现了斋宫女御在和歌和古琴弹奏方面的超凡造诣。女御还曾主办《斋宫女御徽子女王歌合》（956）、《斋宫女御徽子女王前载合》（959），成为象征村上后宫风雅的存在。她和村上天皇所生之女规子在 975 年也被卜为斋宫，翌年她与女儿一起前往伊势神宫，而临行前在嵯峨野宫举行了《野宫歌合》，她在这次歌赛上所作和歌为：

----

① 大镜［M］.橘健二，加藤晴子，校注.东京：小学馆，1996：388.

深山松风入琴声，何弦成此天籁音？　　　（《拾遗集》451）

（琴の音に峯の松風かよふらしいづれの緒よりしらべそめけむ）

据《拾遗集》可知，此歌题为"松风入夜琴"。也即是以《李峤百咏》之《风》中的第六句为题所作之歌①，其才情可见一斑。女御的身边聚集了源顺、大中臣能宣、平兼盛等著名歌人。有私家歌集《斋宫女御集》传世。

可以与斋宫女御媲美的是斋院选子（964—1035），她是村上天皇的第十皇女，母亲生下她以后就归天了。975 年被卜为斋院，历任圆融、花山、一条、三条、后一条五代天皇的斋院，时间跨度长达 57 年。这段时间也正是清少纳言、紫式部等才女活跃的时代。关于她们之间的文学美谈，下文将会涉及。到了平安末期，式子内亲王（1149—1201）又将斋院沙龙推向一个高潮。

作为朝廷"公务员"的女官和作为私人雇佣的仕女，虽然身份有所不同，但她们基本上都出身于地方官家庭。出身并不高贵，却置身于上述这般风雅奢华的后宫或是皇亲国戚的府邸等政治文化的最中心，由此产生的对宫廷生活的朴实的赞美与向往、对荣华沉浮的感慨、对自身身份的审视等，促成了日记、随笔、物语等作品的诞生。

## 二、文学沙龙的家庭性特征

那么这些文学沙龙是处于怎样一种状态？贵族仕女又是如何进行文学创作的呢？下面这段文字引自《大斋院前御集》②。

　　a. 各司成立以后，物语司长官赠歌予和歌司次官曰：

身如蚕丝缫车上，痛苦不堪愿丝断。　　　94

（うちはへてわれぞくるしきしらいとのかかるつかさはたえもしななむ）

答歌道：

只因不与同缫车，误谓异心实堪苦。　　　95

（しらいとのおなじつかさにあらずともおもひわくこそくるしかりけれ）

　　b. 物语誊写之后，将旧稿分赠予物语司同僚，物语司长官将其中一份

---

① 李峤《风》："落日生蘋末，摇扬遍远林。带花疑凤舞，向竹似龙吟。月动临秋扇，松清入夜琴。若至兰台下，还拂楚王襟。"第六句传到日本后变成了"松风入夜琴"。

② 大斋院前の御集注释［M］. 石井文夫，杉谷寿郎，校注. 东京：贵重本刊行会，2002：266－279.

赠予仕女壬生，附歌云：

四面风吹聚海湾，无情被弃是藻屑。　　　96

（よものうみにうちよせられてよればかきすてらるるもくずなりけり）

壬生已有许久没有来斋院当差了，便回复道：

虽是藻屑见亦叹，多年不曾到海湾。　　　97

（かきすつるもくずをみてもなげくかなとしへしうらをあはぬと思へば）

从引文 a 的歌序部分可以推测选子内亲王（964—1035）的文学沙龙里成立了和歌司和物语司，大概是和歌司的副官因为没能与物语司的长官同在一处而心有不甘，于是两人赠答和歌互诉心中苦恼。因为日语中缲车与官府"司"读音相同，两首和歌都是将自己比作缲车上的蚕丝。

根据引文 b 的歌序部分可知，物语司的仕女们创作了物语，誊写后把旧的送给在家里休息多时的名为壬生的仕女。送者作歌谦逊地说这是要被丢弃的"藻屑"，收到的仕女感谢道：即便是被丢弃的"藻屑"，但因为多时不见，也倍感亲切。这两组和歌赠答，令人联想到近代的同人杂志。

根据镰仓时代的《无名草子》的叙述，紫式部是应彰子的要求创作了《源氏物语》，之后这一传说不断丰富，中世时出现了一本名为《源氏物语的起源》① 的源氏通俗读物，说是选子向彰子索要新奇的物语，彰子才命紫式部创作的。而接到命令的紫式部不知如何是好，来到石山寺参拜，恰巧是八月十五，紫式部眺望琵琶湖上清澄的月色，顿时灵感浮现，祈得佛前经书，用背面书写，从《须磨》卷"想起今天是十五之夜，便有无穷往事涌上心头"开始创作。这一传说也被《石山寺缘起》采用：

> 紫式部为右少弁藤原为时朝臣之女，出仕上东门院期间，一条上皇的叔母、选子内亲王向女院询问是否有珍奇物语，于是命紫式部创作。紫式部来到本寺，在此笼居七日向佛祖祈祷。遥望湖面，心旷神怡，不禁浮想联翩，但当时又没有预备纸张，看到大殿上有抄写《大般若经》的纸张，就在心中向本尊乞求，把眼前的胜景写了下来。日后，为了忏悔自己的罪业，抄写了一部《大般若经》供奉。此经现在仍存本寺。书写此物语的房间被命名为"源氏之间"，至今不变所在。那位式部，被称为"日本纪之

---

① 松田武夫. 源氏物語のおこり考［M］//山岸德平先生をたたへる会. 山岸德平先生颂寿中古文学论考. 东京：有精堂出版. 1972：181 - 189.

局"，传说乃是观音化身。①

在这段文字中又增加了不少佛教色彩。说因为借用了《大般若经》的纸张书写，所以为了赎罪，紫式部后来专门抄写了一部经书进行供养；又称紫式部本是观音化身。其实，镰仓时代的文永年间（1264—1275）成书的《光源氏物语本事》中亦称《源氏物语》乃"献与大斋院选子内亲王之书"②，近世的《源氏物语》注释书《湖月抄》的命名也来自紫式部因望见琵琶湖上的月光起笔创作这一传说。可见，这一传说有着一定的普及性和可信度。这一可信度非为其他，而是源于选子的斋院沙龙和彰子的中宫沙龙在当时处于互相竞争的关系。紫式部在她的日记中记述了对选子斋院的一位名为中将君的仕女的反感。

　　听说斋院那里有位叫作中将君的女官，因为身边有人认识她，悄悄地把她写给别人的信拿给我看了。那封信写得相当风流，认为人世间只有她解风情，用情之深也是无与伦比的，好像世上的其他人都是既没有心志又不辨是非似的。看到这样的信件，一股无名之火涌上心头，就像卑贱的人们常说的那样，感到讨厌憎恶。虽说是给别人的信件，居然写着："和歌等作品中的韵味，除了我们斋院以外，又有谁能够分辨出优劣？人世间要是有风雅之人诞生，那也只有我们斋院才能够判断其是否货真价实。"③

据新潮社古典集成的头注，文中提到的这位中将君是斋院长官源为理的女儿，其母乃大江雅致之女，是和泉式部的姐妹，而这位中将君正是紫式部的弟弟藤原惟规的恋人。正因为这一层关系，紫式部有机会看到了她写给别人的书信。紫式部称她在书信中特别自以为是，似乎只有她才是这个世界上最解风情且又富有思虑的，而其他所有人都是些没心没肺之人。说无论是信件的书写、和歌的情趣，都没有超过自己所属之斋院的，令紫式部非常不快。于是，她就在此后的文章中还是含蓄地把斋院及其仕女们给挖苦了一番。

也正因为斋院的沙龙和彰子中宫的沙龙处于这么一种竞争的关系，反倒可以想见她们实际上是棋逢敌手的。清少纳言就曾这样提到过，认为女性最为理想的出仕场所是：

---

① 小松茂美. 石山寺缘起［M］. 东京：中央公论社，1993：40.
② 今井源卫. 源氏物語とその周縁［M］. 大阪：和泉书院，1989：243 – 258.
③ 紫式部. 紫式部日记［M］. 张龙妹，译//张龙妹. 紫式部日记. 重庆：重庆出版社，2021：292. 以下该作品的引文皆出自此译本.

宫中供职的地方是，禁中。皇后的宫中。皇后所生的皇女，就是一品宫的近旁。斋院那里，虽是罪障深重，却也是很好的，况且现在（这位大斋院）更是非常殊胜。皇太子的生母妃嫔那里，（也是理想的地方）。

周作人译《枕草子》第 220 段 343 页

正是受到了那样的斋院方面的挑战，于是紫式部求助于佛祖，写出了《源氏物语》这部旷世奇作。这样的想象也是在情理之中吧。

而与上述后宫、斋院、斋宫的沙龙交相辉映的是大贵族私邸的沙龙。下面内容引自关根庆子等人著的《赤染卫门集全释》：

　　c. 道长大人命仕女创作物语，因为是五月初五，他手拈菖蒲，以"身边的女郎花"为题，作歌道：

　　虽宿我家房檐下，至今未见菖蒲根。　　　136

　　（我が宿のつまとはみれどあやめ草ねも見ぬほどにけふはきにけり）

因命我答歌，便道：

　　不知此屋插菖蒲，袖中药玉可见根。　　　137

　　（あやめふく宿のつまともしらざりつねをばたもとの玉をこそみれ）


　　d. 道长大人府上，有人送来名为《花樱》的物语，包裹物语的纸张上有歌云：

　　字字句句如心花，勿令浮风吹落它。　　　166

　　（かきつむる心もはなざくらあだなる風にちらさずもがな）

大人命我回复，便答歌道：

　　赏花尚惜樱花落，怎忍心花落如花。　　　167

　　（みるほどはあだにだにせず花ざくらよにちらんだにをしとこそ思へ）

从引文 c 的歌序部分可知，在藤原道长（966—1027）府邸，道长令妻子的仕女们创作物语，又命赤染卫门咏歌助兴。而 d 的歌序部分说，从别的府邸送来了名为《花樱》的物语，道长命赤染卫门作歌答谢。可见，在大贵族家庭，仕女们也参与物语创作，还互相赠送交流，物语创作已经成为上流社会的风流韵事。而贵族仕女无疑是这些沙龙的主要创作力量。同时需要关注的是，上述斋宫、斋院、后宫乃至道长这样的大贵族家庭，是仕女们共同生活的地方，是仕女们"寄宿"的场所。以女主人（中宫、斋院、斋宫等）为中心的家庭式生活环境，正是平安女性散文体文学诞生的温床。

### 三、家庭式沙龙的作用

古今中外，有许许多多的文学结社，文学结社因其组织的临时性，往往停留在诗歌的创作与欣赏上。这应该也是在古代社会，即便是男性的长篇叙事文学的创作也相对滞后的原因之一。不过，弹词小说的创作现状，反过来让我们了解上述平安时代这样的家庭式文学沙龙，对于长篇叙事文学创作的积极意义。明末的弹词小说《笔生花》中，作者邱心如（1805？—1873？）有这样的自我表述：

A 原也知女子知书诚末事　　　聊博我北堂萱室一时欢

B 近因阿妹随亲返　　　　　　见示新词引兴长

　　始向书囊翻旧作　　　　　披笺试续别残红　　　　　（第五回）

C 却笑余，呆呆作此诚何益　　聊博取，白发萱闱心暂舒

　　年老家贫无以乐　　　　　姑凭翰墨苦中娱

　　一回唱罢频催续　　　　　少不得随意编来信手书　（第十四回）

D 浪费功夫三十载　　　　　　闲来聊以乐慈亲　　　　　（最终回）

E 同胞催我草完篇　　　　　　　　　　　　　　　　　　（第九回结）

她在 A 中表明：虽然对女子来说写书是"末事"，但她为了博得母亲的一时欢笑而创作弹词。她在写完四回后结婚，为此曾一度中断创作。而从 B 中可知，因为受到妹妹新作的触动，才从书囊中翻出旧作进行续写。在 C 中她重复了为了孝顺母亲而创作弹词的初衷。在结尾部分 D 中，再次强调花费 30 年功夫只是为了让母亲开心一笑。同类作品《再生缘》中作者也称"原知此事终无益"。值得我们关注的是，为了取悦母亲成了这二位作者的创作动机。在 E 引文中，作者又称作品是在妹妹的催促中草草完成的，透露出姐妹二人是互为读者或听众关系的。由此可以想象，在邱心如那样的家庭里，存在着一个以母亲为中心的文学沙龙。

事实上，在 17～19 世纪，弹词小说在我国江南地区流行，一般是去叫作书场的地方听先生说书，而不能轻易外出的大户人家的女性，就会有"女先生""女先儿"的说书人上门服务。《红楼梦》第五十四回中，有两位女先生向贾家女眷介绍新作《凤求鸾》的内容，被贾母给狠狠教训了一番。艺人们应该是以这样的方式吸取听众的意见不断修改作品的。邱心如的家庭应该不是贾府那样

的大家族，她们是在母亲、姐妹之间完善作品的。

在古代社会里，文学结社里的交流难免停留在对诗歌的鉴赏上，对于有一定篇幅的物语、小说的交流评价，像邱心如的家庭那样，在共同生活的家人中才有可能实现。从这个意义上来说，日本平安时代的仕女制度，使得超越家庭范围的散文体文学的创作、鉴赏成为可能。

# 第三节　婚姻制度及女性教育与女性文学

## 一、平安时代的婚姻制度的特点

根据当前婚姻史方面的研究，人类的婚姻形式分为 A. 访婚，B. 妻方居住，C. 夫方居住，D. 新处居住四种形式。平安时代的婚姻是 AB 两类同时并存。与成为正妻的女性的婚姻，在婚姻关系尚未稳固的时候有一段时间是访婚，其后过渡到妻方居住婚，因当时是一夫多妻（或称一夫一妻多妾），与其他妻妾的婚姻始终属于访婚。至于 C. 夫方居住只有在男方有了相当的地位和经济实力以后才会出现（如光源氏建造六条院）。而 D. 则基本上是现代社会的产物。也就是说，无论是访婚还是妻方居住，女性是不会被嫁到男性家庭的。这样的婚姻，从女性的角度来讲，有着怎样的特点呢？

首先，女性不与公婆同居。这一点使得女性能够获得精神上的自由。中国或者朝鲜半岛，因为不受婆母喜爱而造成的婚姻悲剧实在是不胜枚举：《孔雀东南飞》中男女主人公的惨死、陆游与唐婉的爱情悲剧，或者朝鲜王朝时的许兰雪轩因不受婆母喜爱而郁郁不得志以至早逝的事实。所以平安朝的女性完全没有侍奉公婆等与夫家相关的日常生活负担。入宫的女性有嫔妃之间的忌妒竞争，但没有来自公婆的压力。像《恨中录》的主人公世子嫔洪氏每天都要向婆婆们请安等记述，在平安朝的文学中一概看不到的。

其次，女性继承家业。这一点对女性来说有利有弊。对富有家庭的女子来说，家庭财产可以使她更有机会获得男性的追求，相反如果家道中落，则男性就有可能另谋高就了。像《伊势物语》"筒井筒"的故事就是如此。开始时年轻夫妇相亲相爱，但等到女方父母去世，没有了经济来源，男性就开始有了新的访婚对象。再比如，《源氏物语》续篇中，浮舟的继父常陆介积累了不少财产，左近少将不明就里，希望通过跟常陆介的女儿结婚来获得常陆介在经济上的支持。然而，当少将获悉浮舟原来不是常陆介的亲生女儿时，就义无反顾地改与浮舟尚未成年的同母异父妹妹结婚了。

最后，因为是女性继承家业，所以女性某种意义上承担起了一个家庭的繁荣或是重振一个家族的重任，为此，女性与父亲的关系至关密切。尤其是在摄关政治时期，对有可能将女儿送入后宫的家庭而言，培养女儿，使其成为下一任国母是整个家庭的头等大事。关于这类女性，下文还将提及。即便不是这类最高层的女性，出色的女儿能够吸引贵公子的求婚，也是提升整个家庭社会地位的重要一环。明石一纪指出：

> 岳父与女婿的联盟，从（平安）时代中期开始逐渐变得显著……这表明：随着婚姻的稳固，妻子的父亲通过将与女儿一体化了的女婿纳入自己的亲属，岳父负责照料女婿的生活并加以保护。这是为了让自己的女儿成为女婿的唯一妻子（单偶婚）的一个策略。[①]

认为岳父大人照顾保护女婿，将其编入自己的亲属关系，这一点是正确的。但是认为这是岳父们为了让自己的女儿成为女婿的唯一妻子的策略，这样的理解就有失偏颇了。我们来举例说明吧。比如，序章中提到的《蜻蛉日记》的作者藤原道纲母，她的和歌创作才能与美貌，使她赢得了父亲的上司且已经另有妻室的藤原兼家的爱慕。藤原兼家是藤原师辅的三子，藤原道隆、道长的父亲。跟这样的摄关家贵公子结婚，对这个道纲母的家庭来说，其作用是非同小可的。所以，对于这位女婿，以父亲为首的一家人都是待以上宾之礼的。再比如，《源氏物语》中左大臣对待光源氏的态度，唯有"无微不至"可以形容了。对左大臣来说，将本来可以入宫成为东宫妃的女儿葵姬嫁给光源氏，是他下的一个政治赌注：与桐壶帝一道对抗右大臣一派。也正因为女婿如此重要，平安时期的嫡母虐待庶出女儿的故事，都是以阻碍庶出女儿与贵公子的婚姻为主要内容的。《蜻蛉日记》下卷描写贺茂祭时，兼家特意命人从人群中把作者的父亲请出来，为他斟酒。作者说"看着父亲的酒杯被斟满的一刻，我也就心满意足了"[②]。对那个时代的女性来说，家族的繁荣比个人的幸福更重要；自然，对父亲来说，家族的繁荣比女儿的幸福更重要。

---

① 明石一纪. 日本古代の親族構造［M］. 东京：吉川弘文馆，1999：309.
② 藤原道纲母. 蜻蛉日记［M］. 施旻，译//张龙妹. 紫式部日记. 重庆：重庆出版社，2021：171. 以下该作品的引文皆出自此译本。

### 二、和歌与婚姻的关系

上文中提到，因为是女性继承家业，所以家庭财产在一定程度上影响着女性的婚姻，此外，除了女子的容貌，还有什么因素会影响女性的婚姻呢？毕竟是一夫多妻制社会，要巩固婚姻是非常不易的。在中国，大家能够想到的应该是妇德吧，即做一个所谓的贤妻良母。《源氏物语》中也描写了一个类似于中国式的贤妻。这是在"雨夜品评"中藤式部丞讲述的一个关于博士女儿的故事。在式部丞还是文章生的时候，遇到了一位贤女。

> "我还是书生的时候，曾与一个贤女之流的人物有过一段婚姻……枕上私语，也都是关于我身求学之事，以及将来为官做宰的知识，凡人生大事，她都教我。她的书牍也写得极好：一个假名也没有，全用汉字，措辞冠冕堂皇，潇洒不俗……"①

丰子恺译《源氏物语：帚木卷》37 页

这位贤女不仅可以与之商谈仕途经济，也能为自己日常的为人处世思虑周全，她的学问令半吊子书生为之汗颜，凡事没有旁人插嘴的余地。在他们成婚的时候，博士老师还特意吟诵白居易《秦中吟》十首"议婚"篇中的"听我歌两途"之句。所谓"两途"指白诗中的"红楼富家女，金缕绣罗襦。见人不敛手，娇痴二八初。母兄未开口，已嫁不须臾"与"贫家女难嫁，嫁晚孝于姑"等句，暗示其家虽贫，而其女必贤。而与她的贤淑成正比的是她的不通风雅。有一次，式部丞造访时，女子碰巧身体不适服用了草药，她就直言道：

> "妾身近患重感冒，曾服极热的草药，身有恶臭，不便与君亲近。虽然隔着帷屏，倘有要我做的杂事，尽请吩咐。"

丰子恺译《源氏物语：帚木卷》38 页

文中"极热的草药"当指蒜类食物。贤女说因几个月来感冒严重，服用了蒜类食物，臭气难闻，所以不能相见。即便如此，有什么杂事请尽管吩咐。两句话中使用了大量的汉语词汇，语意还这么直白，应该跟她在谈到学问时不容

---

① 只是"曾与一个贤女之流的人物有过一段婚姻"处，丰译为"看到过一个贤女之流的人"，原文的"かしこき女の例をなむ見たまへかし"中的"見る"不是单纯的"看到"之意，在平安时代男性见到女性是在结婚三天以后，看到也意味着婚姻的成立。

别人插嘴的个性一致。在那个唯风雅是尚的时代，她与式部丞的结局是可想而知的。

这样一位满腹经纶的女子，令人想起《列女传》中的中国古代女性。比如，卷二贤明传中的"楚於陵妻"。楚王听闻於陵子终贤明，便欲任命其为宰相，派使者送来黄金百镒。於陵子终有些心动，入内室与妻子商量："今日为相，明日结驷连骑，食方丈于前，可乎？"他的妻子回答道："夫结驷连骑，所安不过容膝之地。食方丈于前，所甘不过一肉。今以容膝之安、一肉之味，而怀楚国之忧，其可乎？"① 虽然事情的性质并不相同，但两位女性都拥有超越男性的才智，直言不讳，直指事情的本质。於陵子终妻被视作中国的奇女子，记入《列女传》，这也是该书贤明卷中所录女性的共同特点，而《源氏物语》中的博士家女儿只是贵公子们的笑料，她也最终被式部丞抛弃。

事实上，在日本的各类作品中，还真没有发现有称颂妇德的文字。文学作品中宣扬的都是女性的咏歌才能，这才是影响女性婚姻的一个重要因素。比如说，上文中的道纲母，她的和歌才能应该也是她的婚姻的成因之一。至于和泉式部，关于她的容貌没有文字记录，但她的咏歌才能，是连笔下毫不留情的紫式部也在日记中不得不认可的。

> 和泉式部这个人，她写的东西着实有趣。但是，她也有令人不快的地方。她随意写些什么的时候，就能展现出她在文章方面的才华，只言片语也充满文采。她的和歌，非常有情趣。但从古歌知识、和歌理论方面来看，她并不是所谓的真正的歌人，只是随口吟诵的和歌中，总会有令人关注的亮点。尽管如此，她还对别人所咏的和歌妄加评论，可见她实际上并不怎么精通和歌。她只是能够出口成章地吟咏和歌而已，并不是那种令人自愧弗如的优秀歌人。

张龙妹译《紫式部日记》296 页

文章说和泉式部作歌写文章属于信手拈来、脱口而出的那一类。从当时和歌强调的情趣（をかしきこと）、古歌知识（ものおぼえ）、对和歌好坏的判断标准（うたのことわり）等来看，和泉甚至称不上是一个真正的歌人，只是她脱口而出的和歌，总有令人瞩目之处。文字虽然拐弯抹角，但从紫式部的笔下得到这样的肯定已属不易。也正是和泉的和歌才能，使她拥有了丰富的恋爱、

---

① （汉）刘向. 四部备要：列女传［M］. 北京：中华书局，1989：21.

婚姻经历。比如，在《和泉式部日记》开篇，已故的为尊亲王的胞弟敦道亲王派书童送来橘子花，因橘子花在和歌中寓意怀旧，和泉式部当即看透了送花者的用意，咏歌道：

虽得橘香似故人，怎若子规啼同声？①

（薫る香によそふるよりはほととぎす聞かばやおなじ声やしたると）

作为已故亲王的同母弟，你以橘子花相赠来引起我的怀旧之感，不如让我听听你是不是也跟亲王有着同样的声音？言外之意，你不用这么拐弯抹角，直接想说什么就说什么吧！这是一首非常具有挑逗性的和歌。果然，她的和歌引起了敦道亲王的关注，于是在和歌的赠答过程中，两个人终于跨越身份走在一起。

在《源氏物语》中，光源氏的正妻葵姬被描写成一位不会作和歌的人，这也应该是她与光源氏之间的婚姻一直磕磕碰碰的原因之一。作品中她唯一的一首和歌是借六条妃子的生灵之口所咏②。光源氏在决定是否将玉鬘接入六条院时，也是先通过和歌考察她的才情的。而光源氏曾经的好友后来的政敌内大臣，就是因为没有对近江君进行这方面的考察，致使自己和这个庶出的女儿成为上层社会的笑柄。另外，《伊势物语》《今昔物语集》中收录的"歌德"故事中，因为贫穷遭遗弃的本妻大多是以吟咏和歌令丈夫回心转意的。

### 三、婚姻制度与女性教育

在我国少数民族地区虽然也有访婚制婚姻的存在，但大部分地区自有文字记载以来就属于夫方居住型婚姻。女性嫁入男方家庭，虽然也有赵明诚、李清照这样琴瑟和谐的文人夫妻，但像朱淑真那样郁郁而终的文学女性应该不在少数。通观中国古代的女性教育，以《女诫》（东汉）、《女论语》（唐代）、《内训》《女范捷录》（明代）女四书为代表，提倡的无非是所谓四德，即妇德、妇言、妇容、妇功。而四德显然是以侍奉丈夫、孝敬父母公婆、教育子女、处理姑嫂妯娌关系为目的的。从"才"的角度来说，女性的才能大约可以分为才艺

---

① 和泉式部. 和泉式部日记［M］. 张龙妹，译//张龙妹. 紫式部日记. 重庆：重庆出版社，2021：179. 以下该作品的引文皆出自此译本。

② 见于葵卷「なげきわび空に乱るるわが魂を結びとどめよしたがひのつま」。紫式部. 源氏物语：第2册［M］. 阿部秋生，秋山虔，今井源卫，校注. 东京：小学馆，1994：40.

（文学、艺术）和知识（识字、数算），明末清初的陆世仪在他的《思辨录》中说得最为直接明了："盖识字则可理家政，治货财，代夫之劳。"（《思辨录集要·小学》四库本）。正如《红楼梦》中的王熙凤那样，她与上下人等的巧妙相处、在管理大家庭方面体现出的精明是封建家庭所需要的。

在宫廷中的情形也大同小异。据《汉书》记载："成帝游于后庭，尝欲与婕妤同辇载，婕妤辞曰：'观古图画，贤圣之君皆有名臣在侧，三代末主乃有嬖女，今欲同辇，得无近似之乎？'上善其言而止。"（外戚传·第六十七下）这件事后来传到太后那里，太后把她比作辅佐楚庄王的樊姬。班婕妤因此赢得了太后王政君的好感，在赵飞燕赵合德姊妹得宠，许皇后因"巫蛊"事件遭废以后，她才可以在太后处避难得以全身而退。这位班婕妤，就是后世称为曹大家的班昭的姑母。她在《团扇诗》中以秋后团扇自喻，哀悼了自己凄婉的一生。对于这样一位在封建宫廷中黯然陨落的才女，曹植作诗云："有德有言，实惟班婕。"（《曹子建集》卷七）显然还是从妇道进行的评价！

朝鲜王朝时期的女性也基本上处于相同的环境中。在高丽时代，朝鲜半岛实行的是称为率婿婚①的女方居住婚。但到了朝鲜王朝时代，性理学传入朝鲜，朱子学的名分论正统论获得了统治地位。体现在婚姻制度上，认为"男归女家"的率婿婚属于"以阳从阴"，从儒者、两班社会乃至庶民开始实行"亲迎之礼"。世宗十七年（1435）坡原君尹泙率先以"亲迎之礼"迎娶了太宗之女淑慎翁主，中宗十三年（1518）平民金致云也以迎亲的方式举办了婚礼。从此女性在婚姻中的地位骤降。其后，制定内外法（圣宗十六年）、禁止女性自由外出。还严禁女性改嫁（中宗十三年），甚至规定改嫁后的女性的子孙不能担任任何官职（圣宗八年）②。早在世宗十三年（1431）就编撰了《三纲行实图》，介绍了中国、朝鲜的35位忠臣、孝子、烈女的事迹，并配以插图。其后，昭萱王后借用《三纲行实图》《列女传》《女诫》《女则》等书籍中烈女故事，亲自撰写了《内训》（1475），强调父权夫权和所谓妇道，使女性能够甘心情愿地在社会上在家庭里处于从属的地位。

在宫廷中，侍奉国王和王妃的宫女从中人阶层（两班及常民的中间阶层）中选拔，一般7岁入王宫，学习宫中法度、朝鲜谚文、《千字文》《大学》《小

---

① 作为女婿的男子在结婚后到女方家与妻子家人一起生活。

② 金香花. 中韩女性教育比较研究［D］. 长春：东北师范大学，2007：33.

学》等。宫女官阶从正五品到从九品，要升到正五品需要 35 年的历练①。王宫内的工作由这些宫女和太监负责，宫女们自然没有机会与朝廷的男性官员们接触。上文提到的《三纲行实图》于成宗十二年（1481）被翻译成朝鲜谚文，被当作道德教育的教科书。

显然，朝鲜宫廷内外并不崇尚女性与德无关的文学创作。据朴趾源（1737—1805）的记述，他随行进贺使兼谢恩使来北京，在谈及许兰雪轩的诗集时，认为闺中女性写汉诗并不值得夸耀，不过，一名外国女性的名字在中国广为流传是值得骄傲的②。对于女性的文才，他是基本持否定态度的。

从目前保存下来的谚文书籍来看，朝鲜女性显然不是用谚文来创作类似于和歌那样的文学作品，更多的是用于书写女教类书籍。而通过朝鲜王朝时代的三部女性日记，同样能够印证上述女性教育在她们身上起到的作用。《仁显王后传》中的王后生来就被誉为"此女似太姒，有国母之风"③。《恨中录》中有一段关于作者母亲的描写，如下：

> 先母常在下房彻夜纺线、做针线活，下房灯光一直点到天亮。为了怕老少下人看到自己熬夜做事难过，她把窗子用黑布蒙上，竭力避免别人夸赞自己。④

作者的母亲出身宰相之家，虽然身份高贵，但她亲自做女红、洗衣，有时甚至不得不通宵达旦。那样的时候，她还会顾虑下人们的感受，要在窗户上蒙上黑布，不让他们察觉。这是一位有仁德的贤妻良母。

作者被选为世子嫔时，英祖命人送来《小学》，让她跟父亲好好学。随后王后送来了她的御制《教训书》。《小学》是妇孺的启蒙类图书，其内容不外乎三纲五常，"男不言内，女不言外"也是其中的名言。

那么相比于中国、朝鲜王朝的女性，日本平安时代的女性，她们受到了怎样的教育呢？在谈到平安时代女性的教养时，下面所引《枕草子》的这段文字很有代表性。

---

① 金钟德. 仮名文字とハングルの発明、そして女流文学［J］. 日本研究教育年报，2014（18）：88－89.

② 朴趾源. 热河日记［M］. 朱瑞平，校点. 上海：上海书店出版社，1997：261－262.

③ 仁显王后传［M］. 王艳丽，译//张龙妹. 恨中录. 重庆：重庆出版社，2021：99. 以下该作品的引文皆出自此译本。

④ 惠庆宫洪氏. 恨中录［M］. 张彩虹，译//张龙妹. 恨中录. 重庆：重庆出版社，2021：168. 以下该作品的引文皆出自此译本。

　　从前在村上天皇的时代，有一位叫宣耀殿女御的，是小一条左大臣的女儿，这是没有不知道的吧。在她还是做闺女的时候，从她的父亲所得到的教训是，a第一要习字，b其次要学七弦琴，注意要比别人弹得更好，c随后还有《古今集》的歌二十卷，都要能暗诵，这样地去做学问。天皇在她入宫前就听过这样的话。有一天，中宫照例有所避忌的日子，天皇拿着一本《古今集》，走到女御的房子里去，又特别用几帐隔了起来，女御觉得很是奇怪，天皇翻开书，问道："某年，某月，什么时候，什么人所作的歌是怎么说的呢？"女御心里想到，是了，这是《古今集》的考试了，觉得也很有意思，但是一面也恐怕有什么记错，或者忘记的地方，那不是好玩的，觉得有点忧虑。天皇在女官里边找了两三个对于和歌很有了解的人，用了棋子来记女御记错的分数，要求女御的答案。这是非常有趣的场面，其时在御前侍候的人都深感觉到欣美的。天皇种种的追问，女御虽然并不怎么自以为是地立即回答全句，但总之一点都没有错误。天皇原来想要找到一点错处，就停止考验了的，现在却找不到，不免有点懊恼了。《古今集》终于翻到第十卷了，天皇说道："这试验是不必要了。"于是将书签夹在书里，与女御就寝了。夫妇和美，实在可喜可贺。①

　　这里是通过一条天皇的皇后定子讲述的村上天皇时代的风雅趣事。宣耀殿女御芳子在她待字闺中时，其父小一条左大臣对她进行的教育是：a练好变体假名的连绵体书写，b古琴的弹奏技巧要比别人好，c把《古今集》20卷背诵下来。芳子入宫后的某一天，村上天皇想考考芳子的和歌才能，便拿着《古今集》从假名序开始测试，直到第10卷，无论和歌还是歌序，都没能发现一处错误。天皇原本准备了围棋子用来计算对错的，结果都没派上用场。与此相近的记述亦可见于《大镜》。在《蜻蛉日记》的下卷，一直没有生下女孩的道纲母，领养了丈夫藤原兼家与兼忠女生下的女儿，她对这个养女实行的教育也是习字与和歌②。《源氏物语》中有关女子教育的描述也大致如此。应该可以把上引文字看作平安

----

① 清少纳言. 枕草子［M］. 周作人，译. 北京：中国对外翻译出版公司，2001：22 - 23. 有改动。"于是将书签夹在书里，与女御就寝了。夫妇和美，实在可喜可贺"句，周译为："于是将书签夹在书里，退回到寝殿去了。这事情是非常有意思的。"原文为："御草子に夾算さして、大殿籠りぬるも、まためでたしかし。""大殿籠る"是"睡"的敬语动词，后文的"まためでたしかし"也是由此生发的赞叹。

② 藤原道纲母. 蜻蛉日记［M］. 施旻，译//张龙妹. 紫式部日记. 重庆：重庆出版社，2021：128.

贵族社会女子教育的常识。最为关键的是，习字、弹古琴、背诵和歌，这三项内容其实都是以跟男性交往为目的的。

首先，和歌与婚姻的关系，在上文已经提及，而和歌又是与习字密切相关的。这里的习字，指的是书写变体假名的连绵体，主要用于和歌书写。因为当时包括求婚在内的社交的主要方式是通过和歌的赠答，习字其实也是男性的必要修养。在物语中，收到男方的求婚信时，侍女们都会对信中的书法、信纸的质地色彩以及送信的方式做一番评价。同样地，男子收到回信后，也会从这些要素中猜测女子的性情、教养。《源氏物语》中，光源氏在北山发现紫儿以后，就难以掩饰自己的内心，回京后就给还不解男女之情的紫儿送去情书，而且还故意写得特别稚嫩的样子。即便如此，以他的教养，那字体自然也是超凡脱俗的，紫儿的侍女们见了，若获至宝，就把他的来信当作紫儿练字的字帖了[1]。

下面这段引文应该很好地体现了和歌及和歌书写的作用。

（源氏公子）在一张胡桃色的高丽纸上用心地写道：
　　　　怅望长空迷远近，渔人指点访仙源。
（中略）翌日，源氏公子又写一封书信去。先说："代笔的情书，我生平尚未见过。"又说：
　　　　"未闻亲笔佳音至，至索垂头独自伤。
正是'未曾相识难言恋'了。"这回写在一张极柔和的薄纸上，书法实甚优美。明石君看了，心念自己是个少女，看了这优美的情书若不动心，未免太畏缩了。源氏公子的俊俏是可爱的，但身份相差太远，即使动心也是枉然。如今蒙青眼，特地寄书，念之不禁泪盈于睫。她又不肯写回信了。经老夫多方劝勉，方始援笔作复。写在一张浓香熏透的紫色纸上，墨色浓淡有致。诗云：
　　　　试问君思我，情缘几许深？
　　　　闻名未见面，安得恼君心？
笔迹与书法都很出色，并不比那些高贵的女子拙劣，有京城人的风雅，觉得和此人通信颇有兴趣。但往返太勤，深恐外人注目，散布流言。于是隔

---

[1]　见"他故意模仿孩子的笔记，却颇饶佳趣。众侍女说：'这正好给姑娘当习字帖呢。'"紫式部．源氏物语：上［M］．丰子恺，译．北京：人民文学出版社，1986：116.

　　　　两三天通信一次。例如，寂寞无聊的黄昏，多愁多感的黎明，便借口
作书。①
　　　　　　　　　　　　　　　　　　　　　《源氏物语：明石卷》306～307 页

　　因为明石君的父亲常常向光源氏提起自己的独生女儿，诉说自己多年来欲
将女儿嫁与京城高贵之人的愿望，光源氏也希望有人能慰藉自己孤苦的谪居生
活，就开始给明石君写信。他第一次用的是"胡桃色的高丽纸"，在当时属于高
级的物品，应该显示了光源氏的身份，而"胡桃色"是一种黄里泛红的色彩，
在《源氏物语》中只有这一处用例，在《枕草子》中，描述为"肥厚的胡桃色
纸"，有一种厚重感②，被怀疑是僧人的来信。在《蜻蛉日记》中，源高明遭流
放，他的妻子爱宫也回到了娘家。道纲母出于同情，作长歌表示慰问，随后她
们互赠和歌。道纲母的最后一首和歌用的是胡桃色纸，插在变了色的松枝上
的③。变色了的松树应该象征着源高明遭流放一事，而"胡桃色纸"应该也与
这一意象有关。至少不应该是跟恋爱有关的。光源氏用这样的纸张也许意在暗
示自己的谪居处境。但在书写上特意做了文章，运笔无比优雅。接到信后，任
由明石入道如何劝说，明石君就是不肯写回信，不得已，由父亲代写了回信。
第二封信，光源氏声称自己从来没有收到过代笔的回信，用了写情书用的"极
柔和的薄纸"④，笔迹优雅。也确实，在京城里，应该没有哪个女性可以无视光
源氏的存在。这次，明石君读了这封信，心想自己作为一名年轻的女子要是对
这样的情书也无动于衷那就与木石无异了。然而顾及自己的身份，她还是不愿
回复。经明石入道再三规劝，她才被迫回信。她用了熏了浓香的紫色的信纸，
浓淡有致地写了回信。和歌的内容也完全符合这种场合的答歌套路，显示出了
足够的才情。看到这样的回信，光源氏的判断是：笔迹以及浓淡有致的书写布
局一点也不比那些高贵的女性逊色。不禁令他想起了京城女子，虽欲频繁与之
通信，但又在意周围人的目光，不得不隔两三天，在寂寥的黄昏或是愁绪万端
的黎明，猜想对方应该也是触景生情时分，去信存问。显然，光源氏仅仅是收

――――――――――――

① 紫式部．源氏物语：上 [M]．丰子恺，译．北京：人民文学出版社，1986：306 - 307.
　有改动。
② 原文为"胡桃色といふ色紙の厚肥えたる"。清少纳言．枕草子 [M]．松尾聪，永井
　和子，校注．东京：小学馆，1997：250.
③ 原文为"胡桃色の纸に书きて、色変はりたる松につけたり"。藤原道纲母．蜻蛉日记
　[M]．木村正中，伊牟田经久，校注．东京：小学馆，1995：184.
④ 原文为"いといたうなよびたる薄様"。紫式部．源氏物语：第 2 册 [M]．阿部秋生，
　秋山虔，今井源卫，校注．东京：小学馆，1994：250.

到过明石君的一封信，就判断出对方是跟自己一样解风情、懂"物哀"之人。可谓是平安时代版"文如其人"思维。这位明石君，后来为光源氏生下了日后成为国母的明石姬君。

至于弹琴技巧，首先，对最高层的女性来说，由于古琴本身所具有的与皇权的密切关系①，弹奏古琴是有志成为后妃的女性们的一门必修课。这种技能也是唤醒天皇情感的一种方法，如上文中提到的村上天皇的斋宫女御，当天皇无意中疏远了她的时候，她弹奏的古琴声为她传递了自己的思恋。在宫廷以外，弹琴也是女性展示自身魅力的重要方式。光源氏与末摘花的姻缘，末摘花弹奏的古琴起到了决定性的作用。在《源氏物语》中，古琴是只有皇族才可以弹奏的乐器，作为常陆亲王府的公主，末摘花也拥有这一技能。只是以她笨拙的性格，她应该只是会一点皮毛。当光源氏提出要听她弹琴的时候，负责牵线的仕女只是让她轻描淡写地弹了几下，光源氏还没能对此做出任何判断，仕女就不允许她继续弹奏了。显然，这是仕女特意安排的。但是在那样荒芜的庭院里，居然有人会弹奏古琴！② 对弹奏古琴的高雅女性的想象使得光源氏从此对末摘花不能忘怀，直到在相会后的一个下雪天的早上一睹她的真面目为止。"琴"是日本对于弦乐器的总称，对非皇族的女性来说，就可以练习弹奏琵琶、古筝、和琴等。上述的明石君擅长弹奏古筝，她的弹琴技巧在与光源氏的关系中也一直起着重要的作用。

朝鲜王朝接受了中国性理学为代表的朱子学，规定了男女性别在社会上的地位，也促使婚姻制度发生变化，由原来的女方居住婚发展为与中国相同的男方居住婚，使得女性的地位随之下降，因此，女性教育也发生了巨大的变化。中国、朝鲜的女性教育，以培养妇德为主，而日本平安时代的女性教育，是以与男性交往为目的的。这是平安朝的日本不同于中朝的最为关键的地方。而这一点应该也是造成三国女性文学差异的关键之所在。

---

① 张龙妹. 平安物语文学中的古琴 [J]. 日语学习与研究，2012 (6)：1-6.

② 原文「ほのかに掻き鳴らしたまふ、をかしう聞こゆ。なにばかり深き手ならねど、物の音がらの筋ことなるものなれば、聞きにくく思されず。いといたう荒れわたりてさびしき所に、さばかりの人の、古めかしうところせくかしづきするゐたりけるなごりなく、いかに思ほし残すことなからむ、かやうの所にこそは、昔物語にもあはれなることどももありけれなど思ひつづけても、ものや言ひ寄らましと思せど、うちつけにや思さむと心恥づかして、やすらひたまふ」。紫式部. 源氏物语：第 1 册 [M]. 阿部秋生，秋山虔，今井源卫，校注. 东京：小学馆，1994：269.

# 第二章　女性文学产生的共性与个性

上一章主要从政治背景、婚姻制度两方面讨论了平安时代女性文学产生的特殊背景。在本章将从女性文学产生的共性讨论宫廷文化、信仰、旅行在女性文学创作方面的作用。在此基础上，揭示平安朝女性散文体文学的个性。

## 第一节　宫廷文化与女性的文学创作

### 一、以男性为主导的中朝文学沙龙

中朝古代的女性文学以诗歌创作为主，她们大都活跃在男性主导下的沙龙里的。在中朝古典诗歌中留下姓名的女诗人大概可以分为以下三类：

①受家学熏陶的才女

②几近沦为倡优的女性

③后妃或是出仕宫廷的女性

对第①类才女来说，与家族内男性成员的交流是她们主要的文学活动。如西晋时的左芬（？—300），她出身于书香门第，是才子左思（250—305）的胞妹。左思是当时首屈一指的才子，他的《三都赋》便是洛阳纸贵的罪魁祸首。现存左芬的两首诗作中，其中《感离诗》一首就是答左思《悼离赠妹诗》之作。下文要提及的上官婉儿（664—710）也是有家学渊源的。其祖父上官仪是初唐文坛的一代风雅之主，在唐高宗龙朔年间写成《笔札华梁》，创造了对宫廷诗人产生深远影响的"上官体"①。其父上官庭芝也是饱学之士，工于诗文。母

---

① 李海燕．上官婉儿与初唐宫廷诗的终结［J］．求索，2010（2）：165 – 167.

亲郑氏，出身名门望族荥阳郑氏，知书善文，颇有见识①。最为典型的事例当属明代的沈宜修（1590—1630）。她出生于吴江分湖的名门沈氏，她的一族中有伯父沈璟（元曲理论家、作家）、弟弟沈自昌（杂曲作家）、堂兄弟沈自晋（沈璟之侄子，传奇作家）等共七名男性文人。她的夫君是文名与沈氏不分伯仲的叶氏出身的文学家叶绍袁（1589—1648）。他们之间共育有五女八男，其中五人有诗集传世，六男叶燮（1627—1703）的诗歌理论还对后世产生了一定的影响。显然，沈宜修的周围已经形成了一个家族式的文学沙龙。

朝鲜半岛的女诗人许兰雪轩（1563—1589）的生活环境也非常接近。她的父亲许晔，兄许筬、许篈，弟许筠都是颇具文名的诗人。她的诗集《兰雪轩诗》正是其弟委托明朝的使臣才得以刊行的。

第②类女诗人中，像唐朝的薛涛（768—832）、鱼玄机（844—871）比较有代表性。薛涛是因为父亲亡故，鱼玄机是因为不能见容于丈夫的妻子，不得已才沦落的。她们与当时的文人多有往来，如薛涛的现存诗作中，就有与元稹、白居易、刘禹锡、张籍、王建、杜牧等人的唱和之作。16世纪朝鲜王朝的代表性"时调"歌人黄真伊也是"妓生"。再比如，19世纪著名的女诗人金芙蓉（1800—1860），号云楚，是位诗妓，后来成为金渊泉（1755—1845）姜。与之"同居十五年，日以诗歌相酬唱，可谓如蜂房流蜜"，"以渊泉小妾身份，与当时名流如权常慎（1759—1825）、金祖淳（1765—1831）、申纬（1769—1847）、金正喜（1786—1856）等颇有文字交"②。有意思的是，云楚与琼山、金锦园（1817—？）、朴竹西（1820？—1845）三位姊妹结成诗社，在《戏赠诗妓》一诗中写道："微之不并世，独步江南境。梦得又新得，乐天大不幸。""以元稹、刘禹锡、白居易分比三人，堪称雅谑"③。也可见她们对自己诗才的自负。

第③类诗人，比如，上文提到的左芬（？—300），武帝司马炎爱慕她的诗名，将她纳入后宫封为贵嫔，但正如《晋书》"姿陋体羸，常居薄室"所描述的那样，她没有得到武帝的宠爱，只是奉命为宫廷的各种仪式做些诗歌锦上添花而已。274年，元杨皇后崩，左芬献诔："惟泰始十年秋七月丙寅，晋元皇后杨氏崩，呜呼哀哉！……"（《晋书》卷三十一列传第一）及咸宁二年（276），纳杨芷为后，芬于是重受诏作《纳杨后颂》，其辞曰："周生归韩，诗人是咏。

---

① 罗时进，李凌．唐代女权文学的神话——上官婉儿的宫廷诗歌创作及其文学史地位[J]．江苏大学学报，2005（6）：2-6．
② 张伯伟．朝鲜时代女性诗文集全编：中[M]．南京：凤凰出版社，2011：1021-1022．
③ 张伯伟．朝鲜时代女性诗文集全编：中[M]．南京：凤凰出版社，2011：1021-1022．

我后戾至，车服晖暎。……"① 前者为悼亡之词，后者是庆贺之诗，二者皆竭尽了赞美之词，而用词又是大同小异。清人编写的《宫闺文选》颂、赞、诔类型的署名左九嫔的诗歌中，除上引《纳杨后颂》外，尚有《纳杨后赞》，据《太平御览》一百四十五卷可知，左芬另有《杨皇后登祚颂》（引《左贵嫔集目录》，亦可见于《艺文类聚》二十一）。从这些诗篇中可以看出左芬在西晋武帝的后宫中扮演的无非是歌功颂德的角色。这些诗歌的性质也决定了这些文字虽辞藻华丽但诗意必定千篇一律，没有作为武帝嫔妃之一的内心世界的描述，甚至看不出作者的性别②。

能够反映朝鲜后宫女性文艺才能的素材不多，目前可以从《朝鲜时代女性诗文集全编》中发现 4 首宫廷女性的汉文诗歌。权贵妃《宫词》1 首，光海君夫人柳氏《侍宴呈府夫人》1 首，顺人宋氏《观行幸》《雨》2 首。其中，权贵妃为朝鲜太宗王时贵妃③，"善吹玉笛，最为宠幸"④，其《宫词》云："忽闻天外玉箫声，花底徐听独自行。三十六宫秋一色，不知何处月偏明。"盖是一位有诗才又有才艺的风雅女子。顺人宋氏为宗室内子，两首诗都各只有两句，其中《观行幸》云："天中新日月，辇下旧臣民"，可以看出她冷峻的观察。光海君夫人刘氏的诗是在她母亲郑氏被封府夫人的宴席上所作，其母也有《敬次内殿韵》诗。此外，光海君于瑞葱台赐宴郑氏时，有东宫赠诗，郑夫人答诗《敬次春宫宝韵》；刘氏为其母举办寿宴时，有光海君赠诗，郑夫人《敬次大朝元韵》作答⑤。在这样的祝寿、行幸等特定仪式的时候，女性也是会作诗。

朝鲜王朝的宫女，她们从 7 岁入宫，学习宫中的礼仪礼节、谚文、千字文、大学、小学等⑥，所以，基本上应该是能够运用谚文进行阅读和书写的。正如《癸丑日记》的末尾所云："内人们只拣稍许暂录于此。"⑦ 可见这些宫女拥有写作的能力。但是，在朝鲜王朝，女性没有写作的自由，如果记录涉及党派斗争

---

① （清）周昌寿. 宫闺文选［M］. 北京：西苑出版社，2009：59.
② 《晋书》卷三十一"列传第一"另收录有武帝命史臣作哀策叙怀，比较二者可知。
③ 据《香奁别肠》中有关她生平的介绍，称"永乐八年，侍上征虏，逮至□城，薨"（另据《太平清话》，上引□作"西"），永乐八年应是太宗在位期间。张伯伟. 朝鲜时代女性诗文集全编：中［M］. 南京：凤凰出版社，2011：1795 – 1984.
④ 张伯伟. 朝鲜时代女性诗文集全编：中［M］. 南京：凤凰出版社，2011：1795.
⑤ 张伯伟. 朝鲜时代女性诗文集全编：中［M］. 南京：凤凰出版社，2011：1795 – 1797.
⑥ 金钟德. 朝鲜の宫廷文学における宗教思想［M］//张龙妹，小峰和明. アジア遊学（207）：東アジアの女性と仏教と文学. 东京：勉诚社，2017：232 – 240.
⑦ 癸丑日记［M］. 张彩虹，译//张龙妹. 恨中录. 重庆：重庆出版社，2021：96.

的宫廷秘事，甚至会被株连三族①。这也是为什么三部日记中，除了《恨中录》的作者以外，其他两部作者都为佚名。即便是《恨中录》的作者，她在开篇时提到，她原来从宫中写给娘家的信件，全部被父亲水洗了，根本没有留下，所以才在侄女的要求下写下了这部作品。这样的大环境，某种意义上决定了朝鲜王朝的宫廷，除了上述宴席时嫔妃及其生母吟诵的几首诗歌以外，不会有规模性的女性文学活动。

从以上的分析可以看出这三类女诗人的共同点。那就是，女诗人们大都属于男性文化圈。为此，对于她们的作品，无疑是根据男性的标准来进行评判的，所以她们自己也以男性写诗的标准书写。明代胡震亨称赞薛涛的诗曰："薛工绝句，无雌声，自寿者相。"② 在男性主导的社会里，文学也只有一个标准。"无雌声"便是对女性诗歌的最高评价。朝鲜女诗人的《兰雪轩诗》中尤其是游仙类作品得到了很高的评价，其原因也在于此。

### 二、女性专权时代的宫廷诗歌与上官婉儿

那么，以武则天为首的女性专权时代的宫廷文学又是如何呢？

武则天在永徽六年（655）被封为皇后，高宗不久罹患风疾，武后专权实始于此。至公元674年与高宗并称"二圣"，专权便是名至实归了。684年高宗驾崩，武后临朝称制，690年改国号周，自立为帝。直至704年宫廷政变，武后被迫还政与中宗。武后专权的时间长达半个世纪之久。中宗即位后，政权掌握在韦后手里。韦后的女儿安乐公主有恃无恐，甚至逼迫中宗"废太子，立己为皇太女"（《资治通鉴》卷二〇八）。终于，"安乐公主欲韦后临朝，自为皇太女，乃相与合谋，于饼餤中进毒"（《资治通鉴》卷二〇九）。景云元年（710）六月，中宗于神龙殿驾崩，李隆基随即与武后之女太平公主联合诛杀韦后及安乐公主。此后睿宗登基。因太平公主扶立睿宗有功，她又成为继武后、韦后之后的女性统治者。据《资治通鉴》记载："每宰相奏事，上辄问：'与太平议否？'……公主所欲，上无不听，自宰相以下，进退系其一言。其余荐士骤历清显者不可胜数，权倾人主，趋附其门者如市。"（《资治通鉴》卷二〇九）直到开元元年（713），李隆基再次发动政变诛杀太平公主一党。高宗、中宗、睿宗三代，近60

---

① 金钟德. 朝鲜の宫廷文学における宗教思想［M］//张龙妹，小峰和明. アジア遊学（207）：東アジアの女性と仏教と文学. 东京：勉诚社，2017：232–240.

② （明）胡震亨. 唐音癸签［M］. 上海：上海古籍出版社，1981：83.

年的时间，初唐一直处于女性专权统治的时代①。

在这段女性居统治地位的时代，上官婉儿（664—710）一直充当着重要的角色。她是在宫廷里出生的奴隶，武则天赏识她的才能，免去了她的奴隶身份，从通天元年（696）始，婉儿内掌诏命，为武后起草诏书。武周圣历元年（698）暗中与太子李显沟通，并得到信任，权势更胜。中宗（李显）即位后被封为九嫔之一的昭容，令专掌制命，封其母郑氏为沛国夫人，愈加光宠②。"婉儿与近嬖至皆营外宅，邪人秽夫争候门下，肆狎昵，因以求剧职要官。"（《新唐书·后妃传》）直至710年李隆基起兵诛杀韦后一党，虽其时婉儿已经与太平公主结盟，但还是被看作韦氏集团的成员，被李隆基诛杀。

婉儿在中宗朝的文学活动中也极为出彩，对中宗朝的文事活动起到了重要的促进作用。

> 婉儿常劝广置昭文学士，盛引当朝词学之臣，数赐游宴，赋诗唱和。婉儿每代帝及后，长宁安乐公主，数首并作，辞甚绚丽，时人咸讽诵之。
>
> （《旧唐书》卷51）
>
> 婉儿劝帝侈大书馆，增学士员，引大臣名儒充选。数赐宴赋诗，群臣唱和，婉儿常代帝及后，长宁安乐公主，众篇并作，而采丽益新。又差第群臣所赋，赐金爵，故朝廷靡然成风。当时属辞者，大抵虽浮靡，然所得皆有可观，婉儿力也。
>
> （《新唐书》卷76）

新旧唐书中的记述非常接近。在宫廷的游宴活动中，婉儿常能代替中宗、韦后和长宁、长乐二公主共四人赋诗，且"辞甚绚丽""采丽益新"，成为时人"讽诵"的对象。她还能评判群臣的作品，俨然成了当时宫廷的诗赋权威。被诛以后，她的文集被编成二十卷，由张说作序，可惜已经散佚，仅从张说的《唐昭容上官氏文集序》可以了解大概。保存在《全唐诗》中的诗篇也只有32首。

《全唐诗》中的32首诗大概可以分为三类：1抒情述怀、2应制奉和、3出游记胜③，而其实，2应制奉和与3出游记胜类诗歌很难区别。比如，婉儿有《驾幸三会寺应制》就是结合了两者的诗篇。本书从观察宫廷沙龙的文学性质角

---

① 葛晓音．论初唐的女性专权及其对文学的影响［J］．中国文化研究，1995（3）：55-61．

② 罗进时，李凌．唐代女权文学的神话——上官婉儿的宫廷诗歌创作及其文学史地位［J］．江苏大学学报，2005（6）：2-6．

③ 罗进时，李凌．唐代女权文学的神话——上官婉儿的宫廷诗歌创作及其文学史地位［J］．江苏大学学报，2005（6）：2-6．

度出发，略举一二事例，以指出婉儿主宰的这一时期的宫廷诗歌的特点以及她在宫廷文学沙龙中的作用。

先来看一下，婉儿之前的宫廷诗是什么样子的。

> 早春桂林殿应诏
> 步辇出披香，清歌临太液。
> 晓树流莺满，春堤芳草积。
> 风光翻露文，雪华上空碧。
> 花蝶来未已，山光暖将夕。（《全唐诗》卷四十）

这是婉儿祖父上官仪所作的奉和诗。首联点出地点，中二联以严格的对偶和充满个性化的文字（满—积，翻—上等）生动地再现了桂林殿的早春景色，尾联描写傍晚时的景象，流露出安逸平和的宫廷氛围。再来看婉儿的《驾幸新丰温泉宫献诗三首》：

> 三冬季月景龙年，万乘观风出灞川。
> 遥看电跃龙为马，回瞩霜原玉作田。
>
> 鸾旗掣曳拂空回，羽骑骖驔蹋景来。
> 隐隐骊山云外耸，迢迢御帐日边开。
>
> 翠幕珠帏敞月营，金罍玉斝泛兰英。
> 岁岁年年常扈跸，长长久久乐升平。
>
> （《全唐诗》卷五）

第一首中的遥看—回瞩、龙为马—玉作田，第二首中的拂空回—蹋景来、云外耸—日边开等对偶手法，意在表现行幸场面的壮观，也体现出了作者壮大恢宏的气度。除了第三首"岁岁年年常扈跸，长长久久乐升平"还有着宫廷诗歌功颂德的意味外，完全摆脱了其祖父诗歌中的清新柔美的格调。被认为是从宫廷内部，开启了代表大唐盛世一代强音的诗国高峰的前奏①。

婉儿对初唐宫廷诗歌的贡献还体现在她"称量"文人诗歌的标准上。据《唐诗纪事》卷三的记载："正月晦日幸昆明池赋诗，群臣应制百余篇。帐殿前结彩楼，命昭容选一首为新翻御制曲。从臣悉集其下，须臾纸落如飞，各认其

---

① 李海燕. 上官婉儿与初唐宫廷诗的终结［J］. 求索，2010（2）：165 – 167.

名而怀之。既进；唯沈宋二诗不下。又移时，一纸飞坠。竟取而观，乃沈诗也。及闻其评曰：'二诗工力悉敌。沈诗落句云：微臣雕朽质，羞睹豫章材。盖词气已竭。宋诗云：不愁明月尽，自有夜珠来。犹陟健举。沈乃服（伏），不敢复争。'"① 说的是婉儿从百余篇应制诗中挑选一篇为新翻御制曲，最后在宋之问和沈佺期两个人的作品中抉择。婉儿以为沈诗结尾"词气已竭"，而宋诗"犹陟健举"，沈终于服输②。

这一宫廷诗歌盛举发生在景龙三年（709），《全唐诗》卷九七与卷五三中收录了这两首应制诗：

《奉和晦日幸昆明池应制》

法驾乘春转，神池象汉回。双星移旧石，孤月隐残灰。
战鹢逢时去，恩鱼望幸来。山花缬绮绕，堤柳慢城开。
思逸横汾唱，欢流宴镐杯。微臣雕朽质，羞睹豫章材。（沈佺期）

春豫灵池会，沧波帐殿开。舟凌石鲸度，槎拂斗牛回。
节晦蓂全落，春迟柳暗催。象溟看浴景，烧劫辨沈灰。
镐饮周文乐，汾歌汉武才。不愁明月尽，自有夜珠来。（宋之问）

论者认为此"两诗前五韵皆气韵流畅，风度闲雅，'功力悉敌'，但沈诗以卑恭之词作结，未免与前章基调不和，整诗格局顿觉狭小，词气萎竭，而宋诗则一贯而下，显示出一种乐观自信的昂扬气质，凭此'健举'而略胜沈诗一筹"③。

而本书在此关注的是，婉儿的诗歌特点及其在宫廷文学沙龙中所起到的作用。不少论者认为婉儿自身诗歌的格调气度以及她在宫廷中以"词气""健举"来"称量"天下文人的气概，"突破了宫廷诗歌的创作题材与审美趣味，为初唐宫廷诗画上了一个圆满的句号，为开启盛唐之音迈出了矫健的一步"④。说到盛唐诗歌的特点，人们可能会用气势恢宏、清新雄健、风格飘逸等词语来形容，这应该是一个完全男性化的诗歌世界。而这样的一个诗歌世界的到来，是由婉

---

① （宋）计有功. 唐诗纪事：上册 [M]. 上海：上海古籍出版社，2019：478.
② （唐）武平一. 景龙文馆记 [M]. 陶敏，校. 北京：中华书局，2015：149.
③ 胡菡. 初唐以宫廷女性作家为中心之游宴诗略论 [J]. 赤峰学院学报（汉文哲学社会科学版），2007（5）：78 - 80.
④ 李海燕. 上官婉儿与初唐宫廷诗的终结 [J]. 求索，2010（2）：165 - 167.

儿这样的女性开创的！这也是笔者关心婉儿问题的根本之所在。婉儿虽然也有看似小女生模样的作品《彩书怨》，"欲奏江南曲，贪封蓟北书"一句，巧妙地道出了思妇绵长的相思之情。而六朝以来的艳情诗，一直都是男性站在女性的角度上创作的，往往不免矫揉造作。从这个意义上来说，婉儿的《彩书怨》不仅仅是心理描写之巧妙值得称道，这首诗或许更应该看作婉儿按照艳情诗的惯例，以虚拟的男子身份创作的。也就是说，她的这一创作行为是作为男性诗人的行为。其实，纵观她的诗歌以及她在宫廷诗会中的作用，正是一个男性诗人领袖的风格和作用。

有学者认为，在女性专权的时代，文学会有这样的繁荣，是因为女性的爱好比较容易倾向于文学，而儒家是将女性和文学视为政教的两大敌人，所以爱好文学的女性对于儒学往往有天生的反抗意识①。这也应该是一般反对女性亲近文学的道学先生所担忧的。然而，从上官婉儿在武则天、韦后专权时代的文学活动来看，她起到的作用完全是男性化的，甚至是符合政教的。

### 三、男性参与其间的女性文学沙龙

在第一章里已经介绍了平安朝的后宫、斋院、斋宫以及大贵族家庭里的文学沙龙的具体情形。那么，男性在这些沙龙中又处于什么样的地位？起到什么样的作用呢？

比如，在第一章中提到了斋宫女御，她的身边聚集了源顺、大中臣能宣、平兼盛等著名的歌人，他们在歌会中都起到非常重要的作用。比如，在《野宫歌合》中，源顺就担任了"判者"②。再来看一下天德四年（960）三月三十日的《内里歌合》。这是村上天皇举办的歌赛，在天皇御记中，称这是"女房歌合"。这次歌赛被称为村上天皇（946—967 在位）举办的最为经典的歌赛③，也是后世歌赛效仿的典范。天皇对于参加者进行了精心的安排。这次歌赛的主体是更衣、内侍、命妇、女藏人，分为左右两队，左方的领队是中将更衣（藤原修子），右方领队是弁更衣（藤原有相女），各自有 13 名女官队员。歌人们也分别参加两队的比赛，左方有：藤原朝忠、源顺、壬生忠见、橘好古、大中臣能宣、少贰命妇、坂上望城、本院侍从，右方有平兼盛、藤原元真、清原元辅、

① 葛晓音. 论初唐的女性专权及其对文学的影响［J］. 中国文化研究，1995（3）：55 - 61.
② 歌赛时担任评判和歌优劣之人。
③ 萩谷朴. 平安朝歌合大成［M］. 京都：同朋舍出版，1995：432.

中务、藤原博古。其中藤原朝忠、源顺、藤原元真、清原元辅、大中臣能宣、壬生忠见、平兼盛、中务是名列三十六歌仙的。此外，天皇又将自左大臣以下一班朝臣分为左右两队，每队25人作为后援人员，且左大臣藤原实赖又兼任本次歌赛的“判者”。从以上信息可知，这是村上天皇倾朝廷之力举办的一次盛况空前的以后宫女性为主角的歌会。

那么，在这样的歌会上，大家都吟咏了怎样的和歌呢？根据乙本（廿卷本）的记载，此次歌会的歌题为“霞、莺、柳、樱、款冬、藤、暮春、首夏、卯花、郭公、夏草、恋”，共有40首和歌①。其中被不同的敕撰集收录的就有32首，朝忠、忠见、兼盛三人的作品分别被视作他们的代表作收入《百人一首》。限于篇幅，我们只例举这三首以一窥这次歌会的全貌。加○的数字是《平安朝歌合大成》增补本中的顺序，和歌也引自此书。

㊲如若未曾得一见，当不怨人又自怨。　　朝忠
（逢ふことの絶えてしなくばなかなかに人をも身をも怨みざらまし）

㊴无意间才上心头，恋爱之名已风闻。　　忠见
（恋すとて我が名は未だき経ちにけり人知れずこそ思ひそめしか）

㊵虽曾掩饰已昭然，人问可是相思苦？　　兼盛
（忍ぶれど色には出でにけり我が恋はものや思ふと人の問ふまで）

这三首和歌还一同被收入《拾遗和歌集》恋一卷，㊲应该是哀叹相思之苦的。不能相见的痛苦，令歌人怨恨对方，也不禁自怨自哀生来命薄，如果一开始就不曾相见，那就不会这样既怨别人又恨自己了。一首用反语式的表述，道出了相思之情的浓烈。㊳㊵在歌赛时就是一组，“判者”认为兼盛胜出，但《拾遗集》将忠见的和歌放在“恋一卷”卷首，兼盛的紧随其后，应该是两首棋逢对手的和歌。㊴诉说的是恋爱浮名传播的速度之快。自己才刚刚意识到可能喜欢上某人了，但恋爱之名早就成为别人的谈资了。恋爱之浮名是和歌的主要题材，因当事人往往惧怕浮名流传，以致妨碍恋爱的成功。此歌着眼于谣言流传之快。㊵的题材是“忍恋”，也是传统的题材。“忍恋”指单相思或者是被视为禁忌的恋情，所以是不为人知的。和歌说自己一直掩饰着，不让别人察觉，可实际上早就在脸上表现出来了，甚至被人问道：你正在经受着相思的煎熬吗？

① “本番”（正式比赛）当为40首。另有补遗作品。

三首和歌题材都是传统的，胜在构思的新奇上。被选入敕撰和歌集，又入选《百人一首》，应该是一首和歌能够获得的最高评价了。

只是，唯其为和歌，唯有细腻的情感表达，没有男子汉的恢宏气势，更没有什么家国情怀可言。与婉儿主导的中宗朝的文学沙龙的情形恰好相反，是男性文人在女性文学中起着领军人物的作用。而这样的具有女性特质的文学实际上就是他们的民族文学。

至于散文体文学，男性们虽没有像和歌一样积极参与，但也发挥了非常重要的作用。从下面两段引文我们可以知道，或许是出仕宫廷的男性普遍地在阅读物语亦未可知。

　　①大约是圆融院时代，众人议论《宇津保物语》中的凉公子与仲忠两位主人公的优劣，筱原大概是支持凉公子的，女一宫是支持仲忠的，追问众人支持何人，又命我不要表态，我就不置可否地保持沉默时，赠歌曰：
　　　居家海堤风满面，独享清凉心怡然？
　　（沖つ波吹上のはまに家ゐして独すずしと思ふべしやは）

『公任集全釈』530 页

　　②日暮之后，来到皇后御前。御前聚集了许多女官，有殿上人在一旁侍奉，大伙儿正评论着各种物语小说的好好坏坏，关于凉公子与仲忠孰优孰劣，皇后也发表了意见。①

两例都是有关宫廷举行《宇津保物语》品评会的记述，涉及对男主人公孰优孰劣的评判，可谓是最早的物语人物论了。在这里值得关注的是，在第①例中，除了像筱原、女一宫外，像藤原公任这样的贵族文人也参与其中。和歌的大意是：住在海风吹拂的家里，是不是独自享受着清凉呢？歌中的"海浪（沖つ波）""海堤（吹上のはま）"都是《宇津保物语》中的卷名，"清凉"则暗指他们要品评的男主人公之一凉公子。可见这首和歌本身就是以物语作品为背景的。从中也可以了解男性文人对于物语作品的熟读程度。第②例应该是在皇后定子御前举行的，也有不少"殿上人"参加②，讨论物语描写的好坏，点评

① 笔者据新潮古典集成本《枕草子》第 78 段译出。清少纳言. 枕草子［M］. 萩谷朴，校注. 东京：新潮社，1977：168－174.
② 新编全集本将"殿上人"作"上人"，新潮社本虽标记为"殿上人"，但注音为"うへびと"，与"上人"同义。"上人"乃指侍奉一条天皇的仕女，这个品评会就是只有女性参加的了。

男主人公的优劣。可见后宫沙龙同时也是一个物语品评的场所，男性参加这样的活动，自然要求他们熟悉物语世界。

在《紫式部日记》中，也有这样的叙述：

> 主上令人为他朗读《源氏物语》，他一边听一边夸奖道："作者一定是读过《日本纪》的吧。太有才了！"……

张龙妹译《紫式部日记》300 页

"主上"指的是一条天皇。他让女官朗读《源氏物语》，听了后夸奖道：作者一定是读过史书的，非常有才华。从《源氏物语》"东屋"卷中有"令人取出绘卷，让右近朗读文字"、浮舟"听"物语①的描写可知，在当时，虽然也有像孝标女那样自己关在房间里默读《源氏物语》的例外②，身份尊贵的女性自己不阅读物语，是由仕女为她朗读的。正如《三宝绘》中所称，物语是女性排遣心头愁绪的读物③，但从《紫式部日记》中我们可以知道，作为国家最高统治者的一条天皇也在听仕女朗读《源氏物语》，并且被作者的才情所感动，称赞作者是一定读过史书的。这一评语非同小可，实际上是将物语置于与汉文撰写的史书对等的地位。

## 四、以女性为主导与以女性文学为主的区别及其意义

通过以上对唐中宗朝文学沙龙以及平安摄关时代宫廷沙龙中男女文人的不同作用，我们可以清晰地认识到：中宗朝的宫廷，虽然被称为女性专权时代，

---

① 在《源氏物语》东屋卷中是这样描述浮舟观看物语的："絵など取り出でさせて、右近にことば読ませて見たまふに……"也就是说，尊贵的人自己不读物语，而是由仕女为他（她）读的。

② 《更级日记》中作者是这样描述她自己关在房间里面阅读《源氏物语》的喜悦的：躺卧在幔帐背后，无人前来打扰，我随手取出书来赏阅。此等惬意，纵然是皇后之位也无可比拟。（更级日记 [M]. 陈燕，译//张龙妹. 紫式部日记. 重庆：重庆出版社，2021：324.）

③ 《三宝绘》序云「物語と云ひて女の御心をやる物、おほあらきのもりの草よりもしげく、ありそみのはまのまさごよりも多かれど、木、草、山、川、鳥、獣、魚、虫など名付けたるは、物いはぬ物に物いはせ、なさけなきものになさけを付けたれば、ただ海の浮木の浮べたる事をのみいひながし、沢のまこもの誠なる詞をばむすびおかずして、いがのたをめ、土佐のおとど、いまめきの中将、なかゐの侍従など云へるは、男女などに寄せつつ花や蝶やといへれば、罪の根、事葉の林に露の御心もとどまらじ」。（源為憲. 三宝絵 [M]. 出雲路修，校注. 東京：平凡社，1990：5.）

文学沙龙也以女性为主导，但文学本质是男性的。婉儿是个不是男儿胜似男儿的人物，她突破了宫廷诗歌讲究对偶、注重雕饰的绮错婉媚的风格，使其向盛唐诗歌迈出了可喜的一步。不仅如此，她的"广置昭文学士"等振兴文事之举，堪称经世济邦的伟业。比如，《旧唐书》中有这样的记述：

> 始太宗既平寇乱，留意儒学，乃于宫城西起文学馆，以待四方文士。于是，以属大行台司勋郎中杜如晦，记室考功郎中房玄龄及于志宁，军谘祭酒苏世长，天策府记室薛收，文学褚亮、姚思廉，太学博士陆德明、孔颖达，主簿李玄道，天策仓曹李守素，记室参军虞世南，参军事蔡允恭。颜相时，著作佐郎摄记室许敬宗、薛元敬，太学助教盖文达，军谘典签苏勖，并以本官兼文学馆学士。及薛收卒，复征东虞州录事参军刘孝孙入馆。寻遣图其状貌，题其名字、爵里，乃命亮为之像赞，号《十八学士写真图》，藏之书府，以彰礼贤之重也。诸学士并给珍膳，分为三番，更直宿于阁下，每军国务静，参谒归休，即便引见，讨论坟籍，商略前载。预入馆者，时所倾慕，谓之"登瀛洲"。
>
> 《旧唐书·列传第二十二》

细述了唐太宗平定天下后，修建文学馆、网罗天下英才的过程。而这些，自然也是太宗作为圣明的君主形象的一个重要组成部分。

中宗朝各类文事的参与者之一的武平一留下了《景龙文馆记》，记录了景龙年间修文馆的各项活动，在卷四备有各位诗人的小传。武平一在诗人传中是这样评价婉儿的："自通天后，逮景龙前，恒掌宸翰。其军国谋猷，生杀大柄，多其决。至若幽求英隽，郁兴辞藻，国有好文之士，朝希不学之臣，二十年间，野无遗逸，此其力也。"①，婉儿以一女子之力，在振兴文学方面可谓做到了与圣明的太宗相匹敌的事情。着实令人敬佩。

与之相反，平安朝的女性文学沙龙，同样网罗了一流的男性文人参与其中，甚至包括最高统治者天皇。但他们钟情的不是男性的汉诗，而是具有明显女性文学特征的和歌与物语。而这类活动的导向性也是显而易见的。上文所引《紫式部日记》中天皇对于《源氏物语》和作者的评价，将妇女的消遣读物与汉文史书相提并论，充分肯定了虚构的物语作品的存在意义。而这一点，恰好与紫式部有关物语的主张不谋而合。

紫式部在《源氏物语》中借光源氏之口，对物语做出了如下的评价：

---

① （唐）武平一. 景龙文馆记［M］. 陶敏，校. 北京：中华书局，2015：149.

原来故事小说，虽然并非如实记载某一人的事迹，但不论善恶，都是世间真人真事。观之不足，听之不足，但觉此种情节不能笼闭在一人心中，必须传告后世之人，于是执笔写作。因此欲写一善人时，则专选善事；为了满足读者的要求，在写恶的一方时，则又专选稀少的恶事。这些都是真情实事，并非世外之谈。中国小说与日本小说各异。同是日本小说，古代与现代亦不相同。内容之浅深各有差别，若一概指责为空言，则也不符事情的本质。佛怀慈悲之心而说的教义之中，也有所谓方便之道。愚昧之人看到两处说法不同，心中便生疑惑。须知《方等经》中，此种方便说教之例甚多。归根结底，同一旨趣。菩提与烦恼的差别，犹如小说中善人与恶人的差别。所以无论何事，从善的方面来说，都不是空洞无益的吧。

丰子恺《源氏物语：萤卷》526~527 页，有改动

在这段文字里，紫式部论述了所谓"事实"与"空言（虚构）"的关系。物语作品中的人和事，自然不可能是原封不动的"事实"，但都是这个人世间发生的真实。为了凸显一个人的优点，可以把所有人的优点都集中在一个人身上，相反，如要描写一个坏人，又可以把所有的缺点集中在一个人身上。而这些事本身并不是子虚乌有，如果一概将其看作"虚构"，就违背了"事情的本质（事の心）"。这里的"事情的本质"应该指的是物语创作的宗旨。而虚构的意图无非是为了"方便"，《方等经》中有许多这类"方便"的故事以劝导人们领悟佛法。菩提与烦恼的差别，就好比好人与坏人的距离，什么都不是没有意义的。她把"虚构"看作人物特征的典型化的方法，只是为了突出人物的典型性，而通过这一典型，无疑可以更接近作品想要表达的主旨，也即物语作者认为的真实。就好比龟兔赛跑不是真实的故事，而通过这一故事表达出来的言外之意则是真实的。紫式部在短短的文字里，讲述了"事实""虚构"与"真实"的关系。这无疑是在主张虚构的物语有着超越记录"事实"的史书的价值。这是女性作者紫式部所具有的对男性文学的一种批判性认识。如果上引《紫式部日记》中一条天皇的话语不是紫式部的刻意虚构，那就说明，一条天皇的物语观已经是与紫式部并肩的了。而作为天皇的、男性的这样的物语观的形成，不能不说是以女性文学为主的沙龙文学的产物。

对女性文学而言，所处的文学环境是至关重要的。12 世纪，玛丽·德·法兰西（Marie de France）的浪漫叙事诗《法兰西·玛丽的短诗》（*The Lais of Marie de France*）讲述了 12 个短小的恋爱故事。全篇有很强烈的恋爱感情的表述，比如，第 11 个故事是一个爱上了王妃的年轻人的故事，而且这位国王是他的叔

父，于是，他无情地遭到流放。他借藏身之处的忍冬草，这样告白自己的感情：

> 恋人啊！我们就是那忍冬草。
> 没有我，就没有你，
> 没有你，就没有我。①

如此强烈的感情表述，在古典文学中可谓罕见。但他们的结局是悲惨的。真如上面诗歌中的告白，他们在同一天命终！再比如，第 2 篇讲的是一个国王与一贵妇的故事。贵妇因为嫌弃自己的丈夫，希望借助国王的力量将其杀死。于是巧妙安排国王来到其丈夫的领地狩猎，国王借口身体不适，来贵妇家休息。随后，国王按贵妇的计谋提出沐浴，并要贵妇的丈夫一同洗浴。贵妇原本是希望用开水将其丈夫烫死的，不想弄巧成拙，结果是国王和贵妇双双被开水烫死。最后结尾处告诫道：

> 明辨是非之人，想来是能够从这个故事中汲取教训的吧。
> 希望嫁祸于人者，祸殃必将降临其身。②

讲述的虽是恋爱故事，但仍旧不失为教诫类作品。

再比如，17 世纪的拉法耶特夫人（Marie Madeleine de La Fayette），她活跃在专制君主路易十四时代，她的代表作《蒙庞西埃王妃》描写了一位才貌出众的王妃因为经不住吉兹公爵的热烈追求而动了芳心，但最终被情人遗忘、被丈夫嫌弃，早早地死去的故事。作品是这样结尾的：

> 几天工夫，她就死了，世上最美丽的王妃之一，正当青春年少的时候死了，她本来可以成为最幸福的人，如果贞操和谨慎指引她的一切行动的话。③

王妃的悲剧是上流社会的虚假和浮华造成的，可作者最终归结为是她的"贞操"和"谨慎"出了问题，也完全是站在男性立场上得出的结论。

从贞操方面来说《源氏物语》中虽然描写了许多不幸的女性，但始终没有

---

① 玛丽·德·法兰西. 十二の恋の物语［M］. 月村辰雄，译. 东京：岩波书店，1988：219.

② 玛丽·德·法兰西. 十二の恋の物语［M］. 月村辰雄，译. 东京：岩波书店，1988：6.

③ 拉法耶特夫人，等. 猛兽的习性［M］. 郭宏安，译. 桂林：广西师范大学出版社，2002：22.

从贞操的角度来指责女性的行为。从道学家的角度来说，续篇中的浮舟应该是最缺乏自重的女性。她被薰君当作其同父异母的姐姐大君的替身，安置在荒凉的宇治山庄。但她的二姐夫匂亲王又深深被她的美貌所吸引，居然假扮薰君前来与之幽会。匂亲王是个感性人物，不像薰君那样不时会想出一些招数试探一下下乡出身的浮舟的教养水准。匂亲王的真情打动了浮舟的心，虽然她明知对自己的二姐夫动情是不应该的。此事不久就被薰君察觉，浮舟选择投水自杀，半路中失去意识被横川僧都的尼僧妹妹救起。其后，老尼待其如亡女复生，女婿中将君亦有意与浮舟成婚，但浮舟几乎可以说是一意孤行，坚决要求出家为尼。

> 浮舟心想："这件不易办到的事，大家都阻止我，今天幸得办成，实甚可喜。"她觉得只要能够如此，今后便有做人的意义了。（中略）浮舟听见了想道："现在我真是安心乐意了。不必考虑为人处世之事，正是莫大之幸福呢。"她只觉心胸开朗。　丰子恺《源氏物语：习字卷》1264 页

这段文字描写了终于说服横川僧都、如愿落发后的浮舟的内心。她原本以为大家不会这么就同意了的，内心异常高兴，认为这才是活着的意义所在。言外之意，如果投水自杀成功，这出家的功德就没有了，而这出家的功德，是活下来的唯一意义。她感到从未有过的轻松，说从今往后再也不用思考作为一个俗人的生活了。字里行间没有对浮舟贞操方面的要求与责难，那些阻止她出家的人，都是希望她回归世俗生活的，只有她自身对俗人生活（婚姻生活）已深深厌倦。而这样的描写，正体现了作者对于女性婚姻生活以及佛教救赎功能的思考。

再从文字方面来说，朝鲜半岛与日本形成了显明的对比。平安时代的宫廷文化中，男性文人们普遍能够运用假名文字。那些参加歌赛的男性，都能够用假名咏歌，在日常生活中，也可以用假名书写的。上文中提到的紫儿的侍女们把光源氏的来信用作紫儿的字帖，虽是虚构的物语中的事例，但也应该反映了当时的时代背景。另外，当时还流行屏风歌，邀请著名的歌人作歌，再邀请著名的书法家将这些和歌写到屏风上。《十训抄》上卷第四之十一讲述了纪时文在把平兼盛的和歌抄在"色形纸"上时对他的和歌用词表示疑问的故事。那正是村上天皇时候的事情，纪时文乃纪贯之之子，《后撰和歌集》的撰者，为"梨壶五人"之一，同时又是闻名的书法家。再比如，藤原公任，他自身也是位汉诗人，但他的和歌也是妙趣横生，是中古三十六歌仙之一，对物语内容也有详细

了解，编撰有《和汉朗咏集》，也有和歌集《公任集》传世。也就是说，假名虽是女性文字，但实际上已经完全成为他们的民族文字。

与此相反，朝鲜半岛的情形却完全不同。在朝鲜时代，1446 年颁布"训民正音"以后，虽也有宣祖给女儿、男性给妻子用谚文写信①，但不少读书人宣称自己不懂"谚文"，宋浚吉说他的父亲（16 世纪）"未习谚字"（《上慎独斋先生》），17 世纪的朴世采自谓"不识谚字"（《答尹子仁》），18 世纪的朴趾源更说"吾之平生，不识一个谚字"（《答族孙弘寿书》）②。

更为特殊的是，迄今为止，被认为第一部用谚文撰写的小说是许筠（1569—1618）的《洪吉童传》。许筠就是前文提到的女诗人许兰雪轩之弟，正是他把兰雪轩的诗歌传播到明朝的，他本人自然精通汉文，也擅长汉文诗歌。但他用谚文撰写了这部被比拟为《水浒传》的作品③，讽刺当时社会的不公与腐败，大有梁山好汉的劫富济贫、打击贪官污吏的豪情，不仅如此，他更有匡扶社稷、救人民于水火的政治抱负。在作品中，主人公洪吉童最后远离古国，去营造一个名为"硉岛国"的理想国，在那里，政治清明，百姓安居乐业。也许是出于这样的政治诉求，他本人曾支持 1614 年"七庶之乱"的贵族出身的庶出子弟们的密谋，此后终因受南大门张贴檄文事件的牵连而于 1618 年 8 月 8 日以"谋逆"罪名被斩。从他的小说和他参与的政治性活动，可以判断许筠是一位有着远大的政治抱负的热血儒生。

这样一位男性，他为什么要用谚文来写《洪吉童传》呢？平安朝的纪贯之将自己从土佐国回京的旅程用假名记录下来，他假托女性，为的是能够用假名更好地表达汉文日记所不能表达的内心世界。显然，与纪贯之相比，许筠用谚文创作小说的目的是宣传他的政治主张，是完全男性化的。由此可见，男性文人对于自己民族文字的认同感，以及使用这一文字的目的，更是造成朝鲜王朝与平安朝女性文学差异的根本原因之所在。

---

① 韩国国立谚文博物馆于 2014 年 11 月 21 日出版了该馆所藏的谚文书简资料丛书三卷，收录有正祖御笔谚文书简、王妃御笔、金夫人谚文上言等 87 位人物的 400 多封书信。

② 张伯伟．第十届"卧龙学术奖"获奖感言：一个中国学者对韩国学研究的职责 [EB/OL]．南京大学文学院，2016 – 10 – 31.

③ 据郭颂的研究，比许筠稍晚的朝鲜文人，"四大家"之一的则堂李植（1584—1647）在其文集中有"筠又作《洪吉童传》，比拟《水浒》"之语。（郭颂．试论《洪吉童传》与《水浒》的关系 [D]．济南：山东大学，2006.）

## 第二节 信仰、旅行与女性文学

旅行不仅意味着环境的改变，同时意味着日常生活的改变，正因为如此，人在旅途中，不仅会对旅行之地的景物、文化差异等产生兴趣，还能够批判性地审视自己的日常生活，与旅行有关的文学书写应该就是在旅行的这样两种作用下产生的。在当今全球化时代，与旅行相关的书写正好体现了其跨文化、跨学科的全球化特色，成为人们关注的研究领域。2002 年剑桥大学甚至出版了《剑桥旅行书写指南》一书，主编彼得·休姆（PeterHulme）和蒂姆·杨斯（Tim Youngs）在导论中写道：旅行已在近年崭露头角，成为人文与社会科学的关键主题，关于旅行书写的学术研究的数量之多，前所未有。文学、历史、地理和人类学等学科均克服了先前轻视旅行书写的心态，开始大量推出跨学科的批评成果，将使这一文类的全部历史复杂性获得呈现①。

然而，女性参与旅行书写的历史并不长。在西方世界，早在 4 世纪，当时属于罗马的西班牙人埃赫里亚（Egeriae）写下了她的朝圣之旅，但此后女性的旅行书写并不多见，夏洛蒂·勃朗特（1816—1855）在《简爱》中借女主人公之口说道："我渴望自己具有超越那极限的视力，以便使我的目光抵达繁华的世界，抵达那些我曾有所闻，却从未目睹过的生气勃勃的城镇和地区"②。这也应该是作者自身对于通过旅行了解外部世界的渴望。而这一点，也应该是那个时期的女性作者的共同特点。对生活在古代的女性来说，"地理和阅历上的局限性使她们的写作主要局限于男女感情和家庭题材"③。

中国真正意义上的女性游记要推清末外交官钱恂夫人单士厘（1856—1943）的《癸卯旅行记》，于 1904 年由日本"同文印刷舍"排印。此后，1911 年作为《时报》副刊的《妇女时报》创刊，在主编包天笑等的积极倡导下，才有女性游记作品见诸报端。据张朋的统计，《妇女时报》从 1911 年至 1917 年，共刊出

---

① HULME P，YOUNGS T. The Cambridge Companion to Travel Writing [M]. Cambridge：Cambridge University Press，2002. 转引自杨莉馨. 他者之眼——论英国女性旅行文学的主题变迁 [J]. 妇女研究论丛，2015（5）：96－102.
② 夏洛蒂·勃朗特. 简爱 [M]. 黄源深，译. 南京：译林出版社，1993：119.
③ 程巍. 文学的政治底稿：英美文学史论集 [M]. 上海：复旦大学出版社，2014：38.

21 期，刊登游记 23 篇①。但包天笑在其回忆录中写道："当时的妇女，知识的水平不高，（中略）《妇女时报》里真正由妇女写作的，恐怕不到十分之二三"②。即便是到了 20 世纪初，中国女性的旅行书写都是非常罕见的。

更何况，在古代社会，由于旅行本身蕴含着流动性、冒险性、自由身份以及经济实力等质素③，所以对生活在闺阁中的女性们来说，远距离的旅行是非常困难的。即便是豪门贵族，也只能是在与习俗有关的固定的几个日子里可以去郊游。长距离的旅行则往往是随父亲或丈夫到异地赴任，甚至是为了躲避战乱等，是被迫进行的。女性主动进行的长距离旅行，就只能借助于信仰。以下将从这两个方面考察古代女性的旅行以及与文学书写的关系。

**一、古代女性的郊游**

杜甫的名篇《丽人行》描写了杨贵妃姐妹们华丽的出游。该诗歌以后也成为张萱《虢国夫人游春图》绘画的题材。"三月三日天气新，长安水边多丽人"一句，道出了丽人们外出的时间。三月三日自然指的是上巳节，是女性们来到水边沐浴，祓除不洁的日子（《周礼·春官·女巫》）。关于上巳节，早在《诗经》"郑风"中就有这样的描述："洧之外，洵讦且乐。维士与女，伊其将谑，赠之以勺药。"这应该是描写郑国三月上巳节青年男女在溱河洧河岸边游春的诗④。看来上巳游春习俗在上古时期就已经成为男女郊游的一种方式，也成为文学描述的对象。云南少数民族中至今保留的泼水节可以看作上巳节的延续。

除了上巳以外，古代女性出游的主要日子还有清明。《东京梦华录》是这样描述北宋开封清明节男女出游场景的："此日又有龙舟可观，都人不论贫富，倾城而出，笙歌鼎沸，鼓吹喧天。（中略）男跨雕鞍，女乘花轿，次第入城。"（《东京梦华录全译》卷七）清人蒲松龄《聊斋志异》的《阿宝》篇中，痴人孙之楚与阿宝的相遇就是因为"会值清明，俗于是日，妇女出游"，第一次看到阿宝从而魂不守舍的。在平日里男女青年没有见面机会的古代社会，清明与上巳同样具有男女相逢相恋这样的实际效应。

在古代日本，女性平日在房间里都是需要膝行的，她们的外出似乎更加困

---

① 张朋. 旅行书写与清末明初知识女性的身份认同 [J]. 汕头大学学报（人文社会科学班），2013，29（5）：45 - 51.

② 包天笑. 钏影楼回忆录 [M]. 北京：中国大百科全书出版社，2009：360.

③ 杨莉馨. 他者之眼——论英国女性旅行文学的主题变迁 [J]. 妇女研究论丛，2015（5）：96 - 102.

④ 程俊英. 诗经译注 [M]. 上海：上海古籍出版社，2000：165.

难。《拾遗和歌集》中收录了壬生忠岑所咏的子日歌，歌云："子日田野拔小松，无此何以祝长寿（子日する野辺に小松のなかりせば千代のためしに何を引かまし）"。正月子日有在田野拔小松以祝贺长寿的习俗。歌意为：如果没有这小松的话，该以什么来祝贺长寿呢？不知道歌中所咏的初子日郊游中是否有女性参加。《源氏物语》中也有关于子日情景描写的：

> 今天适逢子日，祝贺千春，最为适当。源氏来到明石小女公子那里，但见女童与粗使丫鬟等正在院中山上移植小松，以祝长寿。这些年轻人都兴高采烈，热衷地东奔西走，样子煞是好看。
>
> 丰子恺《源氏物语：早莺卷》494 页，有改动

这里的子日拔小松仪式不是在田野而是在六条院内举行的。参加拔小松的有侍童还有下等仆人，年轻的侍女们都不得参加，这里的主人明石姬君自然是更不可能了。从《源氏物语》的葵姬和六条妃子的下人们之间发生的车位之争可知，贵妇们会乘车前去观看贺茂祭。除了这种节日，《枕草子》中还描写了宫廷仕女们坐车去郊外寻郭公之声的雅兴（"五月の御精進のほど"段）①。因为平安朝文学描写的对象都是上层社会的妇女，她们坐在车中外出，外人只能从车的装饰判断车里女主人的身份修养，也有随即就吟咏和歌以示爱慕的。如《大和物语》103 段，藤原温子皇后的仕女们坐车去市场游玩，平中便趁机去向这些仕女们示爱。《伊势物语》39 段刚好相反，说是一个男子坐在女车里前来观看某内亲王的葬礼，好色之人源至见到是辆女车，就上去搭讪赠歌。可见，在古代，女性虽是坐在车里外出，却也能成为恋爱故事发生的契机。

### 二、不得已的长途旅行

与上述带有娱乐性质的节日郊游不同，女性的长途旅行基本是被迫的。最为常见的是跟随父亲或丈夫前往他们的任地。白居易的《舟夜赠内》就是在他遭贬前往江州路上所作。诗云："三声猿后垂乡泪，一叶舟中载病身。莫凭水窗南北望，月明月暗总愁人。"江州便是现在的九江，距离西安有 1300 多公里，在没有飞机也没有高铁的唐代，这样的旅途，耗时当以月计。加之被贬离开京城，且有病在身，心情之灰暗可想而知。这样的旅途还充满了危险，《剪灯余话》"芙蓉屏记"描写的正是一个携妻子去浙江任官的男子，途中被船家沉入水

① 清少纳言. 枕草子［M］. 松尾聪，永井和子，校注. 东京：小学馆，1997：184.

里，家奴被杀，妻子被强人纳为儿媳的故事。

有丈夫同行的旅途尚且是充满忧愁乃至危险的，女性独自长途跋涉，那种艰辛更是难以预料。宋代才女李清照（1084—1155）的晚年是在金人入侵北宋后度过的。靖康之变后，1127 年的三月，丈夫赵明诚因母亲亡故前去江宁（现在的南京）奔丧，由于山东青州一带的形势危急，李清照不得不选出 15 辆车的收藏品，从青州出发，至江苏海州，过淮河、长江，抵达南京。这一路，700 多公里，又有 15 辆车的财物，李清照在《金石录》"后序"中只用了"至东海、连舻渡淮，又渡江，至建康"几个字一笔带过①。赵明诚于 1129 年病逝，李清照埋葬了丈夫，前往南方避难，辗转于台州、黄岩、绍兴、章安、衢州、杭州等地。其间经历的艰难辛酸应该远远超越我们的想象，但她只字未提，只有在所藏画作被盗时用"余悲恸不已"一句诉说了内心的痛苦。显然，旅途并不是她所要表达的内容。

明末的王凤娴（1573—1620）撰写的《东归记事》（1600）也许可以看作中国最早的女性旅行日记。她于 1600 年的十月二十一日从丈夫的任地江西宜春出发，至十二月中旬回到上海附近的松江府，《东归记事》便是她日后回忆这一旅程所做的记录。旅行开始时，有其夫同行，到了南昌，因其夫急于进京朝见天子，王凤娴只得独自带孩子们从水路返回，耗时近两月。船只搁浅，众人只得在狭窄的船舱里连宿两晚时的无奈，患病时的担忧，读来令人有身临其境之感。此外，每到一处，接触到当地的名胜古迹，王氏都会赋诗以志纪念②。全文约 2000 字，出发日期有"庚子孟冬""是月二十一日"，途中以"行三日""又二日""乃十二月朔也"等表述时间，有较为明确的时间意识。其实王氏是明代与冯小青、王修微、吴绡、沈宜修、陆卿子齐名的才女，其弟王献吉曾将其诗稿《焚余草》五卷刊印出版，被收入周之标编辑的《女中七才子兰咳二集》，其他尚有《翠楼集》《贯珠集》。

日本的假名日记始自纪贯之的《土佐日记》，以女性的口吻叙述了从土佐回京城的旅程。紫式部也曾随父亲前去越前国，在那里居住了一年多。在离开京城时，与有姊妹之约的好友赠歌道："托言北归大雁翼，勿绝书信到越前（北へゆく雁のつばさにことづてよ雲の上がきかき絶えずして）。"③ 在越前居住期间，也吟咏了几首和歌。菅原孝标女的《更级日记》，开卷描写了从现在的千叶

---

① （宋）赵明诚. 金石录［M］. 济南：齐鲁书社，2009：258.
② 胡文楷. 历代妇女著作考［M］. 上海：上海古籍出版社，2008：29.
③ 紫式部日记·紫式部集［M］. 山本利达，校注. 东京：新潮社，1980：120.

县市原市一带动身返回京城的旅行，约占整部日记的五分之一，具有游记色彩。那应该是1020年秋末，作者13岁，早先听说京城有许多物语，就造了一个等身大的药师佛，常常向其祈祷可以早日回京。所以启程时作者是比较欣喜的，只是看到原来居住的房屋被废弃，又不得不与药师佛像告别，有点小小的惆怅。对于沿途的风景，作者也做了细腻的描述：白浪滔天的海边、唐之原的白沙、足柄山中的游女等，尤其是翻越足柄山一段，充分体现了作者的观察力和自我观照：

> 翌日拂晓之际，开始翻越足柄山。山势极为险峻，云朵似乎飘于脚下。在半山腰，树下一处十分狭小的地方，长着孤零零的三株二叶葵。众人纷纷唏嘘感叹道："如此荒凉的山中，它们居然也能够生根发芽。"三处泉水潺潺流过山中。①

拂晓时分开始翻越足柄山，山中阴暗不免令人心生恐惧。山体高耸，仿佛是将云踩在了脚下。在半山腰上，她在树下发现了三株葵草。大概是因为"葵"令人联想到都城的贺茂祭②，这么具有神圣意味的葵草居然生长在这样远离人间的深山里。作者在开篇时称自己是："我在比东路之尽头更为僻远的地方长大，浅薄无知。"认为自己是在比东海道的尽头更加偏远的地方长大之人。在深山里的葵草身上，她应该是看到了自己的身影，不由得心生感慨。这种自我认知，也是她日记创作的原动力之所在。

阿佛尼（？—1283）的关东之旅是个特例。阿佛尼是藤原为家的继室，为家原本将播磨国细川庄园交与嫡长子为氏继承，日后反悔，改由与阿佛尼所生之子继承。因朝廷的法律不允许反悔，阿佛尼便东下镰仓，向幕府提起诉讼。《十六夜日记》记述了旅途和镰仓滞留期间的见闻与对京城亲友的思念之情。对亲生之子的母爱使她进行了这次旅行，并留下了这部旅行记。

在中国古代，另有一种女性不得已而为之的旅行，那就是和亲。根据崔明德的研究，中国古代传说中的五帝之一的帝喾，他有四位嫔妃，四位嫔妃生下的孩子分别统治他们母亲出身的国家。也就是说，帝喾与四个国家保持着联姻关系③。历代被和亲的女性应该是个不小的数目，据崔氏的统计，西汉一代被和亲的女性就有24人，其中西汉遣往匈奴、南越、乌孙、鄯善、龟兹的女性有

---

① 更级日记 [M]．陈燕，译//张龙妹．紫式部日记．重庆：重庆出版社，2021：320．以下该作品的引文皆出自此译本。
② 因为贺茂祭时，牛车、神殿、头冠等要用葵草做装饰，所以贺茂祭又称"葵祭"。
③ 崔明德．中国古代和亲史 [M]．北京：人民出版社，2005：2．

18 位之多，其他的如匈奴公主与乌孙国王、乌禅幕王，焉耆王女与车师王，车师王女与匈奴单于，康居王女与匈奴郅支单于，匈奴郅支单于之女与康居王，构成了一种互相牵制的联姻关系①。在这样的婚姻关系中，女性几乎与人质无异，她们踏上旅途的心情可想而知。但她们自身没有留下多少文字供后人阅读。《诗经·邶风·燕燕》可能就是一首哥哥送别前去和亲的妹妹的诗篇。"瞻望弗及，泣涕如雨""瞻望弗及，伫立以泣"，这种痛彻心扉的诗句描述了送别者的内心，而远行女子的内心没有提及。公元前 110 年嫁与乌孙王的细君公主和公元前 33 年与匈奴呼韩邪单于和亲的王昭君各有一首诗传世。在当时，那旅途一定是充满了艰辛，但她们的诗歌中只有绵绵的思乡之情②。

这样国与国之间的和亲，在古代欧洲也比较盛行。日本位于海上，与其他国家的关系发生得比较晚，16 世纪末丰臣秀吉出兵，借道朝鲜企图踏平大明四百州，讲和条件中就提出要大明公主去日本与天皇和亲。日本国内，战国时代敌对势力之间进行的政治婚姻应该属于"和亲"的一种，再比如，后水尾天皇（1596—1680）与德川和子的婚姻，可以说是朝廷与幕府政权的"和亲"。《东福门院入内图屏风》再现了当时的华丽场面，但德川和子的内心无从知晓。宫尾登美子的历史小说《东福门院和子的眼泪》正是试图探知其内心世界的作品。

古代应该有不少女性经历过不得已为之的旅行，她们没有留下多少文字内容，这首先是因为充满艰辛和危险的旅途不是她们意欲表达的内容，如李清照的逃难。平安时代孝标女的《更级日记》和明末王凤娴的《东归记事》中有部分关于旅途的书写，或许是归途的某种安心感使然？包括纪贯之的《土佐日记》。总之，此类旅行的性质决定了旅途本身基本上不是经历这一旅行的女性的表达主题。

### 三、跨越性别的旅行

上述女性的旅行，虽是不得已为之之事，但毕竟有父亲、丈夫以及众多家

---

① 崔明德. 中国古代和亲史［M］. 北京：人民出版社，2005：644 – 648.
② 细君公主《悲秋歌》为"吾家嫁我兮天一方，远托异国兮乌孙王。穹庐为室兮毡为墙，以肉为食兮酪为浆。居常土思兮心内伤，愿为黄鹄兮归故乡"。（见于《汉书》卷九六、《艺文类聚》卷四三、《乐府诗集》卷八四等）。王昭君的《昭君怨》云："秋木萋萋，其叶萎黄，有鸟处山，集于苞桑。养育毛羽，形容生光，既得行云，上游曲房。离宫绝旷，身体摧藏，志念没沉，不得颉颃。虽得委禽，心有徊惶，我独伊何，来往变常。翩翩之燕，远集西羌，高山峨峨，河水泱泱。父兮母兮，进阻且长，呜呼哀哉！忧心恻伤。"（见于《艺文类聚》卷三十、《乐府诗集》卷五十九等）。

人随行，如果女性要单独旅行，那就必须跨越性别，穿戴成道士尼姑或是女扮男装。

胡文楷编著的《历代妇女著作考》中有关于南宋（1127—1279）李少云的小传，称："少云本士族女，及笄，适人。无子，弃家着道士服，往来江淮间。"① 少云本著有《方书》和《诗集》，但都已散佚。明朝的名妓王微（1600？—1647）怨恨自己生为女儿身，据胡氏上述著述所引《松江诗抄》云："王微字修微，号草衣道人，江都人。（中略）初修微往来西湖，游三楚三岳，继则归心禅悦，参憨山大师于五乳。"而这样的游历丰富了她的创作，胡氏引《宫闺氏籍艺文考略》称修微著述颇丰，"所著有远游篇、宛在篇、间草、期山草、未焚稿等集；又撰名山记数百卷、自为序以行世"②。不过，根据詹学敏的考察，其中的《名山记》并不是王微的著作，而是在她晚年卧病在床不能再出游的时候，从编者无从考证的 46 卷《名山胜概记》中选集了《名山记选》20卷③。这一行为应该也是她刻意模仿男性文人的"卧游"。"卧游"一词最早见于南朝梁沈约编著的《宋书》，称画家宗炳（375—443）晚年时"老疾俱至，名山恐难遍睹，唯当澄怀观道，卧以游之"，自此，"卧游"也成为文人作诗和绘画的重要题材。而王微《名山记选》20 卷的选编，可谓是对男性文人生活的模仿到了极致。

日本中世时后深草院二条（1258—1306？）在她被驱逐出宫以后，遵照父亲的遗命，出家为尼，到东国、四国、中国地方的寺社巡礼，完成了那个时代女性难以想象的旅行。每到一地，她除了参拜寺社，还跟当时的歌人们积极交流，一路留下作为歌人的名声。

她父亲临终时给她留下的遗言如下：

> 侍奉君王，若对人世并无怨恨，便当小心侍奉，毫不懈怠。但世事难料，若对君王对人世都心怀怨恨，无力在世间立身安命，即当遁入空门，为自己修来世，祭奠双亲，以求来世一莲托生。即便为世所弃，孤苦无依，你若侍奉新主，或者寄居什么卑贱之人家中，以此为生，吾虽作古，也将视为不孝。夫妻并非一世之缘，无能为力。无论如何，<u>不入空门却沦落为</u>

---

① 胡文楷. 历代妇女著作考 [M]. 上海：上海古籍出版社，2008：47.
② 胡文楷. 历代妇女著作考 [M]. 上海：上海古籍出版社，2008：88 - 89.
③ 詹学敏. 王微研究 [D]. 南京：南京大学，2011：47.

好色之家，着实堪忧。只是，若遁入空门，无论如何也无忧虑了。①

父亲告诫二条，如果无法在世上生活，那就出家，为自己也为双亲修来世，反过来，还去侍奉其他人的话，那也是对死去的父母的不孝。夫妻之事，关系到前生来世，无能为力。如果不出家而沦落为"好色之家"，那是最为担忧的。相反，如果出家，那就"无论如何也无忧虑了"。历来，这里的"好色之家"的解释成为难点。

其实，玉井幸助早在20世纪50年代就提出了正解。他以藤原定家《明月记》建保元年（1213）七月十八日条的内容为依据，认为出家为尼乃是女性解放的一种形式②。《明月记》的内容如下：

伝聞左中将伊時朝臣妻（前内大臣落胤云々）出家為尼云々。是最近念佛宗法師原之所為歟。天下婬女競假尼形扈従狂僧、已為流例耳。（日本国会图书馆藏本）

"好色之家"在《古今集》的假名序中就用来形容和歌的没落，"好色"之事也可以指代和歌。如果不出家的女性以和歌留名的话，就会成为假名序中讽刺的那样的"好色之家"，正如二条出家后在修行的同时以歌道为生一样，如果一旦出家，这样的生活就会被允许。虽然《明月记》在此予以非难，但出家确实是女性得以随心从事文学行为的一种方式。所以，二条的出家虽然具有宗教意义，更多的在于尼装使她拥有了旅行和从事和歌活动的权利。

无论是身着道服尼装还是女扮男装，这些女性之所以以这样的方式旅行，正好说明，在古代旅行是男性的特权。她们的行为，跨越了性别角色，而她们的文学，也是超越了性别的文学。

### 四、信仰与旅行

1. 埃赫里亚（Egeriae）的朝圣之旅

以宗教信仰为目的的旅行，或许是古代女性唯一被允许的自主性旅行。4世纪时的西班牙人埃赫里亚（Egeriae）写下了她的朝圣之旅 *Itinerarium Egeriae*。

---

① 后深草院二条.告白 [M].马如慧，译//张龙妹.十六夜日记.重庆：重庆出版社，2021：88.有改动。

② 玉井幸助.镰仓时代记录文学的一つ [J].历史教育，1954，2（8）：45 - 51；玉井幸助.問はず語り研究大成 [M].东京：明治书院，1971：538 - 548.

那时，希腊、拉丁语世界的信徒正热衷于到基督宗教的圣地朝圣。这部作品就是在那样的时代背景下诞生的，是现存最早的女性游记。

作品主要叙述了来到与《圣经》相关的圣地朝圣的经过，包括一些旅途见闻。遗憾的是，现存大概只有作者手记的三分之一①。根据太田强正的日译本②，现存文本由49章构成，从第1章至第23章，描写了作者到耶路撒冷、埃及、巴勒斯坦、西西里岛等地进行的长达3年的巡礼之旅（381—384年左右）③。从24章起详细介绍了她在耶路撒冷参加的天主教盛典方面的记录。作者本身应该是位修女，记述了旅途中自己所到的宗教遗迹以及遇到的神职人员，所有叙述都以她的宗教信仰为中心，可以说是一部纯粹的巡礼记。

比如，在第15章，作者等人在一位司祭的带领下前往圣约翰的一处施洗之地哀嫩，其经过是这样描述的：

> 我们立即穿过一个风景优美的山谷，跟他一起步行，来到了一个非常美丽的果园。他带我们参观了位于果园中央的一个极为优质、异常清澈的泉水。泉水像小山一样涌出。水源前有一个池子那样的地方，好像那是施洗者圣约翰执行圣务的地方。那时，那位神圣的司祭对我们说："时至今日，这个果园希腊语依旧被称为 cepos tu agiu iohanni，就是说，用你们的拉丁语可称为 hortus sancti Iohannis（圣约翰之庭）。众多兄弟、神圣的修道士们从各地来此沐浴。"在水源处，与在其他地方一样，再次进行了祈祷，朗读圣经，颂唱了合适的诗篇。还有，在来到圣地时习惯要举行的仪式，我们在这里也一一举行了。（中略）之后，我们从祭司那里，也就是从施洗者圣约翰的果园那里，同样也是从在果园结庐的圣修道士那里得到了神圣的面包，我们一边不停地感谢着神的恩典，重新踏上了旅途。④

从这段文字中我们可以看出，虽然文中也写山谷、果园的优美，泉水的清澈，但没有具体的描写，即没有所谓文学描述，读者从这些文字中不能产生具体的关于山谷、果园、泉水的联想，而且这些语句实际上也只是为了突出圣约

---

① 白根治夫. 世界文学中的日本女性文学 [J]. 日语学习与研究, 2015 (2): 1-9.
② 埃赫里亚. エゲリアの巡礼記 [M]. 太田强正, 译. 东京: サンパウロ出版, 2002: 14-68.
③ 白根治夫. 世界文学中的日本女性文学 [J]. 日语学习与研究, 2015 (2): 1-9.
④ 埃赫里亚. エゲリアの巡礼記 [M]. 太田强正, 译. 东京: サンパウロ出版, 2002: 45-46.

翰施洗之地的神圣，与后面的各种神圣的仪式相呼应。也就是说，作者完全是用信徒的视线在观察景物。加之所遇神圣的司祭以及在果园里结庐修行的修道士，她的整个旅行时空充满了神圣的气息。

在第 23 章的结尾部分，她是这样描述她自己的心境的：

> 吾之光一样的妇人们，当从那里把这封信寄给你们的时候，我已经决定要去亚洲，也就是艾菲索斯，为了在神圣的、至高无上的约翰使徒殉教纪念堂，以我们的神的名义祈祷。如果，这之后我依旧能够存命，而且还能参拜其他圣地的话，如果神的护佑，能够与你们相见，就直接为你们讲述吧。或者，如果我有了别的要去参拜的地方，我也会写信告诉你们的。吾之光一般的妇人们啊！只希望你们，无论我的灵魂是在我的体内，还是在我的躯体以外（不管我是死是活），能够把我记住。①

这段文字应该是前半部分的巡礼记的总结。作者朝拜了伊斯坦布尔的各教会、使徒纪念堂和殉教纪念堂之后，决定前往小亚细亚半岛的艾菲索斯，朝拜使徒约翰的殉教纪念堂。在此之前，她将这次旅行的记录以书信的方式寄给"吾之光"一样的妇人们，那应该是跟她一样的修女们吧。还可以知道，她的这次旅行，某种意义上甚至是做好了死亡的准备。希望这些妇人们，不管她是死是活，一定要记住她。字里行间，体现出了殉道者般的信仰之心。

也就是说，朝圣之旅中，作者所观之景、所遇之人乃至所思所想，都是围绕着信仰展开的，无处不在体现神的伟大和自身对神的感恩，而把自己这样的见闻及感想以书信的形式分享给同为修女的妇人们，是她写作的动机。整部作品跟她的现实生活毫无瓜葛，是一部基于信仰也终于信仰的巡礼记。

2. 中日娱乐性的寺院参拜

在朝鲜，《三国遗事》中也有女性佛教信徒的故事，到了朝鲜王朝时期，虽然也有《杨柳观音图》②（1427）那样由上层贵族女性发愿制作的佛画传世，明宗的文定王后曾于 1565 年发悲愿制作 400 幅佛像祈求"王子诞辰"③。但这些毕竟是最高阶层女性的个别行为。就整体而言，成宗十六年（1485）《经国大典》颁行，禁止女性自由出入，对擅自去寺庙祭祀的妇女，或在城内的野外祭祀者，

---

① 转译自太田强正. エゲリアの巡礼记［M］. 东京：サンパウロ出版，2002：67–68.

② 现藏于日本福冈梅林寺。

③ 朴银卿. 朝鲜王朝时代の仏画［J］. 别册太阳：韩国・朝鲜の绘画，2008（11）：101–102.

或身为士族妇女在山间游玩或在城隍庙祭祀者，打一百大板①。在这样严酷的制度下，女性几乎失去了外出的可能性。

在中国，后妃们在寺院的建设方面也有很大的贡献。据《洛阳伽蓝记》，该书卷一所载的永宁寺、卷二所载的秦太上君寺、卷三的大统寺以及景明司的七层佛塔·秦太上公二寺的西寺均为胡灵太后（？—528）所建，而卷一的胡统寺乃胡灵太后的伯母建造，卷三的秦太上公二寺的东寺是当时天子的姨母发愿建造的。据同书记载，其他的尼寺也不在少数，可以推测，女性佛教信徒到这些寺院从事佛事的场景。该书卷二描写了宗圣寺降诞会时的盛况。该寺"有像一躯，举高三丈八尺，端严殊特，相好毕备"，所以"此像一出，市井皆空。炎光辉赫、独绝世表。妙伎杂乐、亚于刘腾。城东士女，多来此寺观看也"②。与庄严的佛事同时举行的，居然有被称为"妙伎杂乐"的民间文艺表演，可见这样的信仰活动附带一定的娱乐性质。

《太平广记》中还有这样的故事：

> 唐天宝后。有张某为剑南节度使。中元日。令郭下诸寺。盛其陈列。以纵士女游观。有华阳李尉者。妻貌甚美。闻于蜀人。张亦知之。及诸寺严设。倾城皆至。其从事及州县官家人看者。所由必白于张。唯李尉之妻不至。异之。令人潜问其邻。果以貌美不出。张乃令于开元寺选一大院。遣蜀之众工绝巧者。极其妙思。作一铺木人音声。关戾在内。丝竹皆备。令百姓士庶。恣观三日。云。三日满。即将进内殿。百里车舆阗噎。两日。李君之妻亦不来。三日欲夜人散。李妻乘兜子从婢一人而至。将出宅。人已奔走启于张矣。③

节度使张某为了一观李尉妻之美色，可以说是用尽了心机。但之所以把地点选择在寺院，正好说明寺院是女性唯一一个可以冠冕堂皇进出的地方。而从"倾城皆至""百里车舆阗噎"可以看出其娱乐性的一面。《红楼梦》中也有贾母带领整个家族的女性前往清虚观的描写。佛道虽殊，宗教信仰给女性打开了一扇门。但有时候，如上引《太平广记》的故事，这扇门会是男性设下的陷阱。《水浒传》中林冲的妻子也是因为去寺院还愿被高衙内看到，从而给林冲带来灭顶之灾的。

---

① 金香花. 中韩女性教育比较研究 [D]. 长春. 东北师范大学，2004：33.

② 杨衒之. 洛阳伽蓝记校释 [M]. 周祖谟，校注. 北京：中华书局，2013：55.

③ （宋）李昉. 太平广记 [M]. 北京：中华书局，1994：860.

在日本,《落洼物语》中描写了中纳言带着除落洼以外的所有家庭成员去石山寺还愿的场景,从侍女们兴奋状态的描写,也可以推知那是一次有着娱乐性质的旅行。《枕草子》中描写的"积善寺供养",是藤原道隆在其权势鼎盛时期举办的佛事,东三条女院诠子、中宫定子也前来赴会,场面盛大庄严也热闹,对身居后宫的后妃及她们的仕女来说,那无疑是一次开心的郊游。《今昔物语集》卷28第一篇讲的是初午日去稻荷神社参拜的故事,同样充满了娱乐味道。

除了这样娱乐性的一面以外,平安朝女性的参拜寺社的行为同时也是她们审视自我的一个过程,也成为日记文学诞生的一个契机。

3. 平安日记文学中的寺院参拜

对平安时代的女性来说,她们去寺院参拜(物诣)的艰辛,或许跟埃赫里亚(Egeriae)的旅行好有一比,也是非常危险的事情。下面是《更级日记》中的一段:

> 如此,终日无所事事,沉湎于空想之中。不知为何,也不曾想去寺庙神社参拜。母亲比较守旧,她说:"去初濑寺实属可怕之事。如果在奈良坂遭遇抢劫,该如何是好?前往石山寺,要翻越关山,也十分可怕。鞍马寺,如你所知,那座山十分险峻,带你前去,十分可怕。"
>
> 陈燕译《更级日记》345 页

作者介绍从年迈的母亲那里听来的经验,一连用了三个"可怕"(おそし)来形容参拜初濑寺、石山寺、鞍马寺的危险性。但是,平安时代的女性日记记述了不少女性参拜寺院的经历。《蜻蛉日记》的作者参拜了稻荷·贺茂神社、初濑·鞍马·鸣泷般若寺,到唐崎祓除;《和泉式部日记》和《更级日记》中,都描写了参拜石山寺、初濑寺、鞍马寺、大秦寺的经过。她们为什么要冒着这么大的风险去参拜寺社呢?又是什么使她们把这样的经历变成了文学作品了呢?

平安朝的贵族女性生活在闭塞的都市空间中,又生活在单一的家庭关系中,远离都市的寺院,其神圣的氛围以及清新的自然环境,可以令人暂时走出日常,获得心灵的慰藉,同时得以审视自己的内心。《蜻蛉日记》中,记述了第一次到京城以外的初濑寺时作者新奇的眼光。

> <u>放眼望去</u>,流淌的河水在树林间闪闪发光,景色宜人。因为不想引起

注意，我这次所带随从很少，有些后悔自己的草率。换做别人出行的话，不知要多大排场呢。侍者此时掉转了车头，在四周拉起帷幕，稍事休息。让坐在车后方的人先下去了。面对着河停好车后，我卷起车帘，<u>向外眺望</u>，河面上设置了一排长长的鱼梁，还有很多船只交错往来。<u>第一次见到这样的情景</u>，一切都生动有趣。 施旻译《蜻蛉日记》50页

三田村雅子教授指出，《蜻蛉日记》中"看（見る）"这一动词频频出现①。"看"这一行为正是道纲母与外界新鲜事物接触的方式。这次初濑之行是在安和元年（968）九月。她本来早就要去初濑还愿，但一直推迟，到了九月，丈夫藤原兼家劝她等到大尝祭的被禊结束后，那时他就可以与她同行了。因为去年五月村上天皇去世，兼家的外甥冷泉天皇即位，他与时姬所生女儿超子要作为"女御代"② 参加大尝祭的被禊仪式。然而，道纲母置丈夫合情合理的建议于不顾，不无醋意地认为那事情又与自己无关，便悄然出发了。道纲母独自去初濑参拜的原因，应该跟村上天皇去世后，兼家日渐稳固的政治地位有关。冷泉天皇五月即位，兼家六月升任藏人头，十月升为左中将。在大尝祭举行之际，他与时姬所生的女儿又被选为"女御代"，入宫成为下一个女御只是时间问题。作者应该是深刻感受到自己与丈夫的荣华富贵已经是渐行渐远了。正因为如此，通过不同的"看（見る）"这一行为，发现新鲜的事物，她为之感动，心灵也得到了慰藉。

但同时，她又用他者的视线来观察自己。对于自己这样悄然出行，不禁暗自猜想：作为权势鼎盛的藤原兼家的妻室，换作别人会是怎样一种场面呢？"换作别人（われならぬ人）"当指兼家或跟她一样作为兼家妻室之人。所以，她应该是联想到，如果有兼家陪同出行，那一定是前呼后拥，热闹非常。又如果是时姬出行，兼家是否一定会陪伴左右？这样念头的出现，毫无疑问，是她对自己的身份的一种认知。也是她结束旅行后回归日常的基础。

到了天禄二年（971），兼家与近江君打得火热，而且兼家前往近江君住处时，竟然堂而皇之地从道纲母的家门口经过！这一行为实在令作者无法忍受，于是决定前往鸣泷般若寺闭关修行，甚至准备出家为尼。只是，在临行之前，她与兼家进行了如下的和歌赠答。

① 三田村雅子. 蜻蛉日记の物诣［M］//蜻蛉日记（一册の講座）. 东京：有精堂，1981：206－214.
② 大尝祭时被选中作为女御的代理参加被禊仪式的女性。

作者　心死不再更期待，但悲无处弃此身。

　　　（さむしろのしたまつことも絶えぬれば

　　　おかむかただになきぞ悲しい）

兼家　心期悠然同枕眠，如何无情浪翻床。

　　　（あさましやのどかに頼むとこのうらを

　　　うち返しける波の心よ）

作者向兼家诉说道：看来你是再也不会来访了，我也不会再期待什么，但此身无处可以捐弃，实在令人悲哀。兼家的答歌云：我本来是期待与你悠然度日的，怎么可以像无情的浪一样，把我们的眠床掀翻呢？他完全是倒打一耙，把作者的抱怨看作作者方面要和他解除婚约。但从作者这方面来说，从兼家的答歌中，也意识到兼家对她实际上还是有感情的。也许正是因为确认了这一点，作者反倒是"立即就出发了"。明知道自己心里最大的期待是什么，也确认了兼家对自己的感情，但作者像是恐怕自己被兼家的一首和歌就动摇了意志，连忙动身出发了。这些微妙的文字表述，正好象征着作者试图摆脱兼家、走出家庭的意愿。

然而，到了山寺，她的心境又是如何呢？

（1）白天一整天念平时的佛经，晚上才诵念寺院本尊的佛法。这里群山环绕，所以白天也不必担心会被人看到，帘子就那么卷在上面。谁知不合时节的黄莺叽叽喳喳地飞来落在枯木上，那叫声甚是聒噪，好像一个劲儿地在说"人来了，人来了"，让我总觉得真有人来了，常想把帘子放下来。一定是自己精神恍惚了吧。

（2）绿木成荫的景色别有情趣。山背面的阴暗处萤火虫闪闪发光，亮得令人吃惊。杜鹃在大方地纵情歌唱。以前在京城，还没什么烦恼的时候，想多听几声，它却总吝啬地不肯再叫第二次。秧鸡的啼声也近得好像就在耳边，像有人敲门似的。这些都让人平添了许多忧愁与寂寞。

施旻译《蜻蛉日记》95～96页

获知作者动身前往山寺，兼家先是派侍从前来阻止，作者自然是不会听从劝阻的。于是兼家也随后来到山寺，他当时正处于"戒斋"（物忌）期间，赶来山寺劝作者回京，也算给足了作者面子了。也因兼家处于戒斋期间不便下车，于是就由年仅8岁的儿子负责传话。但是任凭道纲如何哭诉，作者就是硬着心肠不跟兼家回京。然而，兼家离开后，她看到山寺的景色，似乎丈夫的影子无处不在。引文（1）先介绍了作者在山寺的修行活动，白天一整天从事例行的修行，晚上在该寺的本尊前祈祷。寂静的山寺，大白天也没有人影，所以可以放心地卷起帘子。而不合时宜的黄莺叽叽喳喳地飞来落在屋檐附近好像一个劲儿地在叫"人来了，人来了"①，让人误以为真的有人来，害得作者赶紧把帘子放下。把黄莺的叫声比拟成"人来了"虽是和歌的惯用手法，但此处，"人"显然指的是兼家。作者自己也意识到了这一点，如波浪线部分所示，这也正是作者唯兼家是念、处于恍惚的精神状态所致。引文（2）描写了幽暗的树荫、天黑时萤火虫发出的意想不到的光亮、传说中不叫第二声的杜鹃的随意的鸣叫声。还有那秧鸡，它的啼声近得似乎就在耳边。秧鸡的叫声在和歌中用来比作敲门声，而且是男性访问女性时的敲门声②，所以，秧鸡的叫声在这里同样是唤起了作者对兼家的思念。或者说，把秧鸡的叫声听作敲门声这一幻听本身，暴露了作者对兼家到来的期待。由此，如波浪线部分所示，作者也意识到，因着自己的心中所思，这个山寺成了一个让人平添了许多忧愁的所在。

此后，作者的家人、兼家的使者，甚至兼家的长子道隆先后来寺院劝作者下山，但作者就是不听劝说。最后兼家亲自来到山寺，强硬把作者接回了京城。等到兼家亲自来寺院的时候，如果作者再不回心转意，那这段婚姻可能就真的无法挽回了。作者应该是意识到了后果的严重性，才半推半就地被兼家带回京城的家中。只是，此后的兼家还是原来的那个兼家。

通过参拜寺院来重新审视自己的生活、直面自己的内心，《和泉式部日记》中描写的石山寺之行，也有着同样的作用。

> 时光飞逝，转眼到了八月。女子心想：去寺院参拜或许可以排解寂寞，便出发前往石山寺，计划在寺中静心事佛七日。此间，亲王想起许久没有与女子互通音讯了，便要派小书童送信存问。谁知小书童通过右近尉转告："前几日刚去过那女子府中，听说她最近去了石山寺。"亲王闻听，说道：

---

① 日语古文中，黄莺叫声的象声词有一种是"ひとく（HITOKU）"，和"人来（HI-TOKU）"发音相同。《古今和歌集》里可见类似的用法，「梅の花見にこそ来つれうぐひすのひとくひとくと厭とひしもをる（为爱梅花寻梅来，无奈黄莺唤人来。俳谐歌1011）」。小泽正夫，松田成穗. 古今和歌集［M］. 东京：小学馆，1994：388.

② 比如《古今六帖》第六卷中有这样的和歌："秧鸡声声天欲曙，仲夏夜短人急归（くひなだにたたけばあくる夏の夜を心短き人や帰りし）。"日文研データベース. 和歌语句索引［EB/OL］. 国际日本文化研究センター，2021－04－15.

"今日天色已晚，明日一早送去！"说罢，重新写信，交给小书童。翌日，此童持信赶到了石山寺。女子当时未在佛前祈祷，身在寺院，反而更加思念京城里的家。而独自来寺院斋戒，联想到自己剧变的身世，女子心中不免一阵怆然，便虔心祈求佛祖保佑。正在这时，发觉高栏下有人站立，心中好奇，往下仔细一看，原来是小书童。小书童的意外到来让女子喜出望外，忙命人询问："有何要事？"小书童递过来亲王的来信，女子比任何时候更加迫不及待地打开了来信。　　　张龙妹译《和泉式部日记》200 页

通过这段文字，我们能够了解到去寺社参拜对于和泉式部的作用。首先，因为谣言的关系，那时敦道亲王已经有一个多月没有来访，和泉为了排遣心中的烦闷无聊，下决心去石山寺。这便是她的动机，而这一动机是根源于她的现实生活的。然而，她到了石山寺后，并没有被寺院的超脱世俗的氛围所感染，反倒更加思念京城。正在这时，亲王也想着要与她联系，得知她去了石山寺后，想跟她联系的愿望变得更加迫切，命令小童第二天一早赶往石山寺。而和泉发现小童时的惊喜，接过亲王的来信并迫不及待地打开阅读这一连串动作，充分反映了她对亲王来信的期待。而与亲王恢复恋人关系，那才是她排遣烦闷的最终目的。出发去石山寺参拜，表面上虽是跟亲王拉开距离的行为，但实际上，反倒激发了亲王对她的思念。事实上，在她逗留石山寺期间，亲王两次派小童送去信件，和泉由此确认了亲王对她依然旧情难忘，于是她便毅然下山与亲王重修旧好。

### 4. 寺社参拜与信仰

道纲母到鸣泷寺闭关，她一定程度上是希望自己能够摆脱当前的困境的。摆脱有两种途径：一是兼家从此回心转意；二是作者削发为尼，从此与兼家毫无瓜葛。但从她自己的内心来说，出家显然是无奈之举。对当时的女性来说，女性的出家需要征得丈夫或者父亲的同意。如果自己还是丈夫眷恋的对象，那自然是不被允许的。在《源氏物语》中，紫夫人三番五次地提出出家，都被光源氏拒绝了。他拒绝的理由是：本人自己早有心出家，因为你们的关系才迄今没有出家的。等我出家以后你再说吧①。只有女三公子，身为皇女的三公主才可以由父亲朱雀上皇做主出家。反过来说，如果丈夫同意你出家，也就意味着他对你的恩爱已经荡然无存了。光源氏不允许紫夫人出家，自然是因为他对紫夫人的眷恋。所以，兼家如此三番五次地派人前来劝说，最后强行将其接回，

---

① 具体参见第五章。

也体现了兼家对作者的情意，也是作者可以回京继续之前生活的前提。也就是说，抱着弄不好会出家这样的打算来佛寺闭关修行，其内心的指向是以修复与兼家的婚姻关系为目的的。她的修行和祈祷的内容，虽然没有记录，也只能是与此相关的吧。

在康保三年（966）九月，因为与兼家失和，她前去稻荷、贺茂参拜。她的目的是要"诉说一下自己如此不幸的身世"①，她献于神社的布帛上一共有 7 首和歌，内容也都大同小异，都是祈求神灵赐予福运的。比如，第一首为：

> 灵验殊胜神山口，即请显灵于此地。

> （いちしるき山口ならばここながらかみのけしきを見せよとぞ思ふ②）

这是献给下贺茂神社的。此社是贺茂神社的入口，和歌称：如果神山入口处灵验殊胜的话，那就让神的灵验在此显现吧。而这灵验，自然指给她带来福运。对道纲母来说，神佛都是她祈求现世幸福的对象。

那么，对和泉式部来说，山寺又意味着什么呢？和泉与亲王之间的赠答，也许正好表达了对她来说佛教信仰的意义之所在。她在第二次接到亲王来信后，咏歌答道：

> 向使躬身驱辇至，我心未必不能移。

> （こころみにおのが心もこころみむいざ都へと来てさそひみよ）

通过两次来信，和泉已经确认了亲王的爱意。她在歌中说，自己也想知道自己闭关山寺的决心到底有多坚定，不如亲王亲自来山寺，劝我回京城如何？这样我就能知道我心所向了。但是，她自己也明知道亲王这样身份的人，是不可以随随便便出京城的。于是，便自己径直下山回京了。亲王来信追问：

> 惊闻修佛中途绝，谁人邀君返京城？

> （あさましや法の山路に入りさして都の方へたれさそひけむ）

---

① 原文为"かうものはかなき身の上"，"ものはかなき"意为"无足轻重的"，对作者来说，作为"无足轻重的妻子"应该是她最大的不幸感。所以，将"ものはかなき身の上"译作"不幸的身世"。

② 此处"神"的日文读音与"上贺茂神社"的"上"的读音同，构成双关语修辞。

和泉只是匆匆答复道：

> 出山入暗返尘世，但求见君慰相思。
> （山を出でて暗き道にぞたどり来し今ひとたびのあふことにより）

这里的"出山"（山を出でて）客观上指离开石山寺，当然也指放弃佛法，"入暗"（暗夜行路，暗き道にぞたどり来し）在《法华经》中是用来形容世俗生活的。上句显然是表达了她"弃明投暗"的决心，后半句则是她之所以这样做的理由。从此，两个人的关系迅速恢复，很快，亲王就提出要她搬入亲王府了。

显而易见，和泉式部的石山寺之行，对她自身和亲王来说，都是一次重新思考两人关系的契机。由此，他们更加认识到彼此不能失去对方。具有讽刺意味的是，意欲摆脱世俗的寺院参拜，并没有让和泉在超越现实的空间里发现乃至证实佛家的世界观，反倒令她下决心珍惜现实生活（与亲王相会）。佛教信仰对于和泉式部的作用，与道纲母的信仰无有二致。

孝标女在《更级日记》中的相关表述，更为明确地道出了信仰对于平安时代女性的意义。

> 如今对于往日沉溺于空想一事深感后悔。当时父母不曾带我前去寺庙神社参拜，我心里也是觉得十分不妥。如今我一心只盼望着成为富有之人，顺利地将幼儿养育成才，自己也能堆金叠玉，甚至还有来世的往生。十一月二十余日，我前往石山寺参拜。
>
> 　　　　　　　　　　　　　　　　　陈燕译《更级日记》359 页

这应该是作者中年以后的感想。她在此反省自己年轻时思虑的肤浅，联想起父母曾说要带她去石山寺参拜而终于没能成行，看到自己现在生活富足、孩子们也成长得遂人心愿、财宝堆满了仓库，也希望来世能够往生极乐世界，便决定于这一年的十一月二十日过后去石山寺参拜。向神佛祈求今生的福运和来世的安乐，在安乐的来世到来之前，她们全然立足于现实世界。这就是她们信仰的全部。

### 5. 平安时代女性日记的文学性

平安时代女性日记的文学性，其实在前文中已经涉及了。在这里，我们可以再通过将其与同时代贵族男性的日记进行比较，以便能够对女性日记的文学性有个感性的认识。

本来，女性用假名写日记是对男性贵族用汉文写日记习惯的继承发展。平安男性贵族的汉文日记中，也有不少有关参拜寺社的记录。比如，藤原实资曾经频繁参拜清水寺。

> 陰雨、有穢之事、祭日已遍、仍不参清水。
>
> 　　　　（『小右記』増補史料大成本　天元元年四月十八日条）
> 霖、故殿御忌日、身代以寿慶斎食、巳時許東北院令修諷誦、入礼人、四位一人、五位八人、六位一人、午時許参清水寺、呪遍如例、未時許帰宅、晚景詣室町、入夜帰宅、今日仁王会検校、大納言為光行事、辨惟成、便作呪願文云々。
>
> 　　　　（『小右記』増補史料大成本　天元元年五月十八日条）
> 参清水寺、巳時、於厩坤小門外、令奉鋳金毘沙門天、天高二寸五分、慶圓清範等来念、出納陳泰云、巳時許、昨日使奏返事云々。
>
> 　　　　（『小右記』増補史料大成本　天元元年六月十八日条）
> 未時許騎午参清水寺、即帰也、伝聞、昨日、帯刀試右近馬場行之云々、源宰相勅使也、帯刀等参本宮給矢云々。
>
> 　　　　（『小右記』増補史料大成本　永観二年十月十八日条）
> 早朝退出、午時許参清水寺、頃之帰宅。
>
> 　　　　（『小右記』増補史料大成本　　永観二年十二月十八日条）

从以上摘录可以推知，实资基本上是每月十八日会去清水寺参拜。记录非常简洁，只有参拜和返回的具体时间、所做功德的内容以及参拜前后的事情，也就是说，记录的只有时间、地点和事件，就连途中的景色、寺院的庄严都一概没有涉及。

原来实资与源惟正之女之间育有一个女儿，该女孩一直虚弱多病，于正历元年（991）七月一日夭折。从《小右记》可知，实资在治安年间（1021—1024）依旧每年在女儿的忌日在天安寺为其修诵讽。以下是治安三年七月一日的日记。

> 当季仁王講殊五箇日竟之、依世間不静、請僧念賢、運好、忠高修諷誦、天安寺是例也。山陰道相撲使随身近衛信武参来、不随身相撲人、申云、追可参上者、臨夜左頭中将朝任来、（略）僧、限七個日、被行大般若不断御読経、今朝宰相送書状云、資房熱気未散。
>
> 　　　　（『小右記』増補史料大成本　治安三年七月十一日条）

划线部分是关于他延请念贤等僧人按照惯例为其亡女修诵讽的记述。前后有关于其他法事、相扑使参见，乃至嫡长孙资房的病情。但也只是提及而已，一句涉及内心的话都没有。包括对于亡女的思念，也是只字未提。从女儿夭亡的 991 年开始，他为其所做的法事已经持续了 30 多年！这中间寄托了实资多么深沉的哀思！但在日记中的叙述，仿佛是在例行公事。

再比如，藤原道长的《御堂关白记》中也有到各寺社参拜的记录。他于长保元年（999）八月一日、宽弘元年（1004）九月廿八日分别参拜了清水寺。宽弘四年（1007）八月二日至十四日，是关于参拜金峰山的记录。十一日，将自己抄写的绀纸金字的《法华经》《弥勒经》等装在一个金铜经筒里，埋在了金峰山（现在的大峰山山上之岳）的山顶①。该山海拔 1719 米，现在尚且路途险峻，在千年之前的平安时代，更是可想而知。但在道长的日记中，只有关于天气的记录，如"雨尽日降"（四日）、"终日雨降"（五日）、"终日雨下"（八日）、"时时雨下"（九日、十日）等，不见关于旅途艰辛的片言只语。该金筒在江户时代的元禄四年（1691）出土，目前由京都国立博物馆代为保存。经筒高 36.4cm，纵向刻有 500 多汉字的祈愿文，记述了道长这次修功德的经过，与道长日记的记述一致②。

金峰山自古就是金刚藏王信仰的根据地，以子孙繁荣、除邪施福延命为目的③。当时道长 41 岁，官居左大臣。早在长保元年（999）年仅 12 岁的长女彰子就入宫成为一条天皇的女御，但一直没有诞下皇子。就在道长修此次功德的一年之后，即宽弘五年（1008）九月一日，彰子中宫产下了她与一条天皇的第一皇子（后一条天皇）。为此，当时人们盛传此乃金峰山之灵验④。

就信仰的实质来看，平安男性贵族参拜寺院更多的是为了除病、延命、获得官职或晋升等的现世福运⑤，他们的目的更加明确，所以他们去寺院参拜只是修功德。在《蜻蛉日记》《和泉式部日记》《更级日记》等作品中尚能看到女性在出家和世俗生活之间的摇摆，在贵族男性日记中，哪怕只是这样的摇摆也难以发现。

---

① "件经等，宝前立金铜灯楼、其下埋、供常灯也、从初今日日修诵讽。"藤原道长. 御堂关白记 [M]. 东京：东京大学资料编撰所，1954：329.
② 宫川祯一. 金色に辉く藤原道長の经筒 [EB/OL]. 京都国立博物馆，2017 – 12 – 06.
③ 山中裕. 平安朝贵族の宗教生活—とくに藤原道長を中心として [M] //古筆と写经. 东京：八木书店，1989：58.
④ 宫川祯一. 金色に辉く藤原道長の经筒 [EB/OL]. 京都国立博物馆，2017 – 12 – 06.
⑤ 速水侑. 観音信仰 [M]. 东京：墙书房，1970：98 – 103.

与只是作为记录的男性日记相比，女性日记的文学性特点大致可以归纳为以下几点：

①有关非日常的景物描写。

②与景物相呼应的自我内心表露。

③在前二者的基础上达到的自我认知。

正是这三点，使得平安朝女性的日记文学具有了今天意义上的旅行文学的文学性。

宫廷和旅行，是文学产生的温床，也是促使女性写作的催化剂。但从上文的叙述中我们可以发现，与平安朝的女性文学相比，中国与朝鲜王朝①女性的文学创作明显地呈现出男性化的倾向。而这样的倾向，不仅仅是三国女性文学不同质的根本原因之所在，也是朝鲜半岛的民族文学与日本的"国文学"形成的差异之所在。

就平安时代的女性散文体文学而言，作为必要修养的和歌创作，由此养成的对自己内心的表露和自己身世的思考，是其文学的主要体现。这些将在以下章节加以论述。

---

① 目前能够发现的有关朝鲜王朝女性旅行方面的文字，要数金锦园（1817—1887）14 岁时男装游，创作的 14000 余言的散文游记《湖东西洛记》。而在同一时期的江户时代的日本，也已经出现了男装的女诗人原采苹（1798—1859）。

# 第三章　平安朝女性的和歌创作与散文体书写

　　平安朝女性的基本教养是和歌，她们在宫廷等社交场合运用得最多的也是和歌，那么，和歌创作与散文体书写又存在着怎样的关联呢？其实，平安时代的不少假名文学，从作品名称上就能看出和歌与日记、物语的密切关系。比如，《小野篁集》又被称为《篁日记》和《篁物语》，显然《小野篁集》是和歌集，而后两者分别是日记和物语。《和泉式部日记》除三条西家本以外的诸写本，标题均为《和泉式部物语》，《成寻阿阇梨母集》又名《成寻阿阇梨母日记》。也就是说，一部作品不仅有两三个名称，而且还分别属于不同的文学体裁。那么，这样的现象究竟意味着什么呢？本章将首先探讨和歌与日记、物语等散文体书写的关系、散文体书写中和歌创作技巧之运用，在此基础上，通过相同题材在和歌及散文中的不同表述的分析，揭示散文体书写的意义。

## 第一节　和歌与日记、物语的关系

### 一、和歌本身的物语性

　　在中国唐代，孟启（875 年进士）编撰了名为《本事诗》① 的笔记小说，其中的故事，都是根据诗歌"杜撰"出来的。最为大家熟知的应该是"人面桃花"的故事了。

　　崔护（796 年进士）的《题都城南庄》诗云：

---

① 《本事诗》1 卷，全书分为情感、事感、高逸、怨愤、征异、征咎、嘲戏 7 类。

> 去年今日此门中，人面桃花相映红；
>
> 人面不知何处去？桃花依旧笑春风。

后两句与刘希夷的"年年岁岁花相似，岁岁年年人不同"有着异曲同工之妙，在人与物的对比中，道出了人世的无常。也许正是因为对这一联诗句的喜爱，这一首只有 28 个字的七言绝句，被改编为以下《本事诗》中近 500 字的故事了。

> 博陵崔护，姿质甚美，而孤洁寡合。举进士下第。清明日，独游都城南，得居人庄。一亩之宫，而花木丛萃，寂若无人。扣门久之，有女子自门隙窥之，问曰："谁耶？"以姓字对，曰："寻春独行，酒渴求饮。"女入，以杯水至，开门设床命坐，独倚小桃斜柯伫立，而意属殊厚，妖姿媚态，绰有余妍。崔以言挑之，不对，目注者久之。崔辞去，送至门，如不胜情而入。崔亦眷盼而归，嗣后绝不复至。及来岁清明日，忽思之，情不可抑，径往寻之。门墙如故，而已锁扃之。因题诗于左扉曰："去年今日此门中，人面桃花相映红。人面不知何处去，桃花依旧笑春风。"后数日，偶至都城南，复往寻之，闻其中有哭声，扣门问之，有老父出曰："君非崔护邪？"曰："是也。"又哭曰："君杀吾女。"护惊起，莫知所答，老父曰："吾女笄年知书，未适人，自去年以来，常恍惚若有所失。比日与之出，及归，见左扉有字，读之，入门而病，遂绝食数日而死。吾老矣，此女所以不嫁者，将求君子以托吾身，今不幸而殒，得非君杀之耶？"又特大哭。崔亦感恸，请入哭之。尚俨然在床。崔举其首，枕其股，哭而祝曰："某在斯，某在斯。"须臾开目，半日复活矣。父大喜，遂以女归之。[①]

故事通过人物描写、添加细节、插入对话、明确时间地点等方法，把一首诗变成了一个生动的笔记小说。之所以有这样的可能，乃是因为诗歌本身表达极其抽象。《题都城南庄》诗中客观部分只有：时间表述（桃花盛开的时节），地点（都城南庄），人物（作者和一位女性，因以桃花为喻，可以推测另一位是位女性）。仅此而已。其他的任何情节都是可以添加的。或许，《本事诗》的这篇"人面桃花"也只是《题都城南庄》众多"本诗"故事中的一个版本亦未可知。

和歌也一样，一首和歌 31 个音，所表达的内容要远远少于一首绝句，有时

---

① （唐）孟启. 本事诗［M］. 董希平，程艳梅，王思静，注. 北京：中华书局，2014：68–69.

往往只有一个意象。比如，《古今集》中的这首和歌：

> 忽闻五月橘花香，恍若故人衣袖香。　　　（《古今集》139）
> （五月まつ花橘の香をかげば昔の人の袖の香ぞする　読人知らず）

在《古今集》里，这首歌是属于夏歌，作者佚名。歌意为：闻到橘子花的香味，感觉好像是昔日恋人衣袖的味道。实际上就是说，橘子花的香气令歌人想起了昔日的恋人。这里甚至连歌人的性别都难以推测。唯有橘子花与怀旧的关联是确定的。

这样一首和歌，在《伊势物语》里，具有了这样的故事性：

> 从前，有个男子。由于他出仕宫廷事务繁忙而怠慢了自己的妻子。因而妻子跟随一个声称深爱自己的人远离京城去了地方上。这个男子作为使者前往宇佐神宫公干之际，听说前妻如今成了某个地方接待敕使的官员的妻子，于是在那个官员设宴接待自己时对他说道："叫你夫人亲自来为我斟酒，否则这酒我不喝！"于是夫人不得不为他斟酒，此时，男子将桌上作为下酒菜肴的橘子拿在手里，随即咏道：
> 　　忽闻五月橘花香，恍若故人衣袖香。
> 　　夫人听罢，认出眼前这位男子是自己前夫，便削发为尼，从此隐居深山。①

这里的主人公因为在宫中当差太忙，感情也不太真诚，于是他的妻子就离开他跟一个声称会以诚相待的人去了地方上。不想，她的前夫作为敕使前往大分县宇佐神宫，要经过他们那里，而且还由后夫负责接待。酒席上，前夫对后夫说，得让你夫人出来斟酒，否则不喝。前妻不得已出来给前夫斟酒，于是前夫吟诵了上述"忽闻五月橘花香"这首和歌。这时，前妻才认出来，这位敕使原来是自己的前夫。于是便出家为尼了。这一悲伤结局，体现了都城对于地方、朝廷官员对于地方官员、"优雅（みやび）"对于"质直（まめ）"之男性在文化上拥有的一种绝对优越性，在此搁置不论。就和歌与散文的关系而言，散文部分将和歌本身的怀旧意象界定为一个宫廷男性贵族对抛弃自己去了地方的前妻的怀旧。而因为《伊势物语》的主人公又被想象为藤原业平，于是，这一意

---

① 伊势物语［M］. 张龙妹，译//日本和歌物语集. 张龙妹，邱春泉，廖荣发，译. 北京：外语教学与研究出版社，2015：40－41.

象又被缩小为藤原业平对弃他而去委身某地方官的前妻的怀旧。

从《题都城南庄》绝句到"忽闻五月橘花香"这首和歌，我们可以发现，诗歌故事化的过程，某种意义上就是将一个普遍的抽象的认识或意象具体化个性化的过程。

### 二、屏风歌的故事性

平安时代的贵族们还热衷于吟咏屏风歌。屏风一般是两扇一双，每扇由两幅以上组成，每幅正面画有日本的"大和绘"或中国画"唐绘"，请当时的著名歌人按照绘画创作和歌，再请书法高手将和歌书写在屏风上。这样的屏风是个集绘画、和歌、书法为一体的艺术品。平安时代的宫廷以及贵族家庭，每逢节庆都要制作那样的屏风。对歌人来说，自己被邀请参与宫廷或某贵族家庭的屏风歌的创作，应该是莫大的荣誉，所以他们都会精心创作这样的和歌。

作为一位当时首屈一指的歌人，纪贯之自然会接到许多创作屏风和歌的邀请。从他的歌集中，可以发现有着相似歌序的屏风歌。

自撰本《贯之集》中以"故乡"（ふるさと）为题的和歌有以下数首①：

　　赏故乡之花
222　今日徘徊至故乡，唯有花色如往昔。
　　（ふるさとを今日来てみればあだなれど花の色のみ昔なりけり）
　　　　　　　　　　　　　　　　　　　　延喜御时内里御屏风歌

　　骑马的男性官员们，来到像是故乡的地方，手折樱花
326　故乡樱花胜他乡，如雪花开正烂漫。
　　（ふるさとに咲けるものから桜花色は少しも荒れずぞありける）
　　　　　　　　　　　　　　　承平五年（935）十二月内里御屏风歌

　　来到故乡
376　樱花烂漫几多时？故乡松树万年青。
　　（花の色は散らぬまばかりふるさとに常にも松ぞ緑なりける）
　　　　　　　　　　　天庆二年（939）四月右大将藤原实赖四十贺屏风歌

　　赏故乡之花
433　徒有故乡樱花开，年年岁岁花色同。

---

① 田中喜美春，田中恭子. 私家集全释丛书20：贯之集全释［M］. 东京：风间书房，1998：212，269，303，337－338. 数字为和歌序号。

（あだなれど桜のみこそふるさとの昔ながらのものにはありけれ）

434 故乡一改旧时貌，唯有樱花开如故。

（見しごとくあらずもあるかなふるさとは花の色のみ荒れずはありける）

天庆二年（939）藤原敦忠参晋升参议屏风歌

前两首是宫廷屏风歌，后三首是贵族家庭的。尤其是 433 和 434 两首，都是为了藤原敦忠晋升参议的喜庆屏风所作。从这几首和歌中，意象基本上是固定的：故乡虽然变得荒凉，而那里的樱花依旧。或说这一意象来自刘希夷《代悲白头翁》中"年年岁岁花相似，岁岁年年人不同"之句，但更接近《古今集》所收平城天皇的"奈良虽已成旧都，春日花开色依旧"（ふるさととなりにしならの都には色は変らず花は咲きにけり）①，表达了对古都的无限思念。

第 326 首和歌的歌序值得关注：骑马的男性官员们，来到像是故乡的地方，手折樱花。从这一叙述可以看出，贯之的这首和歌的屏风画的画面应该是骑马男子在折樱花。但折花的地方到底是不是故乡（古都），其实是不得而知的，而那樱花是否颜色依旧更是不得而知。所以，所咏之歌的歌意（只因花开在故乡，花色无改似往昔）是在假定地点是故乡的基础上，赋予那樱花作为故乡之花——花色依旧的意象。跟前文提到的和歌物语的方法如出一辙。

《古今集》中也收录了不少原本是屏风歌的和歌，但因为收录在歌集中，没有了原本的屏风画做背景，歌序就要承担屏风画的作用。我们再来看《古今集》收录的纪贯之的下面这首和歌。

> 每次去参拜初濑寺都会投宿在那个人的家里，有年头没有造访了，此次再度打扰，那家主人传话道："明明这里有你的住处的！"于是，手折梅花，作歌云：
>
> 人心惟危实难知，故里梅花香如故。 （古今集42）
>
> （人はいさ心も知らずふるさとは花ぞ昔の香ににほひける）

与上面的五首屏风歌相比，这首歌的特点是，所咏之花是梅花而不是樱花，再就是将人与梅花相对照，用故乡不变的梅花之香暗示人心的易变。从诗歌的意象来说，更接近刘希夷的《代悲白头翁》的诗意。但吟咏故乡之花这一大的题材与之前的屏风歌没有二致。

---

① 藤冈忠美. 贯之の赠答歌と屏风歌一人はいさ心もしらず……の一首をめぐって [J]. 文学, 43（8）: 958-973.

我们再来关注一下这几首歌的创作时间。"人心惟危"这首歌应该创作于《古今集》成书的905年之前，而上引屏风歌，最早的为第222首的"延喜御时"，也即是901到923年的醍醐天皇时代，或许与"人心惟危"之歌年份相近。而最晚的和歌创作于天庆二年（939）。也就是说，在30年左右的时间里，纪贯之一直都在创作"故乡之花"这一题材的和歌！且大部分和歌属于屏风歌。这一现象至少说明，"故乡之花"这一画面在屏风画上的普遍性。

另外，关于"人心惟危"之歌中"人"的所指历来有不少猜测。折口信夫早就认为"人"指的是女性①，大纲信也认为是抱怨女性变心的和歌②。而从歌序中"传话道（言ひいだして）"这一表述，实际上也是基本可以判断，传话动作的主体是女性。被认为是他撰本的西本愿寺本《贯之集》中有这首和歌的答歌"梅花尚且开同心，当知种花人心同。（はなだにも同じ心に咲くものを植ゑたる人の心知らなん）"③，更说明这首和歌的赠歌对象是女性。但是，需要猜测论证一首和歌的赠送对象是男是女，这样的例子着实不多。反观《古今集》的歌序，歌序一般只是起到介绍作歌场合的作用，像这首和歌那样有着故事性的歌序并不多见。从该歌与屏风歌的相似度推测，这首歌或许就是屏风歌，画面上是一个男子来到昔日时常投宿的住处前，里面的女子传出话来，于是男子折梅花咏此歌。也就是说，赠歌对象的性别原本是可视的。山根对助曾经推测，上引五首屏风歌正是纪贯之在吟咏"人心惟危"这首和歌时被放弃的草稿④。而如果将西本愿寺本的答歌"梅花尚且开同心"也一并考虑的话，这两首和歌可以看作屏风画中的赠答和歌。

其实《贯之集》中本身就存在着以下几组赠答屏风歌⑤：

（1）组　　月夜、男子来到女子家中，坐下作歌曰：

329　月隐西山天欲曙，犹在帘外不相见。

（山の端に入りなんと思ふ月見つつ我は外ながらあらんとやする）

① 折口信夫.折口信夫全集ノート编：第12卷［M］.东京：中央公论社，1971：178－182.
② 大冈信.日本诗人选：纪贯之［M］.东京：筑摩书房，1971：34.
③ 田中喜美春，田中恭子.私家集全释丛书20：贯之集全释［M］.东京：风间书房，1998：573.
④ 山根对助.はなぞむかしの一『代白头吟』受容の一齣一［J］.学园论集，1967（11）：25－42.
⑤ 田中喜美春，田中恭子.私家集全释丛书20：贯之集全释［M］.东京：风间书房，1998：271，332－334，340，381－382.

女子、答歌道：

330　循迹清辉来访人，无有足迹不到处。

（久方の月のたどりに来る人はいたらぬ所あらじと思ふ）

（2）组　　即将远行的女子们，作歌惜别道：

422　执手相惜分别时，吾身不禁泪涟涟。

（惜しみつつ別れる人を見る時はわが涙さへとまらざりけり）

远行之人答歌道：

423　与君别离无奈何，身虽远行心长留。

（思ふ人とどめて遠く別るれば心ゆくともわが思はなくに）

424　早知与君相别难，不敢寸步出门行。

（かねてより別れを惜しと知れりせば出で立たむとは思はざらまし）

（3）组　　男子来到女子家中访问：

425 草木虽然似当年，思君如何度年岁？

（草も木もありとは見れど吹く風に君が年月いかがとぞ思ふ）

女子答歌道：

426 樱花虽谢依然春，年岁唯有积吾身。

（桜花かつ散りながら年月は我が身のみぞ積もるべらなる）

（4）组　　月夜听琴，女子作歌：

438 月夜闻君弹琴声，疑将月光作秋雪。

（弾く琴の音のうちつけに月影を秋の雪かとおどろかれつつ）

439 月光当做秋雪赏，琴声似雪欲消散。

（月影も雪かと見つつ弾く琴の消えでつめども知らずやあるらん）

男子答歌道：

440 琴音声声诉衷肠，愿君听取心中言。

（弾く琴の音どもに思ふ心あるを心のごとく聞きもなさなん）

（5）组　　男女聚集在梅花树下饮酒欢娱，手折梅花赠与室内之人云：

513 偶来折花尚不厌，常看花人思如何？

（まれに来て折ればやあかぬ梅の花常に見る人いかがとぞ思ふ）

答歌道：

514 种得梅花近屋宇，梅香吾春无尽时。

（宿近く植ゑたる梅の花なれど香にわがあける春のなきかな）

第（1）组是《贯之集》中首次出现的赠答屏风歌。为承平五年（935）十二月"内里御屏风歌"当中的两首。纪贯之是在承平四年（934）十二月从土佐回京的，一般认为承平五年是贯之屏风歌创作的转折期，从原本以风景为中心转向以人物为中心①，而这样的转变可能是因为通过《土佐日记》的书写从而能够熟练地运用虚构技巧所致。而尤为有趣的是，这一组中的女子的答歌，显然来源于贯之在《古今集》成书之前的作品：

　　凡河内躬恒来访，说是因"月色妩媚"。便作歌道：
　　相见半喜亦半忧，清辉无有不到处。　（古今集 880）
　　（かつ見れどうとくもあるかな月影のいたらぬ里もあらじと思へば）

显然，两首和歌的后半句可以说是完全一致的。由此，我们也可以看出，贯之早些年的《古今集》所收和歌与 30 年后屏风歌之间的密切关系。

（2）（3）（4）三组和歌是天庆二年敦忠荣升参议的喜庆屏风歌。（3）是男女一对一的赠答，而（2）（4）则是一人对复数人的赠答。为此，有学者认为这里描写的是送别的场面，送别的多名女性中有一人为代表咏歌相赠，远行的两位分别作歌以答②，而（4）应该是一位弹琴男子与多名听琴女子之间以汉诗的意境为题材的画面③。

而与本节讨论的"人心惟危"歌关联最大的，当是第（5）组。从《贯之集》可知，这是他为天庆五年（942）"内里御屏风歌"所作。歌序说男女围坐在梅花下面饮酒欢娱，其中一名男子作歌，询问室内的种花之人常年观花的感受。木村正中认为这里室内种花之人应该是位女性④，而中岛辉贤认为种花之人应该是男性⑤。笔者认为，如果室内之人是男性，作为这家的主人自然没有躲在内室不招待客人的道理，而且，之所以不明写是女子，应该是从画面就可

①　菊地靖彦. 古今集以後における貫之の様相—屏風の歌を通して—［J］. 一関工業高専紀要, 1968（2）：1-37.
②　木村正中. 土佐日記紀貫之［M］. 東京：新潮社, 1988：274.
③　中野方子. 『白雪曲』と『琴心』—貫之の琴の歌と漢詩文—［J］. 中古文学, 1993, 52：11-20.
④　木村正中. 土佐日記紀貫之［M］. 東京：新潮社, 1988：274.
⑤　中島輝賢. 屏風歌歌人紀貫之の詠法—作中主体の意義と詠作意図—［J］. 国文学研究, 2000, 132（10）：1-11.

以看出来的。而这也正是第（5）组和歌与"人心惟危"歌的共同点，也是可以把"人心惟危"与"梅花尚且开同心"两首歌作为赠答屏风歌来欣赏的理由之所在。

而且，如果按照时间来说，"人心惟危"歌在《古今集》成书之前，而第（5）组歌是在近40年后的942年。为此，认为自承平四年（934）十二月回京后，纪贯之屏风歌创作从风景转向人物的见解，也还有可商榷之处。

屏风歌本身就是对画面做出的一种故事性的解读，而当屏风歌脱离屏风的画面、用歌序解说画面的时候，文字具有了更加强烈的故事性和多重解读的可能性。

### 三、歌集的日记化和日记的歌集化

我们先来比较一下纪贯之的歌集与伊势歌集的区别。贯之是《古今集》撰者之一，有102首和歌入选该集，几乎占所收录和歌总数的十分之一，贯之在古今集时代的地位由此可知一斑。伊势有22首和歌入选《古今集》，自然不能与贯之相比，但除了四位撰者以外，她的入选和歌数仅次于素性的36首和在原业平的30首，是当之无愧的女性歌人代表。

纪贯之虽然在《古今集》假名序中洋洋洒洒地就和歌的历史展开了评述，但他自己的歌集缺乏可读性，在第一首歌"夏日青山树荫浓，匆匆行人暂歇脚（夏山の蔭をしげみや玉鉾の道行き人も立ちどまるらん）"① 之前，只有这样一行文字："延喜五年二月、泉大将四十贺屏风歌、奉旨而作"，说是承醍醐天皇之命为庆贺泉大将（藤原定国）四十大寿的屏风所作。显然，这行文字只是歌序，说明了和歌创作的缘由而已。歌集整体虽也有分卷，但也是按时间和类别所做的编辑。

再来看伊势的歌集。开篇如下：

　　宽平天皇御时，人称大御息所的众仕女中，有一位父亲在大和国任官的女子。父母视若掌上明珠，不令其与寻常男子成婚。其间，御息所的弟兄，诚意恳切地追求，不觉间就私定终身。虽然顾虑父母将作何感想，但他们说"盖是命中注定吧。年轻人难以托付终身的。"日久天长，那个人成了当时的大将家的女婿。父母闻听，心中叹道："果然不出所料！"女子正

---

① 田中喜美春，田中恭子. 私家集全释丛书20：贯之集全释［M］. 东京：风间书房，1998：73.

感觉羞愧难当之时，这个男子来到女子父母家所在的五条附近，用柿树红叶写道：

> 别离故居日已久，红叶依旧似织锦。
>
> （ひと住まず荒れたるやどを来てみればいまだ木の葉は錦おりける）
>
> 正值女子伤心之时，不胜伤怀，答歌道：
>
> 冷雨更添悲泪流，染得红叶色更浓。
>
> （なみださへしぐれに添へてふるさとはもみぢのいろも濃さぞまされる）

写完，插在女贞树枝上，送了过去。那应该是九月的事。男子阅罢答歌，也甚是感动①。

文中的"宽平天皇御时"指宇多天皇（887—897 在位），"大御息所"则是宇多天皇的女御藤原温子（872—907），而"父亲在大和国任官的女子"则是作者自称，"御息所的弟兄""男子"指的是温子女御的异母弟藤原仲平（875—945）。这段文字的内容已经大大超越了歌序的作用。首先是对主要人物的朦胧化表述。在"父亲在大和国任官""御息所的弟兄"这样含糊其辞地介绍了人物之后，便以"女子""男子"来指代，好比物语中只用"她""他"来代指男女主人公。其次是文章的概述性。在这简短的几行文字里，讲述了女子与男子因为身份悬殊而造成的恋爱悲剧，父母的失望、女子的悲伤以及男子的怀旧，俨然是一个完整的恋爱故事。而且还巧妙地融入了红叶题诗的风雅。再次，模糊的时间表述。歌序的一个重要的作用就是表明作歌时间。如上文《贯之集》第 1 首和歌明言是在泉大将四十大寿的时候所作，但伊势只是附带地说"那应该是九月的事"。因为男子的和歌是写在红叶上的，女子的和歌也提及红叶的颜色。可以理解为，这是作者日后回想起来，根据和歌的内容，对于事情发生的时间做出的一个推断。

从上面《贯之集》与《伊势集》开卷部分的区别，我们可以发现，《贯之集》记载的明确的有关咏歌的具体事项：时间、缘由，具有作歌备忘录的性质。而《伊势集》是将和歌置于一个故事当中，具体的人物、时间都被朦胧化了，文字主要述说的是因身份悬殊而造成的悲恋故事。我们在第二章分析男性的日记与女性日记的区别时曾经提到过，男性日记是记述事件本身，而女性日记重在记述感受，这样的区别在歌集中依然存在。

---

① 关根庆子，山下道代. 私家集全释丛书 16：伊势集全释 ［M］. 东京：风间书房，1996：63－67.

再比如，《伊势集》中记述推测为与菅原道真之子之间的和歌赠答是这样的：

> 另有，有个根本连人都算不上的身份低下、却情真意切的男子，寸步不离地前来求婚。任凭他如何来信，也没给他个回复。于是，他又赠歌道：
>
> 樵夫虽言无结果，空有回声响山谷。
>
> （山がつは言へどもかひもなかりけり山びこそらに我こたえせよ）
>
> 依旧没有没给他答复，他追问道："是诺是否，究竟如何呢？我的好人！我的好人！"
>
> 不敢言诺或言否，此身并不由我心。
>
> （否せとも言ひ放たれず憂きものは身を心ともせぬ世なりけり）
>
> 这样算是让他死心了。

与仲平的恋情无果而终，正在伤心之际，有个女子根本瞧不上眼的男子前来求婚。男子来信她也不回，最终被追问不过，无奈之下，女子故作姿态地回了"不敢言诺"的和歌，就此他们的关系宣告结束。这是与开篇不同的与一个单恋男子的故事。

反过来，我们来看一下道纲母的《蜻蛉日记》又是怎样一种状况。应该是日后添加的序文之后，作品从藤原兼家求婚起笔：

> 我之前也收到过情书恋歌之类的，都草草了事，无须再提。某日，位高权重一族的公子，提出结婚的愿望。若按常理应该拜托正式媒人，或找个合适的侍女出面，转达心意才是。他却半开玩笑半认真地直接向好像是我父亲之人暗示。我答复"家世相差太大，不般配"后，他仍不管不顾派使者骑马过来敲门。那使者粗声大气，这边还没来得及询问姓甚名谁，旁人已都明白了是怎么回事。家中侍从慌张收下信乱作一团。我拿过来仔细看，信纸和一般人的情书也不同，一点都不讲究。字迹更不像传闻中那样细腻工整，甚至可以说有些拙劣，怀疑根本不是他本人所写。这一切都太奇怪了。信中只有一首和歌是这样的：
>
> 杜鹃声声啼芳名，不见佳人空断肠。
>
> （音にのみ聞けばかなしなほととぎすこと語らはむと思ふ心あり）
>
> 我和家人商量："怎么办呢？是不是必须要回信啊。"古风守旧之人面露敬畏之色，劝道："还是回复一下比较好。"于是，让侍女代笔作答：

此处无人愿识君，杜鹃莫向空山问。

（語らはむ人なき里にほととぎすかひなかるべき声なふるそ）①

施旻译《蜻蛉日记》2-3页

划线部分"位高权重一族的公子（柏木の木高きわたり）"指的是藤原兼家，其人乃右大臣藤原师辅的三子，当时官居右兵卫佐，是道纲母父亲的上司。"好像是我父亲之人（親とおぼしき人）"就是作者的父亲，兼家的下属。而"古风守旧之人（古代なる人）"则是作者的母亲。把人物的称呼朦胧化，这一特点与《伊势集》如出一辙。

《蜻蛉日记》与《伊势集》最大的区别在于对于求婚经过的描述。伊势只是一笔带过："诚意恳切地追求，不觉间就私定终身（いとねむごろにいひわたりたまふを、いかがありけむ）"。而道纲母在此极力夸大兼家求婚经过的不用心：先是跟她的父亲半是玩笑半当真地求婚，接着便是堂而皇之地让使者送来求婚信，但信纸不是恋歌所用的，笔迹显得漫不经心甚至令人怀疑这是不是情书，所咏和歌的内容更是平淡无奇。总之这是一个非同寻常的开始，应该是作者有意暗示这一婚姻的悲剧性。但是，这样主题明确的叙述，与《伊势集》有着异曲同工之妙。至于时间表述，在作者与兼家之间进行了几个来回的和歌赠答以后，"秋天的时候（秋つかたになりにけり）""不记得那是怎样的一个早晨（いかなるあしたにかありけむ）"，暗指他们结合的时间。这样的朦胧表述，也与《伊势集》无有二致。

其实，江户时代的日本国学家伴信友（1773—1846）早在他的著作中就指出《伊势集》有着日记文学的特点，而将其称作《伊势日记》了②。与此同时，学者也认为《蜻蛉日记》的上半部分"构成了一个和歌物语般的世界，是具有独立性的部分③"，具有歌集的特点④。

《伊势集》中被称为《伊势日记》的部分，主要包含了以下部分的内容：

1. 女御温子的仕女大和守的女儿（伊势）与女御的异母弟仲平（藤原基经

---

① 有改动。为了减少注释方便读者理解，施译将言外之意直接在译文中表达出来了。

② 伴信友在『表章伊势日附證』中指出，以西本愿寺本第34首和歌为界，前后形态上存在着明显的不同，认为伊势有意编撰一部完整的日记的。伴信友. 伴信友全集：第6卷 [M]. 东京：国书刊行会，1909：278-317.

③ 水野隆. 蜻蛉日记上卷の成立に関する試論 [M]//上村悦子. 論叢王朝文学. 東京：笠間書院，1978：193-212.

④ 今西祐一郎. 蜻蛉日记覚書 [M]. 东京：岩波书店，2007：11-14.

之子）陷入热恋。

2. 仲平不久成了大将家的乘龙快婿，伊势为之哀叹，返回娘家。

3. 伊势因女御之邀再次出仕，与仲平和其他贵公子们和歌唱酬，以此来忘却哀伤。这期间受到天皇宠幸，获得幸福。

而《蜻蛉日记》被视作歌集的前半部分内容是这样的：

1. 接受藤原兼家的求婚，道纲母与兼家结婚。

2. 不久，兼家与町小路女陷入热恋，道纲母不胜哀叹。

3. 不久町小路女失宠，道纲母与兼家互赠长歌，暗示两人的和解。

从以上简单的总结，也可以看出《伊势集》和《蜻蛉日记》都是在和歌的基础上展开的女性恋爱故事，具有和歌物语的性质，甚至情节也几乎是一样的。难怪今西祐一郎先生认为《蜻蛉日记》是以《伊势集》为范本写成的①。

以上从三个方面探讨了和歌的故事性、屏风歌的故事性以及歌集与日记的共性。而最为关键的，自然是和歌本身具有的故事性。而宫廷及贵族社会以和歌为主的社交、男女婚恋过程中以和歌赠答为主的交流方式，使女性们具有了非常好的修养。正是这一修养，为散文文学的诞生奠定了坚实的基础。

## 第二节　咏歌技巧与思维在散文体书写中的运用

那么，女性们咏歌方面的修养又是如何体现在散文创作中的呢？本节将从三个方面来探讨咏歌技巧以及和歌式的思维（联想）在日记和物语中的具体体现。首先分析和歌式表达在散文中的运用，其次探讨和歌式思维对于女性自我认识所起到的作用，进而揭示和歌式思维在物语主题架构上的作用与意义。

### 一、咏歌技巧在散文书写中的作用

从目前保存下来的平安朝的女性散文体文学来看，除了《枕草子》的作者清少纳言自称不擅长和歌以外，其他女性都有数量可观的和歌作品传世。即便是清少纳言也是"中古三十六歌仙之一""女房三十六歌仙之一"，有15首和歌入选《后拾遗和歌集》之后的敕撰和歌集。其中"暗夜鸡鸣过函谷，空言难越逢坂关。（夜をこめて鳥のそら音ははかるともよに逢坂の関はゆるさじ）"收

---

① 今西祐一郎. 蜻蛉日记觉书［M］. 东京：岩波书店，2007：15 – 19.

入《百人一首》。巧妙地把孟尝君的故事融入一首之中，充分体现了她的才情。其实，她只是因为父辈在和歌方面的才能过于突出，才不愿以歌才显。从《枕草子》中可以看出，她灵机应变的能力在和歌方面也是发挥超常的。比如，"清凉殿东北之隅"中有这么一个小插曲：

> （定子）"快点快点！不要老是想了。难波津也好，什么也好，只要临时记起来的，写了就好。"我不知道自己为什么会这样的畏缩，简直连脸也红了，头里凌乱不堪。这时高位女官写了二三首春天的歌和咏花的歌，说道："在这里写下去吧"我就把［藤原良房的《古今集》里的］一首古歌写了，歌云："年岁过去，身体虽然衰老，
>
> > 但看着花开，
> >
> > 便没有什么忧思了。"
>
> 只将"看着花开"一句变换作"看着主君"，写了送上去，中宫看了很是喜欢，说道：
>
> "就是想看这种机智嘛，［所以试试看的。］"
>
> 周作人译《枕草子》第二段 21 页

一条天皇来到定子皇后处，少纳言正紧张激动得手足无措的时候，皇后吩咐仕女们把自己能想起来的古歌写在色纸上。于是，身份高贵的仕女们写上两三首吟咏春色花景的和歌。这时，少纳言想起了《古今集》藤原良房"年岁过去"这首歌①，就把第四句改了一下，藤原良房和歌中的花，暗指已经成为文德天皇皇后的女儿明子，意在表达对自己权倾朝野的政治生涯的一种极大满足。少纳言这样一改，歌意变为：只要看到定子皇后甚至是见到天皇，就什么烦恼都没有了。既充分表达了她此时此地的心情，也很好地尽到了作为一个仕女的职责，达到了即兴表演的极致。难怪定子也大为满意，"就是想看这种机智嘛（ただこの心どものゆかしかりつる）"。从这段文字中，我们可以看出，散文书写，一方面其实有很大部分是围绕和歌展开的。就拿《源氏物语》来说，这部长篇物语中，插入了 795 首和歌。散文部分或许可以看作冗长的歌序亦未可知。另一方面，如在第二章中所述，和歌是贵族女性们的共同教养。

再来看少纳言的景物描写。以下是"五月的山村"段的内容：

---

① 关于这首和歌的解释，详见第二章。

　　五月时节，在山村里走路，是非常有意思的。洼地里的水只见得是青青一片，<u>表面上似乎没什么</u>，光是长着青草，可是车子如笔直的走过去，进到里边，却见<u>底下是非同寻常</u>的水，虽然是并不深，赶车的男子走在里边，飞沫四溅，实在很有趣。　　周作人译《枕草子》第一八六段 309 页①

　　这里记述的是少纳言的一次郊游。五月，她们去山村，水草一色，满眼的碧绿，令她们心旷神怡。茂盛的水草，顺着河流行走，发现水草下面的水并不深，人要是徒步走的话，就会有水溅上来，很有趣。有意思的是，如划线部分，她用"表面上似乎没什么（上はつれなく）""底下是非同寻常（下はえならざりける）"来描述水草，说表面若无其事的样子，下面却是不同凡响。正如新编全集本的头注所示，这一描述其实来自《拾遗集》作者佚名的和歌"芦苇扎根泥土中，表面冷酷心里苦（葦根はふうきは上こそつれなけれ下はえならず思ふ心を）"。歌意为：芦苇扎根在泥土中，上面看着若无其事，下面深陷淤泥，自己的恋情也跟这芦苇一样，表面装得无情，内心对你的思念非同寻常。其中"泥土（うき）"与"心忧（憂き）"为双关语。

　　少纳言在这段文字中，主要是表达去山村郊游的欣喜，上述《拾遗集》和歌与这段文字的主题并不融合，即便如此，少纳言还是不由自主地带着和歌中有关水草的意象来描写景物的。

　　我们再来分析一下《和泉式部日记》的开篇。

　　一名女子追忆故人，<u>感叹这人世竟比梦境还要短暂无常</u>，于悲叹中度日，不觉已到了四月中旬，院子里树叶纷披，围墙上也已是草色葱郁。初夏时分最为常见的这般景色，常人自然是无心留意，这位女子不禁凝目遐思，生出物是人非之感慨。正在此时，隐约感到附近的篱笆外有人影靠近，心想还会有什么人来访呢？原来，来者是曾经侍奉过已故亲王的小书童。（中略）小书童取出一枝橘子花。看见此花，女子不由得想起那首古歌，脱口吟道：'香似故人袖……'　　张龙妹译《和泉式部日记》171 页

　　文中所谓"一名女子"便是作者自称，已故亲王指的是冷泉天皇（967—969 在位）的第三皇子为尊亲王（977—1002），他是和泉式部的恋人，于 1002

---

①　有改动。"底下是非同寻常"，周译为"却见底下是无可比喻的清澈的水"，原文为"下はえならざりける水の"，如下文所述，应该引用了《拾遗集》的和歌，所以不宜做具体翻译。

年7月亡故，年仅26岁。四月中旬应该是1003年的初夏，作者正在为已故为尊亲王服丧，篱笆外来了亲王曾经的小书童。从以下的内容可知，这位书童现在正在侍奉为尊亲王的胞弟敦道亲王（981—1007），这位亲王差遣书童给和泉式部送来了应季的橘子花。如前文所述，橘子花在和歌中具有怀念故人的意象，表达了对已故兄长的怀念之情并向和泉式部致以问候。所以，她脱口吟诵了古歌的一句。

首先，划线部分"这人世竟比梦境还要短暂无常（夢よりもはかなき世の中）"一句，把"人世（世の中）"比作梦境，这是平安歌人贯常的手法。比如，《古今集》哀伤歌中有这样一组和歌：

> 梦中梦醒皆见君，奈何人世本是梦。　　　纪友则 833
> （寝ても見ゆ寝でも見えけりおほかたは空蝉の世ぞ夢にはありける）

> 人世本来皆为梦，如何曾经视为真。　　　纪贯之 834
> （夢とこそいふべかりけれ世中にうつつある物と思ひけるかな）

> 岂止寝寐见梦境，浮世原本无有真。　　　忠岑 835
> （寝るがうちに見るをのみやは夢といはむ
> はかなき世をもうつつとは見ず）

这3首和歌的作者都是《古今集》的编撰者，而且皆是悼亡诗。第1首是纪友则在藤原敏行去世时所作。歌意为：无论睡着还是醒来，都能见到故人的模样，可仔细想来，这无常人世才是梦啊！敏行的去世时间为901年或907年，这是关系到《古今集》编撰过程的一首和歌，敏行如若是907年去世，那么就是在《古今集》成书后插入的了。作品本身通过运用"相关语（缘语）""双关语（枕词）"等手法，强调了人世的无常。第2首是纪贯之的作品，是好友或亲人去世时所作，歌意为：只应该将人世看作梦境，原来以为还是真实存在的呢。第3首是壬生忠岑的作品，作歌背景相同。歌意为：难道只有睡着的时候看到的才是梦？这虚无的人世也不见得是真实的。从这3首歌可知，在面对死亡时，人们都会把人世的无常比作梦境。在这样的和歌文脉中，读者可以了解到，此句乃是和泉式部是在经历了生死离别之后发出的感叹。

只是，在和歌中，"人世（世の中）"还有另外一层含义。下面是《伊势物语》中的一段：

　　从前，有一对男女，两人相爱甚笃，从未移情他人。然而，不知何故，只因一点小事，女子便厌倦了二人世界，决心离家出走，她在屋中某处题了一首和歌，曰：

　　世人岂知夫妻事，出走身负薄情名。

　　（いでていなば心かるしといひやせむ世の中のありさまを人はしらねば）留下此歌，女子便离家而去。看到女子留下的和歌，男子百思不得其解，想不出有什么让她心存芥蒂的事情。为何会到如此田地呢？男子痛哭流涕，想寻回妻子，便走出门去，四下张望，却丝毫没有头绪，只得返回家中，咏歌一首：

　　相恋相思枉断肠，半生空有夫妻缘。

　　（思ふかひなき世なりけり年月をあだに契りてわれやすまひし）

　　男子且吟且思，又咏一首：

　　亦真亦幻娇容现，不知佳人恋我否？

　　（人はいさ思ひやすらむ玉かづらおもかげにのみいとど見えつつ）

　　（中略）尽管如此，两人后来皆另结新欢，最终劳燕分飞。

张龙妹译《伊势物语》第二十一段

　　这一对男女，两人本来感情甚笃，从未移情他人。然而因为一件小事，女子便厌倦了二人世界，决心离家出走。出走前，她留下了"世人岂知夫妻事（いでていなば）"的和歌。自己这样离家出走，必定会背上薄情的名声，但"夫妻事（世の中）"别人又怎么能知道呢？言外之意，别人责备我薄情，那也是因为他们不知道我们的"夫妻事（世の中）"之故。男子回到家中，见到女子留下的和歌，百思不得其解，出门四处张望寻找，终不得见，返回家中作歌暗叹"空有夫妻缘（思ふかひなき世）"，歌意为：我多年这么苦心经营的夫妻感情，原来是这么不值得的。之后，他们又经历了几次和歌赠答，最终还是"各自另结新欢了（おのが世世になりにければ）"。

　　这个故事中，自始至终都将这一对男女的夫妻关系看作"人世（世の中）""世"，而将他们的分离说成是各自有了各自的世界（おのが世世）。由此可以发现，"人世（世の中）"在指代广义的人世的同时，还暗示夫妻关系。这样的例子其实非常之多。在男性的和歌中，"人世（世の中）"有时往往指代仕官生活，而对女性来说，婚恋关系是她们生活的全部，所以在女性的和歌中"人世（世の中）"往往直接指代夫妻或恋人关系。

　　而这里讨论的和泉式部的"比梦境还要短暂无常的人世（夢よりもはかな

95

き世の中)"这一表述就是建立在这样的和歌语境的基础之上的，既表达了对为尊亲王亡故的哀悼，同时也在哀叹自己与亲王之间短暂的恋爱生活。

再回到和泉式部的文章，四月中旬以后日渐茂盛的绿色，作者用了"树荫渐暗（木の下くらがりもてゆく）"这一和歌式的表述①。在与小书童见面后，接过曾经侍奉故人的小书童递过来的"橘子花"，不禁脱口吟诵"香似故人袖"。这"橘子花"寓意的"怀旧"意象就是本章第一节提到的《古今集》第139首和歌②。曾经侍奉故人的小书童、故人的同母弟，加之这寓意怀旧的"橘子花"，使得本来沉浸在哀伤之中的作者不禁将这种思念脱口说出，同时又将作为怀旧对象的为尊亲王之弟敦道亲王纳入视野。

就这样，《和泉式部日记》的开篇，在营造了一个深切哀悼为尊亲王的浓郁氛围的同时，拉开了一个新的爱情故事的序幕。而此处笔者意欲强调的是，这一切都是建立在对和歌表达的充分运用之上的。

## 二、和歌式的联想（思维）在日记和物语中的具体体现

上文主要分析了和歌式表达在散文书写中的作用。在这里，我们要探讨和歌中景物的意象或者思维方式，对女性的文学书写来说又具有怎样的作用和意义。下面例子摘自《蜻蛉日记》，我们在第二章讨论旅行与文学的关系时提及过，这里我们主要来关注与和歌的关系。

### 1. 道纲母的自我认知

道纲母到鸣泷般若寺参拜时的心理描写，在第二章第二节的"平安日记文学中的寺院参拜"小节中已经提及，在此不再重复引用。作者先是将黄莺聒噪的叫声联想成"人来了，人来了！"的呼喊声，由此意识到自己心中对于丈夫兼家出现的期盼。这次到鸣泷寺参拜，她是希望自己能够下定决心，从此不为兼家的一举一动而一惊一喜的。但当她发现了自己内心的这种期待，知道自己的打算落空了。"一定是自己精神恍惚了吧（そもうつし心もなきなるべし）"之句恰好表达了作者对自身精神状态的一种清新认识。之后又将秧鸡的叫声联想为叩门声，作者感觉秧鸡的叫声好像就在门口一样。秧鸡可能客观上就在附近

---

① 比如《拾遗集》第 340 首和歌为藤原公任的作品"あづまぢのこのしたくらくなりゆかば宫この月をこひざらめやは"。"このしたくらくなる"在此暗示东国树木的茂盛。小町谷照彦. 拾遗和歌集［M］. 东京：岩波书店，1990：98.
② 即"忽闻五月橘花香，恍若故人衣袖香（五月まつ花橘の香をかげば昔の人の袖の香ぞするさつきまつ）"。

啼叫，但正因为作者将其听作丈夫兼家来访的敲门声，强烈地意识到了自己内心对兼家来访的期待，于是由衷地感叹"山寺反倒使自己平添了许多愁绪（いといみじげさまさるもの思ひの住みかなり）"，而且这种愁烦比兼家过门不入更加令她痛苦。正如前文所述，上述这两个联想，都是由和歌产生的。这里希望关注的是，这样由和歌产生的联想，不仅仅停留在修辞技巧上，而是直接作用于作者的自我认知。

2. 和泉式部的人生思考

以上《蜻蛉日记》的例子体现了由和歌形成的某一景物的固定意象对于作者潜意识的作用，以及由此产生的作者对于自己感情取向的一个自我认知。下面这段文字引自《和泉式部日记》，是和泉式部作为习字写下来的内心表白。

> 秋风呼啸，无情地吹落树上最后一片残叶，比往日更令人伤怀。空中乌云密布，却只吝啬地、淅淅沥沥地飘下几滴冷雨，让人徒生孤寂。
> 衾袖长为清泪湿，雨霖铃夜借谁衣。
> 此情此景，令人心生哀叹，但又有谁能知晓？窗外草色已变得枯黄，虽然距离下时雨时节尚远，秋风却已提前带来了冬雨的气息。疾风中小草苦不堪立，见此情景，<u>不由得联想到自己那如露珠般随时都会消失的生命</u>，就那样呆呆地望着枯草独自悲伤。并不进到屋内，只是侧卧在回廊下，毫无睡意。家中之人已酣然入睡，唯我独自静思，纷乱之心难以平静。只是睁着双眼，一味地忧怨自己身世。空中传来几声大雁的悲鸣，或许别人根本就不会在意，却尤其令我伤怀。　　张龙妹译《和泉式部日记》204 页

因为与敦道亲王的关系进展得不甚顺利，一个月明的深秋夜晚，和泉式部难以入眠，就把自己触景生情的一些感想记录了下来。碰巧第二天一早亲王遣人送来和歌，式部就把习字作为回信送给了亲王，引文是其中的一部分。这一段文字中最为关键的是划线部分，由风中摇曳的草木上的露珠联想到自己随时可能消逝的生命。和歌中吟"露"的作品多如牛毛，如《后撰集》收录有在原行平的和歌"伤情几度魂欲断，恰如朝露待日晞（恋しきにきえかへりつつあさつゆのけさはおきゐん心地こそせね）"。把"露"看作人的短暂生命体的象征，人的生命会因为相思之苦像朝露消失一样死去①。和泉式部在文章中，写

---

① 当然把生命比作露水，应该受到我国文学的影响。比如，著名的曹操的《短歌行》、曹植的《赠白马王彪·并序》。

到风中摇曳的草木上的露珠行将消失时，随即将意识转向露水一般的自身的生命，于是就有了"如露珠般随时都会消失的生命（露のわが身ぞあやふく）"这下半句，将自身比作那摇摇欲坠的露水。如行平的和歌所咏，和泉将自身比作露水的第一层含义可能是对敦道亲王的相思之苦，而自己的生命居然寄托在这样缥缈的感情之上，更让她有如风中露水摇摇欲坠之担忧。但她并没有停留在这一步，此后的文字一直是她围绕着自己的人生展开的，思考自然中的自己和历史中的自己。

　　和泉式部本是个比较感性的人物，比如，《后拾遗集》第755首和歌"青丝缭乱全不顾，最忆当年结发人。（黒髪の乱れも知らずうち臥せばまづかきやりし人ぞ恋しき）"，用"撩起头发（かきやりし）"这种具体动作来表达对恋人的思念，这是同时期其他歌人的作品中所不能见的。正因为她如此感性，自然有不少桃色新闻，包括与为尊亲王、敦道亲王兄弟之间的恋爱故事。她的歌集中还有这么一首和歌"既然君非守关人，越关与否何相干（越えもせむ越さずもあらん逢坂の関守ならぬ人なとがめそ）"①。因她曾是藤原道长之妻伦子的仕女，所以经常出入道长家，一次，道长在她的扇子上写下"水性杨花女的扇子（うかれ女の扇）"几个字，和泉见后，在扇子一旁写下了上面这首和歌。言外之意，你又不是我的丈夫，没有资格说三道四的。即便是在现代社会，和泉大胆的言行也令人瞠目。然而，这样一位看似为恋爱而生的女性，却有着如上因为秋风行将吹落露珠这一常见景象而生发出的一连串有关人生的思考。自然，这样的思维来自和歌式联想。

　　3. 紫式部的人生叹喟

　　最后，我们来看《紫式部日记》中的一段。藤原道长的长女彰子产下一条天皇的皇子（后一条天皇），一条天皇为此要行幸道长的土御门府邸。下面这段内容就是天皇行幸在即，土御门府邸为之焕然一新时，作者紫式部的所见所感。

　　（1）天皇行幸在即，土御门府内装饰得好比是琼楼玉宇。从各地寻访新奇的菊花，将其移植到土御门府。无论是已经开始变色的白菊，还是正盛开的黄菊，不同品种的菊花，栽种得错落有致，在晨曦的薄雾中若隐若现地望见这些菊花，甚至可以洗却岁月留下的龚华。（2）倘若自己不是忧思难解，而只是像平常人那样的身世，本也可以假装年轻地附庸风雅，以此来打发这无常人世。不知为什么，每逢喜庆之事、听闻有趣之事，想要

　　① 和泉式部集和泉式部续集［M］. 清水文雄，校注. 东京：岩波书店，1985：46.

脱离俗世的欲望越发强烈。愁绪难解，不随心愿、令人叹息的事情越来越
多，甚是痛苦。可又能怎么样呢？现如今，还是学会忘记吧。思虑又没有
什么意义，更何况对来世来说，那还是深重罪孽。天光放亮，眺望窗外，
只见水鸟们好似无忧无虑地在水面玩耍。

> 水鸟浮水面，此事非关己？
> 吾身如水鸟，辛苦度浮世。
> （水鳥を水の上とやよそに見むわれも浮きたる世を過ぐしつ）

那些水鸟，看上去很是惬意地在水面嬉戏，而换位想来，它们也一定是非
常痛苦的吧。　　　　　　　　　　张龙妹译《紫式部日记》260 - 261 页

　　这段内容基本上可以分两部分，（1）描写了土御门府邸的近况，（2）是她
置身其中的感受。（1）中说从各地寻来珍稀的菊花，无论是已经花开二度的白
菊，还是依旧色泽鲜艳的黄菊，这种种菊花在晨雾中时隐时现，令人忘却岁月
的流逝①。第一部分结尾处的助词"NI（に）"表示转折，而转折的内容虽然没
有明确表达，也属于可以猜测的范围。也就是，自己并不能忘却岁月的流逝，
继而自问为什么会是这样。这一答案在作者那里显然是自明的，她也不予回答。
紧接着，作者用一个表示与事实相反的句式（ましかばまし），假设如果自己是
个稍微与普通人接近的少愁寡虑之人，或许也能装作解风情的样子，忘却年龄，
打发这无常人世。从这里我们可以知道，在她的意识里，她认为自己不是"像
平常人那样的身世（すこしなのめなる身）"。正因为这样，她甚至无法假装解
风情，在这集荣华富贵于一身的土御门邸成为一个应景之人。话到这里，作者
也只有一吐为快了。在以后的文字中，她强调了自己与这一环境格格不入的内
心，说每遇喜庆、风雅之事，只有"想要脱离俗世的愿望（思ひかけたりし
心）"越来越强烈②。置身于鼎盛时期的土御门邸，各类喜庆、风雅之事，只能
使作者更加清晰地意识到自己身世的微不足道，从而希望能够从这世俗的烦恼
中解脱出来的想法越来越强烈，令人烦恼的、不合心意的事情的增加，令她痛

---

① 因菊花寓意长寿，所以作者说看到菊花能让人忘掉岁月。
② "思ひかけたりし心"所指内容有不同解释，大部分倾向于将其解读为出家之心，比
　　如：①往生極楽を願っていること（全注釈）；②誦経の生活/仏道のこと/仏道方面の
　　こと（新潮古典集成/旧大系/新大系注）；③出家の方のこと（新編全集）。即便如新
　　潮古典集成的头注认为不能限定为出家之心，也认为是指想从令人烦忧的身世中解脱
　　出来，但是，对于当时人来说，除了出家并没有其他的办法（紫式部日記・紫式部集
　　[M]. 山本利達，校注. 东京：新潮社，1980：38.）。

苦，所以她希望自己不去想这些事情，思考这些事情本身，从佛教来说也会成为往生的羁绊的。在这样一个自我认识的基础上，作者借助早上看到的水鸟嬉戏的情景，咏出了"水鸟浮水面"这首和歌。

"水鸟"在和歌中历来被作为"不安稳的睡眠（浮寝）"的双关语，早在《万叶集》中就有"波高浪急难掌舵，当学水鸟暂浮寝（波高しいかにかぢとり水鳥の浮寝やすべきなほやこくべき1235番歌）?"这里"水鸟浮寝（水鳥の浮寝）"只是一个比喻。到了平安时代，"浮寝"又与"忧寝"构成双关语，如《古今六帖》卷三中佚名者和歌"且将吾身作尔枕，水鸭浮寝苦难堪（敷妙のまくらにだにもわれをなせ鴨の浮寝は苦しかりけり）。"因为"忧寝"暗含有孤寝之意，所以"水鸟浮寝"便又具有了孤寝难耐的痛苦意象。此后，从"浮寝"又产生了"浮世"的联想，与紫式部同时代的赤染卫门（956—1041）作有："水鸟水面度浮世，不知历经多少滩（水鳥の浮きて浮世を過ぐすまにいく世の瀬々をこころみるらむ）"（《赤染卫门集》538番歌），"水鸟水面浮（水鳥の浮きて）"作为"序词"引出"浮世"。而"浮世"一词将水鸟在水面上的不稳定生活与人在现实世界中的不安感联系在一起，借助于水鸟，表达了作者对现实社会的认识。此歌的歌序为"看到有许多水鸟聚集的地方（水鳥のおほくうかがひたる所をみて）"，应该是赤染卫门触景生情之作。

再来看紫式部的这首咏水鸟之作。歌意与赤染卫门的和歌几乎相同，表达也相当接近。紫式部的这首歌应该作于宽弘五年（1008），赤染卫门的和歌从在其家集中的排序来看，作歌时间或许在紫式部的和歌之后。不过，影响问题并不是本文意欲讨论的，在此需要指出的是，赤染卫门的和歌与上文分析的《蜻蛉日记》的道纲母与和泉式部的散文表述属于同一类型，皆为触景生情型，因为接触到某一景物，由和歌式的联想展开思维，只是赤染卫门是用和歌，而道纲母与和泉式部用散文进行了表达。然而，紫式部的和歌是建立在此前关于自己身世的思考的。她的和歌并非由"水鸟"引出，而是因她的思维本身与有关"水鸟"的意象完全重叠后，将自身与"水鸟"视为一体而产生的。在这里，和歌不再只是起到激发思维的作用，可谓是借景喻志，成为此前散文部分的一个抒情性总结，也是她的思维的升华。

以上就和歌在散文书写中的作用进行了简单的举例说明，从道纲母的自我内心发现、和泉式部的对抽象人生的思考再到紫式部的人生咏叹，和歌对于女性的文学书写以及自我认知的形成都起到了至关重要的作用。和歌是这几位女性作者的自我认知的起点也是终点。

### 三、和歌式思维在物语主题架构上的作用

和歌的作用并不限于作者们的日记书写上，在物语中，和歌式的联想甚至决定着情节的展开和物语的主题。下面主要以《源氏物语》为例，探讨和歌在场景描写、情节展开以及主题架构方面的作用。

1. 紫夫人临终场面的描写

《法事》卷描写了紫夫人的临终。好不容易熬到秋天，本来以为天气转凉，紫夫人的病情也能有所好转的。一个秋风萧瑟的傍晚，紫夫人依着凭肘几，望向院子里的草木。这场景应该与上一小节中分析的和泉式部感伤自己身世的画面类似，同样是狂风、摇摇欲坠的露珠。所以，当时在场的三位人物，紫夫人、光源氏和明石中宫之间的和歌唱和自然是围绕着这露珠展开的。

> （紫夫人）　　萩上露水能几时？狂风起时即消散。
> （おくと見るほどぞはかなきともすれば風にみだるる萩のうは露）
> （光源氏）　　身如露珠争相消，只愿与君无先后。
> （ややもせば消えをあらそふ露の世におくれ先だつほど経ずもがな）
> （明石中宫）　秋风吹来忽散尽，谁谓唯有此草露。
> （秋風ににしばしとまらぬ露の世を誰か草葉のうへとのみ見ん）

在这三首和歌中，将在狂风中摇摇欲坠的露珠比作生命的脆弱、人世的无常，是共通的。也与《和泉式部日记》中露水的寓意一致，应该说，与和歌传统中"露"的意象相符。随即，紫夫人的病情恶化，以下是关于她临终的描写。

> 忽然紫夫人对明石皇后说："请你回那边歇息吧。我此刻非常难过，想躺下了。虽然身患重病，也不可过分失礼。"便把帷屏拉拢，躺下身子，那样子比平常痛苦得多。明石皇后见了，心念今天为何如此厉害，不胜惊异。便握住了她的手，一边望着她一边啜泣着。(1) 这真像刚才所咏萩上露的消散，已经到了弥留之际了。于是邸内惊慌骚扰起来，立刻派遣无数人员，前往各处命僧人诵经祈祷。她以前曾有好几次昏厥过去，后来又苏醒过来了。源氏看惯了，疑心此次也是鬼怪一时作祟，便举行各种退鬼之法。但闹了一夜，终于不见效验，(2) 天明时分紫夫人竟长逝了。
>
> 丰子恺译《源氏物语：法事卷》865 页

感到自己的身体难以支撑，紫夫人催促明石中宫尽快返回宫中，免得太失

礼了。之后，拉过遮挡视线的帷屏，躺了下来。中宫见她比往日更加虚弱，便哭着握住她的手，看到紫夫人果真像露水消散一般已经到了弥留之际。紫夫人过去也好几次昏迷，后来又苏醒过来，以为这次也是鬼怪作祟所致，虽令僧人诵经，整整一夜做种种法事，但也都毫无灵验。天亮时就过世了。如划线部分（1）所示，弥留之际的紫夫人，作品是用露水消散来形容了。划线部分（2）描写紫夫人逝世，原文是"彻底消散了（消えはてたまひぬ）"。而之所以用"消散（消える）"这一词语，自然来自将生命比作露水这一和歌表达。

在三人的和歌唱和中把生命比作露水也许只是一种修辞，而在紫夫人的临终描写中，作者将一个生命的终结具象化为露水的消散。不能不说，她是通过散文叙述，将诗歌的意象具体化了。

2. 柏木故事的展开

朱雀上皇打算出家的时候，为他最钟爱的三公主选择乘龙快婿。柏木也是候选人之一，但因为朱雀上皇本人以及三公主的乳母们老一代人对光源氏的偏爱，柏木没能如愿。此后，柏木希望能够等到光源氏过世，再与三公主结合。在三公主下嫁光源氏六年后，六条院举办蹴鞠游戏那天，柏木无意中瞥见了在帘子后面观看蹴鞠的三公主，本已搁置的旧情被重新点燃，柏木强迫侍女为其牵线搭桥。于是，趁紫夫人病重光源氏无暇顾及三公主之际，柏木来到了她的卧房。他向公主诉说的话语很长，在此不一一引用。要点有二：

（1）诉说自己微不足道的身份①

（2）乞求公主的"共鸣"②

关于柏木的身份意识，在三公主看来，她接触过的男性实际上只有父亲朱雀上皇、丈夫光源氏，至多还有异母弟当今天皇，当时官居中纳言的柏木，其身份自然是"微不足道（数ならぬ、身の数ならぬ）"的。为此，柏木将自己对三公主的感情看作"狂妄之心（おほけなき心）"。也是基于这样的身份意识，他并不想做出什么越轨的事情。他只是向公主乞求道："只要你说句'安波礼③'，我这就离开（あはれとだにのたまはせば、それをうけたまはりてまかでなむ）"。自己的这段感情如果能够获得三公主的共鸣，柏木就可以以此为安

---

① 具体为"数ならねど、いとかうしも思しめさるべき身""昔よりおほけなき心のはべりしを""身の数ならぬ一際に"等表达。

② 具体为"あはれとだにのたまはせば、それをうけたまはりてまかでなむ。""すこし思ひのどめよと思されば、あはれとだにのたまはせよ。"等表达。

③ 即"あはれ"，其词义本身表示对某事或某物所产生的共鸣，可译作"哀""同情""可怜"等，故以其汉字表记代替。

慰，安心地等待光源氏过世的。然而，养尊处优的三公主没有经历过这样的场面，听着柏木絮絮叨叨地说这些话，也不知道该如何答复。而看到这样的三公主，柏木失望之余，终于丧失理智，做下了不该做的事情。在他离开公主房间之时，再次向公主乞求："至少跟我说声'安波礼'吧（あはれとだにのたまはせよ）!"

此后，与三公主的私情被光源氏发觉，柏木意识到在冒犯了光源氏的情况下自己的仕途无从谈起，就此一病不起。临终之前，他还是强撑着给三公主写信：

> "我已然大限将至。这般情形，想必你早已耳闻。但你连我究竟怎样了也毫不在意，虽是理所当然，实在令我痛苦失望。"他的手剧烈地颤抖着，未能尽言：
> "化作烟尘犹不散，相思难断留君侧。
> （いまはとて燃えむ煙もむすぼほれ絶えぬ思ひのなほや残らむ）
> 对我说句'安波礼'吧。"从今将徘徊在暗夜之中，虽说也是咎由自取，也好把你的话当作黄泉路上的一丝光亮。①

在这最后的诀别信中，柏木诉说的还是那两点。他说自己已经大限临近，三公主也自然而然应该听说了自己的近况，但居然毫不在意，虽说乃理所当然，也未免过于薄情。"虽是理所当然（ことわりなれど）"，暗指自己身份低下，三公主不关心自己的生死也在情理之中。咏歌后依旧倾诉：你至少说一句"安波礼（あはれ）"吧！我也好把它作为黑暗的黄泉路上的一丝光亮，虽然那一切都是我自作自受。临终还为男女情感所困，柏木是认定自己不能脱离轮回的了。

柏木自始至终向三公主乞求"安波礼"，以确认自己的这份感情获得了公主的共鸣。这一构思，应该来自下引源经基的这首和歌②。

> 乞君一言慰吾情，此命捐弃亦不惜。　　　拾遗集686
> （あはれとし君だに言はば恋わびて死なん命もをしからなくに）

关于这一首和歌，岩波书店的新大系本的脚注认为"为情所苦（恋わびて）

---

① 原文参见紫式部. 源氏物语：第4册 [M]. 阿部秋生，秋山虔，今井源卫，校注. 东京：小学馆，1994：291.
② 《拾遗和歌集》第686首和歌的脚注也指出了二者的共通性. 小町谷照彦. 拾遗和歌集 [M]. 东京：岩波书店，1990：201.

是属于身份差距造成的悲恋。现在能检索到的这一句的第一个用例是《宽平御时后宫歌合》上藤原敏行所作之歌：

> 相思之情梦中圆，惟愿梦途早成真。　　170
> （恋わびてうち寝るなかにゆきかよふ夢のただぢはうつつならなむ）

歌意为：为恋情所苦，在睡梦中能够直接见到心上人，希望这梦中的通途能够成为现实之路。从这首歌中至少可以看出，这里所咏的恋情是避人耳目的，只有在梦中才能相会。这首和歌后来被收入《古今和歌集》（第558首），而"为情所苦（恋わびて）"之句一直为歌人所喜爱。

恋歌中另有一类歌颂"生命诚可贵，爱情价更高"、愿意为了爱情而放弃生命的和歌。如下引《古今集》的和歌：

> 生命岂不如朝露？若得相逢何足惜。　　615
> （命やはなにぞは露のあだものを逢ふにしかへば惜しからなくに）

歌意为：生命算什么？本来就如露水一般短暂虚无，如果能换来与恋人的相会，那捐弃生命也毫不足惜。这也是建立在将生命比作露水的联想基础上的。而上引《拾遗集》第686首源经基的和歌的后半句"此命捐弃亦不惜（死なん命もをしからなくに）"便来源于这首和歌，而上半句（あはれとし君だに言はば）的构想来源于以下和歌：

> 哀叹一声抒悲情，若无此语何以堪。　　古今502
> （あはれてふことだになくは何をかは恋の乱れの束ね緒にせむ）
> 哀哉一语最关心，遁世路上是羁绊。　　古今939
> （あはれてふ言こそうたて世の中を思ひはなれぬほだしなりけれ）
> 每闻哀哉心悲切，怀旧泪落如露珠。　　古今940
> （あはれてふ言の葉ごとに置く露は昔を恋ふる涙なりけり）

在这三首和歌里，"安波礼"是整理自己相思之情的纽绳、是出家的羁绊、是怀旧的眼泪，是感情生活的全部。"乞君一言慰吾情（あはれとし君だに言はば）"可以说是对平安朝贵族寄托在"安波礼"一词上的诸多情感的一个高度提炼。

就这样，源经基是将有关"安波礼（あはれ）""为情所苦（恋わびて）""此命捐弃亦不惜（死なん命もをしからなくに）"这三类的情感表达融入一首

和歌中了。此后出现了不少类似于以此为典（本歌取）的作品，比如《新古今集》中：

> 纵然相思如露消，田野草叶谁人怜？　　新古今 1339
> （恋ひわびて野辺の露とは消えぬともたれか草葉を<u>あはれ</u>とはみん）

歌意为：即便为相思而死像田野里的露珠一样消散，谁又会对曾经落过露珠的草叶产生怜悯之心呢？这里表达的是一种强烈的绝望之感，对至死没能获得对方共鸣的孤独的恋情的绝望。这样的诗意来源于上述《拾遗集》源经基的和歌是不容置疑的。而《源氏物语》描写的柏木几近于独角戏一般的与三公主的故事，可以说是《拾遗集》源经基和歌的物语化。换句话说，源经基"乞君一言（あはれとし）"这首和歌本身，就规定了柏木故事的展开。再说直白一点，在和歌文脉中，作为单恋的主人公，柏木只能孤独地死去。

当然，物语的描写并不是这样单一的，而是一步一步把柏木引向绝路的。文脉中还镶嵌有其他的各种表述，这些也大多与和歌有关。到了《柏木》卷，已经病入膏肓的柏木回顾自己短暂的一生：

> 自一两个节骨眼上，痛感自己人微位卑以来，（1）<u>便觉得人世索然无趣</u>，（2）<u>一心希望能够出家，为自己修得来世</u>。但思及父母的怨恨，觉得<u>也不能就此遁迹山野</u>。因循度日之际，终致无颜再混迹人世。如此烦恼缠身，除了自身，谁任其咎？是自己亲手毁了自己的前程，想到此，也没有人可以抱怨。①

这段文字里，（1）部分来源于《拾遗集》所收纪贯之的和歌"只因一身经挫折，便觉人世皆索然（おほかたの我が身一つの憂きからになべての世をも恨みつるかな）"，因为自身的一点不幸，就将其扩大为人世的普遍现象，进而产生出家的念头。跟柏木的思路一模一样。应该说，柏木的思维就是按照这一和歌展开的。进而，在（2）中，柏木认为出家会遭到父母怨恨，父母是他出家的最大羁绊。确实，柏木是家族的长子长孙，是昔日的头中将、现任太政大臣家的接班人，他放弃世俗的前程出家自然是父母不会允许的。这一内容与《平中物语》的第一个故事"恋爱之祸"如出一辙。"恋爱之祸"说的是两个男子

---

① 原文参见紫式部. 源氏物语：第4册 [M]. 阿部秋生，秋山虔，今井源卫，校注. 东京：小学馆，1994：289.

向一位女子求婚，赢得了女子芳心的男子遭到了情敌的诽谤，还为此失去了官职。为此认为自己的仕途无望，产生了出家之心。但是，他也是父母最为疼爱的孩子，也不能毅然决然地出家。那位男子作歌云："浮世无门亦无栓，为何出家难上难（憂き世には門鎖せりとも見えなくになぞもわが身のいでがてにする）?"《平中物语》"恋爱之祸"应该也是柏木的内心独白的背景文学。

总之，和歌表达遍布于《源氏物语》文脉的整体，构成了作品浓密的文学语境，但更为值得关注的是，像《拾遗集》源经基的"乞君一言（あはれとし）"那样的经典之作，不仅对后世的和歌产生了深远的影响，甚至还决定了物语故事情节的展开，规定了主人公的命运。

3. 朱雀上皇下山与物语的主题

早就有学者指出，《源氏物语》中的主要人物，如光源氏、藤壶、紫夫人、六条妃子、薰君、大君、浮舟等，不是在物语中最终出家了的，就是出家之心深种之人。相反，如弘徽殿、头中将、夕雾、葵上等人物，某种意义上在作品中属于反面人物，至少是配角性人物，他们是务实派，踏踏实实地生活在现实中，没有厌倦现实世界，也不向往来世。也就是说，是否有求道之心、出家与否，是作品人物很重要的一个评价标准。

但就正篇而言，光源氏虽然从18岁时就萌生了出家的念头，但直到他最终在物语中消失，他也没有迈出出家这一步。他关于出家的最终主张，主要体现在劝导秋好中宫放弃出家时的一段话语。秋好中宫希望能够通过自己出家，修得功德，回向给母亲六条妃子，助其脱离苦海，于是她对养父光源氏说："世人皆弃世出家，自己也有令我厌离现世各种事情"（皆人の背きゆく世を厭はしう思ひなることもはべりながら……），所以请求光源氏允许她出家。光源氏听了，做了如下的劝导：

> 虽说人世无常，（1）然而并没有具体厌世经历之人，总难决绝地抛弃尘世。即便那些身份低下之人，（2）亦自有各种羁绊，何况皇后您？（3）这种模仿他人的求道之心，反倒会招致荒谬的猜测亦未可知。此事绝不可行。①

他举出的理由有三点，如划线部分。（1）没有具体有厌世经历之人、

---

① 原文参见紫式部. 源氏物语：第4册［M］. 阿部秋生，秋山虔，今井源卫，校注. 东京：小学馆，1994：387–388.

（2）人活在世上自然而然拥有的各种羁绊、（3）模仿他人的浅薄道心。（3）是从秋好中宫"世人皆弃世出家"之语中引出的，也并不符合中宫的心思。（1）（2）是理解光源氏出家观的关键。（1）实际上意味着出家是需要契机的。在没有碰到这样的契机的时候，世人很难迈出出家这一步。比如，《今昔物语集》第19卷第5篇讲的是"六宫姬君"的故事。这位小姐在丈夫去地方任官期间，生活没有着落，最后沦落到在罗生门上躲风避雨的程度。时隔六年，丈夫回京四处寻找，最后终于在罗生门上找到了。但就在他上前与她相认的那一刻，小姐为自己的落魄而感到无地自容，就这样昏死过去了。深受打击的男子就此出家修道。《今昔》的"话末评语"是这样的"看来，出家的机缘早在前世就定好了（出家は今に始めぬ機緣あることぞ）"，将小姐的死看作男子出家的机缘，甚至是前世就定了的。光源氏的言外之意就是，没有经历过类似于这样生离死别的人，实际上是很难出家。

（2）是指生活在人世上的人自然而然就会有许多羁绊难以舍弃。这也是光源氏自己不能出家，也反对紫夫人出家的理由。

> 自身也有志出家，本也想趁她这般恳切请求出家之机同入佛门。（1）但一旦出家，就绝不打算再过问世事。（2）虽是相约来世一莲托生的夫妻，在现世修行期间，即便在同一座山中，也将分居在不同的山峰，不能相见。（3）如今她如此衰弱，病势渐笃，实在令人痛心，就此分居寺院庙门，实甚难舍，反倒会污染了山水清净之所在，为此踌躇不决。（4）反倒比那些道心浅薄、率性出家之人落后了许多。①

已经知道自己来日无多的紫夫人再三跟光源氏要求出家。这时候，光源氏也不得不正面思考出家这件事。这段引文就是他的内心独白。看到紫夫人这么坚决要求出家，光源氏也有心跟她一同出家的。紧接着，他述说了自己的出家观：（1）一旦出家，就决不再留恋人世。（2）虽然是来世相约一莲托生的夫妻，但在现世修行期间，即便是在同一座山，也要在互相看不到的不同山峰修行。正因为如此，如（3）所述，现在紫夫人病重，在这样的时候出家，跟她隔着山头不能相见，自然会内心牵挂，反倒会污染了佛家的清净山水。为此，（4）比那些道心肤浅却从心所欲说出家就出家了的人推迟了许多。也就是说，他认

---

① 原文参见紫式部 . 源氏物语：第4册［M］. 阿部秋生，秋山虔，今井源卫，校注 . 东京：小学馆，1994：494.

为一旦出家，就不能再与世俗发生任何瓜葛，为此要在世俗的事情全都了断以后才能出家。这第（4）点，应该还包含了作者对那些随心所欲的出家行为的反对。但实际上，要做到在没有任何羁绊的情况下出家，又是几乎不可能的。

当时贵族社会流行的出家，就像以后要论及的藤原道长一样，大多是既要现实世界的荣华富贵，又希望来世往生极乐世界。在《源氏物语》中，这一类的代表人物大概就算朱雀上皇了。他作为曾经的天皇，现世的荣华自不待言，在感到自己在现世的岁月不会太多的时候，在明明还有包括三公主在内的众多牵挂的情况下，出家去修自己的来世了。然而，当他获知三公主生产后身体虚弱，连日不进饮食，并且异常思念父亲时，念佛诵经也不得专心，便趁着夜色，亲自下山。在察觉了三公主与光源氏不幸的婚姻生活后，还亲手为三公主落发。身虽出家，却依然被世俗的情感所羁绊。这应该是光源氏极力想要避免的。下面是朱雀上皇下山与光源氏会面时的言辞。

> "虽然决意不再过问世事，然而依旧*执迷于爱子之心*，以致修行也懈怠了。如若不能按老幼顺序，落得个白发人送黑发人，父女双方定将遗恨终身。软弱地想到这些，便顾不得世人非议，如此暗夜赶来。"①

朱雀上皇在这里首先也是强调，一旦出家就不该再对世俗有后顾之情。然而，他依旧执迷不悟，迷失于爱子之心。原文中用了"此道之暗（この道の闇）"，其中"此道"与"子道"构成双关语，自然是指对三公主的思念。修行之心也因此懈怠，而且假如老少不定，从此父女死别的话，或将遗恨于后世，才不顾世人的非议下山的。从这一言辞中，一旦出家便不再与世俗发生瓜葛这样的出家观，或许可以看作当时有关出家的共识。但造成朱雀上皇不顾世人非议下山的，是对女儿的担忧。划线部分其实是《后撰集》藤原兼辅（877—933）的下引和歌的化用。

> 为人父母心亦明，思子路上暗夜行。　　　后撰集1102
> （人の親の心は闇にあらねども子を思ふ道に迷ひぬるかな）

据《大和物语》第45"心中暗夜（心の闇）"段的描述，这首和歌是藤原兼辅在其女儿入宫为醍醐天皇更衣时所作，表达了对女儿未来生活的担忧。因

---

① 原文参见紫式部. 源氏物语：第4册［M］. 阿部秋生，秋山虔，今井源卫，校注. 东京：小学馆，1994：304.

在佛教中，"闇（黑暗）"又指婆娑世界，在上引朱雀上皇的话语中，与他本来的修行生活构成对比，对女儿的思念便是他在婆娑世界徘徊不能真正做到出家的原因。所以，这首引歌在这里的含义，已不仅仅局限于痴情父母对子女的担忧，更是具有了儿女是父母出家的最大羁绊这样一层含义。而紫式部借朱雀上皇之口，在此应该是对像他这样的出家行为进行了非议。

藤原兼辅这首和歌的含义与"痴心父母古来多"相近，历来广受喜爱。其实，兼辅是紫式部的曾祖父，紫式部对曾祖父的这首和歌也应该是推崇备至，在《源氏物语》中共引用了26次之多，也是被引次数最多的和歌。比如，在第一卷《桐壶》中，用"沉浸在黑暗中（闇にくれて伏し沈み）"来形容失去爱女的更衣母亲，在她给天皇的回信中，也用"在心的暗夜里徘徊（くれまどふ心の闇）""无由的心中暗夜（わりなき心の闇になむ）"来描述自己的心境。此外，作品中，如光源氏对幼小的冷泉皇子、明石入道对明石君等描写痴情父母的场面，基本上都是用"心中暗夜（心の闇）"来形容、概括的。

也就是说，从《源氏物语》整体来说，紫式部通过引用藤原兼辅的上引和歌，讲说了众多痴情父母的故事。这也应该是作品的主题之一。到了《柏木》卷，通过朱雀上皇违背出家誓言下山一事，再度深化了这一主题。同时，又与作品的另一主题——出家遁世——相结合，对像朱雀上皇那样在明明没有消除羁绊的情况下的出家行为提出了质疑。

本章从两个方面分析了和歌在散文书写中的作用。首先是和歌本身的故事性，其次是和歌在散文书写中的作用。从以上分析可以知道，和歌的创作技巧与散文书写并不是矛盾的。相反，是她们的和歌修养，造就了她们细腻的思维和自我认知、优美的物语文体，甚至关系到物语主题的架构。显然，如果抛开和歌文学，平安朝女性的散文体文学也无从谈起。

# 第四章　散文体书写的功能与目的

在此前的章节中，我们一直讨论的是和歌对于散文书写的重要性。咏歌技巧、和歌式的思维方式，不仅对日记、物语的文体，甚至对于物语情节的展开、主题的架构都起着重要的作用。那么，对有着相当的和歌修养的平安朝宫廷女性来说，她们为什么同时需要用散文体来叙述呢？比如，道纲母在《蜻蛉日记》中，关于撰写日记，有以下表述：

(1) 漫长岁月徒然流逝，这世间生活着一名无依无靠、身如浮萍的女子。姿态容貌不及常人，也不通晓人情世故。像这样毫无用处地活在世上，想来也是理所当然。每日朝起暮眠，为打发无聊时光看看世间流行的古物语，尽是些虚妄空假之作，这些都能受到追捧的话，如果用日记写下自己不同于常人的境遇，大家一定会觉得新奇吧。若有人要问，作为身份无比高贵之人的妻子，生活究竟是怎样的？那我希望此记录能成为用来作答的先例。话虽如此，毕竟是回首漫长岁月中的往事，记忆一定有疏忽的地方，很多叙述有可能只是大致如此吧。

(2) 时光荏苒，岁月流逝。我一直都在哀叹自己不如意的人生，新年初始百鸟鸣春，也高兴不起来。这毫无起色又无常不安的生活，不正像那似有似无飘忽不定的"阳炎"吗？所以我这些记录就称之为"蜻蛉日记"吧。

(3) 本不应记入我私人日记里，但为之伤心难过的不正是我自己吗？所以还是这样写了下来。

施旻译《蜻蛉日记》2 页

(1) 是上卷的序文，同时也应该看作整篇的序言。划线部分主张是要把自己与众不同的身世记录下来，以此来与虚妄荒诞的"古物语"相区别的。(2) 说自己的日记是一部似有若无的"阳炎"一般的人生日记。"阳炎"是在春日的阳光照射下出现的一种流动的体气，与"蜻蛉"读音相同，作者以此为自己的日记命名。（3）是在记述了西宫大臣源高明遭流放事件后的表白，说明之所以在记述自己身世的日记中插入这样一段历史事件的缘由。

显然，道纲母始终强调的是自己要写的是"日记"。虽然后世及现今的研究者认为，《蜻蛉日记》的上卷尤其前半部分有着明显的歌集特征，但就作者本意而言，她只是要写"日记"。这又是为什么呢？散文体书写与和歌到底存在着怎样的不同？本章将从三个方面来探讨这一问题。首先探讨"嫉妒"和"道心"两个题材在和歌和日记、物语中的不同表述，在此基础上，探讨女性作者们运用散文体书写的目的是什么。

# 第一节　"嫉妒"在和歌与散文体书写中的不同表述

在探讨和歌与散文体书写中有关"嫉妒"的不同表述之前，我们先来看一下，"嫉妒"在中日的史书以及诗歌中是如何表述的。在此基础上，再来探讨平安朝女性的散文体文学中的不同表述。

## 一、中日史书中的妒后

### 1. 中国史书中嫉妒的皇后

我国古代社会对妇女的基本道德要求中有一项是不嫉妒，而作为母仪天下的皇后，不嫉妒更是门必修课。儒家解释《诗经》，谓《关雎》篇旨在明后妃之德，为人道之大伦，妇女之高义。对于其中"窈窕淑女，君子好逑"之句，朱熹《诗经集注》所引匡衡之言云："窈窕淑女，君子好逑。言能致其贞淑。不贰其操，情欲之感，无介乎容仪。宴私之意，不形乎动静。"① 这样贤淑温婉才是"窈窕淑女"的美德。

所谓人非草木皆有情，对自己的丈夫移情别恋，即使自幼就接受了那样的道德灌输，女性还是无法泰然处之的。后汉光武帝的皇后郭圣通，公元二十四年被刘秀纳为妃子，有宠，生有一子刘强，两年后被册立为皇后。但自刘秀宠爱南阳新野人阴丽华之后，郭皇后内心极其不快。光武十四年，"后以宠稍衰，数怀怨怼。十七年，遂废为中山王太后。"废后诏书由刘秀亲自起草，历数郭皇

---

① （宋）朱熹. 诗经集注（一）[M]. 北京：中国书店，2015：14.

后的嫉妒行径道:"皇后怀执怨怼,数违教令,不能抚循它子,训长异室,宫闱之内,若见鹰鹯鸟,既无关雎之德,而有吕霍之风,岂可托以幼孤,恭奉明祀?""鹰鹯"是古代用来狩猎的猛禽,"吕霍"指汉高祖皇后吕雉和汉宣帝皇后霍成君,二人皆以嫉妒凶残著称。刘秀是把郭皇后比作了吕霍,说本来应该只有关雎美鸟的后宫出现了鹰鹯那样的猛禽,既不能"托以幼孤",也不能"恭奉明祀"。字里行间,充满了愤怒。在帝王刘秀看来,郭皇后的嫉妒简直是十恶不赦的行径。

然而,郭皇后纪中所附史官的议论,道出了事情的真相:

> 论曰:物之兴衰,情之起伏,理有固然。而崇替去来之甚者,必唯宠乎?当其接床第,承恩色,虽险情赘行,莫不德焉。及至移意爱,析燕私,虽惠心妍状,愈献丑焉。爱升,则天下不足容其高;欢坠,故九服无所逃命。(《后汉书·皇后纪》第十卷上)

其实没有什么"关雎之德",当其受宠之时,即使是"险情赘行"也"莫不德焉"。而一旦失宠,"虽惠心妍状",也只是"献丑"而已。这就是中国失宠皇后胆敢嫉妒的下场。所幸郭皇后生有中山王刘强,没有被处死。根据张廓的统计,凡是嫉妒他人受宠而被关、被废、被杀的,光是皇后这个最高阶层的女性中,西汉十四位皇帝的 32 位皇后中,就有 19 位;东汉十四位皇帝的 29 位皇后中,就有 17 位①。比例之高,简直令人瞠目。对皇后来说,"嫉妒"可以说是一项死罪。

不过,在中国也有例外。隋朝时的独孤皇后是助杨坚建国的功臣,据《隋书》称"及周宣帝崩,高祖居禁中,总百揆,后使人谓高祖曰'大事已然,骑兽之势,必不得下,勉之'高祖受禅,立为皇后"(《隋书》卷三十六·列传第一)。虽然又被称为"性妒忌,后宫莫敢进御"(见《资治通鉴》一七八卷),却是位贤后,跟后文提到的武后韦后截然不同②。唐朝武则天与韦后掌权的时代,女权到了登峰造极的地步。据《新唐书·上官仪》的记载,高宗册封武则天为皇后以后"武后得志,遂牵制帝,专威福,帝不能堪",于是命上官仪起草

---

① 张廓. 多妻制度——中国古代社会和家庭结构 [M]. 天津:天津古籍出版社,1999:24.

② 《隋书》卷三十六·列传第一记载道:有司奏以《周礼》百官之妻,命于王后,宪章在昔,请依古制。后曰:"以妇人与政,或从此渐,不可开其源也。"不许。(唐)魏征. 隋书 [M]. 台北:台湾商务印书馆,1967:11647.

废皇后诏书。武则天闻讯赶来，再三申诉后，高宗竟然"羞缩不忍，复待之如初。犹恐后怨怒，因给之曰"我初无此心，皆上官仪教我"（《资治通鉴》二〇一卷）。把责任全推给了上官仪。到了中宗时代，韦后的专权也毫不逊色。《太平广记》249 卷《裴谈》篇中有如下叙述：

> 唐中宗朝，御史大夫裴谈崇释氏，妻悍妒，谈畏之如畏严君。时韦庶人颇袭武后之风，中宗渐畏之。内宴，玄唱回波词。有优人词曰："回波尔时栲栳，怕妇也是大好。外边只有裴谈，内里无过李老。"韦后意色自得，以束帛赐之。①

裴谈是当时的宰相，他是惧内的代表性人物，这个故事中居然用"畏之如畏严君"来形容，足见其惧内的程度。随后提及韦后，说其"颇袭武后之风"，中宗也很惧怕她。之后举例说明。一次内宴，优人唱起当时时兴起的"回波词②"，将中宗与裴谈的惧内相提并论，编入歌曲。韦后听后，居然面露得意之色，赏赐歌者。这样的现象也足以令人瞠目。

不过，或许正如蒋勋解读的那样，唐诗的意象远远超越了农耕民族的想象，而唐朝以武则天为首的女性们欲与男子一比高下的女丈夫气概，也不是建立在农耕文化基础上的传统礼教孕育出来的。借用蒋勋的话说，这是中国文化"露营"时期的产物，而不是中国文化中的基调③。

2. 日本史书中嫉妒的皇后

《古事记》上卷中的大国主神④为了躲避 80 位兄弟神的迫害，逃到了须佐之男命管辖的黄泉国（根坚州国），与其女须势理毗卖一见钟情（目合而相婚）。其后，在须势理毗卖的帮助下，一次次闯过难关，最后带着她逃离了根坚州国，按照须佐之男命的指示开始建国（始作国）的。

在与须势理毗卖成婚前，大国主神已与八上比卖订有婚约。其后，那位八上比卖虽然如约与大国主神成婚，但由于「畏其適妻须勢理毘壳而、其所生子者刺挟木俣而返」（《古事记》上卷），说八上比卖因为惧怕嫡妻须势理毗卖，

---

① （宋）李昉. 太平广记［M］. 北京：中华书局，1994：1931.
② 《大唐新语》云："中宗宴兴庆池，侍宴者并唱《回波词》。给事中李景伯歌曰：回波词，持酒卮。微臣职在箴规，侍宴既过三爵，喧哗窃恐非仪。于是宴罢。"（唐）刘肃. 大唐新语［M］. 北京：中华书局，1984：45.
③ 蒋勋. 蒋勋说唐诗［M］. 北京：中信出版社，2014：7.
④ 大国主神有不少称呼，如大穴牟迟神、八千矛神、日子迟神等，本文统一用大国主神这一称呼。

把生下的孩子夹在树杈间就回去了。这里通过八上比卖的行为间接道出了须势理毗卖的嫉妒。大国主神是被称为日本古代具有"好色"（色好み）美德的英雄人物，那之后，他又来到遥远的高志国（今日本北陆地方）向沼河比卖求婚，求婚虽然成功了，却遭到须势理毗卖的嫉妒（<u>其神之適妻須勢理毘売、甚為嫉妬</u>）。为了安抚嫡妻，大国主神作歌曰：

> ……
> <u>亲爱的我的妹子啊</u>。
> 假如群飞的鸟似的群飞走了，
> 假如引走的鸟似的引走了，
> 你虽说是不哭，
> 恐怕是像山地的孤生草似的，
> 低下了头要哭了吧，
> 像朝雨的雾气的叹息了吧，
> 嫩草似的我的妻啊！①

歌意为：我可爱的妻子，如果我像群鸟般飞走，或者像头鸟般离你而去，纵使你强言你不会哭泣，但是我相信，你会像孤独的芒草，垂头哭泣；你的叹息，将会像早晨天空中的浓雾一样升起。我嫩草一般的妻子啊！一首中包含了强烈的作为男性的优越感。但如划线部分所示，也体现了大国主神对须势理毗卖的爱意以及站在皇后立场上思考的温情。也正是为这首歌所感动，须势理毗卖也举杯答歌曰：

> 八千矛尊神啊，
> 我的大国主神。
> 你到底是男子，可以到各岛的角落，
> 可以到海岸的各处，
> 娶到嫩草似的妻子。
> 我因为是女人，
> <u>在你之外没有男子</u>，
> <u>在你之外没有丈夫</u>。

周作人译《古事记》27 页

---

① 太安万侣. 古事记 [M]. 周作人，译. 北京：中国对外翻译出版公司，2001：26.

在歌中，须势理毗卖诉说了作为男子的大国主神与作为女子的自己的区别：你是男子，你所经的岛屿，所过的海角，到处都有你的美妻。但我是女子，除了你以外，我没有丈夫。划线部分相似语义的重复表达，在强调男女不平等的同时，向大国主神倾诉了自己的爱意。于是，他们便和好如初了。

此外，《古事记》和《日本书纪》还都记述了仁德天皇的皇后石之日卖的非同寻常的嫉妒①。

> 其大后石之日壳、甚多嫉妬。故、天皇所使之妾者、不得临宫中。言
> 立者、足母阿贺迦遍嫉妬。　　　　　　（新编日本古典全集《古事记》下卷）

原文说石之日卖嫉妒太甚，致使天皇的其他妃子不得靠近内宫，若有人试图说一些引起天皇注意的话语，她就会嫉妒得直跺脚。虽然如此，天皇还是看上了一位名叫黑日卖的女子，把她召进宫中。而黑日卖"畏其大后之嫉、逃下本国"（同上）。无奈的天皇只能登高目送黑日卖离去，作歌道"海面小舟排成行，爱妻今日回故乡。（冲方には小船連らく黒鞘のまさづ子我妹国へ下らす）"，以此聊表相思而已。谁知"大后、闻是之御歌、大忿、遣人於大浦、追下而、自步追去"（同上）。原本黑日卖是坐船回故乡的，皇后闻听天皇作歌，非常愤怒，派人来到海边，把黑日卖赶下船，令其徒步返乡。石之日卖的嫉妒确实非同小可，幸亏黑日卖抽身早，否则可能凶多吉少。

那之后，趁皇后赴纪伊国（今和歌山、三重县一带）采集祭祀时用作酒器的树叶②时，天皇又与异母妹③八田郎女成婚。在归途中，皇后偶尔听到宫女谈论天皇与八田郎女成婚一事，皇后不管后果，"大恨怒、载其御船之御綱柏者、悉投弃於海"（同上），一气之下竟然把采集来的树叶都倒进了海里。她也不返回宫中，径直"引避其御船、泝於堀江、随河而上幸山代"（同上），回到了娘家所在地的山背国（今京都府南部）。但在她前往山背国的途中，对天皇还是不能忘怀，作歌道：

> 逆流而上山背川，两岸茂密乌草树。

---

① 关于石之日卖的记述，《古事记》与《日本书纪》开始部分相近，结局不同。一般认为《日本书纪》是根据儒家思想改写的，这里根据《古事记》展开分析。
② 原文作「御綱柏」，具体所指不明。
③ 当时日本处于母系社会，以母亲的血统来划分社会关系，不同母亲的兄弟姐妹分属于不同的氏族，可以通婚。《古事记》中唯一用"奸"来表达的是轻太子与同母妹轻大郎女的关系。

> 乌草树下山茶树，叶大花艳神圣树。
>
> 花朵耀目叶宽广，正是咱们大君王！①

这首和歌基本上分成两部分，划线部分之前的，可以看作和歌的"序词"，作为划线部分的定语。用山茶花的光彩夺目和叶子的宽大丰厚来形容天皇，以抒发对天皇的赞美之情。天皇闻听皇后的行动，赶紧派使者送去和歌，表达自己的相思之情，之后又在皇后侍女的安排下，亲自来到山背之地直接向皇后赠歌，二人终于和解。此外《日本书纪》中还记载道："仁德十六年秋七月戊寅朔、天皇以宫人桑田玖贺媛、示近習舍人等曰：朕欲爱是婦女、苦皇后之妬、不能合、以经多年。何徒弃其盛年乎?"天皇因惧怕皇后嫉妒主动放弃所爱女子。

另外还有一位嫉妒的皇后允恭天皇忍坂大中姬，她的故事只见于《日本书纪》：

> 七年冬十二月壬戌朔、讌于新室。天皇親之撫琴、皇后起舞。舞既終而、不言礼事。当時風俗、於宴会舞者舞終則自对座長曰、奉娘子也。天皇則問皇后曰、何失常礼也。皇后惶之、復起舞、舞竟言、奉娘子……皇后不獲已而奏言、妾弟、名弟姬焉。<u>……弟畏皇后之情而不参向。</u>……於是弟姬以為、妾因皇后之嫉、既拒天皇命。且亡君之忠臣。是亦妾罪、則從烏賊津使主而来之。<u>……然皇后之色不平。是以勿近宮中、則別構殿屋於藤原而居也。</u>適産大泊瀬天皇之夕、天皇始幸藤原宮。<u>皇后聞之恨曰、妾初自結鬓、陪於後宮、既経多年。甚哉、天皇也。今妾産之、生死相半。何故、当今夕、必幸藤原、乃自出之、燒産殿而将死。</u>天皇聞之、大驚曰、朕過也、因慰喻皇后之意焉。八年春二月、幸于藤原、密察衣通郎姬之消息、是夕衣通郎姬恋天皇而独居。其不知天皇之臨、而歌曰、……皇后聞之、且大恨也。於是衣通郎姬奏言、……是以冀離王宮而欲遠居。若皇后嫉意少息歟。天皇則更興造宮室於河内茅渟、而衣通郎姬令居。因此以屡遊獵于日根野。……於是皇后奏言、<u>妾如毫毛、非嫉弟姬。然恐陛下屡幸於茅渟。是百姓之苦。仰願宜除車駕之数也。</u>是後希有之幸焉。②

> (《日本书纪》第十三卷)

---

① 原文参见古事记 [M]. 山口佳纪，神野志隆光，校注. 东京：小学馆，1997：292.

② 日本书纪 [M]. 小岛宪之，直木孝次郎，西宫一民，等校注. 东京：小学馆，1996：112－120.

上引文字是对大中姬皇后嫉妒故事的一个剪接。允恭天皇七年十二月初一，天皇在新落成的宫殿里举行宴会，天皇亲自抚琴，皇后伴着琴声起舞。按当时的习俗，宴会中的舞者应在舞蹈结束后向座长献女子。而大中姬皇后舞蹈结束后也不言献女子之事。天皇质问，皇后才又重新起舞，结束后不得已说要献自己的妹妹衣通郎姬，于是天皇连忙派遣使者前去迎接。谁知，"弟畏皇后之情而不参向"①，其妹因为惧怕皇后的嫉妒而不敢入宫。好不容易在使者的劝说下来到了京城，又因"皇后之色不平"，只得另外在藤原地方造屋令其居住。在皇后生产雄略天皇的那个晚上，天皇才决定第一次行幸藤原宫。皇后听说后，气愤至极，说自己今夜生产，生死未卜，天皇何必非在今天行幸藤原宫？欲焚产房，以死相威胁。天皇听后大惊失色，赶忙认错，劝慰皇后。到了第二年春天，天皇才行幸藤原宫，与衣通郎姬作歌唱和，皇后闻听后，又是愤恨不已，于是衣通郎姬提出要居住在远离皇宫的地方，天皇便在河内茅渟②兴建宫殿。此后，天皇借游猎之名每年行幸两次。然皇后还是无法容忍，她向天皇奏言："妾如毫毛、非嫉弟姬。然恐陛下屡幸於茅渟。是百姓之苦。仰愿宜除车驾之数也"。假言自己丝毫没有嫉妒妹妹的意思，只是天皇这样频频行幸给百姓增加负担，希望能够减少行幸的次数。从那以后，天皇就很少去茅渟了。在这个故事中，已经没有了通过和歌赠答以达到和解这样的和美场景，取而代之的是成为皇后嫉妒之借口的儒家爱民恤民的思想。这也应该是《古事记》与《日本书纪》的一大区别吧。

在了解了中国妒后的那种下场后，读到日本史书中的这三个故事，这里皇后与天皇的关系，完全堪比世外桃源。无论是踩着脚嫉妒的石之日卖，还是敢以死相威胁的大中姬，她们率性的嫉妒，令现代的女性都为之拍手称快。而天皇们更是宽容到了令人难以置信的程度。

"嫉妒"某种意义上是男权社会中女性们共通的一种情感表达。那么，在日本古代，天皇们如何可以这么宽容地对待皇后们的嫉妒呢？其实，上述三个故事的前两个故事的主人公，也就是大国主神和仁德天皇，在折口信夫的"好色"论③中，是被称为"好色英雄"的人物。他认为，日本古代各国是由神灵统治的，在统一国家的过程中，也要把各国的神灵迎到自己的宫廷。神灵需要祭祀，对各国神灵最有效的祭祀方法就是使原本奉祀这些神灵的各国最高巫女成为自

---

① "弟"字表示家庭中兄弟姐妹的顺序，并不表示性别。

② "茅渟"为和泉地方的古名，716年前属河内国，今大阪府南部。

③ 张龙妹. 中日好色文学比较［J］. 日语学习与研究，2003（2）：63-67.

己的妻子。与巫女结婚，把她迎进自己的宫中就等于拥有了该国神灵的护佑。那样的巫女妻子越多，就意味着他统一的国土越是辽阔。而能与这些巫女妻子们和睦相处，是"好色英雄"的美德①。折口信夫的这一观点，在英雄人物们统一国家过程中体现出来的"好色"行为中可以得到例证。比如，倭建命在东征的路上，他就要与美夜受比卖成婚。美夜受比卖是尾张国造的祖先，而尾张国又是东征的起点，倭建命在东征之始就欲与美夜受比卖成婚的意图是显而易见的。最后是在倭建命平定了东国以后，在返回京城的路上与美夜受比卖完婚的。他们的结合无疑象征着尾张国的归顺。

那么，为什么只有与这些妻子和睦相处，才能够称得上"好色英雄"呢？关于这一点，折口并没有做过多的论述。不过，他在谈及嫉妒的时候有过这样的言论：古代的嫉妒是嫡妻正当的愤怒②；拥有爱嫉妒的妻子也是男性的荣耀，而能与妒妻和睦相处是"好色英雄"理想人格的体现③。这些零散的语言，暗示着在折口的理论中，嫡妻与嫉妒、"好色英雄"之间存在着某种关联。

其实，要弄清嫡妻与嫉妒、"好色英雄"之间的关联，还需要理解上文介绍的巫女妻子说。按照折口的理论，每个巫女妻子后面都有一个她所奉祀的神灵，嫉妒行为应该也是她所奉祀的神灵对其他巫女所奉祀的神灵的排斥；这种嫉妒越是强烈，说明其所奉祀的神灵越是强大；而能够与妒妻和睦相处，拥有强大神灵的护佑，自然是"好色英雄"的美德了。另一方面，在古代日语中，"嫉妒"训作"UWANARINETAMI④"，用汉字表记为「後妻妬」，说明嫉妒原本应该是嫡妻对后妻的嫉妒行为。这一点从上文所举的三个妒后例子中也可以得到确认。就拿大国主神的嫡妻须势理毗卖来说，她是三贵子之一的须佐之男命的女儿，背后有着根坚州国神灵的护佑，正是在须佐之男命的祝福下，大国主神才"始作国"的。对大国主神来说，须势理毗卖是他"作国"的基础和护佑，与须势理毗卖和睦的夫妻关系是国家泰平昌盛的基础。而须势理毗卖嫉妒的对象，无论是八上比卖还是沼河比卖，都只是一个地方小国的巫女，对于来自嫡妻的嫉妒，她们只有惧怕而已。

到了平安时代，随着摄关制度的确立，后妃们在宫中的地位基本上取决于

---

① 折口信夫．折口信夫全集：第14卷［M］．东京：中央公论社，1987：220．

② 折口信夫．折口信夫全集：第7卷［M］．东京：中央公论社，1987：152．

③ 折口信夫．折口信夫全集：第9卷［M］．东京：中央公论社，1987：44．折口在这里并没有言及"好色英雄"，但他举出的理想人格的代表性人物就是大国主神、雄略天皇等，与其"好色"论中的思考方法是一致的。

④ 即「うはなりねたみ」。

她们的父兄，而似乎也只有皇后或相似地位的后妃才有资格嫉妒。各类史书记载，嫉妒最为有名的是村上天皇的藤原安子皇后。下面是《大镜》中的记述。

（1）（世继说道）第一女御、村上天皇御宇时之女御，乃众多女御·御息所中最受宠幸。天皇对这位女御也极为畏惧，即便是极为为难的事情，只要是这位女御上奏的，就不能不允诺。其他事情就更不在话下了。世人皆谓其性情乖戾，常怀怨怼。对天皇常常心怀嫉妒，有一次，天皇初更时分来到女御的寓所，令侍童敲门，女御不让侍女们开门……，天皇说："这已是家常便饭了"，便返回了①。

（2）藤壶与弘徽殿在清凉殿值宿的房间相邻，藤壶那边小一条女御在里面休息，这位皇后碰巧来到弘徽殿，大概是心中嫉恨，难以平复吧，在隔墙上挖了一个洞，向隔壁窥看。看到小一条女御实在是美丽高贵，心想："难怪如此受到宠幸！"内心越发难以平静，把一块可以通过洞口大小的陶器的碎片砸向女御。碰巧天皇就在女御房间里，觉得此事绝不可忍，口谕道："此等事情，绝非女子所能为。定是伊尹、兼通、兼家唆使所致。"三兄弟正在宫中侍奉，随令他们回家闭门思过。皇后极为愤怒，令人传话："请移驾本宫"。天皇猜测必定是因为此事，就没有前往。皇后频频催促："无论如何～！"天皇心想如若不加理会，今后必定很是麻烦，既惧怕又心疼，便来到了皇后处。……"一旦离开本宫，绝不会马上赦免。就在此处，令藏人下诏。"拉住天皇的衣袖令其不能脱身离开。天皇心想：不依她又能如何？……不止此一事，此类事情世间多有传闻。②

引文是安子的两件嫉妒案例。（1）中的"世继"是《大镜》的叙事者，"第一女御"指的就是安子。说在村上天皇众多后妃中，对于地位最高的安子，天皇也是非常畏惧，即便是极其为难的要求，天皇也不能拒绝。而且还嫉妒心重。说有一天晚上，天皇去安子的住所，任由随行的侍童怎么敲门，就是不给开门。最后，天皇只得自嘲地说"这已是家常便饭了"，便自己回去了。（2）是安子嫉妒芳子的例子。"藤壶"指芳子，"弘徽殿"指安子，她们在清凉殿中值宿的房间正好是隔壁。一天，她们两个都在各自房间里，安子心中不平，在隔墙上挖了个洞，看到芳子的美貌后，越发嫉妒，竟然用陶片砸向芳子。碰

---

① 原文参见大镜［M］. 橘健二，加藤晴子，校注. 东京：小学馆，1996：162.

② 原文参见大镜［M］. 橘健二，加藤晴子，校注. 东京：小学馆，1996：163－164.

巧天皇在场，虽然感到这件事实在无法容忍，也没有直接针对安子有所行动，而是禁止了她的三位兄弟上朝。安子听说后，几次三番派仕女去请天皇过来，天皇开始佯装不知。但安子屡屡催促，天皇是既害怕又心疼，不得不来到安子处。来到安子处，天皇被迫答应立马解除对三兄弟的禁足令。但安子又怕天皇回去后不付诸行动，便拽着天皇的衣袖，传来负责传达天皇敕令的藏人，就在安子的寝宫下达了解除三兄弟禁足令的命令。《大镜》作者最后还要加上一句："不止此一事。此类事情世间多有传闻。"

从上面的分析可以看出，虽然中国历史上曾经有过武后、韦后的跋扈，高宗、中宗的惧内与村上天皇相比也有过之无不及，但毕竟不是历史的主流。在古代日本，由于天皇皇权的建立与嫡妻及皇后级别的女性之间存在着很大程度的依赖关系，所以她们大多能够比较率性地嫉妒。而在我国古代，刘备的"妻子如衣服，兄弟如手足"的名言更具有广泛的社会认同，所以才会有那么多被关、被废、被杀的皇后。由此，可以一窥中日两国关于皇后嫉妒的文化背景的巨大差异。

### 二、中日诗歌中无法表达的"嫉妒"

唐代的诗僧王梵志（生卒年不详）在他的《谗臣乱人国》诗中有，"谗臣乱人国，妒妇破人家"之句①，将"谗臣"与"妒妇"相提并论。这样的认识，并不是始于王梵志。中国的传统文化中，就有将臣子和君王的关系比喻为丈夫和妻妾的关系。屈原的《离骚》篇中有"众女嫉余之娥眉兮，谣诼谓余以善淫"之句，将自己比作美女（娥眉），而将陷害他的谗臣比作"众女"。在这样的文化背景下，女性的嫉妒自然是不能用诗歌来表达的。有的只有弃妇诗。

文学史上最有名的弃妇诗或许要算卓文君（BC175－BC121）的《白头吟》。司马相如与卓文君的爱情故事广为人知，据《西京杂记》卷三记述，"相如将聘茂陵人女为妾。卓文君作白头吟以自绝。相如乃止。"全诗如下：

> 皑如山上雪，皎若云间月。
>
> 闻君有两意，故来相决绝。
>
> 今日斗酒会，明旦沟水头。
>
> 躞蹀御沟上，沟水东西流。

---

① 王梵志. 王梵志诗校注（增订本）[M]. 项楚，注. 上海：上海古籍出版社，2010：300.

凄凄复凄凄，嫁娶不须啼。

愿得一心人，白头不相离。（一心人一作：一人心；白头一作：白首）

竹竿何袅袅，鱼尾何簁簁！

男儿重意气，何用钱刀为！①

关于《白头吟》，历来有伪作之说。因其在《乐府诗集》和《太平御览》中都被称为"古辞"，而在《玉台新咏》中则题作《皑如山上雪》，具有强烈的民歌色彩。无论作者是什么人物，"愿得一心人，白头不相离"之句无疑是千万女性的心声。

《怨歌行》，又称《团扇歌》也是一首弃妇诗。

新裂齐纨素，皎洁如霜雪。

裁为合欢扇，团团似明月。团团一作：团圆

出入君怀袖，动摇微风发。

常恐秋节至，凉飙夺炎热。

弃捐箧笥中，恩情中道绝。②

将自己的被遗弃比作秋天的团扇，好不凄婉。这首歌历来被当作班婕妤（前48—前2）的作品，想必是把这首歌看作她人生经历的写照了。班婕妤曾经被汉成帝宠幸，后因赵氏姐妹的谗言而遭遗弃，不得不去侍奉皇太后，待皇太后过世后，又去看守成帝的坟墓，就此了结残生。但即便如此，比那些被关被杀的后妃们还是好了些。如果她当时胆敢嫉妒飞燕姐妹的宠幸，那是必死无疑的。

在日本的和歌中，如（一）中所述嫉妒的皇后们，她们甚至用非常过激的行为表达了嫉妒之心，但在和歌中，不是表达自己对天皇的爱意就是赞美天皇。通过那样的和歌赠答，达到了相互间的谅解。在之后的和歌史中，嫉妒一样没有成为和歌的题材。

（1）依依梦中见情郎，但愿长睡不愿醒。　　　（古今集552）

（思ひつつ寝ればや人の見えつらむ夢と知りせば覚めざらましを）

（2）怨人恨己泪湿袖，更惜浮名由此生。　　　后拾遗集815

（恨みわび干さぬ袖だにあるものを恋に朽ちなむ名こそ惜しけれ）

---

① （汉）刘歆. 西京杂记 [M]. （晋）葛洪，辑. 北京：中华书局，1991：14.

② 余冠英. 乐府诗选 [M]. 北京：人民文学出版社，2002：36–37.

（1）是小野小町的和歌。在古代，有关梦的民间信仰认为，梦首先是神灵给予人类的预告暗示，之后便是恋爱的一方因为过分思念导致灵魂出窍，此灵魂出现在被爱恋的一方梦中。所以在梦中见到对方，并不是自己想念对方，而是对方太想念自己了。比如，《万叶集》第639首和歌为"夫君相思何其苦，梦魂扰我难安眠。（わが背子がかく恋ふれこそぬばたまの夢に見えつつ寝ねらえずけれ）"，歌中说因为丈夫念我如此之深，常常出现在我的梦中，以致我不能安眠。但到了平安时代，与佛教信仰相关的求梦仪式日渐普遍化，使得梦的象征意义发生了微妙的变化。而小町的和歌正是建立在这一民间信仰的基础上，认为不是恋人出现在自己的梦中，而是因为自己睡前反复思念才在梦中见到了恋人。这一首和歌实际上体现了关于"梦"产生的两种缘由。而强调自己的梦境不是恋人出现在自己的梦中，言外之意便是怨恨对方对自己的无情。后半句，如果知道与恋人相会是梦境的话，那就不愿醒来了，婉转地表达了对对方的深深爱意。

（2）是相模的作品，又被选入《百人一首》，可以看作相模的代表作。"URAMI（恨み）"是怨恨对方的薄情，"WABI（わび）"是"WABU（わぶ）"的连用形，多用于感叹自己的命运①。歌意为：既怨恨对方的薄情，又悲叹自己的不幸命运，衣袖被泪水浸湿，没有干的时候，眼看着就要腐烂了。这些本来已经够令人痛惜的，而现在还因此传出轻浮之名，令我名声扫地，实在痛惜。这首歌的特点在于，当自己被恋人遗忘的时候，她们不仅仅是埋怨对方薄情，同时还悲叹自己的命运不济。这一思维方式与当时的佛教信仰有关。佛教信仰的一个基本思维方式就是现世的一切都是前世的果报。在这样的思维方式的作用下，女性只能是甘心情愿地去承受，将对男性的怨恨转向自身。然而女性的悲哀还不止于此。被遗忘的女子还会被认为是轻薄之人，被世人闲话，以致名声扫地。

从以上两个例子，基本上可以看出平安时代女性用和歌表达闺怨的方式。她们在婉转地表达被遗忘的怨恨的同时，或是表达对恋人的深情，或是悲叹自己的不幸。如（一）中讨论的皇后们，即便以过激的行为表达嫉妒之情，还依旧用和歌表达爱意，赞美对方。

不仅如此，其实上引两首和歌中的这种表述方式，在平安时代，也可见于男性的和歌。

---

① 铃木日出男. 百人一首［M］. 东京：筑摩书房，1995：141.

> 如若未曾得一见，当不怨人又自怨。 拾遗集678
>
> （逢ふことの絶えてしなくはなかなかに人をも身をも恨みざらまし）

这是藤原朝忠（910—966）在天德四年三月三十日的《内里歌合》上的和歌①，表达了一种与事实相反的假想："如果从未与那人相会，那就不怨别人也不恨自己了（人をも身をも恨みざらまし）"，而实际上应该是"既怨别人又恨自己"。可见这一表达方式与上引相模和歌中的表述是一致的。也就是说，在用和歌表达这类感情时，男女甚至没有什么差异。这就是和歌在表达嫉妒之情时的特点。

### 三、中日散文中的妒妇描写

在中国，有关嫉妒的散文体文学，尚没有发现由女性创作的。在书简中，还能发现一些女性的内心表述。比如：

> 幼习女训，长遵妇道。妾年十八，归于方门。时父宦留都，翁携夫至。嫁之日，慈母嘱之：无违夫子，以顺为正。思昔鞠育明教，无所不至。……嗣后夫体常若，妾亲汤药，未尝间以岁月。舅姑奉养，未能少尽，心实歉歉。辱舅姑不鄙，反加爱焉。不幸五月，儿出天花，竟尔夭殇，自叹命薄。夫既有病，女留子死，私心矢志，遗书严君，祈以身代夫卒，不应。六月二十九，夫亡。终天之恨，哀痛无已。愿以身殉，姑、妯娌苦劝，妾敢不听？念夫不幸而死，妾何忍以独生？有子者守，无子者死。妾今求无忝所生而已，岂有他愿哉！②
>
> 明·殷氏《自序》

引文是明代殷氏留下的自序之言。文中表白：自己自幼受妇道教育，出嫁后也是谨守妇道，但即便如此，还是儿子夭折丈夫死亡。自序是她的表白与控诉。说明这些不幸不是她自己不守妇道造成的，而是天命！

朝鲜王朝的世子嫔洪氏在她的《恨中录》中如是这样表白：

> 而在宫内，我从不知嫉妒二字，本性也不会和其他人争抢。并且当初宣禧宫就告诫我："不要在意那些事情。"且良娣并不受宠，我也没有理由嫉妒她。良娣即将临盆，却无人照看。景慕宫由于自己的失误让良娣怀孕，

---

① 关于这首和歌的解释详见第二章。
② 转引自张丽杰．明代女性散文研究［M］．北京：中国社科出版社，2009：39.

生怕英祖大王因此训斥他，惶恐不安，无暇顾及良嫔。宣禧宫也不理会此事。无法，不得不由我处理。我虽无多少见识，但尽心尽力照顾了良嫔。不料，英祖大王得知后，训斥我说："只知道迎合夫意，你就不会像别人一样嫉妒吗？"自甲子年（1744）以来，这是英祖大王第一次训斥我，我惶恐得不知所以。想起来也真乃可笑，嫉妒是七出中的一条，不嫉妒是女子德行之首，我却因为不嫉妒而受责备，这也是我的命罢了。

张彩虹译《恨中录》222 – 223 页

宣禧宫是思悼世子的生母，良嫔是思悼世子的情人，景慕宫即思悼世子。引文中作者洪氏称自己不知嫉妒为何物，婆母也告诫她不要在意丈夫的好色行为。良嫔生产时，如果不是作者提供帮助，便是凶多吉少的。但这件事后来被公公英祖知悉，英祖苛责她为什么没有事先把丈夫的这种好色事件向他汇报。结婚后这还是她第一次受到英祖的叱责。嫉妒自古便是七去罪之一，不嫉妒乃是女性的至德，而自己竟因坚守妇道而遭受叱责，大概这也是自己命运不济吧。显然，洪氏所极力表白的，也是自己对妇道的坚守和对命运的控诉。

从女性留下来的文字来看，古代的中朝女性基本都是以表白自己谨守妇道、不敢嫉妒为宗旨的。但中国古代由男性创作的笔记类作品中，有不少关于妒妇的故事。日本的散文体文学中，有男性笔下的心怀嫉妒的女性和女性自己倾诉嫉妒心的描述。因缺乏朝鲜王朝的相关资料，在此主要比较中日散文体文学中对女性嫉妒的不同描述，以此揭示日记文学诞生的契机。

1. 中国笔记小说中的妒妇

班超在《女诫·夫妇》中主张所谓妇道，曰"故事夫如事天，与孝子事父，忠臣事君同也"，把女性完全置于从属地位。但毕竟嫉妒是人类共通的情感，尤其是在一夫多妻的古代社会，自然就会有嫉妒的女性产生，为此文学史上留下了相当丰富的有关妒妇的笔记小说。最早有关嫉妒女性的作品应该是南朝刘宋虞通之（约453—?）编撰的《妒记》。据《新唐书》卷六十《艺文志四》记载，此书本为两卷，但早已散佚，《世说新语》中有个别引文，目前鲁迅先生的《古小说钩沉》中收录有 7 篇。之后，到了唐五代，关于妒妇的作品明显增加。《酉阳杂俎》的"段氏""房孺复妻"、《朝野佥载》的"任环妻"、《隋唐嘉话》的"梁公夫人""杨弘武妻"、《抒情集》的"李廷璧妻"、《北梦琐言》的"张褐妻"、《王氏见闻录》的"吴宗文"、《玉堂闲话》的"秦骑将"，这些故事悉数为《太平广记》第 272 卷"妒妇"所收，此外《太平广记》中尚有"车武子妻""王导妻""杜兰香""蜀功臣"篇，而其中的《任环妻》包含了《隋唐嘉话》中的"梁公夫人"篇，第272卷中实际上描述了13位嫉妒女性。而《太平广记》第382卷中的"卢弁"、第491卷中的"杨娼传"亦属于妒妇类故事。此外，尚有宝颜堂秘笈本《朝野佥载》卷二的"范略妻任氏""杜昌妻柳氏""胡亮妻贺氏""梁仁裕妻李氏""张景妻杨氏"，卷四"阮嵩妻阎氏"，《说郛》本卷二《朝野佥载》的"宜城公主"，《玉泉子》的"李福妻裴氏"等。宋代相关故事比较少，正如《五杂俎》的撰者谢肇淛言"宋时妒妇差少，由其道学家法谨严所致"，而明代中后期，由于纲纪败坏，"妒妇比屋可封""则不胜书矣"的盛况（《五杂俎》卷八、人部四）。《类说》卷47"抚州监酒范寺丞""湖南倅"，《聊斋志异》中涉及悍妻妒妇的竟达21篇之多，有可能同为蒲松龄所作的《醒世姻缘传》，作为第一部描写妒妇的长篇小说，借佛教的轮回之说，把妒妇小说推向了高潮。

纵观自《妒记》以来的此类小说，可以发现两个共性：首先，这些作品完全没有妒妇们的心理描写。在笔记类中，如唐代传奇中没有心理描写一样，或许是可以归为文体本身的问题。但如《醒世姻缘传》这样长达100回几近百万字的巨著，没有对女性的嫉妒心理进行描述，反倒是将其作为一种因果报应来表述，实为憾事。其次，也应该跟缺乏心理描写有关，妒妇们的嫉妒都是通过行动表现出来的。如《妒记》中王丞相曹夫人，获知丈夫在外面"密营别馆，众妾罗列，儿女成行"，便"命车驾将黄门及女婢二十人，人持食刀，自出寻讨"①。而荀姓者的妻子庾氏，因"其夫外宿，遂杀二儿"②，简直是惨绝人寰。而这些描写在体现妒妇们强悍的同时，客观上助长了人们对妒妇的憎恶感。

另外，值得关注的是，如冯梦龙在《情史类话》中所言，"不情不仇，不仇不情"（卷十四"情仇类"），嫉妒本因情而生。但从情这一角度来看，关于妒妇的作品大致可以以唐宋为界分为前后期。唐宋之前的作品，虽然妒妇们通过具体行动表现出来的嫉妒非常暴力，像上引荀妇庾氏，其行为甚至非常残暴，但都是基于情感的。如《妒记》中的另一则故事。引文如下：

> 京邑有士人妇，大妒忌；于夫小则骂詈，大必捶打。常以长绳系夫脚，且唤便牵绳。士人密与巫妪为计：因妇眠，士人入厕，以绳系羊，士人缘墙走避。妇觉牵绳而羊至，大惊怪，召问巫。巫曰："娘积恶先人怪责，故郎君变成羊。若能改悔，乃可祈请。"妇因悲号，抱羊恸哭，自咎悔誓。姬

---

① 鲁迅. 古小说钩沉 [M]. 济南：齐鲁书社，1997：229.

② 鲁迅. 古小说钩沉 [M]. 济南：齐鲁书社，1997：230.

> 乃令七日斋,举家大小悉避于室中,祭鬼神师,祝羊还复本形。婿徐徐还,
> 妇见婿啼问曰:多日作羊,不乃辛苦耶? 婿曰:"犹忆啖草不美,腹中痛
> 尔。" 妇愈悲哀。后复妒忌,婿因伏地作羊鸣;妇惊起,徒跣呼先人为誓,
> 不复敢尔。于此不复妒忌。

这位妒妇被丈夫和巫人算计,误以为自己的嫉妒使得丈夫变成了羊,发誓
再不敢嫉妒。其后再有嫉妒行为时,丈夫就伏地作羊鸣,遂不复再妒。划线部
分是关于这位妒妇的一些言行。当她以为是自己的嫉妒导致丈夫变为羊时,"妇
因悲号,抱羊恸哭,自咎悔誓"。看到丈夫慢慢回来,问他:"多日作羊,不乃
辛苦耶?"丈夫居然谎称多日吃草,腹中疼痛,使得"妇愈悲哀"。最后部分,
当丈夫再"伏地作羊鸣"来吓唬她的时候,果真"妇惊起,徒跣呼先人为誓,
不复敢尔"。一连串的行为描写,体现出了这位妒妇对丈夫的深深爱意。

这种对丈夫的爱意甚至可以升华为对丈夫妾侍的宽容。

> 桓大司马平蜀,以李势女为妾。桓妻南郡主凶妒,不即知之;后知,
> 乃拔刀率数十婢往李所,因欲斫之。见李在窗前梳头,发垂委地,姿貌绝
> 丽;乃徐下地结发,敛手向主曰:"国破家亡,无心以至今日;若能见杀,
> 实犹生之年。"神色闲正,辞气凄惋。主乃掷刀,前抱之曰:"阿姊见汝,
> 不能不怜。何况老奴。"遂善遇之。①

这也是鲁迅《古小说钩沉》中收录的《妒记》的第一篇。在这不到百字的
短文里,南郡主的真性情展露无遗。"乃拔刀率数十婢"前去李势女儿处的凶悍
劲,待她见到李势之女"发垂委地,姿貌绝丽"后,"乃掷刀,前抱之",说自
己"不能不怜",完全是个性情中的女性。

但是,明代以后的作品,这样有情的妒妇似乎难得一见了。比如,《聊斋志
异》的《马介甫》篇中杨万石的妻子尹氏,不仅殴打妾侍致其流产,甚至"以
齿奴隶数"待其公爹,在小叔杨万钟去世以后,逼其妻改嫁,朝夕鞭打其子喜
儿。对丈夫也是打骂羞辱,无所不尽其极。杨万石只有在马介甫的"丈夫再造
散"的作用下,在尹氏面前发过一次威风,始终屈服于尹氏的淫威下。终至老
父幼侄离家,"家产渐尽,至无居庐"。而直到尹氏去世,通篇不见一处与情相
关的描述。俨然是一个恶妇毒妇,而非妒妇。《醒世姻缘传》全书 100 回,以第

---

① 鲁迅.古小说钩沉 [M].济南:齐鲁书社,1997:229.

23 回为分界，前 22 回写前世。晁源在前世时娶妻计氏，计氏娘家原本较晁家富裕，丰厚的陪嫁为她在婆家赢得了一定地位。但后来晁父获官，晁家渐次富裕，加之晁源喜新厌旧，与妾侍珍哥合谋逼死计氏。23 回以后写的是今世。晁源的今世为狄希陈，计氏转生为妾童寄姐，而其妻薛素姐则是前世晁源携珍哥打猎时射死的一只仙狐的转世。薛素姐与童寄姐妻妾联手虐待狄希陈，棒打、针刺，甚至将炭火伸进他的衣领。最后由高僧点明他们的前世姻缘，令狄希陈念诵《金刚经》才算了结。

丈夫与妾侍合谋逼死妻室，这也是唐宋以后才出现的。之前只有悍妒的妻子，没有嫉妒的妾侍。这是因为在妻妾关系中，妾侍基本上属于传宗接代的工具，在家庭中毫无地位可言。但是到了明代中后期，在宫廷中"皇后生存环境险恶，后权式微，皇后嫔妃都败于妒妃之手，境遇堪怜。皇亲国戚家庭与皇宫类似，显赫的地位、权势使得正妻千方百计维护正妃地位，确保嫡子继承爵位，对其他怀孕者心存敌意，想方设法置之死地。"① 于是，妻妾之间的矛盾随之突出，演变成你死我活的生死较量，离感情越来越远。而《醒世姻缘传》中前世的晁源与妾侍珍哥逼死正妻，应该是明代中后期家庭伦理崩坏的反映。

2. 日本男性笔下的女性的嫉妒

《伊势物语》第二十三段讲的一对青梅竹马的故事。他们两小无猜，长大后如愿结合，不幸的是，几年后女子父母去世，男子就担心自己从此将没落下去，便在河内国的高安郡里觅到了一位访婚的对象。因为当时是女性继承家业，女子父母去世，便没有了生活来源。女子知道以后，也没有生气，而是心平气和地送男子去高安。男子于是心怀疑虑，以为女子另有所欢，装作去高安的样子出了家门，之后躲在院子里的树木后面偷看。只见女子好好化妆了一番，若有所思地吟诵了一首和歌"风吹浪起龙田山，夜半夫君独自行（風吹けば沖つ白浪たつ田山夜半にや君がひとり越ゆらむ）"②。从这首和歌可知，男子去高安需要经过龙田山，那里又是盗贼出没的地方。显然，女子是担心男子半夜翻越龙田山遭遇什么不测，才好好化妆了一番，吟此和歌，以祈愿男子的平安。男子在树丛中见此情景，怜爱之情油然而生，从此不再去河内高安走访了。

这是个典型的"歌德"③ 故事，说话集中也有不少因一首和歌而唤醒丈夫

---

① 赵秀丽. 明代妒妇研究［M］. 武汉大学学报（人文科学报），2012, 65（3）：90-96.
② 一首中的"風吹けば沖つ白浪"为序词，引出"たつ"，"たつ"是双关语，寓意"白浪立つ"和"龙田山"，而"白浪"又指代盗人。
③ 以宣扬和歌具有感天地、泣鬼神、和夫妇等功用的故事。

旧情的故事，能够吟诵和歌，代表着贵族的修养，这应该是符合贵族社会的价值取向的。但在这个故事中，跟中国的笔记类小说一样，都没有涉及女子的内心。

有趣的是，这个故事也被收录在《大和物语》中，只是《大和物语》没有将它当作"歌德"故事来处理，而是增加了富有戏剧性的后半部分。

> 只见女子伏在那里哭泣，然后把盛着水的铁碗贴在胸前。男子心想："好生奇怪，她这是要做什么呢？"再看去，碗中的水变成了开水。女子将开水倒掉，再换进凉水。男子看到这儿，感到无比悲伤，冲了上去，对女子说："你该有多么难过才做这些事情的啊！"然后便抱起女子共眠。于是，男子不再去别的女人那里，一直与这个女子形影不离。①
>
> 　　　　　　　　　　　　　　　　　　　《大和物语》第一百四十九段

引文部分是女子吟诵和歌以后的故事。女子哭泣着垂下头，在一个金属碗中装满水，放在胸口。男子感觉怪异，不明其用意，依旧在树丛中观察。只见碗里的凉水变成了开水。女子将开水倒掉，再装满水。至此，男子不忍心再往下看了，从树丛中跑出来，说"你心里该有多痛苦才会这么做啊！"这里是通过女子奇特的行为来叙述她内心的痛苦的。她虽然表面上装作若无其事，也真心担心丈夫的安危，而她的内心是可以将凉水烧开一般地炉火中烧。躲在树丛中偷窥的男子，也对女子的痛苦感同身受，连忙跑出来安抚。也正是男性对女性痛苦的理解，才是夫妻和好如初的真正原因。

平安初期的《宇津保物语》《让国》卷中，围绕朱雀天皇退位后的东宫人选，皇后与天皇之间的谈话中，皇后认为天皇不愿在退位之日就确定东宫人选是因为仁寿殿女御之故，不由得口出恶言：

> （皇后）"一定是顾忌这个仁寿殿的盗人天皇才这样说的。闹情绪回娘家躲起来了，主上眷恋她，期待她早日回宫。可一旦回到宫中，就像蓝蝇一样整天价在身边嗡嗡作响，主上又该是多么惧怕那个女人啊。一定是顾忌到了那个女人的家族成员了。②

划线部分"仁寿殿的盗人"指的是仁寿殿女御。这个女御，不仅盗走了天

---

① 大和物语［M］. 邱春泉，译//日本和歌物语集. 张龙妹，邱春泉，廖荣发，译. 北京：外语教学与研究出版社，2015：181－182.

② 原文参见宇津保物语：第3册［M］. 中野幸一，校注. 东京：小学馆，1999：264.

皇的感情，现在还要来抢夺下一个东宫之位。"像蓝蝇一样"是将仁寿殿女御比作绿头苍蝇一样在朱雀天皇身边。把争宠的对方称为"盗人"、比作苍蝇，体现了皇后好妒、刻薄的性格。

《今昔物语集》卷28第一篇中描写的故事，堪与我国的笔记文学媲美。二月初午日参拜稻荷神社的日子，近卫舍人重方和他的同僚们提着酒囊饭袋，结伴前去参拜。半路上，他们遇到了一位穿着华丽的女子。女子注意到重方一行之后，站到树荫下避让，一行男子说着一些打趣的话，从她身边经过。重方是几个人中最为好色的，他脱离队伍，靠近与女子搭讪。针对重方的挑逗，女子娇态十足地回答说："你本是有妇之夫，萍水相逢，说些轻薄的话语，叫人如何敢相信呢？"重方顺口答道："我的好人儿哪，我家中确实有个贱人，她那副尊容简直像个猿猴，性情又像个贩妇，我早就想把她休了，但一时半会也不能没有个缝缝补补的。如果能遇到一个心投意合的人儿，就和她一起过。"之后，重方确认女子是否单身，女子回答说丈夫三年前在老家去世了，正是来神社求金玉良缘的。如果重方真心，就干脆把住址告诉了。之后又欲擒故纵地说："只这样萍水相逢的路人的话我怎么能轻信呢？真是太傻了。你还是快走吧，咱也该回去了！"事到如今，重方如何甘心就此罢休，便搓着手，将帽子顶在女子的胸前说："神明保佑！你可千万不要说这般狠心的话呀，我马上就跟你去，无论如何我也不回家里去了！"就在这时，女子隔着"乌帽子"一把抓住重方的发髻，给了他一记响亮的耳光。①

原来这位女子不是别人，正是重方的妻子。她听说自己的丈夫到处拈花惹草，揣摩他今天出游又会有什么不轨举动，便乔装而来，故意引起重方他们的注意，还竟然得逞，抓了重方一个现行。打了他一巴掌后，又着实将他臭骂了一顿。不过，事后重方还是老老实实地回家了，自然少不了再挨一顿数落。事情也就这样过去了。故事结尾处说，等到重方死后，妻子就改嫁了。

这位妻子的行动能力和泼辣劲，与此前提及的中国的妒妇们不相上下，只是她更多了一层心计，读来令人不由得佩服。不过，从以上其他例子可知，这样外向型的嫉妒，是不符合日本贵族社会的审美要求的，这也是《今昔》卷28将这则故事作为笑话收录的原因。总体来说，日本男性笔下的女性的嫉妒，是柔性的、内敛的，而这样的女性最终能够挽回男子的感情。

---

① 今昔物语集（本朝部插图本）［M］. 北京编译所，译. 北京：人民文学出版社，2008：1035 – 1037.

### 3. 道纲母的自白

道纲母应该是第一位将自己的嫉妒之情诉诸文字的女性。藤原兼家刚开始移情町小路女的时候，有一天，趁兼家不在，道纲母发现了兼家的一封预备送往别处的情书。她又是吃惊又是失望，为了让兼家知道她已经看到了这样的信，便在那封信的旁边写上一首和歌：

> 多情尺书欲寄谁，心疑自此君不来。
> （うたがはしほかに渡せるふみみればここやとだえにならんとすらん）

在和歌之前的散文叙述中，她用了"至少得让他知道我看这封信了（見てけりとだに知られん）"这样充满怨恨和怒气的表述，但在上引和歌中，重叠使用了相关语（縁語）与双关语（掛詞）咏歌技巧①，在充分展示自己的咏歌才能的同时，表达了对自己婚姻前景的担忧。

作者的担忧很快就得到了证实，兼家与町小路女结婚了。

> 这天快到傍晚了，他从我这儿离开，说是宫中有要事须要办。我觉得奇怪，派人暗中跟着他，回来后禀报说："大人的车停在町小路的某某处了。"果然不出所料，简直无法忍受，却又没想好怎么说他。过了两三天，拂晓时分听到敲门声，应该是他吧。我心情很糟糕，没让侍女开门。没等多久，他似乎便去了那个女人家。到了清晨，我想决不能这样不了了之，作歌道：
> 长叹独眠夜迢迢，天明难捱君知否？
> （なげきつつ一人ぬる夜のあくる間はいかにひさしきものとかは知る）
> 信比以往写得都郑重其事，配上一支已有些褪色的菊花，派人送过去。
> 他回信说："原本想着即使等到天亮，也要等到你把门打开，可是恰好赶上朝廷的使者有事寻来。你生气也是理所当然的。
> 诚知冬夜苦难晓，久立门外增寒思。"
> （げにやげにふゆの夜ならぬまきの戸もおそくあくるはわびしかりけり）
>
> 施旻译《蜻蛉日记》9 页

这是紧接"多情尺书"歌之后的叙述。十月底的时候，兼家连续三天没有

---

① "はし""渡せる""ふみ""とだえ"为相关语（縁語），"ふみ"又是"踏"与"文（信件）"的双关语（掛詞）。

来访。日本古代的访婚须男方"三夜"连续访问女子婚姻方才成立，作者预料到兼家已经与其他女子正式结婚。此后的一日傍晚，兼家又称"宫中有要事"出门去了。因为傍晚本来就是男子去女子处访婚的时间段，作者自然觉得蹊跷，便派家丁跟踪。家丁回来后告知兼家乘坐的牛车"停靠在町小路的某某处"。担心的事情终于还是发生了。作者心绪烦乱，无法用语言表达。两三天后的一个拂晓时分，响起了敲门声。因为拂晓时分是访婚男子离开女子回家的时间段，应该是兼家从别的妻妾处回来了。想到此，作者内心痛苦，便没有让侍女们开门。之后，估计兼家又去了那个人的家里。到了早上，作者想这事不能就这么过去了，便咏歌特意插在一枝已经变色了的菊花上，命家人送去。"长叹独眠"一首被收入《拾遗集》和《百人一首》，是道纲母的代表作。这首歌里"夜""天明（あくる）"也是相关语，也有一定的技巧，但更为吸引人的是那不予人辩解的逼人的语气。这一语气主要是通过最后部分"可知？（你可知？とかは知る）"这一反问句式表达出来的。这一词语在道纲母的这首和歌之前，只能发现两个用例。

①别时容易见时难，重逢当知是何时？　　赤人集26
（别れてののちもあひみむと思へどもこれをいづれの时とかはしる）
②迢迢银河连广宇，昨夜星空君可知？　　斋宫女御集127
（あまの川きのふの空の名残にも君はいかなるものとかはしる）

①和歌也见于《千里集》，歌人表达了"别时容易见时难"这一人世间的常理。②则是表达了人们对于银河乃至宇宙的所知的局限性。"你可知？（とかは知る）"在这两首歌中正是体现了对于这两个近似于真理的一种无奈的。然而，在道纲母的这首和歌中，用来表达长夜难明这样一种完全感性且个性化的认识，所以，与之前的用例不同，"长叹独眠"一首表达的是一种诘问，也是对丈夫的强烈诉求。如本章（二）中所述，在那个时代，大家是习惯于把眼前的不幸归结为自己的宿世，遇到兼家这样的丈夫只能是怨恨自己命苦。道纲母的这首和歌或许是那个时代的女性表达嫉妒的最强音。

只是，道纲母的这样全身心的告白，换来的只是兼家的敷衍。他在回信中说，本来也想等到作者给他开门的，不想碰到有急事找他的使者，便回去了。那首答歌以"天明（あくる）"为关键词，将漫长的冬夜偷换为松门，充满了敷衍调侃的味道。道纲母好像只是演了一场独角戏。

其实，道纲母的这种痛苦才刚刚开始。很快，町小路女怀孕了。

那得势的女人即将生产，这日和兼家同乘一辆车，前往选好的吉利地方待产。车队的喧嚣声响彻整个京城，声声刺耳。而且还必须经过我家门前！我失魂呆坐着，什么话也说不出来。看到我这个样子，周围侍女们大声抱怨道："真是让人撕心裂肺呀，世间有那么多路可走！"听了这些，我只想一死了之。不能如愿的话，至少希望他今后不要再出现在我面前，实在太痛苦了。

施旻译《蜻蛉日记》16 页

町小路女临产，需要寻找方位合适的地方，他们二人同乘一辆车，弄得京城尽人皆知。男女同乘一辆牛车，这在当时是会成为绯闻的事件。在《和泉式部日记》中也有敦道亲王与和泉式部在月夜同车出行成为世人谈资的记述。而且，这二人居然还要特意从作者的家门前经过。作者是心如刀绞，甚至不能形诸语言。听到侍女们的议论，作者更是连一死了之的心都有了。但毕竟不是想死就能死的，只希望从今以后再也看不见这个人了……

事有凑巧，那位町小路女生下孩子后逐渐失宠，而且，那孩子还夭折了。获知这些变故以后，道纲母简直毫不掩饰幸灾乐祸的阴暗内心。

日子这样一天天过去。曾经宠幸有加的那个女人，自从生子以后，（藤原）兼家对她的热情似乎也彻底消失了。我心怀恶意地想道：①一定让她活久些，如同我曾经痛苦的那样，反过来让她也尝尝痛苦的滋味。谁知这些竟然成了现实，连当时热热闹闹生下的孩子，居然也死掉了！那女人虽说相当于天皇的孙女，但生父是位性情乖戾的皇子，她自己又是个私生女。这种身世毫无意义不值一提。只不过最近被那些不知实情的人们追捧，便得意忘形起来。现如今突然落魄成这样子，该是什么心情？②肯定比我当时更痛苦更悲哀。想到这里，我心里才舒坦些。 施旻译《蜻蛉日记》20 页

划线部分①中说，希望町小路活着，让她体会自己曾经有过的痛苦，不曾想连那个轰动了整个京城生下的孩子也居然死了！之后将町小路女的出身贬低了一番。在②中感慨道：町小路女目前的状况比她预想的还要凄惨，心里这才痛快了！同作为女性、母亲，对失去了丈夫的感情又失去了爱子的女性没有点滴的同情。这段文字就是作者描述町小路女悲惨结局时的内心独白，即便是在多年后回想起来时写下的文字，字里行间依然充满了愤怒、嫉妒甚至幸灾乐祸。

上文提到，"长叹独眠"之歌应该是那个时代的女性用和歌表达的最为强烈的嫉妒心。但这样的和歌，与上引①②中表达出来的对町小路女赤裸裸的仇恨

相比，简直可以称得上是小巫见大巫了。这样的文字，在现代小说中或许并不少见，但在1000多年前，女性胆敢嫉妒并将这种心理活动诉诸文字，在我国的女性作品中是发现不了的。即便在日本的平安朝，也完全突破了和歌传统中"嫉妒"的表达套路，为一夫多妻制时代女性痛苦的内心世界留下了一个文字见证。

4.《源氏物语》中的嫉妒女性形象

紫式部在《源氏物语》开篇将楚楚可怜、最终被弘徽殿等其他嫔妃虐待致死的桐壶更衣比作杨贵妃。稍微具有一些中国历史知识的人都知道，杨贵妃受到唐玄宗宠幸时，她和她的兄弟姐妹们是何等的骄横跋扈。但在《源氏物语》中嫉妒欺凌他人的行为只能由弘徽殿来完成。

弘徽殿是桐壶天皇的第一个妃子，父亲又贵为当朝右大臣，育有大皇子和诸多公主，大皇子又被公认为理所当然的储君。有着这样重要背景的弘徽殿，其实在桐壶天皇即位的时候，是理应被立为皇后的。这一点我们可以从《日本书纪》有关立后记载中得到旁证。《日本书纪》自神武天皇起的四十代天皇纪中，除了清宁天皇和武烈天皇外，其他天皇都是在即位不久便册立重要的妃子为皇后的，而且清宁、武烈二位没有册立皇后的天皇，后来都没有嗣子继承皇位。从这样的历史记载中我们完全可以反推出：身为右大臣之女、大皇子之母的弘徽殿应该是皇后的第一人选。这也是桐壶天皇日后在册立藤壶为皇后时要向弘徽殿辩解的原因之所在。而按照本文第四节的分析，正因为她是理应成为皇后的人，她才有资格嫉妒更衣。同样地，身为"后妻"的更衣，即使天皇对她的宠爱好比唐玄宗宠爱杨贵妃，她不但不可能恃宠而骄，反而只能忍受来自皇后级别人物的嫉妒。

除了桐壶更衣以外，弘徽殿还嫉妒后来的藤壶女御。藤壶虽然是先帝之女，身份高贵，但在她母亲在世的时候，一直以弘徽殿的嫉妒为理由拒绝天皇要求其入宫的请求。母亲去世后，藤壶才在兄长的安排下入宫，虽然受到天皇的万般宠爱，也越过弘徽殿被册立为皇后，但对弘徽殿嫉妒的忧惧一直是藤壶的心病。别说是无依无靠的更衣，就连高贵的公主，也要对弘徽殿畏惧三分。从这里，我们可以看出《古事记》《日本书纪》中描述的皇后们的嫉妒后妻这一古代母题在《源氏物语》中的继承与发展。

在宫廷以外，《源氏物语》中描写了以下三组嫉妒故事。

①六条妃子对葵姬、紫夫人、三公主的嫉妒。

②紫夫人对明石君、朝颜、三公主的嫉妒。

③髭黑大将的正妻对玉鬘的嫉妒。

关于第一组，只是作为光源氏访婚对象之一的六条妃子为什么能够嫉妒处于嫡妻地位的葵上甚至夺去她的生命？死后亡魂还继续纠缠紫夫人、三公主？以往的论述都是从六条妃子的性格特征以及她重振六条家族的意愿来分析的。虽然有一定的说服力，但那样的话，六条妃子以后妻身份嫉妒嫡妻变成了没有任何文化背景的行为。

其实，我们只要注意到六条妃子的身份，依然能够发现她身上妒后的影子。她是前朝六条大臣的千金，16 岁入宫为皇太子妃。如果不是皇太子早早过世，她理所当然就是下一代皇后。她的这层身世，应该是她的嫉妒行为的根源。但是，有关她的嫉妒的描写，是通过"物怪"的形式实现的。对于葵上，她是灵魂出窍（生灵）对产褥上的葵上拳打脚踢，最终将其置于死地。对于三公主，她则是作为亡灵出现，致使三公主出家。六条妃子之所以只能以"生灵""亡灵"的形式来表达嫉妒，那是因为她是一个有着高度修养的女性，作者是将她痛苦的嫉妒之心作为潜意识表达出来的。关于她的嫉妒的描述，在继承古代文化背景的同时，已经开始具有了平安时代都市文化中形成的自我意识特征①。

至于第二组，紫夫人对明石君、朝颜、三公主三人不同程度的嫉妒，完全是一夫多妻制下贵族家庭生活的再现。面对地方官女儿的明石君，紫夫人充满了优越感，哪怕明石君育有光源氏的唯一女儿，这位女儿还有可能成为下一代皇后，紫夫人也知道明石君不可能危及自己的地位，所以她对明石君是宽容的，表现出来的嫉妒也是点到为止，让光源氏更加觉得她的难能可贵。而至于朝颜，身为亲王之女，又曾担任斋院，其身份之高贵是紫夫人无法企及的，如果一旦光源氏与朝颜成婚，朝颜无疑会替代紫夫人成为嫡妻，所以，当紫夫人听到有关光源氏向朝颜求婚的传闻后，再也无法保持对明石君时那样的高姿态了。好在朝颜始终如一地拒绝光源氏，这场家庭风波才得以有惊无险地收场。然而，三公主的出现把紫夫人推向了绝望的顶点。作为朱雀上皇的皇女、当今天皇的御妹，三公主在朱雀上皇的安排下，不由分说地下嫁到光源氏的六条院，紫夫人从此隐忍度日，终致心劳成疾。她的嫉妒故事，是一夫多妻制下女性维护自己地位的心路历程，跟古代皇后们的嫉妒已然是别样天地了。

第三组的髭黑大将的正妻本是式部卿亲王（紫夫人的生父）的女儿，身份极其高贵，跟髭黑大将结婚后婚姻关系也一直比较稳定。不想因为光源氏收养

① 张龙妹.《源氏物语》中"妒嫉"的文学文化史内涵［M］//谭晶华.日本文学研究：历史足迹与学术现状.南京：译林出版社，2010：202－211.

了玉鬘，他也成了玉鬘众多求婚者中的一个，而且还居然成功了。于是，正妻苦难的日子开始了。作品同样将她描写成一位受到"物怪"困扰之人。作品花了很多的笔墨通过夫妻二人的对话以及场面描写来刻画正妻内心的痛苦。一个下雪天的傍晚，髭黑大将既想赶往玉鬘处，又觉得在这样的日子里抛下结发妻子外出有些于心不忍。妻子劝他道："与其你身在此处心在彼处，不如身在彼处而心在此处①"。于是她命人取来香炉，比往常越发专注地为大将的衣服薰香。但是因薰香这一行为，本身就含有嫉妒之意②，比往常专注地为丈夫衣服熏香正是其痛苦内心的再现。大将看到妻子穿着皱巴巴的衣服，瘦弱的身材，哭肿了的眼睛，也不由得心生怜悯，反省自己这样移情别恋是否过于绝情。但刚想到此，他的感情马上转向了玉鬘。假意叹息，为的是让正妻觉得他去玉鬘处是不得已而为之的。一边整理衣衫，亲自拿过一个小香炉，往衣袖里薰香，准备出门。就在这时，正妻终于失去控制。

> （夫人）忽然站起身来，将大薰笼下面的香炉取出，走到髭黑大将后面，一下子把一炉香灰倒到他头上。咄嗟之间的事，谁都不曾提防。髭黑大将大吃一惊，一时呆若木鸡。极细的香灰侵入眼睛里和鼻孔里，弄得他昏头塌脑，看不清四周情状。他两手乱挥，想把香灰掸去，然而浑身是灰，掸不胜掸，只得把衣服脱下。<u>倘使神经正常，而作此种行为，那是无礼之极，此人没有再顾的价值了。然而这是鬼魂附体，使她被丈夫厌弃。因此身边的侍女们都同情她。</u>　　丰子恺译《源氏物语：真木柱卷》597 页

正妻终于爆发了。她将香炉里的灰，一下子就浇在了大将身上。没等周围的人反应过来，事情就发生了。大将惊恐，竟不知失措。细灰飞进眼睛鼻子里面，眼前一片漆黑。虽然把灰掸掉了，但周围香灰飞扬，只得把穿好的衣服脱下。划线部分可以说是作者在作品中给这一事件的一种解读：如果是正常状态下做出这样的事情来，盖是再也不会理睬她了，虽然令人惊恐，一定是"物怪"为了让人厌恶她才这样的。她的侍女们对她也甚是同情。终于，被弄了一身灰

---

① 原文为："立ちとまりたまひても、御心の外ならんは、なかなか苦しうこそあるべけれ。よそにても、思ひだにおこせたはばば、袖の氷もとけなんかし"。紫式部．源氏物语：第 3 册［M］．阿部秋生，秋山虔，今井源卫，校注．东京：小学馆，1994：364．

② 比如与薰香相近的词语"ふすぶ"（烟火缭绕）就有嫉妒的含义。在此前，作品就用「憎げにふすべ恨みなどしたまはば」来表达嫉妒之情的。紫式部．源氏物语：第 3 册［M］．阿部秋生，秋山虔，今井源卫，校注．东京：小学馆，1994：363．

的大将当晚没能与玉鬘相会。

刚才还强忍嫉妒为丈夫的衣衫薰香的理智状态下的妻子，终于在"物怪"的作用下向丈夫施加暴力了。我们可以发现，女性被压抑的嫉妒是多么深重。而只能借助于"物怪"附体这样的形式表达嫉妒，也足见贵族社会对于女性嫉妒感情的排斥与否定。

道纲母通过日记书写，可以说是赤裸裸地表达了自己的内心世界，那里没有掩饰，也没有和歌那样的文字技巧，只有真实感情的吐露。这不能不说是女性第一次毫无顾忌地直抒胸臆。从与古代的嫉妒传统来说，道纲母嫉妒的对象永远只是在她以后出现的女性身上，对于先她与兼家成婚并逐渐获得正妻地位的时姬，她还是甘居下风的。可见，她对于妻妾的顺序，还是有所顾忌的。

《源氏物语》中的嫉妒只见于正妃正妻或近似于这一地位的女性。这些嫉妒女性，除了弘徽殿那样作品开篇就将其定位为反面人物的女性以外，其他女性的嫉妒都是隐忍的，再痛苦也不让自己失去贵族女子应有的修养而做出有失体统的事来。同时，也揭露了男性在婚姻关系中的自以为是、无情和虚伪。在此基础上，作者发明了"物怪"附体这一方法，让她们在丧失理智的状态下，尽情报复丈夫和对方女子。也因此，较之于道纲母赤裸裸的嫉妒表白，更深层次地揭露了女性痛苦的生存环境。

从以上分析可以看出，中日的诗歌并不具备直率地表达嫉妒感情的功能。而就散文而言，中国的笔记文学中有关女性嫉妒的篇章，根本不去涉及男性拈花惹草的行为本身的不当性，也不涉及女性嫉妒的内心世界，只是一味地夸大女性的嫉妒行为。《太平广记》卷272中收录有这样的故事：

> 房玄龄夫人至妒。太宗将赐美人，屡辞不受。乃令皇后召夫人，语以媵妾之流，令有常制。且司空年近迟暮，帝欲有优崇之意。夫人执心不回。帝乃令谓曰："宁不妒而生，宁妒而死。"曰："妾宁妒而死。"乃遣酌一卮酒与之曰："若然，可饮此一鸩。"一举便尽，无所留难。帝曰："我尚畏见，何况于玄龄乎？"（出《国史异纂》）

而据明人记载：房玄龄布衣时，病且死，谓妻卢氏曰"吾病不起，卿年少，不可寡居，善事后人"。卢泣入帷中，剔一目以示信。玄龄疾愈，后入相，礼之终身。[①] 可见，房玄龄夫人"宁妒而死"的极度嫉妒，实际上是她对丈夫刻骨

---

[①] （明）张岱. 夜航船 [M]. 长春：时代文艺出版社，2002：130.

铭心的爱情的体现。

而笔记文学中的妒妇描写，显然是男性方面的一面之词。如下引《妒记》
中刘夫人所言：

> 谢太傅刘夫人，不令公有别房宠。公既深好声乐，不能令节，后遂颇
> 欲立妓妾。兄子及外生等微达此旨，共问讯刘夫人；因方便称"关雎""螽
> 斯"有不忌之德。夫人知以讽己，乃问："谁撰此诗?"答云周公。夫人曰：
> "周公是男子，乃相为尔；若使周姥撰诗，当无此语也。"①

谢太傅欲立妓妾，兄子及外生向夫人刘氏暗示，希望刘夫人能够有"关雎"
"螽斯"那样的不嫉妒的美德。夫人所说的划线部分的内容，正好点明了中国为
什么只有这类作品的要害。因为中国的话语权掌握在男性手里。

而日本平安时代的日记和物语文学，是女性自己描述自己的嫉妒。它可以
是道纲母笔下那种赤裸裸的仇恨或者快意的表露，也可以是紫式部描绘的那么
晦涩。有一点需要澄清的是，紫式部应该是并不相信有什么"物怪"的存在的。
她曾咏有这样的和歌②：

> 有这么一张画，画面上画着一个被"物怪"附体了的女子的丑陋模样，
> 她的背后，是变成了鬼的前妻，被小法师捆绑着。丈夫在那里诵经，试图
> 祛除"物怪"。见此作歌云：
> 借口故人来作祟，病因岂非是心鬼?　　　紫式部集44
> （亡き人にかごとをかけてわづらふもおのが心の鬼にやはあらぬ）

现任妻子生病，便以为是亡妻作祟，这全是丈夫的"心鬼"（疑心生暗鬼）
所致。就是在有关六条妃子的生灵中，"物怪"也只出现在光源氏的眼中，是他
的"心鬼"把临产的葵上看作、听作六条妃子的。"物怪"只是紫式部的一个
方法，也是利用了当时的人们的俗信③，将婚姻中不平等的男女关系呈现在世

---

① 鲁迅．古小说钩沉［M］．济南：齐鲁书社，1997：230.
② 紫式部日记·紫式部集［M］．山本利达，校注．东京：新潮社，1980：131.
③ 在《荣花物语》中一直将怪异行为看作"物怪"作祟。比如，藤原元方的女儿祐姬950
年生下了村上天皇的第一皇子广平亲王，但同年，藤原师辅的女儿安子产下第二皇子
宪平亲王，却在出生两个月后被立为皇太子，封杀了广平亲王即位的可能性。元方绝望
之极，于953年病死。宪平亲王后来成为冷泉天皇，不时有怪异行为出现。当时的人们
就认为那是元方的亡灵作祟。

人面前。平安朝的女性散文体文学把有关女性嫉妒的话语权掌控在了自己的手里。

## 第二节　信仰在诗歌和散文体书写中的不同表述

　　佛教自传入中国以来就与中国的诗歌结下了不解之缘。首先，是体现佛教思想的词语进入诗歌当中。如东汉诗人秦嘉的《赠妇诗》中有"人生譬朝露，居世多屯蹇。"（其一）"浮云起高山，悲风激深谷。"（其二）等句，"朝露""浮云"便是体现佛教的人生观和世界观的词语。自此，这些词语成为诗人们表达感悟时的常用语①。其次，诗人与僧徒的交往频繁，出现了不少诗僧和崇佛的诗人，构成了诗与佛教的完美结合。比如，东晋时的许询、王羲之等都与名僧支遁交游，晋宋之际的山水诗人谢灵运也是一位崇佛的文人。再次，位于山水形胜之地的寺院、精舍等佛教设施成为诗人吟咏的对象。到了唐朝，佛教与诗歌皆进入鼎盛时期，与佛教相关的诗歌成为诗人创作的一个重要组成部分。现存《全唐诗》近五万首诗歌中，就有近一万首是涉及招提、兰若、寺院、精舍的②。另外，僧人中也有诗僧，他们也创作了大量的证道诗和临终诗。

　　日本与佛教有关的和歌早在《万叶集》中就已经存在了③，后来发展为"释教歌"。"释教"即"释尊之教"，也就是佛教，"释教歌"顾名思义就是佛教和歌。释教歌自1000年左右开始流行，在敕撰和歌集中，《拾遗集》（1005—1007）已经收录了相关和歌，《后拾遗集》（1086）在第二十卷中设有"释教歌"一类，共收录19首。其后的《金叶集》《词花集》虽然没有明确分类，也分别收录了相关的和歌，《千载集》以后的敕撰和歌集中皆设有独立的部类。在私家集中，与《拾遗集》同时代的选子内亲王的《发心和歌集》就可以看作释教和歌集，《赤染卫门集》设有"释教"部，《前大纳言公任集》和《和泉式部集》中都收录有为数不少的释教歌。

　　佛教对朝鲜文学的影响也极其深远，汉文学中甚至也形成了禅诗一大类，慧谌（1178—1234）首开禅诗之滥觞，并编撰有《佛门拈颂集》。朝鲜谚文中也存在着与佛教相关的乡歌，如懒翁和尚（1320—1376）有《西往歌》《寻牛歌》

---

① 比如曹操的《短歌行》、嵇康的《五言诗三首其一》、曹丕的《燕歌行》等。
② 李芳民. 唐代佛教寺院文化与诗歌创作 [J]. 文史哲，2005（5）：97-103.
③ 如《万叶集》卷五905、906山上忆良的和歌，体现了对佛教死后世界的认识。卷三第412首市原王的和歌中直接引用了《法华经》中安乐行品中的比喻。

《僧元歌》等①。然而，或许跟朝鲜时代女性信奉佛教受到严格的限制有关，女性的相关作品没有发现。

鉴于缺乏朝鲜方面女性佛教信仰方面的文献资料，本节将以中日女性的诗歌为例，在指出诗歌在表述信仰方面的特点的基础上，考察紫式部的"日记歌"与日记、物语中有关信仰的不同表述，以期揭示诗歌与散文的本质性不同。

### 一、中日女性的佛教信仰

虽然释宝唱在《比丘尼传》序中云："像法东流，净捡为首"②。王孺童在《比丘尼传校注》的前言中考证诸说后认为："汉明帝时，佛教初传中国，道教不容，与之在白马寺斗法。道教大败，明帝大悦，听许后宫阴夫人、王婕好等及京都妇女阿潘出家。此为可考之最早比丘尼。然阴夫人、王婕好出家之事，不载正史。"③ 晋升平年间（357—361）净捡尼是初受具足戒之女性。

至于女性的佛教信仰，每个时代甚至各个地区有各自的特点，很难一概而论。唐嘉博士对东晋宋齐梁陈的尼寺的建造、比丘尼的籍贯、出家年龄、出家原因等做了详细的调查④。根据唐嘉的统计，东晋、刘宋、南齐、萧梁、北朝共156 例比丘尼中，出家原因不详的有 96 例，为躲避战乱的 7 例，因病 3 例，家贫 1 例，夫死或另娶 8 例、改朝换代 12，废后 2 例、父罪 1 例，强令为尼 1 例、独居 2 例，自幼志道或志道不婚的 21 例，有神异显现的 3 例，其中包括改朝换代后宫嫔妃一律出家，以及魏文帝文皇后自杀之前"令侍婢数十人出家，手中发落"这类事情⑤。从佛教信仰的角度来看，自幼志道或志道不婚的 21 例才是

---

① 韩梅.论佛教对韩国文学的影响［J］.理论学刊，2005（5）：124 – 125.
② （梁）释宝唱.比丘尼传校注［M］.王孺童，校注.北京：中华书局，2006：1.
③ （梁）释宝唱.比丘尼传校注［M］.王孺童，校注.北京：中华书局，2006：15.
④ 唐嘉.东晋宋齐梁陈比丘尼研究［M］.成都：巴蜀书社，2011：48 – 58，80 – 115.
⑤ 参见《北史》列传一：时新都关中，务欲东讨，蠕蠕寇边，未遑北伐，故帝结婚以抚之。于是更纳悼后，命后逊居别宫，出家为尼。悼后犹怀猜忌，复徙居秦州，依子秦州刺史武都王。帝虽限大计，恩好不忘，后密令养发，有追还之意。然事秘禁，外无知者。六年春，蠕蠕举国度河，前驱已过夏，颇有言房为悼后之故兴比役。帝曰："岂有百万之众为一女子举也？虽然，致此物论，朕亦何颜以见将帅邪！"乃遣中常侍曹宠赍手敕令后自尽。后奉敕，挥泪谓宠曰："愿至尊享千岁，天下康宁，死无恨也。"因命武都王前，与之决。遗语皇太子，辞皆凄怆，因恸哭久之。侍御咸垂涕失声，莫能仰视。召僧设供，令侍婢数十人出家，手中落发。事毕，乃入室，引被自覆而崩，年三十一。凿麦积崖为龛而葬，神枢将入，有二丛云先入龛内，顷之一灭一出，后号寂陵。及文帝山陵毕，手书云，万岁后欲令兵配缮。公卿乃议追谥曰文皇后，祔于太庙。废帝时，合葬于永陵。

考察的对象,遗憾的是没有关于她们向佛之心的记载。

焦杰的《唐代女性与宗教》分为佛教卷和道教卷,在佛教卷里探讨了唐代女性信仰佛教的原因、崇佛活动、佛教信仰对生活的影响等问题。在信仰原因方面,认为主要是:家人的影响、功利性目的、个人心理需求的满足三方面。又将个人心理需求分为三个层次:丧偶寡妇寻求精神慰藉、钟情佛教的精神、阅读经书修身养性①。但目前,能够了解她们的材料,只有墓志铭中简短的叙述。比如,《龙花寺韦和尚墓志》中是这样记载契义尼僧的:"自始孩蕴静端介洁之性,及成人鄙铅华靡丽之饰,密置心于清净教,亲戚制夺,其持愈坚"②。只有这样盖棺定论式的评价,除此以外,契义是如何钟情于佛教的精神却不得而知。

总体来说,对大多数中国女性来说,出家是国家战乱、改朝换代、家庭变故等事情发生时的避难所,也有一些矢志向佛的女性,因为无法了解她们向佛之心在现世生活中的形成过程,只通过阅读墓志铭等来看,似乎她们都是天生地厌倦现实世界的。

佛教传入日本后,日本开始以敬神的方式来供佛,所以日本的尼僧比和尚出现得更早。581 年苏我马子令善信尼、惠善尼、禅藏尼三位女子出家,584 年她们被派到百济学佛,590 年学成回国。她们是日本最早的尼僧。其后,虽然在741 年圣武天皇发愿修建了国分寺和国分尼寺,但尼僧的受戒被禁止。直到一条天皇的中宫藤原彰子出家后,才委托其父藤原道长在他的法成寺修建了尼戒坛,为女性出家者授戒。日本普遍认为,1052 年进入末法时期,平安时代的贵族们基本上都受到末法思想的影响。源信(942—1017)著《往生要集》的问世,使得地狱、极乐世界的概念以及厌离秽土欣求净土的精神得到普及,贵族女性的佛教信奉者也迅速增加。又因《法华经》涉及女性救赎,在平安时代,法华信仰达到了鼎盛。各类往生传等佛教说话中有不少女性信奉者的记述,比如,《法华验记》下卷第 99 篇说的是睿桓圣僧之母释妙尼往生极乐的故事。

> 自幼善良正直,同情他人,怜悯所有生灵。她发起坚定的向道之心以后,终于削发为尼,取名释妙。释妙出家后,严守戒律,从无触犯。她不用脏手去拿水瓶,如不洗手绝不披穿袈裟,每次参拜佛祖,必先洗手净身。不仅如此,释妙如厕时永不朝西,她背不朝西,枕不朝东,不分日夜读诵

---

① 焦杰. 唐代女性与宗教 [M]. 西安:陕西人民教育出版社,2016:3-33.

② 周绍良,赵超. 唐代墓志汇编 [M]. 上海:上海古籍出版社,1992:2032.

法华经文，不论寤寐唱念弥陀佛号，已唱念满百万遍佛号数百次。①

这样的描述与上述唐朝墓志铭中所见的契义的信仰好有一比，同样是将信仰心看作与生俱来的。也没有这些比丘尼们自身关于信仰的叙述。

### 二、中日女性的佛教信仰诗歌

#### 1. 中日尼僧的诗歌

中国现知的尼僧的诗作非常之少。释宝唱《比丘尼传》中仅存一首南齐慧绪尼诗："世人或不知，唤我作老周。忽请作七日，禅斋不得休。"② 乃王妃竺夫人请其作禅斋后所作。此诗也是现存最早的尼诗。另据蔡鸿生所著《尼姑谭》，唐代宫尼冯媛著有诗一卷，但已无踪可觅③。蔡先生在该著作中介绍了自南齐至清代的 12 首尼僧的诗歌。除上引慧绪尼诗以外，尚有唐代成都悲光寺尼海印的《舟夜》，此诗也可见于《全唐诗》④："水色连天色，风声益浪声。旅人归思苦，渔父梦魂惊。举棹云先到，移舟月遂行。旅吟诗句罢，犹自远山横"⑤。清逸脱俗，超然物外。另外，宋人罗大经编撰的《鹤林玉露》收录了一首尼僧的《悟道诗》，云"尽日寻春不见春，芒鞋踏遍陇头云。归来笑捻梅花嗅，春在枝头已十分"⑥。以诗语禅，达到了诗境与禅意的完美结合。

据称，南齐的慧绪尼"为人高率疏远，见之如丈夫，不似妇人。发言吐论，甚自方直，略无所回避。七岁便蔬食持斋，志节勇猛。十八岁出家，住荆州三层寺。戒业具足，道俗所美。"⑦ 是一个自幼志道的奇女子。后两首诗歌的作者，海印尼被称为"蜀才妇"，习静尼则因其诗被称作"梅花尼"⑧，都是当时的才女，她们出家的原因虽不得而知，但也应该属于自幼志道或相近境况的女子。她们的诗，与那些将出家当作避难所的女性的诗歌，有着截然不同的意境。比如，明代的尼僧道元有诗如下：

---

① 这一故事同见于《拾遗往生传》中卷第 27 篇和《今昔物语集》第 15 卷第 40 篇。
② （梁）释宝唱. 比丘尼传校注 [M]. 王孺童，校注. 北京：中华书局，2006：150.
③ 蔡鸿生. 尼姑谭 [M]. 广州：中山大学出版社，1996：191.
④ 《全唐诗》题为"乘舟夜行"。
⑤ 蔡鸿生. 尼姑谭 [M]. 广州：中山大学出版社，1996：195.
⑥ 蔡氏认为此诗的作者为南宋尼习静，不知所据。（宋）罗大经. 鹤林玉露 [M]. 上海：上海古籍出版社，2012：209.
⑦ （梁）释宝唱. 比丘尼传校注 [M]. 王孺童，校注. 北京：中华书局，2006：149.
⑧ （梁）释宝唱. 比丘尼传校注 [M]. 王孺童，校注. 北京：中华书局，2006：195 - 198.

禅坐书怀

碧云静镇梵王宫，犹似明霞拱禁中。

玉树旧林归净业，内家新调擅宗风。

三千里外肠堪折，十二年前泪暗红。

欲悟无生何处是，禅灯移照镜台空。

据蔡氏的考察，此诗的作者道元本是明朝宫女，鼎革后出家①。颔联和颈联显然述说了对昔日宫中生活的无限怀念，尾联也正好暴露了她身在佛门心向红尘的内心世界。

日本出家的女性不在少数，但从《拾遗集》至《新古今集》的释教歌中，自然有僧人的作品，没能发现比丘尼身份的歌人。其他因种种变故而出家的女性，如一条天皇时代的皇后定子，她因突然遭遇家庭变故，于 995 年出家。中宫彰子也在一条天皇驾崩后出家，但同时被尊为上东门院，为维持藤原道长之后的摄关政治立下了汗马功劳。她们两位的出家，一位迫于现实，一位是属于惯例。《新古今集》收录有上东门院的和歌：

御览天王寺龟井之水

掬起无浊龟井水，洗却无尽心中尘。

(にごりなき亀井の水をむすびあげて心の塵をすすぎつるかな)

据《荣花物语》卷三十一"殿上赏花"中的记述，长元四年（1031）九月二十五日到十月二日，彰子在参拜了石清水寺、住吉神社后，于二十九日来到四天王寺内的龟水灵泉时作此歌。彰子是 1026 年出家的，那时她显然是出家人的身份，但她出行的队伍有同母弟关白赖通、内大臣教通陪同，有朝中重臣随行②，一路成为世人观赏的对象。这首和歌与她参拜佛寺神社的行为一样，也只能算是功德性的行为。

被称为大斋院的选子（964—1035），因其身份之故，直到晚年 1031 年才卸任斋院出家。选子留下了《发心和歌集》，那是她于宽弘九年（1012）时所作的释教歌（将在以下章节中涉及），尚没有发现她出家以后的和歌。到了镰仓时代，阿佛尼（1222—1283）在她年轻时曾因为失恋出家，当时的心情可见于她

---

① （梁）释宝唱. 比丘尼传校注［M］. 王孺童，校注. 北京：中华书局，2006：202.

② 荣花物语：第 3 册［M］. 山中裕，秋山虔，池田尚隆，等校注. 东京：小学馆，1995：202-205.

的日记《梦寐之间》（うたたね），其中有和歌一首云：

若非灵鹫山上月，谁堪夜夜相思苦。
（捨て出でし鷲の御山の月ならで誰を夜な夜な恋わたりけん）①

歌中的"灵鹫山"是释迦说法的地方，因佛教中将现实世界比作暗夜，"灵鹫山上月"也就指代佛法了。一首表达了她希望自己摆脱相思之苦，在佛法中寻求解脱的内心。但是，没多少日子，她还是放弃了出家生活。还俗后成为藤原为家的继室。

除阿佛尼以外，还有镰仓中期的后深草院二条（1258—1306？）在被逐出皇宫后，遵照父亲的遗命出家为尼，到各地巡礼。

杉庵松柱竹帘子，但愿出得尘世来。
（杉の庵松の柱にしの簾憂き世の中をかけ離ればや）②

这首歌是二条到达江之岛时，夜间想起自己旅途艰辛，深感孤独困苦时，便产生了厌世之心。奇怪的是，此时她已经是出家之身，却还在歌中祈愿，希望能够出离尘世。或许这正说明她是身虽出家心在家的。

拂晓梦醒枕欲浮，眼泪伴着飞瀑流。
（夢覚むる枕に残る有明に涙伴ふ滝の音かな）③

这是在二条完成写经，将后深草院御赐的三件衣服布施给寺院后所做和歌。与后深草院的关系，可以说是她人生的起点和终点，将后深草院所赐的三件衣服布施给寺院，应该是她对自己一生的感情所做的一个了结。然而在和歌中，虽然有"梦醒（夢覚むる）"这样有可能表示悟道的词语，整体却弥漫着无限的怀旧之情，甚至令人怀疑这"梦"只是怀念过去的梦。从中无法读出出家入道、摆脱了世俗情感后的轻松与洒脱。

中国像阿佛尼、二条这样，在经历了人生中的不如意后出家的女性，也应该是不乏其人，但现存的此类文学作品屈指可数。薛涛、鱼玄机等信奉道教的

---

① 中世日记纪行集［M］. 福田秀一，校注. 东京：岩波书店，1990：167.
② とはずがたり［M］. 久保田淳，校注. 东京：小学馆，1999：432.
③ とはずがたり［M］. 久保田淳，校注. 东京：小学馆，1999：524.

女性倒是有女冠诗传世①。这一现象或许也是佛教、道教与女性、诗歌的不同关系所致。

2. 中日女性表达向佛之心的诗歌

如上所述，中国女性的佛教信仰，大部分只能通过墓志铭获知，所以，并不太能了解其人志道的心路历程。宋代女性文人多以居士自称，如李清照号易安居士，她应该也有向佛之心的，但现存的她的诗歌中很难发现求道的诗词。南宋女诗人朱淑真，号栖霞居士，据郭红梅的考察，她还曾寄居寺院②。比如，她的《书王庵道姑壁》诗中吟咏了自己幽静的诵经生活。

> 短短墙围小小亭，半檐疏玉响泠泠。
> 尘飞不到人长静，一篆炉烟两卷经。③

但她的诗歌更多的是诉说她那不如意的感情生活。比如：

> 春归五首　其四
> 一点芳心冷若灰，寂无梦想惹尘埃。
> 东君总领莺花去，浪蝶狂蜂不自来。④

一首中的"惹尘埃"显然来自惠能诗偈"菩提本无树，明镜亦非台。本来无一物，何处惹尘埃"，但"冷若灰"的"一点芳心"似乎才是诗人倾诉的重点。明清时期女性的这类诗歌在《国朝闺秀正始集》和《续集》中可以寻得。

日本这方面的和歌作品相对丰富。由于白居易的"狂言绮语"观的传入，吟咏"释教歌"在不知不觉中成为修佛的功德，并随之流行。这也应该是平安时代的人们对于末法时代的到来所表现出来的集体不安感的体现。

从佛教教义本身来说，和歌自然是世俗文笔，属于口业之一，在《法华经》"安乐行品"中就有"不亲近国王王子大臣官长。不亲近诸外道梵志尼犍子等。及造世俗文笔赞咏外书。及路伽耶陀逆路伽耶陀者……"之句⑤，将造世俗文笔赞咏外书与亲近权贵和外道相提并论，认为是佛家应该摈弃的东西。将世俗

---

① 女道士的诗有《鱼玄机集》《李治集》传世。焦杰. 唐代女性与宗教 [M]. 西安：陕西人民教育出版社，2016：281 – 304.
② 邓红梅. 朱淑真事迹新考 [J]. 文学遗产，1994 (2)：66 – 74.
③ 朱淑真. 朱淑真集注 [M]. 冀勤，辑校. 北京：中华书局，2008：122.
④ 朱淑真. 朱淑真集注 [M]. 冀勤，辑校. 北京：中华书局，2008：32.
⑤ 妙法莲华经 [M]. 鸠摩罗什，译. 成都：巴蜀书社，2012：194.

文笔与佛教信仰结合起来的想法，源自白居易的"我有本愿：愿以今生世俗文字之业，狂言绮语之过，转为将来世世赞佛乘之因，转法轮之缘也"之句①。白居易将自己的诗文称作"世俗文笔"自然基于佛教对文学行为的认识，而"转为"二字，则使原本被佛教否定的文学行为与佛教功德产生了联系。白居易的这一名句可谓是正中爱好风雅的平安文人的下怀，964年成立的劝学会便是在这句名言诱发下成立的将佛事与汉诗创作（文事）融为一体的文人集会②；1012年前后成书的《和汉朗咏集》收录此句，使其为广大平安贵族所熟知。

那么，和歌又是如何与佛事产生关联的呢？《荣花物语》卷十五中在介绍了藤原道长（966—1027）每年举办的法华三十讲③后有这样的描述④：

> 月夜花晨，在管弦的合奏声中，男性贵族和僧人们，A. 将经文的主旨咏作和歌赋作汉诗。有人口诵：B. "百千万劫菩提种，八十三年功德林。"也有人吟诵：C. "愿以今生世俗文字之业，狂言绮语之过，转为将来世世赞佛乘之因，转法轮之缘"。

在这次风雅无边的佛会上，僧人与男性官员雅集一堂。划线部分 B 引自白居易《赠僧五首·钵塔院如大师（师年八十三）》中的诗句⑤，C 部分便是上引的白氏诗句，足见白氏此类诗句的受欢迎程度。值得注意的是划线部分 A，说将经文的主旨咏作和歌赋作汉诗。显而易见，这里的文事已经从劝学会的汉诗创作扩大到和歌领域。佛事与和歌的这种关系增加了女性参与创作释教歌的可能性。

另一点提请注意的是上引文事举办的背景。藤原道长举办法华三十讲自然是佛教所说的功德性行为，那么在这样的佛事以后举行这样的文事，其意义也是不言而喻的，同样具有佛教的功德性。而在这样的场合所作的与佛教有关的和歌，构成了"释教歌"的主流。

---

① （清）董浩，等．全唐文：第7册第676卷［M］．北京：中华书局，1983：6905.

② 马渊和夫，小泉弘，今野达．三宝绘：下卷［M］．东京：岩波书店，1997：172–174.

③ 讲读《法华经》28品加上开经《无量义经》和结经《观普贤经》的法会，共三十天。藤原道长自宽弘二年（1006）起每年在五月举行此法会。

④ 荣花物语：第2册［M］．山中裕，秋山虔，池田尚隆，等校注．东京：小学馆，1995：189.

⑤ 全诗为：百千万劫菩提种，八十三年功德林。若不秉持僧行苦，将何报答佛恩深。慈悲不瞬诸天眼，清净无尘几地心。每岁八关蒙九授，殷勤一戒重千金。

　　自《拾遗集》至《新古今集》，入选敕撰集释教歌的女性歌人有：大斋院选子（拾遗集 1337、金叶集 630、词花集 410、新古今集 1970）、道纲母（拾遗集 1339）、和泉式部（拾遗集 1342、金叶集 644）、伊势大辅（后拾遗集 1182、1184、新古今集 1974）、弁乳母（后拾遗集 1185）、康资王母（后拾遗集 1186、1193、1195）、少弁（后拾遗集 1190）、伊势中将（后拾遗集 1191）、赤染卫门（后拾遗 1192、1194、新古今集 1972）、游女（后拾遗集 1197）、皇后宫尾后（金叶集 631）、珍海法师母（金叶集 643）、四条中宫（词花集 407）、清少纳言（千载集 1206）、式子内亲王（千载集 1222、新古今集 1969）、丹后（千载集 1229）、上东门院（新古今集 1926）、肥后（新古今集 1929、1995）、小侍从（新古今集 1936）、赞岐（新古今集 1965）、相模（新古今集 1973）、待贤门院堀河（新古今集 1975）。这些作品在释教歌中占有了重要的地位，从中我们可以看出女性的佛教信仰。然而，奇怪的是，与紫式部同时代的女性歌人，如和泉式部、道纲母乃至清少纳言都有释教歌入选，紫式部却没有。她在日记和物语作品中表达了强烈的向佛之心，为什么没有相关的释教歌传世？

　　3. 释教歌的功利性特质

　　敕撰集收录的释教歌，内容不尽相同。迄今有两种释教歌的分类法。其一是冈崎知子提出的四分类法：（1）经旨歌、（2）教理歌、（3）法缘歌、（4）述怀歌。至于（1）的经旨歌，冈崎氏定义为：述说经文中的主旨、概念，多以经文中的比喻或经文中的一句一偈为题，也有直接吟咏经文各品主题的。而对于（2）教理歌，冈崎氏解说为吟咏佛教的主要教理，或是运用和歌知识性地解读佛教术语。① 冈崎氏有关（1）经旨歌（2）教理歌的定义，其根本区别应该在于前者的内容来自某部具体佛经，而后者则是佛教信仰中的普遍认识，但在吟咏佛教教理这一点上是共通的。所以，山田昭全后来提出了三分类法：①法文歌、②取材于佛事法会的和歌、③其他佛教性述怀、咏叹之作②。山田氏把冈崎氏的前两类合为①法文歌、②取材于佛事法会的和歌与冈崎氏的（3）法缘歌、③其他佛教性述怀、咏叹和歌与冈崎氏的（4）述怀歌内涵一致。鉴于此，考虑到用词的简洁性，在本文中将释教歌分为三类，即 1 法文歌：吟咏佛教教义或具体经文的和歌；2 法缘歌：参与各种佛事时所作和歌；3 述怀歌：述说自身佛教信仰的和歌。

---

① 岡崎知子. 釈教歌——八大集を中心に［J］. 仏教文学研究，1963（1）：79 - 118.
② 山田昭全. 釈経歌の成立と展開［M］//伊藤博之，今成元昭，山田昭全. 和歌・連歌・俳諧. 东京：勉诚社，1995：37 - 75.

以下，以第一部收录释教歌的《后拾遗集》为例，探讨释教歌的性质。该集共收录了 19 首释教歌，现摘录僧人以外的和歌如下：

①　月落云隐半夜时，众人迷失婆娑中。　　伊势大辅 1182
（よを照らす月隠れにしさ夜中はあはれ闇にや皆まどひけん）


　　二月十五夜，月色清朗，送往大江佐国处
②　明月虽已隐山后，余辉依旧清且明。　佚名 1183
（山のはに入りにし夜はの月なれどなごりはまだにさやけかりけり）


　　太皇太后宫移驾东三条时，在佛堂里发现宇治前太政大臣遗忘的扇子，便书歌其上
③　婆娑积尘何以拂？得遇法扇喜佛风。　伊势大辅　1184
（つもるらん塵をもいかではらはまし法にあふぎの風のうれしさ）


　　行忤法时，向周防内侍乞赠菊花，获赠后致谢
④　八重菊添莲荷露，移得九品上生色。弁乳母　1185
（八重菊にはちすの露をおきそへてここのしなまでうつろはしつる）


　　太皇太后宫供奉五部大乘经时，逢法华经日所咏
⑤　法花难开喜相逢，心期朝露成宝珠。　康资王母 1186
（咲きがたきみのりの花におく露ややがてころもの玉となるらん）


　　故土御门右大臣家的仕女们分乘三辆车前往菩提寺，途中遇雨，两辆车返回，另一辆车上的仕女们得临法会，事后，作歌赠与半途而返者
⑥　虽得同乘三车行，唯我喜遇一味雨。　　佚名 1187
（もろともに三の車に乗りしかど我は一味の雨にぬれにき）


　　维摩经十喻中，咏"此身如芭蕉"
⑦　风吹先破芭蕉叶，闻此比喻泪湿袖。前大纳言公任 1189
（風吹けばまづ破れぬる草の葉によそふるからに袖ぞ露けき）

同喻之中、咏"此身如水中之月":

⑧ 我身无常水中月，如何此世得永住。　　小弁 1190

（常ならぬわが身は水の月なれば世にすみとげんことも思はず）

咏"三界唯一心"

⑨ 若惜落花花永驻，世间万物不外心。　　伊世中将 1191

（散る花もをしまばとまれ世のなかは心のほかの物とやはきく）

咏"化城喻品"

⑩ 若无化城暂歇息，如何得知真法门。　　赤染卫门 1192

（こしらへて仮のやどりに休めずはまことの道をいかで知らまし）

⑪ 路远中途意欲返，化城暂宿实堪喜。　　康资王母 1193

（道遠み中空にてや帰らまし思へば仮の宿ぞうれしき）

咏"五百弟子品"

⑫ 不知衣领藏宝珠，待到酒醒喜难禁。　　赤染卫门 1194

（衣なるたまともかけて知らざりきゑひさめてこそうれしかりけれ）

咏"寿量品"

⑬ 灵鹫山上云深隐，不见明月心内伤。　　康资王母 1195

（鷲の山へだつる雲や深からん常にすむなる月を見ぬかな）

咏"普门品"

⑭ 普救世人谁堪舍，普门无人插门拴。　　前大纳言公任 1196

（世を救ふうちには誰かいらざらんあまねきかどは人しささねば）

书写山圣僧供奉结缘经时，众人皆行布施之际，大概是有所顾虑吧，没有立马接过布施之物

⑮ 人世何物非佛法？游艺戏谑亦不外。　　游女宫木 1197

（津の国のなにはのことか法ならぬ遊び戯れまでとこそ聞け）

　　19首释教歌中，居然有15首是非僧人所作之歌，而且女性所占比例也相当

大，第 1187 首和歌虽为佚名，但从歌序中可以获知作者应该是一名仕女。这样的话，除去第 1183 首佚名作品，男性作者只有藤原公任一人。女性在释教歌中的地位由此可见一斑。

再来看这些和歌的内容，其中如吟咏"化城喻品""普门品"等的"法文歌"为第 1189 至 1196 的 8 首，参加法会等的"法缘歌"为第 1184 至 1187，加上游女宫木乞求供奉性空上人写经结缘的第 1197 首和歌，共 5 首。1184 的歌序说是在佛堂里发现了宇治前太政大臣藤原赖通的扇子，于是便在扇子上写下了这首和歌。歌中"扇子（あふぎ）""逢（逢ふ）"谐音，"扇子之风（あふぎの風）"是表达遇法之喜悦的惯用句，《和泉式部续集》中有"秋日虽至亦不忘，遇法扇风殊不同（白露におきまどはすな秋来とも法にあふぎの風はことなり 352）"，是和泉式部在参加了六波罗的讲经会时错拿了他人的扇子后所作①。其他的 1182 和 1183 当属于述怀歌。第 1182 首歌是伊势大辅对 1181 首和歌的答歌。

　　二月十五日夜半、赠与伊势大辅
　　奈何望月不见月，释尊涅槃云隐深。　　　庆范法师 1181
　　（いかなればこよひの月のさ夜中に照しもはてで入りしなるらん）

二月十五日是释尊涅槃之日。该歌将释尊比作月亮，将月亮隐没在云层中比作释尊涅槃。第 1183 首和歌同样作于二月十五日，也同样将释尊比作月亮，说月亮虽然隐去，但余光依旧明亮，暗喻释尊入灭以后佛法依然光明普照。

上引 8 首"法文歌"，基本体现了歌人的佛教知识与作歌技巧两个方面，或者说是用和歌的语言讲说教义。从中很难看出作者的信仰之心。比如，第 1189 首藤原公任的和歌，以《维摩经》十喻中的"此身如芭蕉"为题。歌意为：将此身比作被风一吹就败坏的芭蕉叶，就不禁泪湿衣袖。除了对佛经中这一比喻的理解以外，还诉说了由此而来的悲伤。再比如，第 1193 首和歌，这也是一首以《法华经》"化城喻品"为题的和歌，歌意为：去往佛土的路途遥远，中途就想折返，中途的"化城"（仮の宿）着实令人欣喜。但"仮の宿"在佛教中又指代现实世界，所以这首和歌同时也在肯定现实生活。这样的和歌作品，并不能说明歌人们的信仰。而 5 首"法缘歌"，是与法会相关的和歌，法会本来就

---

　　①　歌序原文为"水無月の晦がたに、六波羅の説経聞きにまかりたる、人の扇を取りかへて、やるとて"。小松登美，村上治，佐伯梅友. 和泉式部集全釈（続集篇）[M].
　　东京：笠间书院，2012：224.

是功德性行为，这样的和歌自然也是功德中的一环。

　　根据冈崎知子的研究，到了《后拾遗集》时代，随着佛教信仰本身的形式化、功德的数量化，"释教歌"的功德主义倾向也越来越明显①，正因为如此，释教歌在敕撰集中的比例和位置也越来越重要了②。

　　4. 紫式部的日记歌

　　关于紫式部为何没有创作释教歌的问题，山本利达教授在《紫式部集》（新潮社）"解说"的结尾处，指出了两个问题：1. 紫式部虽然在《紫式部日记》中表达了对出家生活的向往，在《源氏物语》中也对信仰生活有着强烈的追求，但是成书于日记之后的《紫式部集》中没有能够发现表达作者这一愿望的和歌；2. 紫式部也不像赤染卫门、和泉式部那样留下释教歌或与佛教有关的和歌，在歌集中与佛教有关的只有"日记歌"中关于《法华经》"提婆品"的和歌一首。然后，山本氏猜测：盖是对诵经生活的向往难以成为和歌？抑或由《紫式部集》后半部分的性质所致？③

　　《紫式部集》中与佛教有关的和歌其实有两首，那是在藤原道长举办的法华三十讲的法会上所作。紫式部为什么要做这样的和歌？这样的作品是否表达了紫式部的心声？而且，正如山本教授所定义的那样，《紫式部集》后半部分主要是反映宫中生活和结婚生活灰暗面的作品，字里行间充满了忧愁④。那样的和歌又为什么与释教歌不协调呢？更加难以理解的是，为什么对出家生活的向往

---

① 冈崎知子. 釈教歌—八代集を中心に— [J]. 仏教文学研究, 1963 (1)：79 – 118.

② 高須阳子. 釈教歌をめぐる考察—二十一代集に見たる— [J]. 国文（御茶の水女子大）, 1972 (6)：11 – 25.

③ 『紫式部日记』では、誦経生活への志向を示しているのに、『紫式部日记』の成立より後の歌を含むこの歌集には、そういう作者の心を示すものが全くない。赤染衛門は経文に関係のある釈教歌を多く詠み、和泉式部も、仏教に関係ある歌を詠んでいる。ところが、紫式部は、『源氏物語』で、仏教的な生き方を強く追求し、『紫式部日记』においても、自ら誦経生活への志向を述べているのに、仏教に関心をよせる歌は、「日记歌」の中に、法華経の提婆品に関する歌一首残しているにすぎない。誦経生活への志向は歌になりえなかったのであろうか。あるいは、後篇の性格上入れ得なかったのかもしれない。紫式部日记・紫式部集 [M]. 山本利达, 校注. 东京：新潮社, 1980：194 – 195.

④ 原文为："後篇では、宫仕えにおける半ば公的な歌以外は、宫仕え中の憂愁にみちた歌が多く、また、夫に対する閨怨の歌ともいうべき前篇にみられなかった結婚生活の暗い反面をみせる歌が、求婚当時の歌と共に入っており、後篇の性格を憂愁の色濃い歌集としている。"紫式部日记・紫式部集 [M]. 山本利达, 校注. 东京：新潮社, 1980：193.

难以用和歌抒发？笔者认为这些问题对于思考女性的佛教信仰与文学的关系，尤其是文学形式即日记（散文）、和歌（韵文）与佛教信仰的关系至关重要。

按照前面有关释教歌的分类，紫式部的两首释教歌可称为"法缘歌"。此两首歌以"日记歌"之名只见于古本系统的《紫式部集》，下面是第一首①：

三十讲之五卷、正是五月五日。居然今天就是讲"提婆品"的日子、不禁心想与其是为阿私仙，倒不如为本府的道长大人采集果实呢。

A 歌：五月初五第五卷，法花御法实美妙。

（妙なりや今日は五月の五日とていつつの卷にあへる御法も）

歌序中说：法华三十讲今日讲《法华经》第五卷，碰巧是五月初五，又正好是讲"提婆达多品"，心想释尊不是为了阿私仙而是为了本府的大人（藤原道长）才采集果实的吧。这段文字源自《法华经》"提婆达多品"，该品说释迦在过去世为了从阿私仙处获得《法华经》，为他采果汲水拾柴。显然，紫式部在歌序中把法会的主办者藤原道长比作了向释尊传授《法华经》的阿私仙。在 A 歌中，她运用同音反复的技巧，赞叹这样的盛会。

就在同一天，紫式部与名为大纳言的仕女同僚进行了如下的和歌赠答：

佛堂里的灯火与篝火在佛堂前的池水中交相辉映，比白昼更加通明，倘若自己是少思寡愁之人，也当为眼前的景象所打动，但哪怕思及自己身世的一点一滴，便不禁泪眼模糊。

B 歌：篝火光影静且清，世世代代法永存。

（かがり火の影もさわがぬ池水に幾千代すまむ法の光ぞ）

如此例行公事般敷衍后，大纳言答歌道：

C 歌：篝火通明照池底，我身零落无遮掩。

（澄める池の底まで照らすかがり火にまばゆきまでもうきわが身かな）

歌序描写了正在举办法华三十讲的道长府第的吉庆景象与紫式部的复杂内心。她在将眼前的场景和自己的多愁身世做了如此对比之后，在 B 歌中，她却转而赞叹法会，跟 A 歌一样既是赞美法会，兼而赞美藤原道长。对于自己的这一行为，如划线部分所示，紫式部用"例行公事（おほやけごと）"一词来解释，说那是自己的敷衍之作。答歌者大纳言与紫式部一样是个多愁善感之人，

---

① 紫式部日记·紫式部集［M］. 山本利达，校注. 东京：新潮社，1980：156.

只是她比紫式部更加率直，C 歌意为：通明的篝火使得自己零落的身世更加彰显无遗。显然，这首和歌也是紫式部内心的吐露。

在 A 歌中，紫式部将主家藤原道长比作阿私仙，有一点佛教知识的人都会觉得这样的比喻也太缺乏常识了。而通过将其与 B 歌联系起来，我们可以发现，那首歌应该也是紫式部作为仕女的例行公事的敷衍之作。而这一点也与记述皇子（藤原道长外孙）诞生这一盛事的《紫式部日记》的性质相一致。

比如，就在藤原彰子所生的敦成亲王（后一条天皇）诞生五十日贺宴举行的当天晚上，一脸醉意的道长要求仕女们每人献上一首和歌，否则就不会轻易放过她们①。于是，紫式部做了这样一首和歌：

> 南山之寿无以计，圣君盛世万年传。
>
> （いかにいかがかぞへやるべき八千歳のあまりひさしき君が御代をば）

紫式部在这里也同样运用了同音反复的作歌技巧，预祝小皇子寿比南山、盛世万年。很显然，这首和歌是紫式部在藤原道长的要求之下完成的，具有礼节性。由此也可以获知，作为贵族仕女，在主家举办各类盛事时，作歌以示庆贺也是她们的职责。那么，上文中的 A 歌也应该是紫式部出于仕女的身份所咏的应景之作，与她本身的佛教信仰无关。

### 三、紫式部的道心

1. 日记及物语中的向佛之心

《紫式部日记》的通信体文字中，紫式部这样描述了自己的性格与求道之心。

> A. 凡事因人而异。世上有这样一种人，（1）她们趾高气扬，华丽阔绰，凡事悠闲自得。也有另一种人，（2）她们无依无靠，寂寞度日，不是无聊地翻阅故人、朋友的信件，便是虔诚地修行，不断地诵经，或把念珠弄出很大的声音来。但我知道像后者这样的行为，在旁人眼里应该是很古怪的，所以像这样本可以由着自己性情做的事情，也一味地顾忌侍女们的目光而不敢付诸行动。
>
> 张龙妹译《紫式部日记》298 页

---

① 道长要挟仕女作歌部分的原文为："和歌一つづつつかうまつれ。さらば許さむとのたまはす。いとはしく恐ろしければ、聞ゆる"。紫式部日记·紫式部集 [M]. 山本利达，校注. 东京：新潮社，1980：53.

在这段文字中，紫式部先举出了（1）（2）两类人。（1）这类人与紫式部无缘，（2）中描述的这类人与紫式部的身世应该是很接近的。但如她自己否定的那样，紫式部认为这样专心的修行行为不符合她的本性，由于顾忌自己的侍女们的看法，连本来可以由着自己性情的事情（修行）也不能随心所欲。

在通信体文字的结尾处，紫式部是这样表露自己的求道之心的：

> B. 事到如今，我也不再忌讳什么吉利不吉利了。不管别人作何议论，我只想面朝阿弥陀佛一心不乱地念佛诵经。（1）世事烦忧，我已没有半点留恋；出家修行，也绝无懈怠之意。（2）只是，义无反顾地遁入空门之后，在乘上菩萨来迎的祥云之前，总会有心意迷乱、意志动摇的时候吧。出于这种担心，我才没有贸然出家。
> 同上，302 页

在 B 段引文中说道：现今自己也不忌讳什么、也不在乎别人说什么了，只想一心向着阿弥陀佛念佛诵经。在（1）中她又强调说，人世间种种可厌之事，我心已经毫无染着，若得出家修行，必将毫不懈怠。但在（2）中，她又为自己至今没有出家做如此的辩解：只是一味地出家修行，在往生之前的日子里，也必将会有道心动摇的时候。顾及于此，才一再犹豫。这一段文字历来受到研究者的关注，被认为是紫式部自相矛盾的"诡辩"或"与政治家的国会答辩好有一比的搪塞之词"①。但是，其实只要阅读了后面部分，我们就能够了解她自相矛盾的缘由了。

> C. 从年龄来说，也到了该出家的年龄了。若是再添些年岁，就要老眼昏花得读不了经文了，内心也会变得迟钝愚笨。虽像是在模仿那些道心深种之人，现如今，我心中唯以此事为念。只是，像我这样罪孽深重的人，连出家都不是能够如愿以偿的。许多事情令我参悟到自己前世之宿命是何其拙劣，凡事只是倍感悲哀而已。
> 同上

这段文字中，唯以"此事（かかるかたのこと）"为念之"此事"历来有众多解读。归纳各类先行研究，其实可以分为三类②：①祈求往生极乐世界；②诵经求道；③出家。这三者乍看起来非常接近，但其实关系到对佛教的基本

---

① 萩谷朴. 紫式部日记全注释：下册［M］. 东京：角川书店，1971：320.

② 比如：①往生極楽を願っていること（全注释）；②誦経の生活/仏道のこと/仏道方面のこと（新潮古典集成/旧大系/新大系注）；③出家の方のこと（新编全集）。

认识。这里首先要考虑的是后文中"罪孽深重的人，连出家都不是能够如愿以偿"一句。上面三者中，一般认为只有①是罪孽深重者不能如愿，而②③则是可以由本人意志决定的。比如，萩谷朴在《紫式部日记全注释》中就断言：出家是可以由个人的意志来实现的，而往生极乐世界是受过去现在将来三世因果这一不可抗拒的宿缘所左右的①。其实则不然。以佛教的观点来思考，现世的一切都是前世因缘的果报，不仅仅是往生极乐世界，是否能够出家修行，甚至是否能够按照自己的心意从事佛事，这一切都应该是前世的果报。比如在《源氏物语》《法事》卷中，一心希望出家的紫夫人却始终不能得到光源氏的允许，下面引文是她的内心独白：

> 没有光源氏的允许，一意孤行地出家修行，难免显得草率，也有违自己的本意。为此，不禁心怀怨恨。又深感自己罪孽不轻。②

从光源氏不允许她出家这件事中，紫夫人意识到自己的罪孽不轻。按照这样的思维方式，C段中"此事（かかるかたのこと）"的含义，作③出家来理解，应该更加合乎逻辑。也就是说，紫式部认为，自己之所以不能过高僧一样的修行生活，是因为自己罪孽深重的缘故。

这里值得注意的是紫式部在描写自己的求道之心和紫夫人的道心时文字表述上的近似性。在《紫式部日记》中，她用的是"义无反顾地遁入空门（ひたみちにそむきても）"，在上引《源氏物语》中为"一意孤行地出家修行（心ひとつに思したたむも）"，词语虽然不同，但表达的都是同样的"义无反顾""毅然决然"的求道之心。

实际上，在《源氏物语》中，这种决绝的求道之心是作者一直在竭力回避的。紫夫人去世以后，对人世已了无牵挂的光源氏也开始计划出家。下面的引文就是描述他当时的心境的。

> 现今对人世毫无留恋，即便义无反顾地出家修行，也没有了任何羁绊。但如此不能自控的心迷意乱，也难以得道悟法。为此向阿弥陀佛祈求："请

---

① 原文为："出家は本人の決意次第で実現可能なことである。""過現未三界の因果に約束された不可抗力の宿縁に属するものとして、往生極楽の問題をさすと見るのが、論理的基準による判断である。"萩谷朴．紫式部日记全注释：下册［M］．东京：角川书店，1971：320.

② 原文参见紫式部．源氏物语：第4册［M］．阿部秋生，秋山虔，今井源卫，校注．东京：小学馆，1994：495.

多少平息我的悲伤，让我把这痛苦忘了吧。"①

光源氏自 18 岁开始就心怀修道之心，紫夫人一直是他出家的羁绊，如今这紫夫人不在了，他完全可以毅然决然地出家了。可他担心自己的悲伤情绪会影响他的修行，便放弃在紫夫人去世后立即出家。

在续篇《宇治十帖》中，移居宇治之地的道心深悟的八宫，对宇治山的阿阇梨这样表述了自己的心迹：

> 他坦言道："内心早就希望登上莲台、入住无浊荷池，但想到要抛却年幼的两个女儿，便心生顾虑，没能义无反顾地穿上袈裟。"②

《源氏物语》中，也有义无反顾地出家的人物，有空蝉、藤壶、六条妃子、朱雀院、胧月夜、三公主、浮舟等。实际上，除了浮舟以外，上述人物出家后，没有一个是能够静心修行的。关于浮舟出家的描写，应该是紫式部有关出家问题的一个新思考。而《紫式部日记》中的有关她自身的求道之心的描述，应该是与紫夫人、光源氏、八宫等人的出家问题相通的。也就是，她认为理想的出家应该是在内心毫无染着的状态下进行的。

2. 对于功德主义的怀疑

《荣花物语》第三十卷"鹤林"中有关于藤原道长的临终场面的描述。临终之际，道长被移入法成寺的阿弥陀堂，他目不转睛地注视着九尊阿弥陀佛像。即便是非同一般的贤士高僧，临终之际也难免心生三爱，而道长居然对他一生的荣华富贵都全然没有牵挂，连上东门院彰子和后一条天皇中宫威子这两位女儿也不欲一见。只因她们多次提出请求，才勉强答应，但也只允许她们见那么一会儿，他就催促她们"尽早返回""尽早返回"。一切都按照临终念佛的做法，非佛之相好不看，非佛法之声不听，非后生之事不思。他目睹阿弥陀佛的相好，耳听尊贵的念佛之声，心中思想极乐世界，手中紧握从阿弥陀佛手中所引丝线，枕北面西而卧。在作者看来，道长往生极乐已是毫无疑问的了，作品甚至夸张地说这样的道长好比是佛菩萨的化身。③

---

① 原文参见紫式部. 源氏物语：第 4 册 ［M］. 阿部秋生，秋山虔，今井源卫，校注. 东京：小学馆，1994：513.

② 原文参见紫式部. 源氏物语：第 5 册 ［M］. 阿部秋生，秋山虔，今井源卫，校注. 东京：小学馆，1994：127.

③ 荣花物语：第 3 册 ［M］. 山中裕，秋山虔，池田尚隆，等校注. 东京：小学馆，1995：162 – 163.

　　然而，在《源氏物语》中，读者无法发现这样理想化的场面。在《法事》卷中，意识到死期将至的紫夫人在二条院举办了供养《法华经》1000 部的法事。虽然这一法事甚至得到了当今天皇、皇太子以及秋好中宫、明石中宫等显贵们的多方照应，而这样的最高关注也应该体现了紫夫人超越她自身身份的社会声望，但她的内心对这样的荣耀全然没有感知，唯有对人世的留恋和对来世的忧虑。

　　刚好是三月十日，樱花盛开，天空明媚，饶有情趣，令人觉得已经与佛国的景象相差无几了，即使是那些没有多深道心的人，见此场景也定会罪障消除。当赞叹法华的《樵薪》之歌和与会者的喧嚣声响彻耳旁时，紫夫人还能暂时忘却自身的境地，但哪怕是片刻休息时的安静，都令她顿生哀愁。更何况，近日来，任何所见所闻都令她倍觉凄凉寂寞。便作和歌，由三皇子送与明石君。

　　虽知此身不足惜，命如薪尽心亦哀。
　　（惜しからぬこの身ながらもかぎりとて薪尽きなんことの悲しさ）
明石君思忖：不吉利的话语日后难免遭人诟病，便无关紧要地回复道：
　　樵薪法会今日始，婆娑传法来日长。
　　（薪こる思ひは今日をはじめにてこの世にねがふ法ぞはるけき）①

　　散文部分先叙述了法会的场景。这样不是佛国胜似佛国的庄严场面反倒令她倍觉凄凉寂寞。于是她给明石君送去一首和歌。"薪尽"之语引自《法华经》序品中的"佛此夜灭度，如薪尽火灭"，也与赞叹法华的《樵薪》之歌相关联，所以，和歌的下半句与悲叹佛祖灭寂的释教歌极为相似，而与上半句关联起来，可以知道她只是借用了《法华经》的词语来叙说自己的死亡而已。从《魔法使》卷中筹备紫夫人一周忌时的光源氏的话语中可以获知，除了抄写《法华经》1000 部以外，紫夫人生前还做了制作极乐曼荼罗、抄写大量的经文②等功德。可是，如上文所引，这些功德没有使她对自己死后的往生获得任何信心，而有的只有对现世的留恋和对来世的绝望。
　　《荣花物语》中的藤原道长与《源氏物语》中的紫夫人，对于他们临终时

---

①　紫式部. 源氏物语：第 4 册［M］. 阿部秋生，秋山虔，今井源卫，校注. 东京：小学馆，1994：496 - 497.
②　紫式部. 源氏物语：第 4 册［M］. 阿部秋生，秋山虔，今井源卫，校注. 东京：小学馆，1994：540.

刻的如此不同的描写，这种差异体现出来的并不是一个权贵藤原道长与全身心依赖光源氏生存的紫夫人之间的差异，即便是身份远比藤原道长高贵的光源氏自身，如上所述，他在 18 岁开始就有出家之心，在他 31 岁时，就在嵯峨野修建了佛堂，在那里经营佛事，为来世修福①。有关他面对出家时的内心活动，上文已提及，而且作品最终也没有描写他的出家，应该是他的那些功德也没有能让他怀有往生极乐的信心。也就是说，从《源氏物语》上述描写中，我们可以看出，对于佛教所谓功德，紫式部与《荣花物语》作者赤染卫门有着截然不同的思考。

上引紫式部的日记歌，在歌序中，紫式部把法会的主办者藤原道长比作向释尊传授《法华经》的阿私仙，大有向道长的权势献媚的嫌疑。但如若了解了紫式部对于功德的认识，我们也可以从这一乍看起来媚态十足的话语中读出紫式部对于这种佛教功德的冷峻目光。

通过以上分析可以获知，紫式部所咏的日记歌中的两首"法缘歌"，是她身为仕女所咏的例行公事的应景之作。释教歌是以赞叹三宝为主要目的的，而紫式部的"法缘歌"在此基础上又增加了礼节性的成分，所以与充满哀伤的《紫式部集》后半部分的格调不一致。《源氏物语》中有关紫夫人、光源氏等人的佛教信仰的描写，与《紫式部日记》中她自身信仰心的告白相一致。这种直面人类内心的有关信仰、救赎的思考，与礼节性的且具有功德主义倾向的释教歌，本身就是水火不相容的。况且和歌本身具有很强的社交性，又受制于韵文的形式，显然不适合表达像紫式部在日记和《源氏物语》中那样深刻绵延的思考，而女性对于自我生存的深层次思考，正是平安朝宫廷女性散文文学繁荣的根本原因。

据蔡鸿生先生的整理，到了清代，已知有 13 名比丘尼创作了 17 部诗集，然仅存海量尼的《影响集》，收录诗 17 首，念佛诗 48 首，文 3 篇。唐代高力士之姊宫尼冯媛也曾有诗一卷，也已散佚②。现存的只有本文中提及的零星几篇，内容也与男性的有关佛教信仰的诗歌相类，或为证道诗，或为临终诗。在家信徒的有关信仰的诗作也并不多见，她们或是吟咏寂静的修行生活，或是抒发内心的惆怅，从中并不能了解作者对于信仰本身的思考。

日本的和歌，因着白居易"狂言绮语"观在日本的流行，功德性的"释教

---

① 紫式部. 源氏物语：第 2 册 [M]. 阿部秋生，秋山虔，今井源卫，校注. 东京：小学馆，1994：392.

② 蔡鸿生. 尼姑谭 [M]. 广州：中山大学出版社，1996：191 – 193.

歌"应运而生。这些歌在敕撰和歌集中渐次占据重要地位，也成为歌人们和歌创作的一个重要部分。大斋院选子甚至有《发心和歌集》（共 55 首）传世。她在序言中写道：

> 妾久系念於佛陀常寄情法宝为菩提也。释尊说法华一乘歌咏诸如来之善，爰知歌咏之功高为佛事焉。……是则以十方净土之际，遍发往生之心九品莲台之上，终植化生之缘也。何必倾力营堂塔教主恩誓愿之诚，何必剃发入山林经生新赞叹之德耶，不知出此和歌之道入彼阿字之门矣，唯愿若有见闻者生生世世与妾值遇多宝如来之愿，定有诽谤者在在所所与妾结缘同不轻菩萨之行，一心至实三宝舍诸，嗟乎秋风吹之声是告老，晚日衔山之景非偷命哉，泣思照鉴乎执此时，于时宽弘九载南吕也①。

如划线部分所示，她坚信吟咏这些和歌是与营造堂塔、剃发入山林修行这样的功德相匹敌的、是有助于日后往生极乐世界的功德。选子作为斋院在位 50 余年，她担心自己不能亲近佛法的生活会影响她的来世，其虔诚的信仰之心从序言中可以窥见一斑。但对绝大部分女性来说，佛教信仰到底意味着什么？关于这样的思考，释教歌是无法表达的。而紫式部通过日记乃至虚构的物语，展开了她有关佛教信仰的深层次思考，其中有对流行的出家形式的批判，对理想的出家形式的探索，从中展现的是一个生活在现实中的、又将出家当作最终归宿之人的、在现实与信仰之间不断徘徊的思考的轨迹。这是紫式部通过她的散文创作才实现的。

以上，通过中日女性的诗歌和散文关于嫉妒、佛教信仰的不同表述，探讨了诗歌与散文的不同表述功能。嫉妒是人类两性生活中普遍存在的情感。但在古代男性社会里，嫉妒被看作与妇德相悖的、女性最需要摒弃的感情。而佛教信仰，除了世俗的功德性的信仰以外，真正抛弃现实世界追求往生，便是最为理性的精神境界。诗歌因其社交性功能和韵律及文学传统等的限制，女性们不能将嫉妒心诉之于诗歌，也无法把有关信仰的思考通过诗歌表达出来。

而在散文方面，关于嫉妒，中国女性被剥夺了话语权，历代笔记小说几乎将妒妇们妖魔化，忽视了这强烈的嫉妒背后妒妇们的至深情感。道纲母可以说是第一个将自己的嫉妒之情形之于文字的人。至于佛教信仰，《比丘尼传》第三

---

① 新编国歌大观编集委员会．新编国歌大观：第 3 卷［M］．东京：角川书店，1985：292.

卷中的智胜尼曾"自制数十卷义疏，辞约而旨远，义隐而理妙"①，她显然具有散文撰写的能力。但这些可见于《比丘尼传》的尼僧大都是些自幼志道的女性，这位智胜尼也是六岁就随母亲游瓦官寺的②。她们似乎不存在在现实生活与佛教信仰之间做出什么选择。但至于其他的在俗的女信徒，毕竟舍弃世俗的生活，对普通人来说是极其困难的，她们信仰的心路历程，现已无法获知。

总之，平安朝宫廷女性的散文体文学，使女性获得了诉说自己内心最被禁锢的感情世界以及最为精神化的理性世界的可能。

---

① （梁）释宝唱．比丘尼传校注［M］．王孺童，校注．北京：中华书局，2006：133.
② （梁）释宝唱．比丘尼传校注［M］．王孺童，校注．北京：中华书局，2006：132.

# 第五章　平安朝女性散文体文学对汉文化的不同接受

平安朝女性散文体文学在对汉文化的接受方面，也表现出了与男性的汉诗以及和歌文学不同的特色。本章将从对白居易诗歌的"受容"和"孝思想"的不同接受两个方面，考察女性散文体文学在这方面达到的高度。

## 第一节　《源氏物语》中对白居易诗歌的异化

### 一、《白氏文集》的传入

白居易于会昌五年（845）编成《白氏文集》共七十五卷①，《白氏文集》"后序"云：

> 白氏前著长庆集五十卷，元微之为序。后集二十卷，自为序。今又续后集，自为记。前后七十五卷，诗笔大小凡三千八百四十首。集有五本：一本在庐山东林寺经藏院，一本在苏州南禅寺经藏内，一本在东都圣善寺钵塔院律库楼，一本付姪龟郎，一本付外孙谈阁童。各藏於家，传於后。<u>其日本、新罗诸国及两京人家传写者，不在此记。</u>又有元白唱和因继集共十七卷，刘白唱和集五卷，洛下游赏宴集十集，其文尽在大集内录出，别行於时。若集内无而假名流传者，皆谬为耳。会昌五年夏五月一日，乐天

---

① 前五十卷统称《长庆集》，第五十一至七十卷为《后集》，第七十一至七十五卷作《续后集》。然现存仅七十一卷。

重记。①

如划线部分所示，白居易存世的时候，他就知道自己的诗歌远传日本、新罗了。不过，日本方面有关白氏诗文的记述要早于白氏自身的这一记录。据《江谈抄》的记载：

闭阁唯闻朝暮鼓，登楼遥望往来船。　　行幸河阳馆　弘仁御制
故贤相传，白氏文集本诗渡来在御所。尤被秘藏，人敢无见。此句在彼集。睿览之后，即行幸此观，有此御制也。召小野篁令见，即奏曰、以遥为空弥可美者。天皇大惊敕曰、此句乐天句也。试汝也。本空字也。今汝诗情与乐天同也者。文场故事尤在此事。仍书之。②

嵯峨天皇将所谓弘仁御制之诗令小野篁欣赏，小野篁读后，说最好将其中的"遥"字改为"空"。而其实这是白居易的诗句，嵯峨只是为了一试小野篁的诗才才将诗句乔装改扮的。该句引自白居易的《春江》诗：

炎凉昏晓苦推迁，不觉忠州已二年。
闭阁只听朝暮鼓，上楼空望往来船。③
莺声诱引来花下，草色句留坐水边。
唯有春江看未厌，萦砂绕石渌潺湲。

这是日本方面有关《白氏文集》传入的最早记述。该诗作于元和十五年（820），嵯峨天皇于809年至823年在位，而《白氏长庆集》成书于长庆四年（824）。所以所谓"白氏文集本诗渡来在御所"当不是在嵯峨天皇在位之时。不过，这个故事告诉我们一个事实，那就是白诗在日本的地位，它是皇家私藏的宝物，是评价一个诗人的标准。

日本官方记录《白氏文集》的传入是在838年。藤原岳守"（承和）五年为左少弁，辞以停耳不能听受，出为大宰少贰。因检校大唐人货物。适得元和试笔奏上。帝甚悦。授从五位上。（《日本文德天皇实录》仁寿元年九月廿六日

① （唐）白居易．白居易集笺校［M］．朱金诚，笺校．上海：上海古籍出版社，1988：3916-3917.
② 江谈抄［M］．山根对助，后藤昭雄，校注．东京：岩波书店，1997：508.
③ （唐）白居易．白居易集笺校［M］．朱金诚，笺校．上海：上海古籍出版社，1988：3916-3917，1190.

条藤原岳守卒传)①"当时的留学僧也为《白氏文集》的传入做出了重要的贡献。据太田晶二郎先生的研究，同年8月，圆仁搭乘这年的遣唐使船来到中国，翌年，他托付遣唐使带回日本的《慈觉大师在唐送进目录》中有《任氏怨歌行一帖白居易》《栏乐天书一帖》《杭越寄和诗并序一帖》。此后，圆仁又编辑有《入唐新求圣教目录》，其中可见《白家诗集六卷》《杭越唱和诗一卷》。他的《日本国承和五年入唐求法目录》中亦可见《杭越寄和诗并序一帖》②。另外，日本现存的金泽文库本《白氏文集》20余卷中的10卷应该是惠萼抄本的重抄本③，他因遭遇会昌灭佛当时正在苏州南禅院避难，其间抄写了白居易存放在那里的《白氏文集》④。而在藤原佐世（897年卒）编撰的《日本国见在书目录》中有"白氏文集七十卷、别集长庆集廿七卷。总集元白唱和集二"的记录。875年冷然院藏书遭遇火灾，藤原佐世整理遗存的藏书，记录了1579部16790卷藏书。也即，在875年之前，日本宫廷藏书中已经有70卷本的《白氏文集》了。

### 二、男性文人对《白氏文集》的接受

1. 白居易诗文对文人的影响

有关《白氏文集》对日本汉文学的具体影响，学界有着丰富的积累，在此不再赘述。这里想要强调的是，白居易的诗文不仅对诗人们的作品产生了深远的影响，甚至还影响了他们的生活方式和人生。都良香（834—879）乃大名鼎鼎的菅原道真的老师，历任少内记、大内记，875年任文章博士，在朝廷中负责起草诏书、宣命，是个举足轻重的文人。他有诗文集《都氏文集》传世，共6卷，现存第3-5卷。其中有一首《白乐天赞》云：

① 黑板胜美，等. 日本文德天皇实录 [M]. 东京：吉川弘文馆，1977：21.
② 太田晶二郎. 白氏詩文の渡来について [J]. 国文学解釈と鑑賞，1956，21（6）：15-21.
③ 谢思炜. 日本古抄本《白氏文集》的源流集校勘价值 [M] //白居易集综论. 北京：中国社会科学出版社，1997：40-46.
④ 据圆仁的《入唐求法巡礼行记》会昌五年（845）七月三（五）日条中记载："同本国惠萼阇梨［弟］子会昌二年礼五台山，为求五台供，就李磷德船却归本国去，年年将供料到来。今遇国难还俗，躲在苏州南禅院。"陈翀在介绍了金泽本中的慧萼双行小注12条后，认为慧萼抄写《白氏文集》当在会昌四年初。且根据卷三十三的跋文"奉为日本国僧慧萼上人写此本"得出南禅院的协助抄写的结论。陈翀. 慧萼东传白氏文集及普陀洛迦开山考 [J]. 浙江大学学报（人文社会科学版），2010，40（5）：44-54.

有人於是，情窦虚深。拖紫垂白，右书左琴。

仰饮茶荈，傍依林竹。人间酒癖，天下诗淫。

龟儿养子，鹤老知音。治安禅病，发菩提心。

为白为黑，非古非今。集七十卷，尽是黄金。①

这首诗中"拖紫垂白"这样的表达应该直接来自白诗《偶作》"伊余信多幸，拖紫垂白发，身为三品官，年已五十八。"而下文中提到的"右书左琴""酒癖""诗淫"显然指的乐天三友，即他在《醉吟先生传》中自称的"性嗜酒、耽琴、淫诗"，如《北窗三友》有"琴罢辄举酒，酒罢辄吟诗。三友递相引，循环无已时。"之句。其他的如饮茶、好竹子、好佛，领养其弟行简的遗孤龟儿等，有关白居易的生活，都良香似乎是无所不晓。最后点睛道："集七十卷，尽是黄金"，抒发了对《白氏文集》的高度钦佩和对白居易那样的人生的无限向往之情。

这样的文人并非都良香一人。菅原道真（845—903）是文章生出身的贵族中一直荣升至右大臣的文人。他的《菅家文草》第一卷中有首题为《停习弹琴》的诗篇。诗云：

偏信琴书学者资，三余窗下七条丝。

专心不利徒寻谱，用手多迷数问诗。

断峡都无秋水韵，寒乌未有夜啼悲。

知音皆道空消日，岂若家风便咏诗。②

诗中的"七条丝"就是七弦琴，也就是古琴。对出身于文章博士之家的道真来说，掌握琴技似乎是必须的。"偏信"一词表达了这一想法之根深蒂固。自然这种想法的形成来自白居易的"左琴右书"。大概被称为天书的琴谱确实太难了，道真在好友的劝说下，终于下决心放弃了练习七弦琴。但不会弹琴对他来说，似乎是他作为诗人的一个缺陷，在出任赞岐守的时候，他曾作诗道："不解弹琴兼饮酒，唯堪赞佛且吟诗"③（《秋》）。乐天的三友中，他居然有两个是不能消受的，这大概是他最大的遗憾。直到他被左迁大宰府，在他人生的尾声，依然念念不忘。他的《咏乐天北窗三友诗》中云：

---

① 都氏文集全释［M］. 中村璋八，大塚雅司，校注. 东京：汲古书院，1988：32.
② 菅家文草菅家后集［M］. 川口久雄，校注. 东京：岩波书店，1966：133.
③ 菅家文草菅家后集［M］. 川口久雄，校注. 东京：岩波书店，1966：256－257.

白氏洛中集十卷，中有北窗三友诗。
<u>一友弹琴一友酒，酒之与琴吾不知。</u>
吾虽不知能得意，既云得意无所疑。
酒何以成麴和水，琴何以成桐播丝。
不须一曲烦用手，何必十分便开眉。
<u>虽然二者交情浅，好去我今苦拜辞。</u>
诗友独留真死友，父祖子孙久要期。
……
古之三友一生乐，今之三友一生悲。
古不同今今异古，一悲一乐志所之。①

到了这个时候，道真大概已经意识到自己的人生已经到了终点，说与琴酒二者的交情浅，"好去我今苦拜辞"，可以不去在意了，唯有"诗友独留真死友"，道出了他对诗歌的真爱。最后以"古之三友一生乐，今之三友一生悲。古不同今今异古，一悲一乐志所之"结尾，以白居易的三友来反衬自己的三友，诉说了古今诗人命运的异同。这首诗，实际上是在述说白诗对诗人整个人生的影响，从具体的生活细节、志趣爱好到人生的总体评价。白居易诗文对平安朝文人的影响可以说是全方位的。

2.《白氏文集》对于和歌创作的影响

菅原道真生活的时代，正是日本从汉风文化向"国风"文化转变的年代。899 年荣升右大臣，901 年正月七日叙从二位，同月二十五日即被左迁大宰员外帅，903 年便在谪所谢世。曾经象征着天皇亲政的君臣唱和式政治渐次被摄关政治替代，汉诗文也从此式微。905 年，醍醐天皇便下诏编撰《古今和歌集》了。在编撰《古今集》之前，其实和风已经是山雨欲来的态势了。我们从《千里集》"序"中可以看出这一时代变迁的轨迹。

臣千里谨言去二月十日参议朝臣传敕曰古今和歌多少献上臣奉命以后魂神不安遂卧筵以至今臣儒门余孽侧听言诗未习艳词不知所为今臣仅枝（才搜）古句构成新歌别今（亦）加自咏古今物百廿首悚恐震愕谨以举进岂求骇目欲解颐千里诚恐惧诚谨言

---

① 菅家文草菅家后集［M］. 川口久雄，校注. 东京：岩波书店，1966：477–481.

宽平九年四月廿五日

散位从六位上大江朝臣千里①

　　醍醐天皇于宽平九年（897）的七月十三日即位，大江千里（生卒年不详）献上这一歌集的时候，应该还是宇多天皇在位之日。他于二月十日接到参议朝臣转达的敕命，令献上古今和歌。他奉命后便"魂神不安遂卧筵以至今"。用了两个多月的时间，才创作了 120 首和歌②。大江千里出身汉学名门大江氏，其父大江音人师从菅原道真的祖父菅原清公，其弟大江千古曾任醍醐天皇的侍读，千古之子维时便是下面将要提及的《千载佳句》的编撰者。这样一位世代以汉学为业的文人，被要求创作和歌。所以他称"儒门余孽侧听言诗未习艳词不知所为"，其彷徨与无助可见于字里行间。无奈中，他便开创了以汉诗句为题的作歌方式。

　　《千里集》又因其作歌的形式被称为《句题和歌》，通行本 125 首，共分春、夏、秋、冬、风月、游览、离别、述怀、咏怀八类。除咏怀部 10 首外，其余皆以诗句为题，其中引自《白氏文集》的诗句多达 74 句，分别摘自 66 首白诗。限于篇幅，我们来举二三例子，以了解《千里集》的大概。

　　莺声诱引来花下
　　うぐひすの啼きつるこゑに誘はれて花の下にぞ我は来にけり　　春2
　　（歌意：莺的啼叫声诱引我来到了花下）

　　不明不暗胧胧月
　　照りもせずくもりもはてぬ春の夜の朧月夜にしくものぞなき　風月72
　　（歌意：没有比春夜不明不暗的胧胧月更美好的了）

　　非暖非寒慢慢风
　　あつからず寒くもあらず良きほどに吹き来る風は止まずもあらなむ
　　　　　　　　　　　　　　　　　　　　　　　　　　　風月76③

　　（歌意：但愿非暖非寒恰当好处的风不要停止啊）

---

① 新编国歌大观编集委员会. 新编国歌大观：第 3 卷［M］. 东京：角川书店，1985：146.
② 《新编国歌大观》收录的和歌数为 126 首。
③ 新编国歌大观编集委员会. 新编国歌大观：第 3 卷［M］. 东京：角川书店，2018：146 – 147.

"莺声"这首歌的歌题来自白居易的诗作《春江》。上文提到嵯峨天皇试探小野篁诗才的时候摘引的是颔联"闭阁只听朝暮鼓,上楼空望往来船",大江采用的是颈联的一句。

对照歌题,我们来分析千里的和歌。其实,他在歌中只是增加了"鸣叫(啼きつる)"一词,几近训读!

上引吟咏风月72、76两首和歌的方法也完全一样。这两首的歌题来自同一首白诗,《嘉陵夜有怀》其二:

> 不明不暗胧胧月,非暖非寒慢慢风。
>
> 独卧空床好天气,平明闲事到心中。

"不明不暗胧胧月,非暖非寒慢慢风"描写了醉人的春日气象。两首和歌的"翻译"方法也一致,"不明不暗"歌增加了"春夜(春の夜の)"和"无与类比(しくものぞなき)"两部分,前者为了点名季节,但实际上有画蛇添足的作用,也与后面"胧月夜"意境重复,后者算是补充的赞美之词。"非暖非寒"一首添加了"恰当好处(良きほどに)""吹来(吹き来る)"两处文字,前者与非暖非寒同义,也属于画蛇添足。又用"吹来"来修饰风,更是多此一举。之后又将"慢慢风"转译为"不要停止啊(止まずもあらなむ)"。虽然歌人添加的部分有所增加,但和歌的含义并没有因此变得丰富,只是把本来诗句中蕴含的意境给直白地表达了出来,读来反倒有索然无味的感觉。

只是,通过千里的这一行为,胧胧月的春夜以"胧月夜"这一意象影响了以后的日本文学。《源氏物语》的《花宴》卷中弘徽殿之妹"胧月夜"就是口吟"不明不暗"这首和歌出场的,从此成为日本文学中一个唯美的景象,这首歌也被选入《新古今集》(春歌上55)。

像大江千里这样浸染在白诗里的歌人,他们的和歌大大丰富了和歌传统的表达方式和诗意。千里收入《古今集》的和歌:

> 是贞亲王家歌赛
> 观月愁绪千千重,秋来岂为一人长。秋歌上　193
> (月見れば千々にものこそ悲しけれわが身一つの秋にはあらねど)

这首歌是根据白居易的《燕子楼三首并序》中的"燕子楼中霜月夜,秋来只为一人长"翻作而成。一首运用反其意而用之的方法,将原诗中孤枕难眠的闺怨升华为普遍意义上的悲秋情怀,又将"千愁"与"一人"相呼应,达到了非常强的感染力。其实，早在《宽平御时后宫歌合》时，千里就反用"秋来只为一人长"之句作歌云：

秋来非为我一人，但闻虫鸣心自悲。　　83

（わがために来る秋にしもあらなくに虫の音聞けばものぞかなしい）①

据萩谷朴先生的《平安朝歌合大成》，该歌赛举行于宽平五年（893）九月以前，比千里的《句题和歌》早4年以上。也就是说，千里早就在白诗中汲取养分来吟咏和歌了。

白诗对日本和歌的影响，可以说是无处不在的。虽说和歌属于"国风"文学，但这样的"国风"正是在汉风的滋养下形成的。这汉风的代表便是《白氏文集》。或许我们可以说，假如没有《白氏文集》的传入，所谓日本"国文学"便是另一种风景了。

### 三、《枕草子》中定子后宫对白诗的接受

为了满足贵族文人在宫廷中从事文事活动的需要，佳句集应运而生。在平安时代的文人们编撰的佳句集中，白居易的诗句也是重头戏。天历年间（945—957），上述大江千里之侄大江维时（888—963）编撰了《千载佳句》，收录了唐代诗人153位（其中4人为新罗、高丽人）、唐诗1083首。其中，白居易的诗歌多达514首，元稹的65首，全书基本是模仿《初学记》和《白氏六帖》编撰而成，开创了佳句集的先河。此后，宽弘九年（1012），藤原公任（966—1041）编撰了《和汉朗咏集》，共收录汉诗文588首，和歌216首；其中唐人诗句234首，而白居易的诗句有139首，其次是元稹的11首②。从这两部佳句集中收录白诗的比例，我们就能一窥平安朝的文人们对白诗的喜爱程度。同时，正因为这些佳句集的编撰，女性们也有了熟悉白居易诗句的可能性。

清少纳言（966—1025?）在其《枕草子》中就称："文者，乃文集、文选、新赋、史记、五帝本纪、愿文、表、博士的申文"③。其中的"文集"便是《白氏文集》。从将普通名字做专有名词使用这一点来看，在当时，"文集"已是非《白氏文集》莫属的盛况了。少纳言在她的作品中介绍了定子皇后的后宫如何

---

① 萩谷朴. 平安朝歌合大成［M］. 京都：同朋舍出版，1995：70.
② 北京日本学研究中心文学研究室. 日本古典文学大辞典［M］. 北京：人民文学出版社，2005：556－557，1026－1028.
③ 清少纳言. 枕草子［M］. 松尾聪，永井和子，校注. 东京：小学馆，1997：336.

"享受"《白氏文集》的。

> 雪在落下，积得很高，这时与平时不同，仍旧将格子放下了，火炉里生了火，女官们都说着闲话。在中宫的御前侍候着。中宫说道："少纳言呀，香炉峰的雪怎么样呵？"我就叫人把格子架上，［站了起来］将御帘高高卷起，中宫看见笑了。大家都说道："这事谁都知道，也都记得歌里吟咏着的事，但是一时总想不起来。充当这中宫的女官，也要算你是最适宜了。"
>
> 周作人译《枕草子》395-396页

这是《枕草子》中被称为日记形式的段落。讲述了定子后宫在一个下雪天发生的事情。那天雪积得很高，这样的日子本是看雪景的好时候，这一天却不同寻常地放下了格子窗，仕女们在炉子里升起火，在一旁聊天。这时候，皇后说道：少纳言啊，香炉峰的雪怎么样了呢？皇后的这句问话与上面特意关上的格子窗，都好比是给少纳言设的局。清少纳言对皇后的问话心领神会，赶忙让其他仕女打开格子窗，自己把帘子高高卷起。于是，皇后发出了会心的笑声。原来少纳言的行为是白居易《香炉峰下新卜山居草堂初成偶题东壁之三》中的第二联为"遗爱寺钟倚枕听，香炉峰雪拨帘看"诗句的再现。在场的仕女们都被折服了，她们虽然也知道白居易的这句诗文，也会把它用在咏歌上，但当时根本就没有想到。众口称赞说侍奉这位皇后，少纳言真是再适合不过了。这些描述读来不免令人有自夸的感觉，但从中我们可以看出白诗在点缀定子后宫的风雅上起到了怎样的作用。除了这样特殊的有些表演性质的文字外，文中少纳言与定子、同僚仕女、其他文人的对话以及叙述部分，皆可以捕捉到白诗的痕迹。现摘录如下：

> 梨花是很扫兴的东西，不能近前把玩，平常也没有添在信外寄去的，所以人家看见有些没有一点妩媚的颜面，便拿这梨花相比，的确是从花的颜色来说，是没有趣味的。但是在唐土把它当作了不得的好，做了好些诗文讲它的，那么这也必有道理吧。勉强的来注意看去，在那花瓣的尖端，有一点好玩的颜色，若有若无的存在。他们将杨贵妃对着玄宗皇帝的使者说她哭过的脸庞是"梨花一枝春带雨"，似乎不是随便说的。那么，这也是很好的花，是别的花木所不能比拟的吧。
>
> 周作人译《枕草子》63页，有改动

这是类聚章段中的内容。少纳言在写到梨花的时候，将中日对于梨花的不同评价做了比较，认为既然唐土的诗文中将梨花视作绝无仅有的美好之物必定有其缘故，并终于在梨花花瓣的边角上发现了一点点的美艳。联想到杨贵妃见到玄宗皇帝派来的使者时，那哭泣的面庞被描述为"梨花一枝春带雨"，于是就断定那梨花是非同一般的美好。"梨花一枝春带雨"引自白居易的《长恨歌》。玄宗派遣道士"上穷碧落下黄泉"地寻找杨贵妃的芳魂，最终在蓬莱仙境找到了杨妃，"玉容寂寞泪阑干，梨花一枝春带雨"之句活写了杨贵妃寂寞的仙姿。有趣的是，如少纳言所述，梨花在日本的文学传统中并不是观赏的对象，但因着白诗中将其比作杨贵妃，在少纳言眼里，梨花就成了别具一格的美好之物。

《枕草子》中描写定子后宫再现白诗场景的段落着实不少，比如，"翌年二月余日"段，通过与贵公子藤原齐信的对话再现了白诗《骊宫高》"翠华不来岁月久，墙有衣兮瓦有松。吾君在位已五载，何不一幸乎其中。西去都门几多地，吾君不游有深意"诗句的场景。更有在清凉殿的定子寓所举行管弦演奏时，把定子竖抱琵琶比作白诗《琵琶行》中"犹抱琵琶半遮面"的描述等待。有意思的是，《枕草子》基于白诗的这种场景，包括清少纳言在内的定子后宫的仕女们一直都是以和文化了的表述来展现的。比如，还是与藤原齐信的诗才之斗。齐信给她送来一句诗："兰省花时锦帐下"，命少纳言接下句。少纳言明明知道，但不愿直接用汉文答下句"庐山夜雨草庵中"，而是以和歌下半句的形式作答："草庵谁人访？（草の庵を誰かたづねむ）"，既表明自己熟知这一诗句，又巧妙地避免用男性的汉文书写。这样的才情应该令众多男性文人也自叹不如吧。

除了白诗以外，《枕草子》中引用的其他汉籍有：《汉书》或《蒙求》1 处，《法华经》1 处，《列仙传》1 处，《诗经》1 处，《诗经·郑玄注》1 处，《方干诗》1 处，《事文类聚后集》1 处，《和汉朗咏集》3 处，《述异记》1 处，《史记》1 处，《晋书》1 处，《菅家文草》1 处，《古注蒙求》1 处①。

《枕草子》叙述的定子后宫仿佛是白诗等汉籍中的世界的再现。与菅原道真他们以白居易的人生为指针以其诗歌为典范的接受方式不同，后宫沙龙可以说是浸染在白诗的意境中，他们好比是生活在一个想象中的白诗描绘的时空中。

---

① 　目加田さくを．サロンの文芸活動（5）—中宫定子サロンの議題—［J］．日本文学研究（梅光女学院大学），1992，28（11）：39–54．

### 四、紫式部对白诗的异化

在《紫式部日记》中，有关于她向中宫彰子讲授乐府诗的记述①。在《源氏物语》中，对白诗的引用也是非常频繁。比如，光源氏自谪须磨的时候，他的所带的物品是：装有各类书籍、文集的箱子，加上古琴一张。② 这其中的"文集"指的便是《白氏文集》。白诗《庐山草堂记》中，白居易描写草堂陈设时云："堂中设木榻四，素屏二，漆琴一张，儒、道、佛书各三两卷"。《源氏物语》的各类注释书都指出"各类书籍（さるべき書ども）"指的就是白诗中的"儒、道、佛书各三两卷"，"古琴一张"自然源于"漆琴一张"。通过这样的表述，使得光源氏的自贬须磨具有了白居易左迁江州的味道，光源氏也成了一位把白居易当作人生楷模的文人。

不过，这样的引用在《源氏物语》中属于最为常见的一类，并不能代表紫式部对白诗的理解。以下将重点分析能够体现其不同于男性文人和宫廷文化的白诗接受。

1. 将桐壶更衣比作杨贵妃的寓意

《源氏物语》开卷是这样的：

> 话说从前某一朝天皇时代，后宫妃嫔甚多，其中有一更衣，出身并不十分高贵，却蒙皇上特别宠爱。有几个出身高贵的妃子，一进宫就自命不凡，以为恩宠一定在我；如今看见这更衣走了红运、便诽谤她，妒忌她。和她同等地位的、或者出身比她低微的更衣，自知无法竞争，更是怨恨满腹。这更衣朝朝夜夜侍候皇上，别的妃子看了妒火中烧。大约是众怨积集所致吧，这更衣生起病来，心情郁结，常回娘家休养。皇上越发舍不得她，越发怜爱她，竟不顾众口非难，一味徇情，此等专宠，必将成为后世话柄。连朝中高官贵族，也都不以为然，大家侧目而视，相与议论道："这等专宠，真正教人吃惊！唐朝就为了有此等事，弄得天下大乱。"这消息渐渐传遍全国，民间怨声载道，认为此乃十分可忧之事，将来难免闯出杨贵妃那

---

① "中宫令我在御前为她讲解《白氏文集》某些诗篇，她对汉诗的世界充满了好奇心。于是，极力掩人耳目，利用没有其他人侍奉在中宫身边的空隙时间，从前年夏天开始，断断续续地向中宫进讲了文集中的《乐府》两卷。"张龙妹. 紫式部日记 [M]. 重庆：重庆出版社，2021：297.

② 原文参见紫式部. 源氏物语 [M]. 阿部秋生，秋山虔，今井源卫，校注. 东京：小学馆，1994：176.

样的滔天大祸来呢。更衣处此境遇，痛苦不堪，全赖主上深恩加被，战战兢兢地在宫中度日。　　　　　　丰子恺译《源氏物语：桐壶卷》1 页

　　这段文字中，值得关注的是划线部分"侧目（目を側めつつ）"一词，这是日本文学中第一次出现的词语，显然是陈鸿《长恨歌传》中描写杨氏一门骄横跋扈之句"京师长吏为之侧目"，或是白诗《上阳白发人》中"未容君王得见面，已被杨妃遥侧目"中的"侧目"一词的训读。从"侧目"一词可以看出杨贵妃的两个特质。一是她的权势，二是她的嫉妒。关于权势，《长恨歌传》中描写了贵妃的亲属们不可一世的权势：

　　　　叔父昆弟皆位列清贵，爵位通侯。姊妹封国夫人，富埒王宫，车服邸第，与长公主侔矣。而恩泽势力，则又过之，出入禁门不问，京师长吏为之侧目。

　　杨家叔父昆弟位列清贵，姊妹封国夫人，正可谓是实现了一人得道鸡犬升天般的荣华富贵。但这样的权势与桐壶更衣完全无缘。更衣实际上有个兄长在云林院出家，按照杨贵妃故事的思路，更衣也可以让兄长还俗，在朝廷里起到个杨国忠的作用的。但物语中并没有这样的事情发生。仅从这一点就可以知道，因专宠杨贵妃而导致安史之乱发生这样的社会动乱在当时的平安时代是不可能发生的。

　　至于嫉妒，杨贵妃对以梅妃等原玄宗宠妃的嫉妒，也大有赶尽杀绝之嫌。白诗《上阳白发人》中"未容君王得见面，已被杨妃遥侧目。妒令潜配上阳宫，一生遂向空房宿"之句，虽是文学描写，也能一窥端倪。而《源氏物语》的桐壶更衣不仅没有像杨贵妃那样的恃宠无恐，反而是遭到后宫嫔妃们的嫉恨，而且这样的怨恨已经超过了她的承受能力，以致时常回娘家养病。之所以嫉妒行为发生在以弘徽殿为首的嫔妃身上，这里有着第四章中涉及的有关皇后嫉妒的文化因素，身份相对低下、入宫时间也在弘徽殿之后的桐壶更衣是没有资格嫉妒别人的，但更多是因为日本天皇的皇权不同于中国皇帝的皇权。

　　那么，问题在于既然桐壶更衣身上没有杨贵妃的痕迹，那为什么要将更衣比作贵妃呢？根本原因在于天皇对更衣的专宠导致了公卿、殿上人的集体忧虑。这种忧虑是摄关政治下的特殊产物。朝廷官员们将自己的女儿送入宫中，希冀女儿能够生下下一代天皇，这样自己就能作为天皇的外祖父成为下一任摄关大

臣。为此，天皇对后妃们的宠爱事关下一任天皇出自哪个家族的大问题，如《荣花物语》中所叙述的那样，能够按照后妃们的身份礼遇每一个嫔妃，甚至是评价帝王是否圣明的一个指标①。而桐壶更衣，她的曾官居大纳言的父亲已经去世，兄长出家，现在是与母亲二人孤苦度日。这样一个在宫廷中可以说是毫无地位可言的更衣，有可能使得众多将自己女儿送入后宫的达官贵人们的摄关大臣梦破灭。他们的侧目而视之愤怒由此而来。不久，更衣还果然生下了皇子光源氏，众人的嫉恨更加强烈，待光源氏长到 3 岁，他的"着袴"仪式与弘徽殿所生的第一皇子的相比居然毫不逊色。对此，连世人也有众多诽谤，宫廷中更衣的处境可想而知。果然，到了这一年的夏天，更衣病重，留下幼小的皇子和年迈的母亲去世了。

从以上分析可知，天皇对桐壶更衣的专宠，虽然不会导致安史之乱那样的社会动乱，但在摄关政治时期，那是个关系到朝廷的最高实权落在哪个家族的问题，可以说是生死攸关的。《荣花物语》和《大镜》中都记述了发生在藤原元方与藤原师辅之间的权势之争②。元方的女儿祐姬于 950 年生下了村上天皇的第一皇子广平亲王，但同年，藤原师辅的女儿安子产下第二皇子宪平亲王，师辅依仗自己的权势，在宪平亲王出生两个月后将其立为皇太子，封杀了广平亲王即位的可能性。元方绝望之极，于 953 年病故。这样的历史事件的存在，反过来可以说明更衣专宠事件，对朝廷官员来说，其严重程度或许可以与杨妃事件相提并论的。

---

① 参看《荣花物语》的相关叙述："今の上の御心はへあらまほしく、あるべきかぎりおはしましけり。醍醐の聖帝世におはしましけるに、またこの帝、尭の子の尭ならむやうに、おほかたの御心ばへの雄々しう気高くかしこうおはしますものから、御才もかぎりなし。和歌の方にもいみじうしませたまへり。よろづに情けあり、物の栄えおはしまし、そこらの女御、御息所参り集りたまへるを、時あるも時なきも、御心ざしのほどこよなけれど、いささか恥がましげに、いとほしげにもてなしなどもせさせたまはず、なのめに情けありて、めでたう思しめしわたして、なだらかに掟てさせたまへれば、この女御、御息所たちの御仲もいとめやすく、便なきこと聞えず、くせぐせしからずなどして、御子生まれたまへるは、さる方に重々しくもてなさせたまひ、さらぬはさべう、御物忌などにて、つれづれに思さるるなどは、御前に召し出でれ、碁、双六うたせ、偏をつがせ、いしなどをせさせて御覧じなどまでぞおはしましければ、皆かたみに情かはし、をかしうなんおはしあひける。"荣花物语：第 1 册 [M]. 山中裕，秋山虔，池田尚隆，等校注．东京：小学馆，1995：20 - 21.
② 荣花物语：第 1 册 [M]. 山中裕，秋山虔，池田尚隆，等校注．东京：小学馆，1995：25 - 34；大镜 [M]. 橘健二，加藤晴子，校注．东京：小学馆，1996：140 - 144/179 - 182.

也就是说，紫式部通过把桐壶更衣比作杨贵妃，间接地道出了平安朝摄关政治体制下围绕后宫所展开的权势斗争之残酷。但是，她自身对于这样的权势之争是持否定态度的。何以见得？引文划线部分的原文中，在"侧目"一词之前有形容词连用形（あいなく）作连用修饰。据新编全集的头注，该词的词义为"原本没有关系的"①。针对公卿、殿上人对更衣侧目而视这一行为，紫式部巧妙地用"あいなく"一词来加以修饰，轻描淡写地点明了宫廷权贵们侧目而视的行为是出自个人利益的小题大作。作者对杨贵妃故事的运用，已不再是比喻的层面，而是具有了强烈的现实主义批判精神。

2. 讽喻精神的失落

白居易在《与元九书》中强调其讽喻诗的价值，认为其他的诗文是可以忽略不计的②。但平安朝的文人们更喜欢的是他的感伤诗和杂律诗。根据阿部秋生的统计，《句题和歌》等佳句集中有关白诗的接受状况如下③：

①大江千里的《句题和歌》　　宽平九年（897）

作为歌题的诗句共 116 句，其中白诗 74 首，所占比例 63%。

白诗之中，闲适诗 1 首，其他为第 13 卷以后的杂律诗。

②大江维时的《千载佳句》　　天庆九年（946）

1083 联七言两句汉诗，其中白诗 513 联，除去不见于现在的《白氏文集》中的 26 联，共 487 联，所占比例为 44.9%。

其中属于讽喻诗的新乐府 2 联，感伤诗 2 联，其余的 483 联为杂律诗。

③藤原公任的《和汉朗咏集》　　宽弘八年（1011）

和歌 216 首，汉诗文 587 首，其中中国人的诗文 233 首，日本人的诗文 354 首。白居易的诗文 130 首，占中国诗人所收诗句的 55.5%。其中，讽喻诗的新

---

① 《源氏物语》新编全集头注为："「関係がないのに」が原義。ここでは、語り手が上達部・上人などの態度にあらずもがなの困ったことだとする感想。"紫式部. 源氏物语：第 1 册［M］. 阿部秋生，秋山虔，今井源卫，校注. 东京：小学馆，1994：17.

② 《与元九书》中有言：古人云："穷则独善其身，达则兼济天下。"仆虽不肖，常师此语。大丈夫所守者道，所待者时。时之来也，为云龙，为风鹏，勃然突然，陈力以出；时之不来也，为雾豹，为冥鸿，寂兮寥兮，奉身而退。进退出处，何往而不自得哉！故仆志在兼济，行在独善，奉而始终之则为道，言而发明之则为诗。谓之讽谕诗，兼济之志也；谓之闲适诗，独善之义也。故览仆诗者，知仆之道焉。其余杂律诗，或诱于一时一物，发于一笑一吟，率然成章，非平生所尚者，但以亲朋合散之际，取其释恨佐欢，今铨次之间，未能删去。他时有为我编集斯文者，略之可也。

③ 以下数字所据论文，阿部秋生. 楽府といふ書二巻［J］. 国語と国文学，1989，66（3）：1－13.

乐府8首，感伤诗4首，杂律诗118首。而收录的新乐府诗作为该诗结尾部分感伤性句子，保留了讽喻精神的只有《百炼镜》1首。

　　显然，以上三部主要的佳句集中收录的白诗是以感伤诗和杂律诗为主的。这也符合平安朝文人的价值取向和审美标准。那么，《源氏物语》中的白诗引用又是怎样的呢？

　　同样根据阿部先生的统计，《源氏物语》中白诗的总引用数为71首，其中律诗27首，占38%；讽喻诗26首（新乐府18首，秦中吟8首），占36.6%；其余为感伤诗17首，闲适诗1首。从这简单的数字可知，《源氏物语》中讽喻诗的引用仅次于律诗，甚至大大超过了感伤诗。如前文所述，紫式部曾在宫中向中宫彰子讲授《白氏文集》的《新乐府》二卷，紫式部对乐府诗的爱好也体现在了《源氏物语》当中。但是，白居易新乐府的讽喻精神是否得到了继承呢？以下是本人整理的讽喻诗的具体引用例，共27例①：

**表1：《源氏物语》所引白居易讽喻诗**

| 序号 | 场面 | 原文 | 所引诗篇 | 所引诗句 |
|---|---|---|---|---|
| 1 | "雨夜品评"中"咬手指女子"的容貌 | 疎き人に見えば面て伏せにや思はむと憚り恥ぢて | 新乐府上阳白发人 | 外人不见见应笑 |
| 2 | "咬手指女子"等待丈夫来访时的情景 | 火ほのかに壁に背け、萎えたる衣どもの厚肥えたる大いなる籠にうちかけて | 新乐府上阳白发人 | 耿耿残灯背壁影 |
| 3 | 式部丞向博士的女儿求婚 | わが両つの途歌ふを聴け | 秦中吟议婚 | 听我歌两途 |
| 4 | 光源氏在夕颜的居所听到邻居们的各种祈祷 | 朝の露にことならぬ世を、何をむさぼる身の祈りにか | 秦中吟不致仕 | 朝露贪名利 |

────────────

① 阿部秋生的论文中并没有指出具体的用例。以下用例是本文作者参照近藤春雄著作整理而成，近藤先生指出的用例为24例，且其中有两例本文作者认为比较牵强没有采纳。近藤春雄. 新楽府・秦中吟の研究［M］. 东京：明治书院，1990：21 – 22.

续表

| 序号 | 场面 | 原文 | 所引诗篇 | 所引诗句 |
|---|---|---|---|---|
| 5 | 夕颜被夺去生命的某院阴森的氛围 | 夜半も過ぎにけんかし、風のやや荒荒しう吹きたるは。まして松の響き木深く聞こえて、気色ある鳥のから声に聞きたるも、梟はこれにやとおぼゆ。 | 凶宅 | 枭鸣松桂枝 |
| 6 | 光源氏见到看门人祖孙或父女冻得通红的鼻子 | 幼き者は形蔽れずとうち誦じたまひても、鼻の色に出でていと寒しと見えつる御面影ふと思ひ出でられて、ほほ笑まれたまふ。 | 秦中吟重赋 | 幼者形不蔽并入鼻中辛 |
| 7 | 六条妃子入宫与朱雀天皇辞别时的心情 | 十六にて故宮に参りたまひて、 | 新乐府上阳白发人 | 入时十六今六十 |
| 8 | 荒芜的末摘花的居所 | 宮の中、いとど狐のすみかになりて、疎ましうけ遠き木立に、梟の声を朝夕に耳慣らしつつ、 | 凶宅 | 狐蔵兰菊丛,枭鸣松桂枝。 |
| 9 | 玉鬘乳母之子护送玉鬘来到京城寻找生父 | 胡の地の妻児をば虚しく棄て捐てつ | 新乐府傳戎人 | 胡地妻儿虚弃捐 |
| 10 | 六条院游船活动 | 亀の上の山もたづねじ舟のうちに老いせぬ名をばここに残さむ | 新乐府海漫漫 | 不见蓬莱不敢归,童男卯女舟中老 |
| 11 | 六条院游船活动之时庭院中的场景描写 | 廊を繞れる藤の色 | 秦中吟伤宅 | 绕廊紫藤花 |
| 12 | 光源氏探望卧病在床的大宫 | 齢などこれよりまさる人、腰たへぬまで屈まり歩く例、昔も今もはべれど | 秦中吟不致仕 | 金章不胜腰 |

续表

| 序号 | 场面 | 原文 | 所引诗篇 | 所引诗句 |
|---|---|---|---|---|
| 13 | 光源氏的四十岁寿辰，冷泉天皇想趁此机会行幸六条院 | 「世の中のわづらひならむこと、さらにせさせたまふまじくなむ」と辞び申したまふことたびたびになりぬれば、 | 新乐府<br>骊宫高 | 吾君修己人不知，不自逸兮不自嬉。吾君爱人人不识，不伤财兮不伤力。 |
| 14 | 夕雾说服落叶宫时的话语 | 岩木よりけになびきがたきは、契り遠うて、憎しなど思ふやうあなるを | 新乐府<br>李夫人 | 人非木石皆有情 |
| 15 | 紫夫人去世后光源氏口吟诗句 | 「窓をうつ声」など、めづらしからぬ古言をうち誦じたまへるも、 | 新乐府<br>上阳白发人 | 萧萧暗雨打窗声 |
| 16 | 玉鬘有关女儿大君入宫问题的思忖 | 遥かに目をそばめられたてまつらむもわづらはしく、 | 新乐府<br>上阳白发人 | 已被杨妃遥侧目 |
| 17 | 宇治姐妹思念故去的父亲八宫 | 外国にありけむ香の煙ぞ、いと得まほしく思さるる。 | 新乐府<br>李夫人 | 反魂香降夫人魂 |
| 18 | 薰君在接受与女二公主的婚事时，思念宇治的大君 | 昔ありけん香の煙につけてだに、いま一たび見たてまつるものにもがな、とのみおぼえて、 | 新乐府<br>李夫人 | 反魂香降夫人魂 |
| 19 | 中君对薰君感情的理解 | 人（薰）の御気色はしるきものなれば、見もてゆくままに、あはれなる御心ざまを、岩木ならねば思ほし知る。 | 新乐府<br>李夫人 | 人非木石皆有情 |
| 20 | 浮舟的贴身侍女右近对薰君话语的恐惧 | 梟の鳴かんよりも、いともの恐ろし。 | 凶宅 | 枭鸣松桂枝 |
| 21 | 比喻匂亲王对浮舟的迷恋 | 女の道にまどひたまふことは、他の朝廷にも古きれいどもありけれど | 新乐府<br>李夫人 | 人非木石皆有情，不如不遇倾城色。 |

续表

| 序号 | 场面 | 原文 | 所引诗篇 | 所引诗句 |
|---|---|---|---|---|
| 22 | 薰君借此句表达自己对浮舟的相思之情 | 人木石にあらざればみな情あり | 新乐府李夫人 | 人非木石皆有情 |
| 23 | 薰君思恋大君 | 絵に描きて恋しき人見る人はなくやはありける、ましてこれは、慰めむに似げなからぬ御ほどぞかしと思へど | 新乐府李夫人 | 甘泉殿里令写真 |
| 24 | 僧都发现浮舟 | 狐の人に変化するとは昔より聞けど、まだみぬものなり | 新乐府古塚狐 | 古冢狐，妖且老，化为妇人颜色好 |
| 25 | 叙述者感叹浮舟被视为狐媚 | まことに、人の心まどはさむとて出で来たる仮の物にやと疑ふ。 | 新乐府古塚狐 | 假色迷人犹如是 |
| 26 | 僧都告诫浮舟的话语 | このあらん命は、葉の薄きが如し | 新乐府陵园妾 | 命如叶薄将奈何 |
| 27 | 僧都触景生情地口诵诗句 | 「松門に暁到りて月俳諧す」と、法師なれど、いとよしよししく恥づかしげなるさまにてのたまふことどもを | 新乐府陵园妾 | 松门到晓月徘徊 |

　　《源氏物语》中引用白居易讽喻诗的例子确实很多，但这些引用是否与讽喻精神有关呢？首先，从被引用的诗句来看，虽是讽喻诗中的诗句，大多属于抒情表述或场景描写的。如《李夫人》中的"人非木石皆有情，不如不遇倾城色"、《陵园妾》中的"松门到晓月徘徊"、《上阳白发人》的"耿耿残灯背壁影，萧萧暗雨打窗声"等，白诗的这些句子本身并不具有讽喻性。其次，即便是讽喻意味很强的诗句，在引用中也没有了讽喻意味。比如，（16）引用了《上阳白发人》中的"已被杨妃遥侧目"之句，也没有将明石中宫比作杨贵妃的寓

意。实际上，只是因为玉鬘名义上是光源氏的养女，与明石中宫属于姐妹关系，让自己的女儿入宫与养父之女争宠，玉鬘认为不是上策而已。再次，（12）例是可以当作具有讽喻意味的引用，也失去了讽喻的意义。光源氏说自己已经不到朝廷去上班了，虽然自古就有那些人迷恋权势，等到"金章不胜腰"的年龄还有抓住权力不放，好像有在讽刺权贵的意味。但是，光源氏这时候已是太政大臣，是最高权力者，冷泉天皇又是他与藤壶之间所生之子，属于可以高枕无忧的那一类。且如下文所述，讽喻是自下而上的行为，身为太政大臣又是天皇生父的光源氏，如果知道有那样的贪恋权势之人，就应该直接革职查办就是了。他是没有资格说什么讽喻诗的。所以，正如大部分学者主张的那样，《源氏物语》中虽然引用了白居易的不少讽喻诗，但并没有体现白诗的讽喻精神①。

不过，藤原克己教授认为第6例《末摘花》卷中对《重赋》②的引用表达了《源氏物语》作者对当时的贪吏们的批判，是体现《重赋》一诗的讽喻主题的③。其实，要了解是否体现了讽喻精神，首先得了解何为讽喻。古今词典的解释如下：

《广雅·释古四》云：讽，谏也。

《集韵》云：讽，一曰谏刺。一曰告也。

《汉语大词典》用委婉的言语进行劝说。

---

① 小守郁子. 源氏物語と白氏文集 [J]. 東方学, 1981 (1)：73-87；村井利彦. 末摘花の思想—源氏物語における兼済への志 [J]. 山手国文論攷, 1983, 5 (3)：1-34.

② 原诗如下：厚地植桑麻，所要济生民。生民理布帛，所求活一身。身外充征赋，上以奉君亲。国家定两税，本意在爱人。厥初防其淫，明敕内外臣：税外加一物，皆以枉法论。奈何岁月久，贪吏得因循。浚我以求宠，敛索无冬春。织绢未成匹，缲丝未盈斤。里胥迫我纳，不许暂逡巡。岁暮天地闭，阴风生破村。夜深烟火尽，霰雪白纷纷。幼者形不蔽，老者体无温。悲端与寒气，并入鼻中辛。昨日输残税，因窥官库门：缯帛如山积，丝絮似云屯。号为羡余物，随月献至尊。夺我身上暖，买尔眼前恩。进入琼林库，岁久化为尘.

③ 藤原克己认为："『重賦』の主題には、重税批判とともに、いまひとつ、それとは不可分に関わるかたちで痛烈に歌いこめられた、貪吏批判があることに注意したい。（中略）没落貴族の典型たる故常陸宮家の貧寒と、「我が身上の暖を奪いて、汝が眼前の恩を買う」といった鋭い貪吏批判を含む「重賦」とは、まさに主題的に関わるものであったと言わなければならない。"藤原克己. 源氏物語と白氏文集—末摘花の『重賦』の引用を手がかりに [C] //源氏物語と漢文学 [M]. 東京：汲古書院, 1993：103-120.

再来看古人的用例：

《两都赋》序：或以抒下情以通讽喻，或以宣上德而尽忠孝，雍容揄扬，著于后嗣，抑亦雅颂之亚也。　　　　　　　　　　《李善注文选》卷1

《阚泽传》：泽欲讽喻以明治乱，因对贾谊《过秦论》最善，权览读焉。　　　　　　　　　　　　　　　　　　　　　　　《三国志·吴志》

从词典及用例我们可以知道，所谓讽喻不同于一般意义上的讽刺，它是由下而上的，为了让帝王明白治乱之道的。如藤原克己教授指出的那样，《重赋》中有着批判贪吏的意图，但真正的目的在于告诉皇帝：那些贪吏们"号为羡余物"之"余物"来源，实则是"夺我身上暖，买尔眼前恩"之物。

退一步讲，这个时候是光源氏的生父桐壶天皇的天下，是在物语中被称为盛世的时代，光源氏自身也是官居要职。如果光源氏在这里引用《重赋》表达了讽喻精神，那么就意味着是对其父亲的治世的否定。显然，这样的可能性是不存在的①。

相反，如上述第6例，作品关于看门人祖孙或父女冻寒样子的描述，直接作用在于引出光源氏口诵"幼者形不蔽（幼き者は形蔽れず）"之句，而作者的最终目的是令其回忆起早上雪光中看到的鼻子冻红了的末摘花的形象，从而露出会心的坏笑（鼻の色に出でていと寒しと見えつる御面影ふと思ひ出でられて、ほほ笑まれたまふ）。如果是作者有意批判贪吏，那这样的时候，光源氏该是满腔的愤怒同情才是。

其实，白居易讽谕诗中，除了抒情写景的诗句外，那些描写下层百姓饥寒交迫的生活现状的文字，与平安贵族的审美情趣是格格不入的。讽谕诗在《源氏物语》中的这种变异也是在情理之中的。

3. 可笑的博士形象

《源氏物语》第二卷《帚木》中有一段著名的"雨夜品评"。说的是五月阴雨连绵的日子，光源氏、头中将以及其他年轻官员在宫中值宿，互相讲述各自的恋爱体验。其中式部丞讲述的是他与一位博士女儿的恋爱经过。

那是他还只是个文章生的时候，在一位博士门下做学问，那位博士有许多女儿，他就找个机会向其中的一位女儿求婚。作为父亲的博士听说了，举着酒

---

①　张龙妹. 源氏物語の政治性—漢詩文の引用から見た [J]. 国文学解釈と教材の研究，2001，46（14）：112－120.

杯跟他说："听我歌两途"什么的。但式部丞几乎不曾把她当作贴心的妻子，看在博士父亲的面子上维持了一段时间。这期间博士女儿是真情相待，夜半睡醒时也跟他讲学问讲仕途经济，给他写的信字迹漂亮，且不参杂假名，汉文写得冠冕堂皇。虽然以她为师学会了怎么写半通不通的汉文，她的恩情式部丞至今不忘；但作为贴心的妻子，说像自己这样没有才学之人，自是羞于让她看到自己有伤大雅的行为举止。

故事中提到博士父亲所说的"听我歌两途（わが両つの途歌ふを聴け）"，引自白诗《秦中吟十首》中的《议婚》：

> ……主人会良媒，置酒满玉壶。四座且勿饮，<u>听我歌两途</u>。
> 富家女易嫁，嫁早轻其夫。贫家女难嫁，嫁晚孝于姑。
> 闻君欲娶妇，娶妇意何如。

诗中作者指出了"富家女易嫁""贫家女难嫁"的现状，比较"嫁早轻其夫"的富家女与"嫁晚孝于姑"之贫家女的区别，奉劝娶妻者一定要三思。这首诗应该是作者有感于社会上嫌贫爱富的择偶现状而发出的感慨。引文中的博士在学生向其女儿求婚时口吟这样的诗句，说明：其一，博士家庭属于贫穷的，其二，白居易写诗来讽刺这样的社会现象，但本身贫穷的博士向未来的女婿说出这样的话，无异在告诉对方：我们家虽然穷，但我家的女儿会"孝于姑"。这样的言行实在是太迂腐了。再说，当时日本的婚姻还属于访婚制，女性是不用跟丈夫的父母一同生活的。也就是说，白居易标榜的贫女"孝于姑"这样的美德，在当时几乎是没有意义的。这位博士父亲的迂腐由此可见一斑。

再说这位博士父亲养育的女儿。夜半醒来，本来应该说些闺房私话的，她却一本正经地给丈夫讲学问讲为官之道。当时男女之间书信来往也多以和歌为主的，她却写不参杂假名的、字迹漂亮的汉文。前面关于清少纳言的部分也曾提到，如少纳言般喜欢在男性文人面前"卖弄"汉文知识的宫廷女性，也羞于在给齐信的回信中直接写汉字，而是采用和歌的形式来表达的。可见博士女儿不带假名的汉文书信，在当时该是个多么奇特的行为。式部丞文章生出身，应该也是走学问之路的，但在他看来，这样的妻子即便能帮他改文章，但时时会令其自惭形秽，不是他希望与之相伴终生的妻子。而对于像光源氏、头中将这样权门的贵公子，根本没有必要以学问立身，这样的妻子自然更是不需要的了。

此后，式部丞又讲述他们之间的一个小插曲。说曾经相隔许久去探访博士女儿，她倒是没有像其他女性那样有怨恨之意，只是说出来的话令人大为吃惊：

说近几月正好得了"风病"，服用了大蒜之类的草药，因为很臭所以不能相见。即便不是当面，有什么杂事，请尽管吩咐。这里同样用了一大堆汉语词汇，而且像吃了大蒜、很臭、不能相见之类，即便是男性也羞于说出口的话，她居然毫不含糊地说出来了。总之，式部丞是讲述了一个迂腐的博士父亲，养育了一个同样迂腐的女儿的故事。

再比如，光源氏为夕雾举行的取字仪式上的博士，其迂腐程度也是相当了得的：

> 儒学博士们便努力镇静，装作泰然自若。有几个人穿着借来的衣服，不称身体，姿态奇特，也不以为耻。他们的面貌神气十足，说话声音慢条斯理，规行矩步，鱼贯入座，这光景真乃见所未见，青年贵公子们看了，都忍不住笑出来。
>
> 然而这会上的招待人，都选用老成自重、不会轻率嘻笑的人。他们拿着壶樽敬酒。只是儒家的礼仪过分别致，因此右大将和民部卿等虽然谨慎小心地捧着酒爵，终不合法，常被儒学博士严厉指责。有一儒学博士骂道："尔等乃一奉陪之人，何其无礼！某乃著名儒者，尔等在朝为官而不知，无乃太蠢乎！"众人听了这等语调，都扑哧地笑出来。博士又骂："不准喧哗！此乃非礼之极，应即离座退去！"如此威吓，又很可笑。

丰子恺译《源氏物语：少女卷》435 页

光源氏考虑到夕雾以后需要依靠实学立身，就令他到大学寮学习。引文是在二条院为夕雾举行取字仪式场面的描述。在文章道繁荣的延历年间（782—806），上层贵族的子弟也竞相报名参加文章道的考试[1]，但在摄关政治时期，文章道已然没落，贵族家庭不再有人成为文章生，所以以公卿、殿上人等对这样的仪式既觉得新奇又感到诧异，争相来参加夕雾的取字仪式。公卿是三品以上的官员，殿上人中除了负责天皇身边事务的藏人以外也是四品五品的高官，而此时文章道的博士只有从五品下[2]。在众多高官面前，博士们也一定是内心胆怯。但光源氏要求他们一定要严格按照规定举行仪式，不能有所简略。于是博士们佯装镇定，也不为穿着从别人家借来的不合身的衣衫而感到羞涩，一本正

---

[1]　北京日本学研究中心文学研究室. 日本古典文学大辞典［M］. 北京：人民文学出版社，2005：203.

[2]　紫式部. 源氏物语：第 3 册［M］. 阿部秋生，秋山虔，今井源卫，校注. 东京：小学馆，1994：24－25.

经地就坐后开始了规定的仪式程序。因为都是些不曾见过的仪式，年轻的公子们忍不住笑出声来。其实，这些人也是挑选出来的、不至于忍不住会笑出声的、举止稳重的公子们，令他们在宴席上司酒行觞。但毕竟与平日筵席的做法太不一样了，右大将、民部卿等虽努力拿着酒杯，还是被博士狠狠地训斥了。听博士们这么训斥，大家又是一阵哄笑，博士又威胁，扬言要让他们退场。而这样的言行，在贵族们看来也只是好笑而已。

在这一段中，作者同样描写了博士的贫穷和迂腐。负责主持取字仪式的博士，还是光源氏特意提携的，对他来说应该是一个千载难逢的抛头露面的机会。但他穿的衣服都是借来的。应该是长短肥瘦都不太合适，旁观者一眼就看出来了，而他自己不为此感到羞涩。仪式进行期间的言行举动，都成为达官贵人们嘲笑的对象，但他自己还在煞有介事地训斥、威胁。从中可以看出，文章道的没落已经到了不可救药的地步，而博士们已然是与贵族社会格格不入的另类人物。

紫式部之所以对博士有这样入木三分的描述，应该源自他父亲藤原为时（949—1029）的人生经历。为时之名，应该来自白居易《与元九书》中"文章合为时而著，歌诗合为事而作"之句，应该也是个以白居易为异代之师的典型文人。他师从菅原道真之孙菅原文时（899—981），在花山天皇为东宫时，任副侍读，待花山天皇于984年即位，为时任式部丞・蔵人，但好景不长，986年花山天皇被藤原兼家诱骗退位，为时也辞去了官职。到了一条天皇时代，为时竟有10年没有一官半职。据史书及各说话记载，996年正月任命官职时，为时受命任淡路国国守，淡路国是下等国，为时通过天皇的仕女向一条天皇上呈了"苦学寒夜红泪沾襟、除目后朝苍天在眼"的诗句。据说一条天皇读后饮食难以下咽，在御所流泪。藤原道长见此动了恻隐之心，将自己的家臣（或作乳母之子）源国盛（？—996）的封国越前国与之对换①。用现在的话来说，越前守是为时跑官才争取来的。从《紫式部集》可知，紫式部也曾到越前与其父共同生活②。

紫式部从其父亲的身上深刻意识到了文章道没落时期的文人生活的艰辛，也应该对固守着死板的教条而与贵族文化格格不入的文人们的滑稽形象有充分

---

① 此事可见于《日本纪略》后篇十，《续本朝往生传》"一条天皇条"；《今昔物语集》第24卷第30篇；《古事谈》卷一第26篇；《今镜・昔语九》"唐歌"；《十训抄》第10卷第31篇。

② 新潮社《紫式部集》中的第20-24首和歌应该是紫式部往返越前国时所作。

的认识。前文博士父亲嫁女时吟诵《秦中吟》的诗句，与当时喜好白诗感伤诗、杂律诗的时代潮流相悖，而引用的方式，又充满了对博士的嘲讽。与上文所述的对《重赋》的引用一样，将白诗的讽喻精神完全异化成了对固守文章道的文人们的一种讽刺。

# 第二节　《源氏物语》中对"孝思想"的不同接受

"孝"与"悌"并称，在双亲在世的时候尽心奉养，去世以后又尽情哀悼，兄弟姐妹友爱，这是中国家庭伦理道德的基础。在社会上，又与"忠"并称，孝子忠臣被认为是士大夫立身扬名之本。

孝思想很早就传入了日本，早在《日本书纪》就有了仿作的孝子故事①。据黑田彰、德田进等学者的研究，孝道在中国的传播，以唐代为界。唐代之前是《孝子传》《孝经》，唐代以后以《二十四孝》为主导。而在日本，直到室町时代为止，因着阳明本和船桥本两个古抄本《孝子传》的传承，孝子故事一直是以《孝子传》为主②。为此，以下在介绍这两个古抄本《孝子传》故事的同时，分析孝子故事在男性的汉诗、物语等文学作品与《源氏物语》中的不同接受，以期指出其接受的民族性特质。

## 一、《孝子传》的孝行类型

现存阳明本与船桥本《孝子传》收录的故事都是45篇，只有最后两个故事顺序不同③，所以在此仅按阳明本排列。○内数字为阳明本故事的顺序。

1. 存世时尽心赡养

　①舜　③刑渠　④伯瑜　⑤郭巨　⑧三州　⑪蔡顺　⑬老莱之　⑯杨威

---

① 据《古事记》《日本书纪》的记载，儒家的经典于应神天皇之时传入日本。不过在应神天皇之前，《日本书纪》就描写了神武天皇、绥靖天皇、景行天皇等的孝行，模仿痕迹明显。赵俊槐.《宇津保物语》中的"孝"思想研究［D］. 北京：北京外国语大学，2014.

② 黑田彰. 孝子伝の研究［M］. 京都：佛教大学通信教育部出版，2001：1-60. 另，德田进指出到镰仓时代为止的孝子故事源自《孝子传》和《蒙求》，从他的整理来看，认为源自《蒙求》的故事只有《黄香温席》《王褒柏惨》二则。另，《今昔物语集·震旦部》中除因果报应以外的孝子故事也与《孝子传》一致。（德田进. 孝子説話の研究［M］. 德岛：井上书房，1963：21.）

③ 最后两个故事的顺序，阳明本为眉间尺慈乌，传桥本为慈乌眉间尺。

⑮陈实　⑳仲由　㉓朱百年　㉖孟仁　㉗王祥　㉘姜诗㉟伯奇　㊱曾参　㊳申生　㊵禽坚　㊺慈乌

在后世的伽草子中，这类故事非常常见，但对平安朝贵族来说，平安物语中描写的是上层贵族的生活，节衣缩食赡养父母并不符合他们的生活和审美情趣。也只有《宇津保物语》中仲忠赡养无依无靠的母亲，是此类故事的典型的模仿。

2. 死后哀悼

②董永　⑨丁兰　⑭宋胜之　⑰曹娥　⑲欧尚　㉑刘敬宜　㉔高柴　㉕张敷　㉙叔先雄　㉚颜乌　㉛许孜　㊱曾参　㊷羊公

这也是中世的伽草子中常见的故事，为了给故去的父母做祭祀，有的甚至不惜将自己卖给人贩子。在平安朝的物语中，比如，光源氏和藤壶对桐壶帝的追祭等，尚不见这样激烈的行为。

3. 复仇

⑦魏阳　⑨丁兰　㉜鲁义士　㊲董暗　㊹眉间尺

这也是显然与平安时代的价值观及审美情趣相悖的。

4. 对祖父之孝

⑥原谷

《宇津保物语》仲忠辞去给自己的官位而请求为外祖父俊荫的府第叙爵，应该算作是为祖父尽孝。但原谷的故事重在赡养，仲忠则是实现了外祖父以琴立族的遗愿。这两个孝行本身存在着本质性的差异。

5. 对兄弟的"悌"

⑩朱明　⑫王巨尉　㉒谢弘微　㉜鲁义士

《宇津保物语》中还描写了仲忠如何照拂他的同父异母兄弟，应该可以看作仲忠的"悌"。

6. 节妇义女

㊸东归节妇女

这也是后世的故事中常见的，但不符合平安朝贵族的审美情趣。

7. 孝敬后母

①舜　㉜鲁义士　㉝闵子骞　㉞蒋诩

中国的这类故事，应该是孝子故事的极致。对并没有血缘关系的继母尽孝，即便受尽虐待也不以为意，遭受诬陷也不公开真相。平安物语中，可见《宇津保物语》的阿忠被后母诬陷以致出家的故事。

8. 忠孝之间

⑱毛义　㊴申明　㊶李善

⑱说的是毛义为了孝养母亲，母亲在世时，即便是朝廷政治不清明，他也出仕为官。但等他母亲去世，便毅然辞官回家了。㊴申明听从父亲的命令带兵出征，在此期间，父亲被贼寇所杀。申明战胜后为父亲服孝三年，之后自杀。㊶李善为了养育幼主祈求神灵，竟然感动天地，得以用双乳养大幼主。所谓忠孝不能两全，身为朝廷命官的平安朝文人，应该也存在着如何处理忠孝的问题。

9. 天子之孝

①舜

舜因其绝对的孝行感动天地，也因此获得了帝王之位。孝行好似帝王最为重要的品行。《源氏物语》中，冷泉天皇欲以生父之礼待光源氏，将皇位相让，或许便是对这一孝思想的接受。

日语中本无"孝"字，也没有与此相对应的概念。从以上分类中可以看出，不少类型的孝行是与平安时代的审美观格格不入的。本文作者认为，7. 孝敬后母、8. 忠孝之间、9. 天子之孝三类是最能代表中国孝思想的。以下，我们来分析这三类孝行在日本文学中的体现。

**二、孝敬后母**

1. 孝敬继母在中国家族制度中的含义

其实，除了上面分类中的4例孝敬后母的故事外①，《孝子传》中收录的㉗王祥②、㊱曾参③也是属于孝敬后母的。这些孝敬后母的孝子故事的最大特点便是：受到虐待的孝子都是嫡长子。嫡长子的生母去世，成为父亲继室的后母生下了支子④。而后母虐待嫡长子的主要原因在于嫡长子与支子（庶子）之间悬殊的身份。《仪礼·冠礼》关于嫡长子及庶子的冠礼的仪礼记载如下：

---

① ㉟伯奇和㊳申生的故事，在日本被归入"继子"类孝子故事。但他们孝顺的实际上不是后母而是生父，所以在此除外。

② 《晋书》卷三十三·列传第三"王祥"中云："早丧亲、继母朱氏不慈、数谮之、由是失爱于父"。(唐) 房玄龄，等. 晋书：第4册 [M]. 北京：中华书局，1974：987.

③ 《孔子家语》中云："参后母遇之无恩、而供养不衰"。(清) 陈士珂，辑. 孔子家语疏证 [M]. 北京：中华书局，1985：223.

④ 嫡妻所生的嫡长子以外的男子或庶子。《仪礼·丧服传》：贾公彦疏"支子则第二已下庶子也、不言庶子云支子者、若言庶子、妾子之称。言谓妾子得后人、适妻第二已下子不得后人、是以变庶言支。支者取支条之义、不限妾子而言。"四部备要第4册：仪礼注疏 [M]. 北京：中华书局，1989：239.

"嫡子冠於阼以著代也。醮於客位加有也。三加弥尊喻其志也。冠而字之敬其名也"。

《和刻本仪礼经传通解》第一辑．《冠礼第二》

"若庶子则冠於房外南面"。

《和刻本仪礼经传通解》第一辑．《冠礼第一》

嫡子的冠礼在"阼"举行，经传云："阼谓东序少北近主位也"，以显示其作为父亲之"代"（后继者）的地位。且嫡长子的冠礼要举行三次，还要在此时为其取字，以敬其名。而庶子的冠礼，只规定要在房屋的外面朝南举行。嫡长子因其有着继承权，与庶子之间存在着明显的尊卑。而继母之所以要虐待嫡长子，无非是为了给亲生孩子夺取继承权。

也就是说，从一开始，后母与嫡长子之间就处于这样一种利害关系之中。但中国的家族制度又规定嫡长子必须对后母尽孝。《仪礼·丧服》中有"继母如母"之语，对此，经传云：

"继母之配父与亲母同。故孝子不敢殊也。"

《和刻本仪礼经传通解》第二辑

"庶子承后为其母缌也"。"大夫以上为庶母无服"。

《和刻本仪礼经传通解》第二辑

为此，继子为后母服丧是三年的"齐衰"，相反，如果是庶子成为父亲的继承人，那只需要为生母服丧三月（缌麻）。而如果是五品以上官职的士大夫，那他就没有必要为庶母服丧了。《仪礼》成书于春秋（前770—前476）战国（前475—前221）时代，但时至元代也基本得到了继承，至治二年（1322）之前的元朝法令的集大成者《元典章》中有关"继母""庶母"的服丧时间的规定与《仪礼》相同。①

为此，孝敬后母，可以说是中国的家族制度中最为排斥自然感情、最为不合情理的一种行为要求。所以，也是孝行中最为难能可贵的。这也是孝敬后母故事在孝子故事中尤其感人的缘故。

2. 古代日本有关亲属关系的认识

平安时代昌泰年间（898—901）成书的《新撰字镜》中：

---

① 陈高华，张帆，刘晓，等．元典章［M］．北京：中华书局，2011：1057．

"继父　万々知々　庶兄　万々兄　嫡母　万々波々"①（亲族部十三）

将"继父"读作"MAMA CHICHI（ままちち）"、庶兄读作"MAMA ANI（ままあに）"、嫡母读作"MAMA HAHA（まははは）"。可见嫡、继、庶都读作"MAMA（まま）"。

承平年间（931—938）由源顺编撰的《倭名类聚抄》中，

"继父和名万万知知、继母万万波波。继父母各谓其子古我不生义也"②。

将"继父"读作"MAMA CHICHI（ままちち）""继母"读作"MAMA HAHA（まははは）"。显然《倭名类聚抄》中"继母"的读音与《新撰字镜》中"嫡母"的读音是一样的。而划线部分解释之所以这样读的原因是"我不生义也"，因为不是自己的生身父母。

再有，在《养老令》（平安前期成书）的注释《令集解·丧葬》中有如下规定：

嫡母　古记云、妾之男女、谓父嫡妻为嫡母。々々为妾子、无报服也。俗云麻々母也。

继父　古记云、母之后夫为继父。々々为妻之前夫男女、无报服也。俗云麻々父也。

异父兄弟姉妹　古记云、异父同母、故日异父、既异姓、故服降身之兄弟姉妹一等、俗云麻麻波良加良也③。

《令集解》认为父亲的嫡妻是"嫡母"，但也是读作"MAMA HAHA（まははは）"，母之后夫谓继父，读作"MAMA CHICHI（ままちち）"，异父兄弟姐妹称为"MAMA HARAKARA（ままはらから）"。这里，表示"非亲生的"之义虽然用了"嫡""继""异"三个不同的汉字，但日文读音也都读作"MAMA（まま）"。由此可见，日本古代的亲属关系的称呼，只是按照是否亲生来区分，并不受我国的礼仪制度的制约。

①　京都大学文学部国语学国文学研究室. 天治本新撰字镜［M］. 京都：临川书房，1967：90-91.

②　源顺. 元和三年古活字版倭名类聚抄［M］. 中田祝夫，解说. 东京：勉诚社，1978：14-15.

③　黑板胜美，等. 令集解［M］. 东京：吉川弘文馆，1966：972-973.

《古事记》《日本书纪》中"嫡""庶""异"三字的使用状况已有论述①，在此，因与后文涉及的孝子故事相关，先来探讨一下《今昔物语集》中有关后母的用例。

《今昔》天竺部第二卷"微妙比丘尼语第三十一"：

> 从前，天竺有一证得阿罗汉果之比丘尼，名微妙。其向诸多尼众讲述自己前世所造善恶之业，曰："从前，有一长者，家中富贵，财宝无数，但无子嗣。<u>此人后来娶一小妇</u>，甚为宠爱。小妇生一男婴，夫妻宠爱有加，无厌弃之心。其间，正妻心生妒忌，作是思维：此子若长大成人，必继承家业，我将一无所得。我数年悉心经营家业，何用之有？不如杀掉此子。想罢秘密寻来铁针，趁机刺于男婴头顶。男婴死去，其母悲恸，心想定是正妻心生嫉妒所杀。遂对正妻曰：'我子为汝所杀。'正妻曰：'非我杀之。我可咒誓，是否有罪，便见分晓。若为我所杀，则我生生世世若有丈夫，丈夫被蛇咬死；若有孩子，水漂狼食。'咒罢，<u>继母死去</u>。②

这是一位名为"微妙比丘尼"者所讲述的自己的前世。她的前世是一位长者的"正妻（本妻）"，因为没有孩子，所以长者又娶了一个"小妇"，生下一男婴。夫妻自然对这个男婴宠爱有加。"本妻"为此心生嫉妒，担心如果这个男婴长大后继承家业，自己多年的苦心经营将付之东流，随即产生了杀害男婴的念头。趁众人不备之际，她将一根铁针扎进了男婴的头顶。男婴死去。生母伤心不已，怀疑是"本妻"杀害的。"本妻"发毒誓，说如果是自己杀了这个男婴，今后世世生生，如果有丈夫会被毒蛇咬死，如果有孩子将被大水冲走被豺狼吃掉。发完誓，这位身为"本妻"的"继母"就死了。据出典可知，《今昔》作"本妻"的，出典为"大妇"，也就是嫡妻。上引文章的最后，《今昔》将这位嫡妻表记为"继母"，概是源于"嫡""继"都读作"MAMA（まま）"，而且从是否亲生来说，"嫡""继"同义所致。

---

① 张龙妹. 嫡母と継母—日本の『まま子』譚を考えるために［M］//李銘敬，小峯和明. アジア遊学（197）：日本文学のなかの〈中国〉. 东京：勉诚出版，2016：137 – 143.

② 今昔物语集（天竺震旦部插图本）［M］. 张龙妹，赵季玉，译. 北京：人民文学出版社，2019：145 – 147. 有改动。"继母死去"原文为"其ノ継母死ヌ"，为便于论述，在此保留了原文的用语。

再来看本朝部卷三十"大和国人得人娘语第六"。故事说有一位国守，除正妻外还有一位仕女出身的外室，妻子和外室几乎同时怀孕，各自生下一个女婴。国守将外室的女儿连同其乳母一并接来同住，一起抚养。以下引文是有关嫡妻、乳母对待两个女婴的描述。

> ①继母生性风雅，把继女当作亲生看待，丝毫也不嫌弃。但是这个外室之女的乳母，是一个心狠手毒的妇人，②她把继女看成是眼中钉，用尽心机想使她消失。有个经常来往的大和国妇人，因事前来找她，③乳母就想把继女儿交给这个妇人带出扔掉。主意打定，④当夜就趁着继女儿的乳娘睡熟之际，偷偷走进室中把小女儿抱走了。①

把原文直译过来，就是这么一段令人费解的文字。实际上，划线部分①的"继母"指的是嫡妻，"继女"指的是外室之女。其他划线部分②③④都是关于外室之女的乳母的描写，她把嫡妻之女称为"继女"。故事是说嫡妻生性风雅，没有厌弃外室之女，待她如同己出。但外室之女的乳母，心地恶劣，她憎恶嫡妻之女，希望能让她消失了。有一个住在大和国的女子，经常与这个乳母往来，乳母就想让这个女子把嫡妻之女带走。于是，在一天夜里，趁着嫡妻之女的乳母熟睡之际，她让那个大和国的女子把嫡妻之女抱走了。在这段文字里庶出女儿的乳母能将嫡女看作"继子"，把嫡庶混为一谈，显然这也是基于"MAMA（まま）"="非亲生的"这一理解的。

3. 平安物语中的"MAMA（まま）"母子父子关系

中国古代的礼仪制度之发达，实在令人叹为观止。关于母亲，除了生身之母的"亲母"外，尚有"嫡母""庶母""继母""出母""慈母""养母""嫁母""乳母"八母之称。与平安朝物语中的人物关系相关的，主要是"嫡母""庶母""继母""养母"这四类。以下试将以《源氏物语》为主的平安物语中出现的"MAMA（まま）"母子父子关系按中国式的认识做一简单的归类梳理。除特殊注明的以外，皆为《源氏物语》的例子。

---

① 原文为：継母ノ心ハ風流也ケレバ、此ノ継子ヲ悪シトモ不思デ、我ガ子ニ不劣ズ思テ過ケルニ、此ノ向腹ノ乳母、心ヤ悪カリケム、此ノ継子ヲ憎マシク不安ズ挑思テ、何デ此ノ子ヲ、心ノ内ニ思ケル程ニ、大和ノ国ニ住ム女ノ、事ノ縁有リテ、此ノ向腹ノ乳母ノ許ニ常ニ来タリケルニ、「此ノ継子ヲバ、此レニ取セテコソ失ハフベカリケレ」ト思テ、夜ル、此ノ継子ノ乳母ノ吉ク寝入タリケル間ニ、隙ヲ量テ其ノ児ヲ抱キ取テケリ。今昔物語集［M］. 今野達，小峰和明，池上洵一，校注. 东京：岩波书店，1993：177-180.

（1）庶母与嫡长子

花散里—夕雾

夕雾是光源氏的嫡长子，按常理，应该由他的后母，也即光源氏的后妻来照料他的日常生活，但光源氏把他委托给了没有生育的花散里。在中国，庶出的孩子在生母去世后，才会由父亲委托给没有孩子的其他庶母，这样的庶母被称为慈母。光源氏担心自己与藤壶中宫的不伦之恋在夕雾身上重演，做出了如上安排。对花散里来说，这无疑是受到了光源氏的极大信任，所以不可能发生虐待之类的事情。

（2）庶母与嫡子女

中将君（浮舟生母）—大君·中君

侍女出身的中将君因其身份低下不可能虐待嫡出的两个女儿，相反，她遭到了丈夫八宫的嫌弃，最终离开亲王府嫁给了常陆介。

（3）继母与嫡妻子女

①父亲千荫再婚妻子—阿忠（忠こそ）　　《宇津保物语》

②紫夫人—夕雾

③空蝉—轩端荻·纪伊守

④玉鬘—真木柱·太郎·次郎

⑤真木柱—红梅大纳言的女儿们

⑥中将君（浮舟母）—常陆介前妻的女儿们

除了①以外，没有发生像中国的后母虐待嫡长子这样的事情。阿忠的故事应该是对佛教中继母对继子产生邪恋故事的刻意模仿，留待下文探讨。从以上其他几例来看，父亲再婚时，嫡妻所生子女已经成人，平安朝家庭财产也由女儿继承。如下文将要叙述的那样，平安朝的"虐待继子故事（继子虐め谭）"大多体现在嫡妻妨碍庶出女儿的婚事上。而这一类故事中嫡妻所生的子女都已经成人，与后妻所生的子女之间存在着较大的年龄差，所以这类故事也没有虐待事件发生。

（4）继父与继子女

①光源氏—玉鬘·秋好中宫

②红梅大纳言—真木柱与萤兵部卿亲王所生之女

③按察大纳言—云居雁

④常陆介—浮舟

第①例中光源氏是玉鬘与秋好中宫的继父。他把秋好中宫送入后宫，使其成为冷泉天皇的中宫，实现了其母亲六条妃子没能实现的荣华；之后，又将玉鬘送入宫中，令其担任内侍所的长官尚侍，这也应该是其母夕颜都不敢梦想的。这里自然不存在继父虐待继女，倒是光源氏会常常按捺不住对这两位继女的爱慕之情，令二位女儿着实苦恼。这样的构思，应该是对上述《宇津保物语》中千荫后妻暗恋继子阿忠型故事的戏仿。第③例中的云居雁并没有与继父生活在一起，所以也没有受到继父虐待的描述。与《格林童话》中的"灰姑娘"型故事最为接近的是第②例，真木柱带着与萤兵部卿亲王所生的女儿与红梅大纳言再婚，其女与红梅大纳言的前妻的两个女儿年龄相仿，都到了该结婚的年龄。但是真木柱不是为了自己所生的女儿做各种谋划，而是遵照大纳言的意向，安排大君入宫成为太子妃，让中君与匂宫结婚。与此正相反的例子是④浮舟与其继父常陆介。当浮舟的结婚候选人获知浮舟并不是常陆介的亲生女儿时，居然提出悔婚，并选择跟年幼的浮舟的同母异父妹妹结婚。常陆介也居然很欣赏此人的做法，于是浮舟的婚事告吹。从这两个例子中我们可以看出，对平安朝的女性来说，父亲的存在是非常重要的。《落洼物语》中的嫡妻之所以能够那样欺凌落洼君，那是因为嫡妻要维护的也是她与其丈夫的嫡出女儿们的利益，而不是与父亲没有血缘关系的继女的利益。石川信夫认为真木柱在女儿的婚事上之所以优先考虑丈夫前妻的孩子是因为她之前婚姻生活不幸的缘故①，这样的结论的产生，应该也是作品将她们一概表记为"继母"，而忽视了"嫡母"与"继母"的具体区别所造成的。

（5）嫡母与庶出子女

①诸大夫御娘—住吉姬君　　《住吉物语》

②中纳言正妻—落洼君　　　《落洼物语》

此二例是《源氏物语》诞生之前的，属于典型的嫡母虐待庶出女儿的例子。庶出女儿在生母去世后，被父亲接来与父亲的嫡妻及他们的孩子们共同生活，于是，对于这位女儿的虐待就开始了。至于其中的原因，将会在后文涉及。

以下为《源氏物语》中的例子。

①弘徽殿大后—光源氏

②兵部卿（式部卿）正妻—紫夫人

---

① 石川信夫论说的原文："真木柱の家庭生活は不幸の連続であったため、紅梅大納言との間に幸福な家庭生活を強く求めていたので、継子のために尽くした。"石川信夫. 源氏物語の継親と継子—三代四代にわたる継母娘関係をめぐって［M］//中野幸一. 平安文学の風貌. 東京：武蔵野書院，2003：573－588.

　　③四君（头中将正妻）—玉鬘

　　④兵部大辅正妻—大辅命妇（末摘花卷）

　　⑤蜻蛉式部卿亲王"继母"—蜻蛉式部卿亲王女（蜻蛉卷）

　　⑥紫夫人—明石姬君、夕雾

　　⑦落叶宫—六君

　　⑧四君（头中将正妻）—云居雁

　　⑨承香殿女御—女三宫

　　①②例中的光源氏和紫夫人都是生母去世，直接或间接地受到了来自嫡母的虐待。③例中的四君并没有直接虐待玉鬘，玉鬘的母亲夕颜受到来自四君的威胁，躲到了五条附近的地方，因为那里与光源氏乳母的住处相邻，才被光源氏发现，结果在某院被鬼怪夺去了生命。可以说，玉鬘是间接地受到了四君的虐待，在作品中她也是以"继子"（まま子）自称的①。④与⑧例大辅命妇和云居雁，二人的生母与亲生父亲离婚，应该是近似于夕颜那样的女性吧。二人都没有与父亲的正妻共同居住，所以也不曾有虐待之事发生。⑥与⑦例，紫夫人与落叶公主应该相当于正妻的。夕雾的生母已故，他的具体生活光源氏也委托给了花散里，与紫夫人没有多少关联。而明石姬君与六君的生母都健在，作者通过将紫夫人和落叶公主设定为没有生育的女性，从而塑造了疼爱庶出女儿的嫡母形象。至于第⑤例，作品中并没有关于"继母"的具体描述，新编全集头注认为是后妻虐待前妻的女儿②。但作品中有关"继母"虐待的具体行为是要将这位女儿嫁给自己的兄长③。显然是受到了《落洼物语》的影响的，而且从以上例子可以看出，真正意义上的后母还没有虐待前妻孩子的先例的，所以，这里还是应该将其看作嫡母与庶出女儿之间的关系。第⑨例中的东宫母亲承香殿女御虽不是中宫，但她身为东宫的母亲，即便不是皇后，也肯定会成为皇太后，在后宫的地位是可想而知的。朱雀院在准备出家的时候，将三公主的将来

---

① 《萤》卷中有这样的叙述"住吉の姫君のさし当たりけむをりはさるものにて、今は世のおぼえもなほ心こと　なめるに、主計頭がほとほとしかりけむなどぞ、かの監がゆゆしさを思しなずらへたまふ。"紫式部. 源氏物语：第 3 册［M］. 阿部秋生，秋山虔，今井源卫，校注. 东京：小学馆，1994：210.

② 原注为："式部響宫の後妻。話題の御娘は先妻腹であろう"。紫式部. 源氏物语：第 6 册［M］. 阿部秋生，秋山虔，今井源卫，校注. 东京：小学馆，1994：263.

③ 具体描述为：「この春亡せたまひぬる式部卿宫の御むすめを、継母の北の方ことにあひ思はで、兄の馬頭にて人柄もことなることなき心かけたるを」. 紫式部. 源氏物语：第 6 册［M］. 阿部秋生，秋山虔，今井源卫，校注. 东京：小学馆，1994：263.

托付给她，而女御因为与三公主生母的关系并不如意，所以也没有真心想要照料三公主。

从以上诸例可以看出，在《源氏物语》中，嫡母与庶出子女的关系，除了没有与嫡母共同生活的④⑧例、嫡母没有亲生孩子的⑥⑦例以外，包括《住吉物语》《落洼物语》，平安朝物语中描述的所谓"虐待继子故事"（まま子虐め谭）这一母题实际上是嫡母虐待庶出的女儿们，而并不是后母虐待前妻的孩子。

这一点，与中国孝子谭中后母虐待嫡长子有着本质上的区别。而且，因为日本自古以来只是按照是否亲生来认识家庭关系，汉字传入后也是把"继母""嫡母""庶母"都读作"MAMAHAHA（ままはは）"的，而在将"MAMAHAHA（ままはは）"用汉字表记的时候，并没有区分到底是"嫡母"还是"继母""庶母"，而是一概标记为"继母"，由此产生的误读可谓是根深蒂固了。

那么，中国的继母虐待嫡长子的原因是为了继承权，平安朝嫡母虐待庶出的女儿又是为了什么呢？在思考这一问题的时候，令人想起紫儿生父兵部卿亲王的正妻在听到紫儿失踪以后的心理描写。

> 正夫人对其生母的憎恨之情也随之消失，只可惜自己不能随性调教她了。①

听到紫儿失踪的消息，正妻连曾经对紫儿生母所怀有的憎恨也随之消失了。这句话反过来理解的话，对正妻来说，紫儿的生母正是夺走她丈夫感情的罪魁祸首，即便她已经早逝，但那份仇恨依然存在。她原本打算等把紫儿接过来好好调教调教的，不想居然失踪了，直到此时，她多年的憎恨应该才有所缓和吧。

而紫儿嫡母的上述内心活动，与弘徽殿等欺凌桐壶更衣、四君派人向夕颜转达威胁话语时的内心自然是相同的。对庶出子女的虐待，正是建立在这一因嫉妒而生的仇恨之上的。

在中国，妻妾生活在同一个屋檐下，嫡妻有义务照料其他庶出的孩子，对孩子们来说，嫡母才是他们真正的母亲。如《红楼梦》中描写的那样，妾的身份永远只是个"姨娘"。中国的礼仪还规定，如果庶出的孩子得到了五品以上的

---

① 原文为：北の方も、母君を憎しと思ひきこえたまひける心もうせて、わが心にまかせつべう思しけるに違ひぬるは口惜しうおぼしける。紫式部. 源氏物语：第1册［M］. 阿部秋生，秋山虔，今井源卫，校注. 东京：小学馆，1994：260.

官职,被封赏的是嫡母,只有没有嫡母的庶出孩子的生母才会得到封赏①。如前文所述,因为嫡长子与庶出之子在家庭中的地位本来就有着天壤之别,庶出子女原本是毫无竞争力的。

4. 不同的孝敬后母故事

《宇津保物语》的主人公仲忠是位典型的孝子。在他还只有五岁的时候,多年来照料其母亲生活的老妪去世,他就开始承担起了供养母亲俊荫女的责任。但他的孝行显然是对《孝子传》的化用。比如,有关他冬天去河里钓鱼,作品是这样描写的:

> 到了冬天,不能像之前一样钓鱼给母亲吃了,他就开始担心如何供养母亲。向母亲哭诉道:"虽然去钓鱼了,但冰很硬,没有鱼。阿妈,我该怎么办?"母亲宽慰他说:"有什么可伤心的。不要哭。等到冰融化的时候再去钓鱼就好。我已经吃了许多食物了。"但是天一亮,他还是去了河滩。人多车挤的时候,他等人车都离开后,来到河边,看到河水已经冻得跟镜子一样。于是,<u>他哭着说道:"如果我是真正的孝子,就请让冰融化,鱼从水中跃出。如果我不是孝子,鱼就别出来"</u>。话音刚落,果然冰面融化,有大鱼跃出水面。他拿着那条鱼跟母亲说:<u>"我是真孝子。"</u>②

正如各注释书指出的那样,这部分叙述,显然是根据《孝子传》中"王祥卧冰"构想的。船桥本《孝子传》"王祥"篇的内容如下:

> 王祥者至孝也。为吴时司空也。其母好生鱼。祥常勤仕。至于冬节,池悉冻,不得要鱼。祥临池扣冰泣。而冰碎鱼踊出。祥采之供母。

临池哭诉,冰面融化,有鱼跃出……基本情节一模一样。而且,尤为特别的是,王祥临池扣冰哭泣,应该是不知如何是好才产生的情绪表露。是他的真情感动了天地,才有冰碎鱼跃的奇迹发生。而仲忠是试探性地发问说自己是不是孝子。显然,在其试探性地发问之前,他已经知道了孝子能够感动天地,令冰碎鱼踊。类似的情节描述,在仲忠身上还有许多,在此不一一例举。值得注意的是,这样的模仿,自然是男性文人为了主张日本也同样是一个有孝子、孝

---

① 《唐六典》卷二中云:"凡庶子有五品已上官封皆封嫡母无嫡母即封所生母"。(唐)李林甫,等. 唐六典 [M]. 陈仲夫,点校. 北京: 中华书局,2014:39.

② うつほ物語 [M]. 室城秀之,校注. 东京: おうふう,1995:37.

行能够感动天地这样一个礼仪之邦。

至于孝敬后母的故事，因为平安时代的婚姻基本上还是访婚制，孩子都由母亲抚养，只有在庶出子女失去生母以后，才有可能与嫡母同住，发生上述嫡母虐待庶出子女的事情。相反，继母虐待嫡长子的事情很难发生。但《宇津保物语》的作者，还是在作品中描写了阿忠与其父的后妻之间的纠葛。阿忠的母亲过世后，其父右大臣千荫与左大臣的未亡人再婚。待阿忠长到十三四岁的时候，在其父走访继母的时候，有时也跟随父亲来到继母所在的一条殿。继母见他长得一表人才，就心生邪念。不久，阿忠还与住在一条殿的原左大臣的侄女产生了恋情，不时来一条殿走访，而其父又常常好久不出现在一条殿，继母暗中向阿忠示好不成，转而诬陷阿忠将一条传家之宝的腰带偷卖给了赌徒。因那曾是天皇向右大臣索取、右大臣也回绝了的宝物。右大臣从赌徒手里买回了宝带，并没有声张此事。继母见一计不成又生一计。叫来已故左大臣的外甥，诬陷阿忠对她非礼、扬言要向天皇诬告其父有谋反之心，令外甥向千荫密告此事。千荫开始并不相信，但逐渐怀疑。阿忠为此感到伤心，碰巧有鞍马山的僧人经过，他就跟随僧人出家了。这一情节显然受到了《今昔》第四卷第4篇"拘拏罗太子被挖双眼、后依法力复明"以及《孝子传》㉟伯奇㊳申生故事的影响的。且已故左大臣的侄女住在一条殿、外甥不分青红皂白地应允去欺骗千荫等人物、情节的设定甚为牵强。之所以如此，正是因为作品是在竭力模仿汉籍中的继母形象。

与此相反，《源氏物语》中的"MAMA（まま）"母子父子关系，基本上体现了当时的实际情况，也与《住吉物语》《落洼物语》等先行物语中的描述相一致，"MAMAHAHA（まま母）"的虐待行为只发生在嫡母与庶出女儿之间。当然，仅仅是继承先行物语的思路，那应该是《源氏物语》所不甘心的。"MA-MA（まま）"母子父子关系是作品的一个重要母题。紫儿本身就是位庶出的女儿，作品先预告其父的正妻打算将其接来同住并加以调教。读者必定意识到类似于《落洼物语》的故事即将启幕。谁知，落洼君的故事并没有重演，作者让光源氏在紫儿的生父到来之前将其接到了二条院。紫儿就这样摆脱了被嫡母虐待的命运。一个这样身世的紫儿，作者又将她设定为不会生育的女性。于是她又成为明石姬君的嫡母，负责将其培养成一位国母。明石姬君入宫时，她陪同前往。

无比用心地养育，看到她如今出落得这般优美，心中不免伤感。真不舍得把她转让给别人手里，此愿如何得遂?! 大臣和宰相君也唯以此为憾。

三日过后，夫人退出皇宫。①

"无比用心地养育"之句，道出了紫夫人对明石姬君无以复加的养育之情，正是因为是自己这样尽心尽力培养的孩子，看到她现在这般的美丽光鲜，真心不舍得把她交到别人手中。紫夫人痛苦的内心跃然纸上。大臣指的是光源氏，宰相君则是夕雾，他们也真心希望，这位姬君真的是紫夫人的亲生该有多好。紫夫人在宫中照料了姬君三天，离宫时被特许乘坐辇车②，与女御的待遇相当。与《唐典》中规定的庶出男子获五品以上官职，嫡母受封好有一比。

到了《法事》卷，紫夫人病重之时，已是中宫的明石姬君前来二条院探望，紫夫人留下遗言，将自己最喜欢的二条院留给了中宫的三皇子匂宫，与光源氏、中宫唱和诀别。

> 紫夫人拉近幔帐躺卧在那里的样子，比以往任何时候都要显得虚弱。中宫托起她的手，痛哭着观察紫夫人的状态，如露珠正在消失一般，已然到了临终状态。③

中宫算是为紫夫人送终了。待葬礼等结束，光源氏沉浸在悲痛之中，内心做好了出家的准备。而这一卷竟然是以中宫对紫夫人的怀念结尾的："中宫片刻不能忘怀，时刻想念夫人。"④ 如本节开始《孝子传》的孝行类型的部分所指出的那样，死后哀悼是孝行的一项重要内容。《法事》卷的结尾应该也在描写中宫对紫夫人的衷心哀悼以体现她的孝心吧。虽然，中宫对紫夫人的孝行不是中国式的孝敬后母的行为，却是符合平安时代生活实际的对"MAMAHAHA（嫡母）的孝行。

### 三、忠孝与天子之孝

#### 1. 忠孝——君与亲孰轻孰重？

中国自古以来就有忠孝难两全之说。那么，事亲与事君，到底孰轻孰重呢？

---

① 原文参见紫式部. 源氏物语：第3册［M］. 阿部秋生，秋山虔，今井源卫，校注. 东京：小学馆，1994：450.

② 原文参见紫式部. 源氏物语：第3册［M］. 阿部秋生，秋山虔，今井源卫，校注. 东京：小学馆，1994：451.

③ 原文参见紫式部. 源氏物语：第4册［M］. 阿部秋生，秋山虔，今井源卫，校注. 东京：小学馆，1994：506.

④ 原文参见紫式部. 源氏物语：第4册［M］. 阿部秋生，秋山虔，今井源卫，校注. 东京：小学馆，1994：518.

《孝子传》的第⑱篇是毛义的故事，虽然当时政治不清明，但他为了赡养母亲，还是出仕了，等到母亲去世才辞了官职。这是一个亲重于君的故事。第㊴篇中的申明，遵照父亲的意愿，领兵出征。但因此父亲被敌人杀害。申明战胜了敌人后，为父亲守孝三年，之后自杀。这也是以孝为重的故事。第㊶篇中的李善的忠心感动了天地，使他有乳液涌出，得以抚养主家的幼主。显然这是一个忠于主人的故事。

而《古文孝经》"开宗明义章第一"中云："身体发肤、受之父母、不敢毁伤、孝之始也。立身行道、扬名于后世、孝之终也。夫孝、始于事亲、中于事君、终于立身。"将立身扬名视作"终孝"，而在古代社会，除了为君所用外没有获得功名利禄的途径，这样就意味着"事君"就是"终孝"。《说苑》第十九篇"修文"中有一段齐宣王与田过的对话，恰好形象地道出了二者的关系。

> 齐宣王谓田过曰："吾闻儒者丧亲三年、丧君三年；君与父孰重？"
> 田过对曰："殆不如父重。"
> 王愤然怒曰："然则何为去亲而事君？"
> 田过对曰："非君之土地无以处吾亲、非君之禄无以养吾亲、非君之爵位无以尊显吾亲；受之君、致之亲、凡事君所以为亲也。"

针对齐宣王"君与父孰重？"的提问，田过回答说"殆不如父重。"齐宣王感到愤然，又问道：那又为什么要离开双亲来仕奉君王呢？田过回答说那是因为不是君王的土地无以处亲、不是君王的俸禄无以养亲，不是君王的爵位无以尊显双亲。显然，"事君"是以养亲为目的的，但反过来说，"事亲"也可以成为"事君"冠冕堂皇的名义。

2.《宇津保物语》俊荫的忠孝

俊荫作为遣唐使被派往中国，途中遭遇海难，漂流到波斯国，历时23年后才回到日本。那时，他的双亲已经去世。其间，他习得琴技、获得制琴的木材、制作秘琴。但每当遇到什么事情的时候，他总是强调自己有双亲留在日本，得回去侍奉。然而，如果他不做上述这些习琴制琴等事，他完全有时间回日本尽孝的。那么，支撑他心里念着双亲又在国外漂泊，苦苦寻求学习的动力又是什么呢？

在俊荫已经获得琴技，听到遥远的地方有伐木之声，从而推测那树木适合做琴时，就跋山涉水三年，来到了阿修罗伐木之地。当阿修罗要将其当作食物的时候，他讲述了自己从离开日本、与父母分别以来的经历。于是，阿修罗认为他在日本有"忍辱的父母",便没有伤害他的性命,说愿意给予他回日本见父母的方便。于是,俊荫向阿修罗诉说自己来此山上的目的:

> 自日本寻至此山之大心愿:我是父母的爱子,一生唯我一子。置父母之深重恩情与悲伤于不顾,承国王之严命渡唐。父母流着红泪告诫我道:"汝若为不孝之子,就令父母长久悲叹吧;若是孝子,就在我们的悲伤尚浅之时回来相见吧。"可是,我不幸遭遇暴风巨浪,同伴悉数丧生,独自一人漂泊到这陌生的国度,已历时多年。无疑,自己是个不孝之子。为了免除这不孝之罪,希望获赐所砍伐树木的枝节末梢,做成古琴,让父母听此琴声,以慰藉他们长年的心劳。①

在这里俊荫将给父母弹琴看作能够减轻自己不孝之罪的行为,关于这一点,赵俊槐在其博士论文中通过探讨《史记》中"昔者舜作五弦之琴,以歌《南风》"之语的各家注释,认为舜作五弦琴歌《南风》,是以此感谢父母的养育之恩,表达孝顺,并为天下人做出榜样之意②。俊荫带回日本的秘琴中有一把名为"南风",正应来源于此。但问题是,俊荫并没能在父母健在的时候返回日本,让父母有机会听他弹奏古琴。那么,既在心中想着对父母尽孝,却为了获得神木制作古琴和天人的琴技而迟迟不肯回国,他的这一行为的精神支柱到底是什么呢?

> 天人言道:"如此看来,正是我等属意之人居住在此。①有天规显示你当为在人世间以弹琴立族之人。我此前曾因触犯禁忌,来到自此往西、自佛国以东的中间地方生活七年,那里还留下了我的七个孩子。他们是合着极乐净土之乐弹奏古琴之人,②你前往那里,习得他们的琴技回日本国去吧。这三十面古琴中,声音尤胜者,由我来命名。一曰南风,另一曰波斯风。此两面琴,只可在彼山人前弹奏,切勿令他人耳闻。"又言道:③"此二琴发声之处,即便是婆娑世界,也必降临。"③

在获得了制琴的木材以后,俊荫制作了三十把琴,来到栴檀林中弹琴。第三年的春天,他一边弹琴,一边想念着父母,弹起两把琴音最胜者,引来了天

---

① うつほ物語 [M]. 室城秀之, 校注. 东京: おうふう, 1995: 12.

② 赵俊槐.《宇津保物语》中的"孝"思想研究 [D]. 北京: 北京外国语大学, 2014.

③ うつほ物語 [M]. 室城秀之, 校注. 东京: おうふう, 1995: 14.

人，说出了上面引文中的预言。如划线部分，预言可分为三点：①是按照天庭的规定，俊荫将是以琴立族之人。②令其跟天人七子习得琴技后回到日本。③两面天人命名的古琴，即便是在人间弹奏，天人也会出现。正如天人预言的那样，虽然弹琴本来就是孝行，但俊荫即便在获得秘琴以后也没有回国的原因，正在于他可以以琴立族的命运。或者说，俊荫放弃了"事亲"层面的孝行，而选择了立身扬名这样的"终孝"行为①。

终于习得琴技，俊荫踏上了归国之路。在途中的波斯国，国王挽留他，他再次以要回国尽孝为理由，拒绝波斯国王的邀请，相隔 23 年之后回到日本。那时，其父去世已有三年，其母去世五年②。于是，他为父母守孝三年后，出仕朝廷。其后，与一世源氏之女结婚，生下一女。待这位女儿长到四岁的时候，俊荫决定向她传授琴技，就把带回来的古琴分送给天皇及朝廷显贵，同时展示了自己的琴技。之所以要在向女儿传授琴技之前公开自己的琴技，应该是意味着对自己作为弹琴一族的地位的主张。果然，天皇见他的琴技确实了得，便要他充当东宫的琴师。他却愤然拒绝了。

> "自幼与父母分离，被遣往唐土。遭遇暴风巨浪，被吹到异国他乡。悲伤无过于此。好不容易回国，父母亡故，只见空无一人的家园。昔日奉召，屡屡蒙试，被遣往唐土。不得与父母相见，竟成永别。唯有悲痛无穷无尽，而无出仕之勇气。即便该当冒犯之罪，也不教授琴技。"③

俊荫可谓是慷慨陈词，历数自己最终不能尽孝的悲惨身世。这一段文字中值得注意的是，几乎都是用了被动语态。将自己被迫与父母分离、回国后父母已经过世等的责任一概推给天皇。但即便如此，在父母已经离世的现在，教授东宫琴技应该已经没有障碍的。俊荫之所以在这里将教授琴技与没能为父母尽孝关联起来，正是因为他的琴技是以牺牲为父母尽孝换来的。唯有实现天人预言的以琴立族的宏愿，那样的"终孝"才是可以用来抵消不曾"事亲"之不

---

① 此后，在俊荫即将回日本之前，还有一处天人预言。"この山の族、七人に当たる人を、三代の孫に得べし。その孫、人の腹に宿るまじきものなれど、この日の本の国に契り結べる因緣あるによりて、その果報豊かなるべし"（うつほ物語［M］. 室城秀之，校注. 東京：おうふう，1995：18.），当属后话，此处略过.

② 原文作"父隱れて三年、母隱れて五年になりぬ。"うつほ物語［M］. 室城秀之，校注. 東京：おうふう，1995：19.

③ うつほ物語［M］. 室城秀之，校注. 東京：おうふう，1995：21.

孝。而绝不是天皇应许的"纳言之位"①。

　　到了"楼上·下"卷，俊荫的重孙女犬宫在俊荫的旧居展示习得的琴技，引来了嵯峨院、朱雀院、藤壶的行幸。他们为俊荫女与重孙女的琴声感动之余，给俊荫女加封正二品，也要将仲忠升任内大臣。仲忠再三请辞加封自己的官职，而恳请给外祖父的京极旧居叙爵，最后获准为俊荫追封中纳言，京极故居赐官五品②。在犬宫成为太子妃即将成为现实，将自己的血统融入皇族的血脉当中——这也应该是摄关政治时期能够想象的立族的终极形式——将成定局的时候，追封俊荫的官职，给京极故居赐官，这样的行为既是对俊荫的孝行，也是俊荫期求的"终孝"的一个最好的答案。

　　被认为是《宇津保物语》作者之一的源顺作有《五叹吟并序》一诗。是一首哀悼思念父母和两位兄长的诗作。引文如下：

　　余有五叹，欲罢不能。所谓心动于中形于言，言不足，故嗟叹之者也。延长八年之夏，失父于长安城之西。其叹一矣。承平五年之秋，别母于广隆寺之北。其叹二矣。余又有兄，或存或亡。亡者，先人之长子也。少登台岭，永为比丘。慧进之名满山，白云不理其名于身后。礼诵之声留涧，青松犹传其声于耳边。众皆痛惜，况于余乎。其叹三矣。存者先人之中子也，宅江州之湖上，渔户双开，所望者烟波渺渺；雁书一赠，所陈者华洛迢迢。何以得立身扬名，显父母于后世乎。其叹四矣。余先人之少子也，恩爱过于诸兄，不教其和一曲之阳春，只戒守三馀于寒夜。若学师之道遂拙，恐闻父之志空抛。其叹五矣。于时，秋风向我而悲，双坟树老；晓露

① 天皇在听了俊荫弹琴后说："げに、この調べは、めづらしき手なりけり。これは、ゆいこくといふ手なり。くせこゆくはらといふ曲なり。'唐土の帝弾き給ふに、瓦砕けて、雪降る'となむ言ひたる。この国には、まだ見ぬことを。あやしうめづらしき人の才かな。昔、二度試せしにも、その道のめづらしうすぐれたりしかば、官をもその道に賜ひ、学士をも仕うまつらするに、書の道は、すこしたちろくとも、その筋は多かり、この琴は、この国に俊蔭一人こそありけれ、学士を変へて、琴の師を仕うまつれ。東宮、悟りある皇子なり。物の師せむ人の難いたすべき皇子にあらず。心にいれて、残す手なく仕うまつらせたらば、納言の位賜はせむ。"うつほ物語［M］. 室城秀之，校注. 東京：おうふう，1995：21.

② 相关原文：（仲忠）"仰せ言はかぎりなくかしこければ、さらに、この旅の大臣の宣旨は承らじ。しひて御願み候はば、かたじけなく御幸せしめ給へるかしこまらむために、所に冠を賜はらむ"と度々啓し給へば、……治部卿、中納言になさせ給ひ、京極に冠賜ふ。尚侍の琴も奏し給ふままなり。うつほ物語［M］. 室城秀之，校注. 東京：おうふう，1995：938 – 939.

伴我而泣，三迳草衰。叹而喟然，吟之率尔而已。词曰：

一隔严容十有年，又无亲戚可哀怜。

单贫久被蓬门闭，示诫多教竹简编。

声是不传歌白雪，德犹难报仰青天。

立名终孝深闻得，成业争为拜墓边。①

在序文中，源顺一叹父亲于醍醐天皇的延长八年（930）仙逝，二叹其母于承平五年（935）故去，三叹自幼出家的长兄，虽然事迹流传于青松溪谷，而英年早逝。四叹其在琵琶湖上隐居的次兄，只因其无以"立身扬名，显父母于后世"。而五叹的原因也是自己虽然承蒙父母最多的恩爱和严格的教育，担心"学师之道遂拙，恐闻父之志空抛"。于是，在第一首诗的尾联，作者感叹道："立名终孝深闻得，成业争为拜墓边"。由此可见，在男性文人中，功成名就乃是对父母的"终孝"这一理念是得到了继承的。

在《宇津保物语》中，"孝"是超越了一切的至高无上的行为标准。如果是为了孝养父母，可以无视王权，可以使残忍的阿修罗产生悲悯之心，甚至超越佛祖的存在。但在这样一个文脉中，俊荫却为了获得琴技居然漂泊在外23年，以致不能为父母送终。这样的一个人物设定，如果没有"终孝"理念的作用，是无法理解的。

3. 天子之孝——天下与父母孰轻孰重

①中国的理念与实际

《孝子传》的第一篇故事为"舜"，他几次三番地遭受父亲、后母、异母弟的陷害，依旧是孝心不改，终致感动天地，大旱之年而能丰收，尧帝妻以二女，禅让帝位。这个故事告诉我们，孝行是帝王之德的根本。《古文孝经》"天子章第二"中亦云："爱敬尽于事亲、然后德教加于百姓、刑于四海"，认为爱敬无过于事亲，天子的孝行成为天下的规范，那天下就无有不治。《孟子·尽心章句》第二十节中云：

孟子曰：君子有三乐、而王天下不与存焉。父母俱存、兄弟无敌、一乐也。仰不愧于天、俯不怍于人、二乐也。得天下英才而教育之、三乐也。

认为君子有三乐，父母俱存，兄弟无敌是第一乐。而王天下则不在三乐之

---

① 佐藤信一，正道寺康子. 源順漢詩文集［M］. 私家版，2003：10. 标点符号及汉字标记有所改动。

中。在同一章的第二十五节中，有孟子与桃应的如下对话，更为形象。

> 桃应问曰："舜为天子、皋陶为士、瞽瞍杀人、则如之何？"
>
> 孟子曰："执之而已矣。"
>
> "然则舜不禁与？"
>
> 曰："夫舜恶得而禁之？夫有所受之也。"
>
> "然则舜如之何？"
>
> 曰："舜视弃天下、犹弃弊蹝也。窃负而逃、遵海滨而处、终身欣然、乐而忘天下。"

在这段对话中桃应设定舜之父瞽瞍杀人，作为执法之士的皋陶应该怎么办。孟子回答："把瞽瞍逮捕了就好"。执法之士做其该做的事情。那么，舜又该怎么办呢？孟子认为"舜视弃天下、犹弃弊蹝也"，他应该背着他父亲逃跑到海滨隐居，"终身欣然、乐而忘天下"。此处孟子所言，应该与上文中的"君子有三乐，而王天下不与存焉"相一致，将"事亲"看得远重于"天下"。这也应该是作为家庭伦理道德的"孝"的最根本的理念。

但是，随着作为家庭伦理的"孝"发展为社会伦理，上文中提到的《古文孝经》所言"夫孝、始于事亲、中于事君、终于立身"的观念逐渐深入人心。在中国的古代历史上，围绕皇位而进行的父子、兄弟之间的杀戮数不胜数。"终于立身"的"终孝"观就为解读这样的"不孝"事例提供了理论依据。比如，秦始皇与吕不韦之间的关系，在《源氏物语》中也有引用，在此就以他们之间的关系为例做一分析。《史记·吕不韦传》中有这样一段描述：

> 子楚，秦诸庶孽孙，质于诸侯，车乘进用不饶，居处困，不得意。吕不韦贾邯郸，见而怜之，曰"此奇货可居"。乃往见子楚，说曰："吾能大子之门。"子楚笑曰："且自大君之门，而乃大吾门！"吕不韦曰："子不知也，吾门待子门而大。"

引文中的子楚是秦安国君的庶子，当时作为人质住在赵国。因其庶子身份，其母也不受安国君宠爱，所以在赵国过着拮据的生活。吕不韦在赵国的都城邯郸做生意，看到子楚后很是同情，觉得此人是"奇货可居"。前往见子楚曰："吾能大子之门"。子楚佯装不懂吕不韦之语，回答说："且自大君之门，而乃大吾门！"于是吕不韦直言："吾门待子门而大"。在他们简略的对话中，吕不韦意欲借助子楚发迹的野心可谓昭然若揭。

其后，吕不韦通过接近安国君的宠妃华阳夫人，使得子楚最终成为安国君的继承人庄襄王。其间，子楚恰巧迷恋上了已经怀有身孕的吕不韦的舞姬，而这位舞姬生下的男婴便是日后的秦始皇①。借助子楚，吕不韦可以说间接地夺取了天下。

到了秦始皇时代，吕不韦任"相国"，称"仲父"，荣华富贵无与伦比。但最终因其与太后（原来的舞姬）的关系等原因，被迫自杀。对已经登上帝位的秦始皇来说，抹杀吕不韦是确保他自身帝王之位的正统性的重要一环。但无论如何，秦始皇的存在本身，已然是实现了"吾门待子门而大"的终极目标。从上一小节所说的"终孝"来看，也是孝行的极致。

不仅仅儒家文献中存在着这样的事例，即便是佛教文献中杀父的故事也不少。其中最为著名的当推阿阇世王杀父事。《观无量寿经序分》《大般涅槃经》"梵行品第八之五"等经文中都有记述。大正大藏经所收《观无量寿经义疏》中云："劫初以来有恶王一万八千贪国害父。"为了帝王之位而杀父者竟有如此之众。在佛教中杀父也是重罪，但即便如此，如《佛为首迦长者说业报差别经》中云："殷重忏悔。更不重造。如阿阇世王。杀父等罪。暂入地狱。即得解脱。"《大般涅槃经》"梵行品第八之五"中，印度名医耆婆在劝说阿阇世王前往见佛时举例道：北天竺有城。名曰细石。其城有王。名曰龙印。贪国重位戮害其父。害其父已心生悔恨。即舍国政来至佛所求哀出家。佛言善来。即成比丘重罪消灭。发阿耨多罗三藐三菩提心。大王当知。佛有如是无量无边大功德果。果然，当阿阇世王下定决心来见佛祖后，也是"今未死已得天身舍于短命而得长命。舍无常身而得常身②"。

《敦煌变文集》中有一篇题为"唐太宗入冥记"的故事。

崔子玉觅官心切，便索●（纸）祇●（揖）皇帝了，自出问□（头）云："问大唐天子太宗皇帝去武德七年，为甚□□（杀兄）弟於前殿，囚慈父於後宫？仰答！"崔子玉書□□與皇帝。〔皇帝〕把得问头寻读，闷闷不已，如杵中心，●（抛）□（问）頭在地，語子玉："此問頭交朕

---

① 《史记·吕不韦传》卷八十五："吕不韦取邯郸诸姬绝好善舞者与居，知有身。子楚从不韦饮，见而说之，因起为寿，请之。吕不韦怒，念业已破家为子楚，欲已掉奇，乃遂献其姬。姬自匿有身，至大期时生子政，子楚遂立姬为夫人。"（汉）司马迁.史记[M].北京：中华书局，1959：2058.
② 东京大学.大正新脩大藏經[EB/OL].SAT大藏經テキストデータベース研究会，2015-10-05.

争答不得!"子玉见□□有忧，遂收问头，执而奏曰："陛下答不得，臣为陛下代答得无?"皇帝既闻其奏，大悦龙颜，"□（依）卿所奏。"崔子玉又奏云："臣为陛下答此问头，必□陛下大开口。"帝曰："与朕答问头，又交朕大开口，何□?"子玉奏曰："不是那个大开口，臣缘在生官卑，见（现）□（任）辅阳县尉。乞陛下殿前赐臣一足之地，立死□幸。"皇帝语子玉："卿要何官职? 卿何不早道!"又□（问）："是何处人事（氏)?"崔子玉奏曰："臣是蒲州人事（氏)。"皇帝曰："□卿蒲州刺史兼河北廿四州探访使，官至御史大夫，赐□□（紫金）鱼袋，仍赐蒲州县库钱二万贯，与卿资家。"崔□□（子玉）奉口敕赐官，下厅拜舞，谢皇帝讫，上厅坐定。□（答）问头次，报："天苻（符）使下。"崔子玉问："何来?"使启判官："判官往□□授蒲州刺史兼河北廿四州探访使，官至御史大夫，赐紫□（金）□（鱼）袋，仍赐辅阳县正库钱二万贯。今日天苻崔子玉云。"□（皇）帝曰："天苻早知，朕闻阴补阳授，盖不虚矣。"崔子玉□□与皇帝答问头，此时只用六字便答了。云："大圣灭族□□。"《唐太宗入冥记》①

　　●为底本为俗字，无法输入者，（ ）内为该字的常用繁体汉字。

　　□为底本缺字，（ ）内为推测之字。

　　玄武门之变中被杀的李建成李元吉兄弟在地狱告发唐太宗李世明，于是太宗的"生魂"被捉去地狱接受审问。现世中只是辅阳县尉的崔子玉负责审判此案。子玉希望趁此机会得到高官厚禄。于是，他威胁太宗道："武德七年（实为武德九年）为何杀兄弟于前殿，幽慈父于后宫?"正当太宗不知如何回答时，子玉提出了代答的条件，最后，太宗以赐给子玉"□卿蒲州刺史兼河北廿四州採访使，官至御史大夫，赐□□（紫金）鱼袋，仍赐蒲州县库钱二万贯，与卿资家"为条件，而子玉说出的代答内容居然是"大聖滅族□□（安国）"这一冠冕堂皇的说辞。于是，太宗得以全身回到长安继续做他的皇帝。

　　在佛教故事中，见佛的功德可以消除杀父这样的重罪；与之相类，"终孝""灭族安国"之类的大义名分，也成为种种不孝之罪的冠冕堂皇的开脱之词。

　　②《源氏物语》中的帝王之孝

　　回头再来思考《源氏物语》中冷泉天皇对光源氏的孝心问题。夜间在宫中侍奉天皇的僧都告知冷泉天皇，持续的天地变异是因为天皇将生身之父光源氏

---

①　王重民，王庆菽，向达，等．敦煌变文集［M］．北京：人民文学出版社，1957：213.

作为臣下来对待的缘故①。冷泉帝获知自己出生的秘密之后，开始担心自己的不孝行为会导致自己来世在地狱里受苦，便有了让位于光源氏的想法②。

关于冷泉帝的这一"事亲"重于"天下"的孝行的解读，有不少研究尝试从中国典籍中寻找原型。但那显然是不可能的。在中国，如上文所举的吕不韦与秦始皇的例子那样，事关秦始皇皇位的正统性，所以抹杀吕不韦是必然的。但从结果上来说，也应该实现了吕不韦接近子楚时的目的。

与从中国寻找原型的做法不同，后藤祥子教授指出了与《道贤上人冥途记》之间的关系③。该文见于《扶桑略记》天庆四年（941）年三月条。椿山寺僧人道贤（后改名日藏）梦游金峰山地狱的记录。记录的最后一部分内容有关醍醐天皇在地狱受苦。摘录如下：

> 金峰菩萨令佛子见地狱时。复至铁窟有一茅屋。其中居四个人。其形如灰烬。一人有衣。尽覆其背上。三人裸袒。蹲居赤灰。狱领曰：衣有一人。上人本国延喜帝王也。馀裸三人。其臣也。君臣共受苦。王见佛子。相招云。我是日本金刚觉大王之子也。而今受此铁窟之苦。彼太政天神以怨心烧灭佛法。损害众生。其所作恶报。惣来我所。我为其怨心之根元故。今受此苦也。太政天者。菅臣是也。此臣宿世福力。故成大威德之天。我父法王令险路步行心神困苦。其罪一也。予居高殿。今圣父坐下地焦心落泪。其罪二也。贤臣无辜。误流。其罪三也。久贪国位。得怨害法。其罪四也。令自怨故害他众生。其罪五也。汝如我辞。可奏上上。我身辛苦早可救济云々。又、摄政大臣可告为我拔苦起一万率都婆。④

道贤首先来到一个铁窟。这铁窟应该是阿鼻地狱之一，犯有杀父等五逆之罪的人将在这里受苦。有四人在这一铁窟的茅屋中，是醍醐天皇和他的重臣们。天皇给道贤细数了自己的五条罪状。前三条都是有关忤逆其父宇多天皇的。而后两条又是因为没有遵照父亲宇多天皇的遗言重用菅原道真、反而将其流放导致的。这个故事又被收录在《沙石集》《十训抄》等说话集中，其影响程度可

① "仏天の告げあるによりて奏しはべるなり。よろづのこと、親の御世よりはじまるにこそはべるなれ。"紫式部. 源氏物语：第2册［M］. 阿部秋生，秋山虔，今井源卫，校注. 东京：小学馆，1994：451 - 452.

② 紫式部. 源氏物语：第2册［M］. 阿部秋生，秋山虔，今井源卫，校注. 东京：小学馆，1994：451 - 452.

③ 后藤祥子. 源氏物语の史的空间［M］. 东京：东京大学出版会，1986：88 - 94.

④ 经济杂志社. 扶桑略记［M］. 东京：经济杂志社，1897：711 - 712.

想而知。与《源氏物语》有关冷泉天皇之孝行的关系来看，醍醐天皇的第二条罪状："予居高殿。今圣父坐下地焦心落泪"，可能与促使冷泉天皇希望让位给光源氏的想法相通。

从中国读者的角度来看，冷泉天皇的这一孝行可以说是非常幼稚的。因为，他的这一举动，不仅有可能暴露了他自己非正统的身份，还会将光源氏与藤壶之间的私情公之于世，令藤壶、光源氏的一世英名扫地。按照秦始皇的做法，必定会当机立断，除掉光源氏和那个知情的僧都。毕竟维护皇权，那才是"终孝"！而冷泉天皇竟然要冒这样的危险，真有不可理喻的愚孝之感。那么，物语为什么要安排这样的情节呢？

在这里，首先应该考虑的日本所谓万世一系的皇位继承问题。在冷泉天皇的思维里，应该没有中国帝王夺取天下的概念，所以，是否让光源氏一脉的血统保留在皇族里，不是他思考的问题。相反，在他获知自己的出生秘密以后，应该是为自己继承了本不该继承的皇位而惶恐不安的。不仅如此，自己还让生父做自己的臣下，自己高高在上。这两点应该是冷泉天皇思考的原点，也是他孝行的起点。

其次，需要关注的是信仰问题。冷泉帝担心自己来世会因为不孝之罪而坠入地狱，这样的担心有多大的真实性问题。在中国，有关梦游地狱的故事也不少。比如，《冥报记》下卷第七篇记述了周武帝好食鸡蛋下地狱的故事，同样故事也见于《法苑珠林》第六十四卷。但应该不会对以后的帝王食用鸡蛋产生什么影响。再比如，上文提到的《唐太宗入冥记》，虽然有学者认为文中将唐太宗描写得如此一副理屈词穷的样子是在崇扬佛教①，但冥官崔子玉的一番言行，正好反映了佛教的世俗化。有罪无罪，只凭冥官的一个说辞，且那个说辞本也只是为了换取高官厚禄的。相反倒是显得唐太宗是真心感到自己违背了孝悌。

而在日本的平安时代，有关佛教三世轮回的信仰，似乎更加深入人心。《更级日记》中有一段关于猫的记述。在当时，日本的猫属于稀罕的宠物，一般家庭很少有。孝标女的家里有一天突然来了一只猫，她与她姐姐就把这只猫给私藏了。之后，因她的姐姐生病，那只猫被安置在下人们的居处。一天，她姐姐要她把那只猫领回来。

> 病中的姐姐突然说："那只猫，怎么了？把它带过来吧。"问她何出此言，她说："那只猫刚才出现在我的梦中，对我说：'我是侍从大纳言家的

---

① 卞孝萱. 唐太宗入冥记与玄武门之变 [J]. 敦煌学集刊，2000，38（2）：1–15.

小姐，一时变成了这个样子。也是前世因缘，承蒙府上的二小姐一直记挂着我，所以便想与她共度一段短暂时光。可近来一直让我跟下人为伴，心中十分难过。'她哭得很是伤心，看上去的确像是出身高贵之人。我吃了一惊便醒了过来，发现原来是这只猫的叫声，真是让人心碎。"我听完姐姐的话，不禁深受感动。此后，我们不再让它待在北边的屋子里，十分用心饲养。每当只有我一人与它独处的时候，便一边摸着它，一边对它说："您是侍从大纳言府上的小姐啊？真想把这件事告诉您的父亲大纳言殿下。"这时，猫便会全神贯注地看着我，娇声啼叫。我总觉得一眼看去，它并非一只普通的猫，那样子似乎能听懂我所说的话似的，真是惹人喜爱。

陈燕译《更级日记》331-332 页

原来作者的姐姐做了一个梦，那只猫出现在梦中，告诉她自己是"侍从大纳言（藤原行成）家"的女儿的转世，因为跟二小姐有些许因缘，暂时在这里度日，不想居然见弃于下人之中。从那以后，她们姐妹俩就将这只猫当作大纳言家的小姐，当跟这只猫提起是否要告知大纳言时，它的叫声就会变得温柔，好像听明白了似的。显然她们姐妹是相信了梦，也相信转生说。而且，连她们的父亲孝标也曾经想过是否应该告知大纳言。人死后转生为猫的故事，最早可见于《日本灵异记》上卷第三十篇的膳臣广国之事①。但作为现实中的人有关对轮回转世的信仰的记述，《更级日记》的记述异常珍贵。它传达了这个时代的人们的真实的信仰心。

《更级日记》的作者大约出生在《源氏物语》成书的 1008 年。也就是说，《源氏物语》诞生之后，平安朝的贵族们对于轮回转生还是有着这样的信仰之心的。在《源氏物语》中，作者描写冷泉天皇由于担心来世因为不孝之罪堕入地狱，可以说是合情合理的设定。

只是，平安末期的佛教故事集《今昔物语集》天竺部第三卷中收录有前述印度阿阇世王的故事，"阿阇世王杀父王语第二十七"，内容与佛经中基本相同，结尾处为"杀父阿阇世王，见佛断三界之惑证得初果"②，因其见佛之功德而获

---

① 篇名为："非理に他の物を奪ひ、悪行を為し、報を受けて奇しきことを示しし縁"。日本灵异记 [M]. 田中祝夫，校注. 东京：小学馆，1995：95.

② 原文为："父ヲ殺セル阿闍世王、仏ヲ見奉テ三界ノ惑ヲ断ジテ初果ヲ得タリ"。今野达，小峰和明，池上洵一. 今昔物语集：第 1 卷 [M]. 东京：岩波书店，1993：268-272.

得了初果。阿阇世王的故事与前引佛经"劫初以来有恶王一万八千贪王位杀父"① 之语，在后世的《保元物语》中也被原封不动地翻译过来，作为源义朝杀害其父源为朝时的理论依据。

由此可见，《源氏物语》中有关冷泉天皇的孝心描写，呈现出了与《今昔物语集》乃至后世的《保元物语》等男性作者完全不同的信仰世界。

另外，在冷泉帝的思考中，完全没有将桐壶天皇纳入考虑的范围，或许跟日本古代的亲属关系只是按照是否亲生来区别有关。

本章从对《白氏文集》的接受和中国"孝"思想的接受，考察了平安朝女性散文体叙事文学的特质。平安朝的佳句集等收录的主要是白诗的感伤诗和杂律诗。对男性文人来说，《白氏文集》好比是部百科全书，他们不仅学习白诗，甚至以白居易的生活方式为楷模。在清少纳言的《枕草子》中，白诗是男性文人和后宫仕女的必备修养，也是宫廷社交的润滑剂。而在紫式部的《源氏物语》中，对于白居易讽喻诗的引用，远远超过了同时代的作家，体现了紫式部独特的白诗受容。不过，更为重要的是，她借助这些白诗，运用其中不符合平安时代审美情趣的表述，借题发挥性地挪揄了与那个时代格格不入的人物形象，如末摘花、博士的女儿和博士们，足见其冷峻的现实洞察力。

至于"孝"思想的接受，男性撰写的《宇津保物语》中的孝子描写，基本上是以中国的孝子故事为参照的，所以不免脱离了日本社会的实际。而《源氏物语》中有关孝敬后母的故事，根据日本家庭关系的实际，改写成了孝敬嫡母的故事。再如冷泉天皇的孝行，也是在日本的皇位继承的传统和对佛教三世轮回说的信仰影响下构思而成，体现了女性独特的信仰世界。

---

① 原文为："劫初ヨリ以来、世ニ悪王あテ王位ヲ貪ルガ為ニ父ヲ殺ス事一万八千人也"。今昔物语集：第1卷［M］. 今野达，小峰和明，池上洵一，校注. 东京：岩波书店 1993：268－272.

# 第六章　平安朝女性散文体文学繁荣的文化意义

在之前的各章中，探讨了平安朝女性散文体叙事文学在东亚乃至世界女性文学中的特殊性，并通过与日本本国的诗歌、男性文人的物语作品的比较，揭示了女性散文体叙事文学在题材、对中国文化的接受等方面体现出来的个性或民族性。在本章，将具体探讨女性的散文体书写的目的及其文化史意义。

## 第一节　散文体书写的目的与意义

对于19世纪的女性为什么开始创作小说而不是传统的诗歌这一设问，有观点认为，那是因为诗歌创作需要斟酌字句，而19世纪的女性忙于家庭生活，她们的创作经常受到打扰，所以不能安心地创作诗歌①。这一观点对于解释明末清初的弹词小说作者的创作行为也许是有效的，但就平安时代的女性作者而言，情形就大不相同了。她们身边有众多的侍女，不必为家庭生活忙碌，而且，她们还是歌人，有大量和歌传世，尤其是《蜻蛉日记》，上卷本身就具有歌集的性质。那么，为何她要以"日记"来命名她的作品呢？

### 一、"诗"与"书"

其实，文体的不同，关系着记述内容的不同这一本质性问题。

《庄子·天下篇》云：诗以道志，书以道事。

《荀子·效儒篇》曰：诗言是其志也，书言是其事也。

---

① 比如弗吉尼亚·伍尔夫.一间自己的房间［M］.贾辉丰，译.北京：商务印书馆，2012：3-50.

可见，在中国存在着诗言志、书（散文）言事的传统。陈寅恪在《元白诗笺证稿》中论述了《长恨歌传》与《长恨歌》《莺莺传》与《会真诗》的区别，认为"传"是叙述事实，"歌"是抒发感情的①。而这"传"与"歌""诗"的区别，恰好是散文与韵文的本质性不同。

不仅如此，中国的传奇、志怪小说，就其创作的形式而言，同样在于记录事实。我们来检阅一下王汝涛编校的《全唐小说》所收各类故事的篇目就可以一目了然了。传奇类篇名，如古镜记、补江総白猿传、游仙窟、高力士外传、离魂记、枕中记、任氏传、异梦录、崔少玄（人名）等。在这 50 篇中，以"记"命名的 6 篇，以"传"为题的 20 篇，称作"录"的 4 篇，单纯以人名为篇名的 11 篇，总计有 41 篇在题目上就表明了是对事实的记录。

再看志怪类作品，共计 21 部，其中以"记"为题者 6 部，标为"录"的 5 部，"志"者 4 部，另有"外传"1 部。也即，21 部中就有 16 部标榜为"记录"。其余的 5 部，分别题为"纪闻、逸史、甘泽谣、酉阳杂俎、传奇"，其中纪闻、逸史、酉阳杂俎同样也是强调事实性的书名。

在具体的表达上，如《离魂记》的结尾处为："玄佑（作者）少尝闻此说多异同、或谓其虚。大历末、遇莱芜县令张仲𬤊、因备述其本末。镒则仲𬤊堂叔、而说极备悉、故记之。"寥寥数语，把整个故事装扮成是根据主人公的亲族讲述所作的记录。再比如，《甘泽谣》中的名篇《红线》，其结尾处主人薛嵩以歌送红线，请座客冷朝阳为词。词曰："采菱歌怨木兰舟，送客魂消百尺楼。还似洛妃乘雾去，碧天无际水空流"。歌竟，嵩不胜其悲，红线拜且泣。因伪醉离席，遂亡所在。② 而冷朝阳的诗也与宋人计有功编撰的《唐诗纪事》③ 中的记述一致。而这样的安排目的，无非就是为了告诉读者，这个故事是事实。

我国最早的游记作品《来南录》，是篇千字左右的短文，全文是以"元和三年（808）十月、受岭南上书公之命、四年正月己丑自旃善第以妻子止船于漕……"为基调的叙述，显然也是停留在对事实的记录上。

常有日本学者指出唐代的传奇小说缺乏心理描写，而这一作为小说的缺点正是源自其以记录事实为原则的文体特征。

---

① 陈寅恪. 元白诗笺证稿［M］. 上海：上海古籍出版社，1978：1 – 44，106 – 116.

② （宋）李昉. 太平广记［M］. 北京：中华书局，1994：1460 – 1462.

③ 《唐诗纪事》卷三十有云："潞州节度薛嵩，有青衣善弹阮咸琴，手纹隐起如红线，因以名之。一日辞去，朝阳为词曰：采菱歌怨木兰舟，送客魂销百尺楼。还似洛妃乘雾去，碧天无际水东流。"只有最后一句用字稍有出入。（宋）计有功. 唐诗纪事［M］. 上海：上海古籍出版社，2013：478.

**二、日记创作的目的**

我们先来看下面《宇津保物语》中，仲忠在向天皇说明开仓发现的俊荫的遗物时，是这样上奏的：

> "有家族的日记和歌集，自俊荫朝臣渡唐之日起，其父记录的日记一册，其母吟诵的和歌一卷。直到他们离世为止一直持续做了记录，还标注了具体日期。另外还有俊荫回国之前创作的诗歌、日记等。见到这些遗物，不由得悲从中来。"①

在虚构的物语中这一段有关日记的叙述所起到的作用不言而喻，那就是它增加了故事的真实性。

再来看《蜻蛉日记》。下面这段文字是开篇部分。作者是这样叙述其创作意图的：

> 漫长岁月徒然流逝，这世间生活着一名无依无靠、身如浮萍的女子。姿态容貌不及常人，也不通晓人情世故。像这样毫无用处地活在世上，想来也是理所当然。每日朝起暮眠，为打发无聊时光看看世间流行的古物语，尽是些虚妄空假之作，这些都能受到追捧的话，如果用日记写下自己不同于常人的境遇，大家一定会觉得新奇吧。若有人要问，作为身份无比高贵之人的妻子，生活究竟是怎样的？那我希望此记录能成为用来作答的先例。话虽如此，毕竟是回首漫长岁月中的往事，记忆一定有疏忽的地方，很多叙述有可能只是大致如此吧。

> 施旻译《蜻蛉日记》2 页

作者说自从跟藤原兼家成婚后，一直是似有若无、毫无意义地生活着。在浑浑噩噩的日常生活中，发现居然有那么多属于不实之词的古物语。如划线部分所示，作者显然是把"日记"置于"古物语"的对立面，认为"古物语"尽是些"虚妄空假之作"（そらごと），扬言要把"不同于常人"（人にもあらぬ）的自身的"境遇"（身の上）用日记书写（書き日记）下来。纪贯之假托为女性创作了《土佐日记》，藤原道纲母反倒直言要书写自己的人生，而这正是对日记所具有的记录性特点的继承。虽然平安时代的日记文学以虚构性为其文学性

---

① 宇津保物语：第 2 册 [M]. 中野幸一，校注. 东京：小学馆，1999：437.

的主要特征，但换言之，这种虚构性是与"日记"的记录性互为表里的。而就创作意图而言，作者无疑是在主张记录自身真实的人生。

《和泉式部日记》中有一封作者送给敦道亲王的信件，这封信件是她在习字的时候，记录下来的户外天气的变化，以及由此引起的自己的种种思绪。

> 秋风呼啸，无情地吹落树上最后一片残叶，比往日更令人伤怀。空中乌云密布，却只吝啬地、淅淅沥沥地飘下几滴冷雨，让人徒生孤寂。
>
> 衾袖长为清泪湿，雨霖铃夜借谁衣。
>
> （秋のうちに朽ちはてぬべしことわりの時雨にたれが袖はからまし）
>
> 此情此景，令人心生哀叹，但又有谁能知晓。窗外草色已变得枯黄，虽然距离下时雨时节尚远，秋风却已提前带来了冬雨的气息。疾风中小草苦不堪立，见此情景，不由得联想到自己那如露珠般随时都会消失的生命，就那样呆呆地望着枯草独自悲伤。　　　张龙妹译《和泉式部日记》204 页

那段时间，因为有关和泉式部的风言风语很多，敦道亲王对她产生了疑心。碰巧，那是一个秋末冬初的晚上，狂风大作，草木萧瑟。亲王大概是有感于这天气的突然变化，驱车前来和泉式部的住处。不曾想式部的侍女们居然都睡着了，没有人听到亲王的敲门声。于是亲王便误以为和泉有了新欢，因此才不愿开门。亲王返回府邸后给和泉送来了一首和歌，暗示昨晚吃了闭门羹。和泉急中生智，把她当时随手写下的记述当时户外风情和所思所感的习字之文原封不动地交给了亲王的信使。因为文章比较长，只是引用了一小部分。这段文字中描写的狂风中纷纷落下的树叶、天空乌云密布却只是降下三两滴雨的细节描写，应该与亲王所经历的天气变化相一致。而且，由这样的天气变化而产生的关于无常人生的忧思，也应该与亲王的思绪相契合。于是，亲王在看了她的这封信后，相信了和泉对自己的感情。从此，二人言归于好，且感情急速升温，最终亲王决定将她接入亲王府邸。就这样，这封信可以说是和泉清白的证明信。而当时，如果和泉只是做一首和歌答复，显然是无法收到这样的效果的。

那么，朝鲜王朝的女性日记又是怎样的呢？《癸丑日记》记录了发生在1613—1618 年的仁穆大妃幽禁事件。作品的结尾是这样的：

> 自癸丑年（1613）开始经历的悲伤之事，常有宦官加害、斥骂之事，虐待、大逆不道、不孝之事，若要记录，罄竹难书，海枯石烂，也记录不完。

内人们只拣稍许暂录于此。　　　　　　　王艳丽译《癸丑日记》96 页

作者反复强调，日记中的内容只是 1613 年开始的自己经历过的那些痛苦可怕的事情的很少一部分记录而已。

再来看《恨中录》。1762 年发生了思悼世子"废世饿死事件"，作为世子嫔的洪氏经历了这一切。她是这样叙述日记的创作动机的。

> 我经历重重宫中风波，已命若悬丝，若不把此事真相告知主上，即便死了也不能瞑目。因此，我暂且苟活，记录下这段血泪往事。有许多地方，我不忍下笔记录，还有些地方，因忠实记录，可能冗长。我作为英祖大王的儿媳，平时受到大王的疼爱，壬午祸变时又蒙大王的再生之恩。作为景慕宫之妻，我对他的真情，苍天可鉴。对此父子，我若有不符实之处，愿受天谴。
> 　　　　　　　　　　　　　　　　　　张彩虹译《恨中录》202 页

先王正祖（作者之子）曾于 1776 年上书英祖（思悼世子之父），希望删除《承政院日记》（朝鲜王朝的官方日记）中有关 1772 年思悼世子"废世饿死事件"的记述。此事本属于先王对父亲思悼世子的孝心，但多年以后，好事者以讹传讹，作者担心自己过世后就不再有人记得此事，而作为子孙不知道自己祖先的这种大事未免凄凉，便决定记录前后经过，让纯祖（作者之孙）阅览后方能安心死去。引文中作者不惜以发誓的形式强调自己的记录的真实性。不言而喻，她是把自己的日记看作《承政院日记》那被删除的部分的替代物，自然意味着自己记录的是事实。

正是作者的这一番苦心结出了硕果，纯祖亲政后的 1804 年，在"废世饿死事件"中受到牵连的作者的弟弟洪乐仁官复原职，父亲洪凤汉也被宣告无罪，而且在作者谢世之前，洪凤汉奏章集《奏稿》得以刊行①。这些事情反过来证明，作者的日记作为事实的记录为家人的昭雪起到了重要的作用。

### 三、"虚构"与"真实"

但是，从今天的对日记文学的普遍认识来说，"虚构"又是平安朝日记文学中的常见现象。上引《蜻蛉日记》上卷序中，作者虽然再三强调是要把自己"不同于常人的境遇"记录下来，但在最后，却追加道："毕竟是回首漫长岁月

---

① 李美淑. 朝鮮王朝の宮廷文学の史実と虚構—『ハン中録』を中心に［M］//仁平道明. 王朝文学と東アジアの宮廷文学. 川越：竹林舎，2008：548.

中的往事，记忆一定有疏忽的地方，很多叙述有可能只是大致如此吧。"为自己的记录不实做开脱。

日记文学中"虚构"的始作俑者当为《土佐日记》。开篇，身为男性文人的纪贯之，为了在日记中记录自己卸任土佐国守回京路上的见闻感想，竟然假托女性。也就是说，假名日记，从其诞生伊始便是以"虚构"为依托的。在具体叙述中，这样的"虚构"也时有可见。比如：

八日。不宜出门，便在同一地停留。

今宵，月亮没入大海。见此情景，想起业平君"青山退避月莫隐"之歌，心想，如果是在海边，是否当作"海浪涌起月莫隐"？

如今，想起此歌，某人作歌道：

遥望明月沉海中，方知银河入海流。①

（てる月の流るる見れば天の川出づる港は海にざりける）

根据上下文，纪贯之一行这时候一直停留在名为"大凑"的地方。文中说那个晚上月亮沉入大海。看到这个场景，想起在原业平的和歌"青山退避月莫隐（山の端逃げて入れずもあらなむ）"，如果业平是在海边作此和歌，会不会改作"海浪涌起月莫隐（波立ちさへて入れずもあらなむ）"。之后，同行的某人又咏了一首和歌。所谓业平的和歌全句为"今夜清辉分外明，青山退避月莫隐。（飽かなくにまだきも月の隠るるか山の端逃げて入れずもあらなむ古今集884）"，亦见于《伊势物语》第82段。据《伊势物语》的叙述，惟乔亲王在淀川西岸的水无濑地方有一座王府，业平随他来到淀川一带打猎，晚上来到水无濑的亲王府歇脚，众人在那里饮酒闲谈，直到夜深。皇子酒醉，正准备回寝殿歇息。其时十一日的月亮也将要隐没山头，业平作此歌，将惟乔亲王比作月亮，以示挽留之意②。纪贯之在上引日记中说，如果业平是在海边作此歌，或许会将下半句改写了。最后"遥望明月"之歌，收入《后撰集》（1363），作者为纪贯之本人，歌序云：自土佐卸任返京，舟中见月而作③。据竹村义一先生的考证，贯之一行到达的所谓"大凑"港实际上应该是高知县南国市的前滨地方，

---

① 菊地靖彦. 土佐日记 [M]. 东京：小学馆，1995：24.

② 伊势物语 [M]. 张龙妹，译//日本和歌物语集. 张龙妹，邱春泉，廖荣发，译. 北京：外语教学与研究出版社，2015：56.

③ 原文为："土左より任はててのぼり侍りけるに、舟のうちにて月をみて". 后撰和歌集 [M]. 片桐洋一，校注. 东京：岩波书店，1990：414.

从那里不可能看到海，且大凑港并不实际存在①。

也就是说，贯之在这一段文字里进行了如下的虚构：

地点：将高知县南国市的前滨地方虚构为大凑港，而且这个大凑港实际上是不存在的。

场景：据《后撰集》歌序，"遥望明月"歌作于舟中，日记中则是在"大凑"停留期间。

人物：同据《后撰集》歌序，所谓某人咏歌，实则是纪贯之本人。

可见，在这段文字中，除了和歌以外，其他都是作者虚构而成。这段文字，可以说是作者为他在回京途中所作的"遥望明月"歌所写的一则"和歌物语"。

在《和泉式部日记》中，作者几乎自始至终将自己称为"某女"（女），采用了一种旁观者的立场来叙述自己的故事，与物语中恋爱场面男女主人公的描写如出一辙。不仅如此，作品中甚至有关于她不可能获知的情节的描写。比如，作品临近尾声的地方：

> 亲王妃有位胞姐，是皇太子女御。她回娘家省亲时寄信探望亲王妃，信中道："近来如何？人们最近议论的事情可是事实？连我都遭连累，在人前抬不起头来。请回家一叙。"亲王妃看罢，心中哀伤，觉得即便是些许小事都要被人说三道四，更何况发生这样的事情！为此心情懊恼，回信道："来信已拜读。我与亲王本不和睦，如今发生这种有失体统之事！哪怕只有很短的时间，我也要前去拜访。一来看看小亲王们，二来求些宽慰。请派车来接。这次不管亲王怎么劝说我都下定决心要离开了。"便命人收拾回家所需的物品。
>
> 张龙妹译《和泉式部日记》233 页

这段文字描写了敦道亲王的正妻与其胞姐之间的书信往来。她们姐妹是大纳言藤原济时的长女和次女。长女娀子乃东宫女御，女御回娘家的时候，给胞妹来信，询问近日来世人传言的亲王将和泉式部接入亲王府的事情是否属实。抱怨说感觉自己也被侮辱了一样，要她趁天黑回娘家来。亲王正妻接到来信后，心中哀伤，回信中诉说了自己一直以来不如意的夫妻关系，以及这次面临的这般尴尬之事。希望胞姐差人接自己回娘家，见见女御所生的皇子们，也好有所安慰。不管亲王如何阻拦，自己是都不会听从的了。之后，正妻就开始整理自

---

① 竹村义一. 土佐日記地理考—幻の港・大湊（本論篇）[J]. 甲南女子大学研究纪要, 1975（11/12）：693－714.

己回娘家所需携带的物品。

这段看似平淡的文字，让读者感觉是在阅读今天意义上的小说。首先，亲王正妻姐妹的通信内容应该是和泉式部不可能获知的。但这里的描写似乎她自己是当事人一般。作者根本不是在写日记，而是采用了全知式的叙事方法。其次，在亲王正妻接到胞姐来信后，描写她心情哀伤时使用了"心中哀伤（いと心憂くて）"一词。这一词语基本上有两种用法，对自己的事情或对别人的事情感到伤心、不快，表达的都是当事人本人的情感。也就是说，作者在使用这一词语的时候，已经进行了感情代入，进行了第一人称式的叙述。

从以上简单的分析可知，《和泉式部日记》中存在着物语式（旁观者讲述）、全知式和第一人称（私小说式）等多种叙事方式。这些虚构方式，在物语中可谓更是发展到了极致。那么，这样的虚构与散文体书写的叙事目的又有着怎样的关联呢？紫式部在《源氏物语》中借光源氏之口说出的"物语论"，对"虚构"的叙事方式进行了一个精辟的总结。

"①原来故事小说，虽然并非如实记载某一人的事迹，但不论善恶，都是世间真人真事。观之不足、听之不足，但觉此种情节不能笼闭在一人心中，必须传告后世之人，于是执笔写作。因此欲写一善人时，则专选善事，以突出善的一方；在写恶的一方时，则又专选稀世少见的恶事。这些都是真情实事，并非世外之谈；中国小说与日本小说各异。同是日本小说，古代与现代亦不相同；内容之深浅各有差别。若一概指斥为空言，则亦不符事实。②佛怀慈悲之心而说的教义之中，也有所谓方便之道。愚昧之人看见两处说法不同，心中便生疑惑。须知《方等经》中，此种方便说教之例甚多。归根结底，同一旨趣。菩提与烦恼的差别，犹如小说中善人与恶人的差别。所以无论何事，从善的方面说来，都不是空洞无益的吧。"

丰子恺译《源氏物语：萤卷》527页，有改动

在划线部分①中，作者其实是讲述了小说创作中所谓人物典型化的重要性。为了塑造一个理想的人物，就挑选所有好的方面的事情（よきことのかぎり）来描写一个人，相反，若要描写不好的，就要搜集那些最为罕见的坏事（あしきさまのめづらしきこと）来描述。这样典型化描写以后的人物，可能是虚构的，但就具体的事情来说，都是这个世界上真实存在的事情（この世の外のことならずかし）。之后，在划线部分②中，作者借用佛教中的"方便"概念，认为上述的典型化描述，也只是一种方便而已。总之，紫式部在这一著名的"物

语论"中提出了"虚构""事实""真实"三者的关系。"虚构"来源于"事实",而其达到的表达目的是"真实"。这也应该是道出了文学创作的终极目的。

## 第二节　自我意识的形成

上一节中论及的散文体书写目的的主张和"虚构"方法的获得,对于女性自我意识的形成产生了极其重要的作用。她们通过书写,不仅宣泄了自己的情感,发现了自己的内心,在此基础上,对自己的人生乃至世事有了自己的思考。以下主要从嫉妒情感的表述、主家赞美与佛教信仰三个方面,指出散文体书写中体现出来的平安朝女性的自我意识的形成。

### 一、"嫉妒"情感的表述

如第五章第一节中叙述的那样,嫉妒某种意义上是人类两性社会中普遍存在的现象,而在男权社会里,嫉妒的一方往往是女性。比如,周作人翻译的《希腊拟曲》中有一篇题为"妒妇"的小故事。寡妇比廷那(Bitinna)与男奴伽斯忒隆(Gastrōn)相好,但伽斯忒隆又跟另一女子末农家的安菲泰亚调情。比廷那知道后,就叫来另外一男奴仆布列亚斯(Purriēs)和女奴拘地拉(Kudil-la),命令他们将伽斯忒隆的衣服剥光、捆起来,带去班房,在肚皮上和脊梁上各打一千板。这几乎是死刑。但很快,比廷那又命女奴把他给叫了回来,说等过了祭日再办。正如周作人注释的那样,那"只是下场的门面话而已"①。虽然周作人把这一篇命名为"妒妇",实则只是描写了寡妇比廷那虚张声势的恐吓。这则故事说明两个问题:其一:即便是身为主人的寡妇,也只能以这样的方式来表达嫉妒;其二:她的虚张声势也就是她的软弱和对那个男奴的情感的表露。

但在中国,女性的嫉妒历来被视为洪水猛兽,如第五章中所述,几乎有把嫉妒的女性妖魔化的倾向。所以女性们都是标榜自己如何坚守妇道,而不会宣泄自己的情感。在朝鲜时代,女性们对自己情感的扼杀也不亚于中国。

①幼习女训,长遵妇道。妾年十八,归于方门。时父宦留都,翁携夫至。嫁之日,慈母嘱之:无违夫子,以顺为正。思昔鞠育明教,无所不至。

---

① 阿里斯托芬,海罗达思,谛阿克列多思. 财神·希腊拟曲 [M]. 周作人,译. 北京: 中国对外贸易出版公司,1999:112.

……嗣后夫体常弱，妾亲汤药，未尝间以岁月。舅姑奉养，未能少尽，心实歉歉。辱舅姑不鄙，反加爱焉。不幸五月，儿出天花，竟尔夭殇，自叹命薄。夫既有病，女留子死，私心矢志，遗书严君，祈以身代夫卒，不应。六月二十九，夫亡。终天之恨，哀痛无已。愿以身殉，姑、姻娌苦劝，妾敢不听？念夫不幸而死，妾何忍以独生？有子者守，无子者死。妾今求无忝所生而已，岂有他愿哉！①

明·殷氏《自序》

　　②自甲子年（1744 年）以来，这是英祖大王第一次训斥我，我惶恐得不知所以。想起来也真乃可笑，嫉妒是七出中的一条，不嫉妒是女子德行之首，我却因为不嫉妒而受责备，这也是我的命罢了。

张彩虹译《恨中录》222 – 223 页

　　①是明代殷氏留下的自序之言。文中表白：自己自幼受妇道教育，出嫁后也是谨守妇道，但即便如此，还是儿子夭折丈夫死亡。自序是她的表白与控诉。说明这些不幸不是她自己不守妇道造成的，而是天命！②是《恨中录》作者有关丈夫的女性事件所抒发的哀叹。宠妾良娣生产时，是作者出面周旋，否则事态会变得严重。但因此公公英祖反倒苛责她为什么没有事先把丈夫的这种好色行径向他汇报。于是她以嫉妒自古便是七去罪之一为依据，强调不嫉妒乃是女性的至德，而自己竟因坚守妇道而遭受叱责，大概这也是自己命运不济吧。显然，洪氏所极力表白的，也是自己对妇道的坚守和对命运的控诉。而这种对妇道的坚守，其本质只能是作者自我意识的抹杀。

　　在第五章第一节中，已经分析了道纲母在《蜻蛉日记》中所表达的对町小路女的赤裸裸的嫉妒，当她听说町小路女不仅失宠，孩子也夭折时，大有拍手称快之意。另外，《源氏物语》中作者虚构了六条妃子的"生灵"现象，以这样超越理智的、隐晦的方式来表达嫉妒心理。这里既关涉话语权的问题。如下引《妒记》中所述：

　　　　谢太傅刘夫人，不令公有别房宠。公既深好声乐，不能令节，后遂颇欲立妓妾。兄子及外生等微达此旨，共问讯刘夫人；因方便称"关雎""螽斯"有不忌之德。夫人知以讽己，乃问："谁撰此诗？"答云周公。夫人曰："周公是男子，乃相为尔；若使周姥撰诗，当无此语也。"②

---

①　转引自张丽杰. 明代女性散文研究［M］. 北京：中国社科出版社，2009：39.

②　鲁迅. 古小说钩沉［M］. 济南：齐鲁书社，1997：230.

谢太傅的刘夫人一针见血地指出了因为中国的话语权掌握在男性手中，所以才会有"关雎""螽斯"等要求女性有不忌之德的诗歌出现。然而，在朝鲜时代，像洪氏那样的女性，她们不仅与平安时代的女性一样拥有女性文字，而且也留下了自述性文字。中国的女性们，虽然没有自己的文字，但也拥有散文体书写的能力的。那么，她们为什么都只能标榜自己的妇德呢？这便涉及了与话语权密切相关的女子教育问题。

我国历代女子教育，虽不能一概而言，但以妇德为主导，这一点是不容置疑的。从以班昭的《女诫》为首的女训书中，我们都能读到这一点。朝鲜时代的女性教育，其情形也基本相同。正如前文已经提及的那样，《恨中录》作者在介绍她的母亲时写道：

> 先母常在下房彻夜纺线、做针线活，下房灯光一直点到天亮。为了怕老少下人看到自己熬夜做事难过，她把窗子用黑布蒙上，竭力避免别人夸赞自己。
>
> 张彩虹译《恨中录》168 页

作者的母亲出身宰相之家，虽然身份高贵，但她亲自做女红、洗衣，有时甚至不得不通宵达旦。那样的时候，她还会顾虑下人们的感受，要在窗户上蒙上黑布，不让他们察觉。当作者被选为世子嫔时，英祖命人送来《小学》，让她跟父亲好好学习。随后王后送来了她的御制《教训书》。《小学》是妇孺的启蒙类图书，其内容不外乎三纲五常，所谓"男不言内，女不言外"也是其中的名言。

中国的笔记类小说都出自男性之手，其中尽是些被妖魔化了的妒妇形象。朝鲜时代的女性，她们虽然拥有了被称为女性文字的谚文，可以以男人们不屑理会的方式，记述自己的人生和情感。但儒家的传统伦理教育、朝鲜时代残酷的党派之争，扼杀了她们的自我意识，自然也剥夺了她们表达自身情感的正当性。

比较中国的笔记小说和朝鲜时代的日记文学，可以意外地发现笔记小说中的妒妇与日记中的"恶王妃"们有个共性，那就是她们都是用行动来表达情感的。妒妇们无论是管教丈夫还是欺压外室，无不动用武力，这也是她们之所以被妖魔化的根本原因。在《癸丑日记》中，1613 年正月光海君的岳母郑氏来到宫中，与女儿一同策划，将一只小白犬剖腹，画上人形再往上面射箭，安放在光海君的卧室乃至座位底下，以此来诅咒仁穆大妃，这样的行为一直持续到四月①。而诬陷对方施行诅咒也是肃清敌对势力的一个重要方法②，大妃的诵经行为也曾被诬陷为诅咒③。《仁显王后传》中的张禧嫔也是一个善用奸计之人④。这样的行为，正是女性们正当的情感主张被彻底封印而产生的反作用力。可以说，《源氏物语》中六条妃子的"生灵"事件是一个非常好的旁证。对六条妃子来说，她作为贵妇人的修养不允许她有嫉妒之心，于是，失控了的情感变为"生灵"，对处于光源氏正妻地位的葵上拳打脚踢。我国笔记类小说中那些可爱的妒妇们只是在光天化日之下、神志清醒的状态下，做了六条妃子梦魂中所行之事。这里即便存在修养高低或是有无的区别，但行为的出发点与本质是一致的。

紫式部虚构了六条妃子的"生灵"现象以控诉所谓修养对人性的抹杀。朝鲜宫廷女性日记中描述的处于敌对势力的"坏女人"们会使用诅咒等方式来表示嫉妒，而且只有反面人物才会有这样的行为。而作为正面人物的嫔妃及宫女们，则是竭力克制自己的情感，像《恨中录》中的洪氏那样，自我克制几乎到了无以复加的地步。如上引②中，她最终只能将自己的厄运归咎于自身的命运那样，自始至终地将儒家的伦理道德奉为信条，而不曾有过怀疑，更不用说反抗。中国的女性因为自己没有话语权，只能一味地被妖魔化。像第五章第一节中提到的《妒记》中的桓大司马的妻子南郡主，虽被描述为"凶妒"，在获知大司马纳李势女为妾后，"拔刀率数十婢往李所，因欲斫之"，而当她见到李势女绝丽的容貌以后，"主乃掷刀，前抱之曰：阿姊见汝，不能不怜"⑤。足见"凶妒"的南郡主其实是位怜香惜玉的多情女子。她之所以被描写成动辄就大打出手的"凶妒"模样的原因，在于话语权掌握在男性手中。而更为深层的问题在于，两性关系中男女的不平等和儒家的伦理道德将原本是怜香惜玉的南郡主变成了一位"凶妒"之人。

在正当的情感诉求从一开始就被定性为"原罪"的情况下，任何语言都是多余的。所以，她们宁可选择诅咒甚至大打出手等具体的行为来表达嫉妒之情，也绝不敢冒天下之大不韪把这种感情诉诸文字的。

---

① 梅山秀幸. 恨のものがたり［M］. 东京：总和社，2001：28.
② 比如《癸丑日记》中的1607年的裕陵咒术事件。梅山秀幸. 恨のものがたり［M］. 东京：总和社，2001：31.
③ 梅山秀幸. 恨のものがたり［M］. 东京：总和社，2001：72.
④ 金钟德. 朝鲜の宫廷文学における宗教思想［M］//张龙妹，小峰和明. アジア遊学（207）：東アジアの女性と仏教と文学. 东京：勉诚社，2017：232–240.
⑤ 鲁迅. 古小说钩沉［M］. 济南：齐鲁书社，1997：229.

### 二、主家赞美意识的差异

平安时代的女性日记，除了《蜻蛉日记》的作者道纲母以外，其他的都拥有作为贵族仕女的经历，有些作品甚至就是"女房日记"。比如，清少纳言的《枕草子》和紫式部的《紫式部日记》，就分别记载了一条天皇的皇后定子和中宫彰子的后宫生活。朝鲜王朝的《癸丑日记》是仁穆王后的仕女们记录的、以1613年"废母杀弟"事件为中心的光海君统治期间的种种恶行，而《仁显王后传》是王后的贴身仕女记录的肃宗继妃闵氏废立事件的经过。同为仕女阶层的作品，其中体现出来的主家赞美意识却存在着很大的差别。

比如，在《癸丑日记》中，作者从1602年宣祖的正妃仁穆大妃怀孕、光海君的岳父等在宫中制造种种事端希望造成大妃流产写起，记述了大妃的贞明公主、嫡子永昌大君诞生之时光海君的言行，以及光海君一派在1608年宣祖驾崩后继位之后，处死胞兄临海君、侄儿绫昌君，蒸杀幼弟也是仁穆大妃所生宣祖嫡子永昌大君等王位威胁者，最后于1613年将仁穆王大妃囚禁于庆运宫（现在的德寿宫）等滔天罪行。直到1623年的仁祖反正，仁穆王大妃才被释放。这整整历时20年的实录，几乎是一部血泪史，是宫廷仕女写就的朝鲜王朝党争史。《仁显王后传》中关于敌对派张禧嫔的具体描述几乎没有，只是描写了被她迷惑了的肃宗如何对反对自己废后决定的官员们使用酷刑、将其流放等，那情形也是惨绝人寰的。挺身而出的朴泰辅经受烙铁拷问的场面如下：

> 那烙铁在火上被烙了许久，早就滚烫无比，在人皮肉上烙十几次，就让人生不如死、体无完肤、面目难辨了。而朴泰辅面不改色，思维清晰，眼皮都不动一下，依旧誓死不招供。在场之人大惊失色，抖如筛糠，看到朴泰辅面无惧色，才勉强镇定下来。　　　王艳丽译《仁显王后传》114页

朴泰辅先是经受了压刑，腿上被放上木板，上置大石头，还有狱卒在上面踩脚，用竹签猛扎大腿，之后是火刑，用火炭烫，倒挂在树上被火烤。最后才是上引的烙铁烙。尽管如此，朴泰辅毫不动容退缩，坚称"此身誓与国家同生死，共存亡，绝无二心"，"如今目睹陛下有失德行，只能冒死进谏。""大丈夫为国家大义而死，岂可瞻前顾后？"虽然出自女性之手，其描述的内容完全是平安时代女性作者们极力回避的政治斗争，其善恶的评判基准也是基于儒家的伦理道德。

从这样的控诉型文字，我们转而来反观清少纳言在《枕草子》中的描述。

藤原定子（976—1000）于990年2月成为一条天皇的女御，同年10月册封为中宫。然而好景不长，995年4月，其父藤原道隆因病去世，其兄弟伊周和隆家又在与叔父藤原道长的权势之争中败北，双双被左迁。痛苦之余，定子于996年5月1日落发，6月她娘家遭遇火灾。但一条天皇对定子的宠爱依旧，同年12月定子生下修子内亲王，到999年11月，定子产下一条天皇的第一皇子敦康亲王。因为生产有血秽，一般都得回娘家生产，但那时候的定子已经没有娘家可以回去了。《枕草子》描写她是在大进①平生昌家里诞下敦康亲王的。而据史书记载，她们前往大进家的那一天，正是道长的女儿彰子入宫的日子。于是，中宫出行本该有众官员随行，但朝臣们屈服于道长的权势，都参加彰子入宫仪式去了（《小右记》长保元年十一月）②。所以，定子一行人员的心情应该是特别暗淡甚至很是凄凉的。然而，《枕草子》的有关描述是这样的：

> 当中宫临幸大进生昌的家的时候，将东方的门改成四足之门，就从这里可以让乘舆进去。女官们的车子，从北边的门进去，那里卫所里是谁也不在，以为可以就那么进到里面去了，所以头发平常散乱的人，也并不注意修饰，估量车子一定可以靠近中门下车，却不料坐的槟榔毛车因为门太小了，夹住了不能进去，只好照例铺了筵道下去，这是很愤恨的，可是没有法子。而且有许多殿上人和地下人等，站在卫所前面看着，这也是很讨厌的事。后来走到中宫的面前，把以上的情形说了，中宫笑说道："就是这里难道就没有人看见么？怎么就会得这样疏忽的呢？"

周作人译《枕草子》第六段8−9页

少纳言在这里讲说了她们刚来到生昌家时的情景。为了能够让定子的车舆进入，生昌家的东门临时建成四足门。仕女们的车子走北门，因为门太窄了槟榔毛的车子无法进入，于是在地上铺了席子，少纳言她们不得不下车步行。少纳言没有好好梳妆，而殿上人及地下人③都在那里张望，让少纳言感到好不气恼。事后，她来到定子跟前抱怨，定子反过来取笑她如何可以这么大意！中宫无处去生产，只得来到一个从六品上官位的下级官员家里安身，车舆进入的大门都是临时改造的，仕女们甚至不得不在众目睽睽之下步行。这些如若是在朝鲜王朝女性的笔下，那一定也是敌对派藤原道长他们的条条罪状，但在少纳言

---

① 负责中宫事务的机构"中宫职"的三等官，大约为从六品上。
② 藤原实资. 小右记第1册［M］. 京都：临川书店，1965：156.
③ 不能上殿的下级官员。

笔下，竟然没有一个词语是用来指责道长一方的。相反，"莞尔一笑（笑はせ給ふ）"一语道出定子后宫健康明快的氛围。此后，在这第六段，围绕少纳言与生昌的对话以及生昌的迂腐等，定子的"莞尔一笑（笑はせ給ふ）"与仕女们的"欢笑（いみじう笑ふ）（笑ふこといみじう）"营造了一个风趣、高雅的后宫氛围。

不仅仅是这第六段，其他被推断为藤原道隆去世后的日记段落，如第四十七段讲述的与藤原行成（972—1027）的交往、第八十三段宫中造雪山的风流韵事、第九十五段有关寻访郭公的风雅，以及第五章第一节中涉及的清少纳言及其同僚与藤原齐信等文人们的妙用白居易诗文的段落，"欢笑（笑ふ）""风趣（をかし）"是这些段落的基调。正如在第五章中提及的那样，一条天皇时代的四大纳言藤原行成、齐信、公任、俊贤都出现在《枕草子》中，而这样的朝廷重臣常常出现在定子后宫，无非意味着定子沙龙即便在道隆去世以后还是健在的。而与这样的男性文人们充满妙趣的对话、和歌赠答，则体现了定子沙龙文化的高度洗练。少纳言以其巧妙的叙事方式，营造了可以与彰子后宫相抗衡的定子后宫。这样的一种超越是非恩仇的纯文化性的主家赞美，日后成为日本传统的"风趣（をかし）"美学。而少纳言通过这些段落，客观上也大大提升了她自身的存在感，正如不少段落被点评为"自赞谭"，她在赞美主家的同时，也实现了自我价值的最大化。

对主家的赞美意识中另一个显著特点就是"自我观照"意识的产生。"自我观照"在《蜻蛉日记》和《和泉式部日记》中都有所体现，但在《紫式部日记》中应该是达到了顶点。《紫式部日记》具有明显的"女房日记"的性质，应该是紫式部作为仕女的工作内容之一，为的是记录彰子生产皇子这一盛事。正因为如此，其中自然不乏例行公事的溢美之词①。作品是从彰子待产的道长府邸的秋景写起的，描写了道长为了祈祷彰子顺产而举行的五坛修法、道长与彰子胞弟赖通的风雅，以及皇子诞生后的种种庆祝仪式，其间自然不乏对主家的赞美之词。

比如，在皇子诞生五十日的庆典结束后，酩酊大醉的道长要求仕女们作歌庆贺。

看到今晚的醉态非同寻常，担心会有什么可怕的事情发生，便与宰相君相约见机躲避起来。东侧前面的房间，已经有大人家的几位公子以及宰

---

① 张龙妹. 紫式部的日记歌和她的求道心［J］. 日语学习与研究，2015（2）：36－43.

相中将坐在里面,很是吵闹,所以我和宰相君就躲在御寝台的后面。谁料道长大人将遮挡的幔帐掀开,抓住了我们俩的衣袖。只听他威胁道:"各献和歌一首,否则,绝不轻饶!"心中觉得厌烦,又担心如不依命不知会发生什么事情,便咏歌道:

> 南山之寿无以计,圣君盛世万代传。

> (いかにいかがかぞへやるべき八千歳のあまり久しき君が御代をば)

"哦!咏得不错嘛!"把我的和歌口诵了两遍,便迅速答歌道:

> 若得仙鹤千年寿,圣君盛世亦可计。

> (あしたづのよはひしあらば君が代の千歳の数もかぞへとりてむ)

道长大人已然是醉意朦胧,但所吟咏的和歌依旧是他心心念念的小皇子的事情,不禁令人深受感动。　　　　张龙妹译《紫式部日记》271-272 页

见道长那天醉得厉害,紫式部和同僚宰相君便相约等仪式一结束就躲起来。但东边的房间里来了道长的公子们和侄子宰相中将,甚是吵杂,于是她们二人躲在幔帐后面。不想道长发现了她们,令人将幔帐撤走,抓住衣袖,令她们献歌。不得已,紫式部运用了同音反复的作歌技巧,预祝小皇子寿比南山、盛世万年。一首不仅应景,而且充满韵律美。即兴创作速度之快,连道长都为之吃惊。但道长也不简单,口诵了两遍紫式部的和歌以后,马上答歌。最后紫式部感叹道:醉成这个样子尚能如此迅速答歌,真是因为多年来心想事成了吧。紫式部所咏的这首歌,虽是对刚刚降生的皇子竭尽了赞美之词,但显然,那应该不是她发自内心的祝福,而只是履行作为仕女的职责而已。

在其他描述中,即便不由得赞美主家,但紫式部还是会顾影自怜。在描写彰子动静的时候,紫式部写道:

> 中宫御前,贴身仕女们漫无边际地闲谈着,而中宫则体态优雅地听着她们的闲聊。想她御体沉重,一定是周身不适的,但她尽力掩饰,装作若无其事的样子。她那高雅的仪态,已无须我多费笔墨。无常人世,只有侍奉在这般高贵的中宫身边,才能与平日里不同,全然忘却一切愁烦。但转念,又为自己居然产生这种想法而感到不可思议。　　　　同上,236 页

众仕女聚集在彰子身边闲聊,彰子一边听着,一边若无其事地掩饰着自己身体上的不适。看到彰子这样高贵的举止,紫式部不禁感慨:唯有侍奉在这样的中宫身边,方能告慰这无常人世。居然感觉自己与平日里不同,全然忘却了

一切愁烦。然而细想起来，还是为自己的这种变化感到不可思议。

在这简短的文字中，紫式部可谓轻描淡写地赞美了彰子。产期临近的彰子，身体沉重，其痛苦可想而知。但她装作若无其事的样子，听着仕女们在那里谈天说地。在身心俱疲的状态下，能够保持优雅的举止，这一点充分体现了彰子的高贵。紫式部巧妙地抓住了这一点。之后，以诉说自己的情绪变化来赞美彰子，但随即又进行自我反省。

我们首先来关注紫式部的赞美方式。在朝鲜王朝的《仁显王后传》中，我们能够发现非常频繁出现的对王后闵氏的赞美之词。比如，在其母受孕之时就梦见了神灵，出生时有瑞气从屋宇上升，产房里香气弥漫。及长，被誉为"有妊姒之德行""与中国古代的太妊、太姒无异"，称其是具有"圣德"的"圣人"。显然，《仁显王后传》的这类表述，是依照儒家的伦理道德来描述的，这里实际上没有闵氏的个体特征可言。而紫式部的叙述，于细微处体现了中宫高雅的品格，可谓是点睛之笔。

此后，紫式部随即反观自己的内心，用"但转念（かつはあやし）"一句，以表明自己这样的忘忧情绪的产生其实是不应该的。在如此简短的叙述中，紫式部表达了极为曲折的内心世界。这样的内心，在以下一段文字中表现得更为淋漓尽致。

（A）天皇行幸在即，土御门府内装饰得好比是琼楼玉宇。从各地寻访新奇的菊花，将其移植到土御门府。无论是已经开始变色的白菊，还是正盛开的黄菊，不同品种的菊花，栽种得错落有致，在晨曦的薄雾中若隐若现地望见这些菊花，甚至可以洗却岁月留下的鬓华。（B）倘若自己不是忧思难解，而只是像平常人那样的身世，本也可以假装年轻地附庸风雅，以此来打发这无常人世。不知为什么，每逢喜庆之事、听闻有趣之事，想要脱离俗世的欲望越发强烈。愁绪难解，不随心愿、令人叹息的事情越来越多，甚是痛苦。可又能怎么样呢？现如今，还是学会忘记吧。思虑又没有什么意义，更何况对来世来说，那还是深重罪孽。天光放亮，眺望窗外，只见水鸟们好似无忧无虑地在水面玩耍。

水鸟浮水面，此事非关己？

吾身如水鸟，辛苦度浮世。

（水鳥を水の上とやよそに見むわれも浮きたる世を過ぐしつつ）

那些水鸟，看上去很是惬意地在水面嬉戏，而换位想来，它们也一定是非常痛苦的吧。

同前 260—261 页

225

这一段文字可以分为前后两部分。(A)叙述的是土御门邸的繁华。中宫产下皇子，天皇行幸在即，藤原道长的府邸越发装饰得玉台般光彩照人。他们四处寻来各种极为漂亮的菊花，有的白里带紫，有的依旧金黄，在朝雾中若隐若现地望见这种种菊花，几欲令人忘却岁月的流逝。置身于这样的荣华富贵中，作者突然间将笔触滑向了自己的内心。(B)部分便是她对自我内心的观照：假若我也只是个忧思或少的平常之人，亦当故作风雅，以此聊慰无常人世。而每逢听闻盛事趣闻，出家之念便越发强烈①。令人烦忧、不合心意的事情不断增加，令人痛苦。最后，以"水鸟"自喻，抒发了自己在这个无常人世中的生存感②。

这样的一种自我认识来自她非同寻常的身份意识。在《紫式部集》中有她这样一首和歌述说了她初入皇宫时的心情：

> 不幸命运随心行，九重宫阙犹乱心。
> (身の憂さは心のうちにしたひきていま九重ぞ思ひ乱るる)③

第一次来到宫中，她不是感到欣喜，也不是内心充满不安，而是感到"一种触情生情的哀伤（もののあはれ）"，于是咏了所引的这首歌，自己的不幸命运如影随形，跟着她来到了宫中，所以，即便是置身皇宫，她的思绪依然是围绕"不幸命运（身の憂さ）"展开的，或者说，皇宫的庄严繁华更加使她认识到了自己的身世。这样一种自我认知也是上文中提到的《紫式部日记》中她的自我认识的基调。

然而，紫式部的认识并不仅仅局限于自身，通过对朋辈人生的观察，达到了一种普遍性的认识。在《紫式部日记》中，她有如下的感慨：

> 目送着他们各自匆忙往家里赶路的样子，心想又能有怎样的佳人在家里等着呢？有这样的想法，并不是出于我自己的身世，而是联想到了人世间普遍的男女之情，尤其是小少将君，她这般优雅美貌，但已经为男女之情伤透了心。自从她的尊翁厌弃人世出家以来不幸之事接踵而至，与她极为高雅的人品相比，何其薄幸！　　　　　　　　　　　同前277页

这是在随彰子回到皇宫以后，紫式部在自己值宿用的房间里的述怀。看到随行的男性官员们各自匆忙回家的样子，紫式部冷眼相送：又能有个什么样的

---

① 关于"ただ思ひかけたりし心の、ひくかたのみつよくて"的解读，参照第三章。
② 关于"水鸟"歌的具体分析，参照第三章。
③ 紫式部日记·紫式部集 [M]. 山本利达，校注. 东京：新潮社，1980：148.

佳人在家里等你？之后辩白道，并不是因为自己的身世发此感慨，而是因为看到了小少将君的遭遇才有此想法的。这位小少将君在此后的"女房评论"中也有出现①，是源时通（生卒年不详）之女，也是道长之妻伦子的侄女，集高雅与美貌于一身，是作者最为亲近的同僚仕女。其父源时通与伦子的父亲同为宇多源氏之祖左大臣源雅信（920—993），也是花山天皇时期唯一能够牵掣道长之父兼家势力的人物。也就是说，小少将君的出身应该是比紫式部尊贵不少。但是，其父源时通后来出家，小少将君也曾与源则理（生卒年不详）结婚，不久就被遗弃②。看到这么一位高雅美貌的小少将君如今沉浸在不幸的痛苦之中，紫式部生发出了"人世间普遍的男女之情（おほかたの世のありさま）"就是如此不幸之感慨。《源氏物语》中诸如紫夫人、大君、浮舟等女性命运的描述，也应该是基于紫式部这一普遍认识的。

正是因为有了这样的普遍性认识，紫式部才向往出家生活，在被称为"信件（消息文）"部分的内容中，她述说了自己的出家心愿，那是与当时的贵族社会盛行的现世利益性质的信仰心完全不同的一种精神追求③。

然而，在"消息文"的最后，她叮嘱收信人千万不能让其他人知道信件内容，人多眼杂，信件看完后尽快还给她。她自己最近也是把过去的信件都销毁了，身边没有保留别人的信件，为了不引人注意，自己也不打算再在纸上写什么了。而这些行为的唯一目的就是免得落入他人眼中、引来世人的说三道四。然而，上文中也提到，紫式部在此之前表达了出家的意愿。对一个要抛弃现实世界而出家的人来说，如此在意世人的言辞自然是不应该的。或者说，这也是佛教信仰中的"罪孽"。当紫式部写完上面那些话语以后，突然意识到了自己内心的这种矛盾。由此，她对自己的内心又有了更进一步的认识，她写道：

搁笔之际，居然写了这么多担心世人口舌的话语，不禁发现自己竟是如此在意现世！心难忘世，当如之何？　　　　　　　　同上，303 页

她认识到：自己竟如此担心世人的议论，归根结底，还是自己不肯放弃我

---

① 小少将君，总体说来她是个优美高雅的女子，好比早春二月的垂柳，风情万千。容姿秀美，举止优雅，性格内向，好像无论任何事情都没有主见似的腼腆，又异常在意世人的眼光，且过分幼稚，令人不忍旁观。如果有个心术不正之人，对她恶意中伤或是恶语相向，她一定会因此焦虑，甚至害病而死的。她就是这么个娇弱得令人感到无奈的人，着实令人担忧。张龙妹. 紫式部日记 [M]. 重庆：重庆出版社，2021：277.

② 紫式部日记·紫式部集 [M]. 山本利达，校注. 东京：新潮社，1980：148.

③ 参见第三章关于紫式部佛教信仰的分析。

身之心根深蒂固！从理性上来说，紫式部认识到了人世无常这一佛教的根本真理，但她从自己对信件这样事情的诸多担忧中意识到，自己实际上还是不能舍弃我身，舍弃作为一个社会人的存在。这样的认识对她来说是致命的。她不能无视自己的内心去假意出家，更不能在明知人世无常的情况下去积极谋取现世利益。所以最终她也只能陷入不知如何是好的迷茫之中。

如果说，清少纳言因为定子皇后的不幸，以其一己的文笔之力，将自己全身心地奉献与营造文雅风趣的定子后宫。紫式部却是在如日中天的彰子后宫中，由自身及同僚的不幸，切身体味了佛教所谓的人世无常，产生了向佛之心。但同时，她敏锐的洞察力又使其充分意识到自身对现实世界的诸多执念。这样直面自己内心的自我认知，是关乎作为社会存在的人的本质的思考，也是关乎佛教信仰的本质性问题的思考。

## 第三节　女性的"和"意识与男性的"本朝"意识

在古代东亚，高度发达的中华文明几乎就是普世价值，是近邻各国竞相效仿的对象。如在第五章第二节中提及的《日本书纪》中有关天皇孝行的叙述以及《宇津保物语》中仲忠、阿忠的孝行描述，其模仿性特点正是其本国意识的体现。这种现象与《日本灵异记》的"自土意识"、《今昔物语集》等说话文学中的"本朝意识"一脉相通。通过宣扬本国的异事，来主张远离佛教中心的日本也是佛法灵验之地，在此基础上产生了"本地垂迹"说，进而发展为"神国"思想。在本节，将以日本男性文人的"本朝"意识为参照，主要探讨紫式部在《源氏物语》中体现出来的"和"意识。

### 一、以中华文明为基准的"本朝"意识

在本章的第一节，提及了菅原道真以白居易为人生楷模之事。像道真这样的人物，在当时绝非个案。这一点从几个佳句集采录的白诗所占比例之多就可以获知。像庆滋保胤在《池亭记》中就称："夫汉文皇帝为异代之主，以好俭约安人民也。唐白乐天为异代之师，以长诗句归佛法也。晋朝七贤为异代之友，以身在朝志在隐也。①"但即便是顶礼膜拜到这种程度，他们内心还是希望能够

---

① 本朝文萃［M］．大曽根章介，金原理，后藤昭雄，校注．东京：岩波书店，1992：336．

超越白居易的。

《菅家后集》的第一篇是醍醐天皇御制诗篇。

> 见右丞相献家集
> 门风自古是儒林，今日文华皆尽金。
> 唯詠一联知气味，况连三代饱清吟。
> 琢磨寒玉声声丽，裁制余霞句句侵。
> 更有菅家胜白样，从此抛却匣尘深。
> （平生所爱、白氏文集七十卷是也。今以菅家不亦开帐。）

据《日本纪略》记载，昌泰三年（900）八月十六日菅原道真向醍醐天皇献家集二十八卷①，此诗为当时醍醐天皇所作。前三联对菅家三代的诗风进行了褒奖，尾联称菅家的诗文已经胜过了白诗，从此就要把装白诗的匣子抛却，令其积上厚厚的灰尘。括号内是诗注，表明天皇自己平生所爱乃白诗七十卷，但如今有了菅家文集，就不再打开白诗的卷帙了。虽然醍醐天皇此后是否还继续欣赏白诗，我们不得而知，但通过这首诗我们可以了解到这样几点信息：醍醐天皇也酷爱白诗，白诗是评价诗人诗作的一个标准，菅家的诗文甚至超过了白诗。超越模仿对象，这应该是模仿的终极目标。但这里我们需要注意的是，正因为是模仿，所以模仿之作与被模仿的对象是同质的。也就是说，不管菅原道真的诗歌是否真的超越了白诗，白诗作为诗歌中的"普世价值"并没有受到伤害。

《江谈抄》（成书于平安末期）第三卷《杂事》第一篇名为"吉备大臣入唐间事"，讲说了吉备真备②（717—735 年在唐）作为遣唐使来到唐朝后的遭遇。因唐人听闻他学问才艺都相当了得，便要陷害他，让他住到一个晚上闹鬼的高楼里，好让他不明不白地被鬼怪吓死。谁知半夜时出现的鬼魂居然是阿倍仲麻吕，他当年身为大臣来到唐朝，也是被关在这个高楼里，不给食物活活给饿死了。于是在阿倍鬼魂的帮助下，吉备真备在《文选》讲读、围棋技艺上用荒唐

---

① 《日本纪略》昌泰三年八月十六日条云"右大臣菅原朝臣上状奏进家集合二十八卷"。黑板胜美. 日本纪略：后编［M］. 东京：吉川弘文馆，1965：3.

② 695—775 年，在日本历史上是与菅原道真齐名的文人出身的大臣。717 年作为留学生第一次与阿倍仲麻吕一起来唐，735 年回国时带回了经史乃至天文、音乐、兵法等各类书籍。752 年作为遣唐使的副大使再度来唐，那时与阿倍重逢，754 年返回日本，阿倍也一同返回。只是阿倍与大使藤原清河同船，途中遭遇海难，日后又返回长安。真备与另一位副大使大伴古麻吕安全回到日本，与他们同行的还有鉴真大和尚。

乃至有些卑鄙的手段打败了唐朝高人，最终凯旋回国。在这个故事里，吉备真备赢在《文选》讲读、围棋等学问才艺上，若在当今，这些事情或许可以另当别论，但在当时，无非也是对《文选》、围棋技艺等这些中华文明的"普世价值"所做的一个肯定。

而这样的以中华文明为基准的本朝意识主张，可以说是男性创作的文学作品的一个共性。比如，在《平家物语》的第三卷"医师问答"中，平清盛命使者带着宋朝的名医去为病情日渐沉重的长子平重盛医治，已经病入膏肓的重盛跟使者作了如下的长篇大论：

> （A）延喜帝虽是位受人称颂的贤王，却恩准异国相士进入京城，虽是佛法末世，亦是君王之过失，本朝之耻辱。更何况为了重盛这样的凡夫，将异国的医师招入皇城，岂非本国之耻？（B）汉高祖提三尺之剑，平定天下，在淮南讨伐鲸布之际为流矢所伤。吕太后请来良医，医师说："此伤可治，但需黄金50斤。"高祖曰："深受神佛加持之时，即便受伤也不觉疼痛。可见运数已尽。人命在天，即便扁鹊在此，亦复何益？虽然，似惜黄金。"便赐50斤黄金与医师，而终不令医治。先言在耳，至今感佩。重盛忝列九卿，位至三台，全仗天意。如何可以不察天意而妄加医治？（中略。耆婆治疗释迦病无果，释迦涅槃）<u>纵使详解五经之说，善医百病，又岂能医治前世之业病？</u>何况，果真因其医术得以存命，岂不是使本朝陷于似无医术之境地？（C）如若医疗无果，见面也就无益。更何况，以本朝重臣之外表，与异朝浮踪之客相见，岂非国之耻辱、道之凌夷？重盛即便丧命，如何可以不存忧国耻之心？①

这段文字可以分为（A）（B）（C）三个部分。（A）以醍醐天皇曾允许异国相人为其看相一事为借口，认为让外国人进入皇城，是有明君之名的醍醐天皇永世不灭的错误，是本朝的耻辱②。因此，自己作为凡人，让外国的医生进入王城，更是国家的耻辱。（B）部分则是举出汉高祖刘邦和释迦的例子，说明业病是不可治的。（C）部分的主旨与（A）对应，如果一旦被宋朝浪迹至此的

---

① 平家物语［M］.市古贞次，校注.东京：小学馆，1994：228－230.
② 《古事谈》卷六中有醍醐天皇请相人（一本作高丽相人）在帘内为其看相之事。从而违背了其父宇多天皇为其留下的"外番之人必召见者，在帘中见之。不可直对耳"之遗训（"宽平御遗诫"）。朝仓治彦.丹鹤丛书第30卷：古事谈第6册［M］.东京：大空社，1998：36－37.

医生治好，那岂不等于证明本朝没有医术？更何况自己身为朝廷重臣，接受外国医生治疗是国家的耻辱、是王道之凌夷，是万不可为的。

　　从（A）（B）（C）三部分的内容可知，其实，（B）与（A）（C）的内容是脱节的。与重盛的病情直接有关系的是（B）部分。重盛得病的起因在于他此前参拜熊野时所做的祈愿。在目睹父亲清盛的种种恶行而自己的劝谏又全无成效之后，重盛认为平家的长久繁荣难以期待，所以祈求熊野神明使其父亲幡然醒悟，改掉恶行。如若不能，他愿意缩短现世寿命以使自己能够在来世脱离苦海。也就是说，他的病是他祈愿熊野神明的结果，是神意。从这个意义上来说，他的病与（B）中所说的刘邦和释迦的业病是同一性质的，是治不好的，也就不用治。为了说明业病之不可治，竟然要以刘邦和释迦的故事为例证，以证明其绝对正确性。由此可见这两个例子才是作者思维的基准。如波浪线部分所示，在（B）部分的结尾处，作品进一步推演道："纵使详解五经之说，善医百病，又岂能医治前世之业病？"《五经》是包括《素问经》《灵枢经》《难经》在内的中国古代医书经典。作者以此为最终论据，来论证业病之不可治。但他只能以其竭力排斥的异国的事例、经典来证明这一事实，实际上反倒无可辩驳地反证了"本朝似无医术"这一作品在（C）中竭力否定之事。

　　除了这一逻辑上本身自相矛盾的地方以外，如果只是为了说明业病不可治这一道理，上引（A）（C）两部分内容完全是多余的。那么，重盛为什么要说（A）（C）两部分内容呢？那是因为平清盛派过来的医生恰好是宋朝人。作者便让重盛借题发挥，尽情倾诉了"本朝"（本国）意识。这里希望提请读者关注的是，所谓"本朝"意识，是与对外意识密切相关的。而这样的意识，又与上述逻辑性矛盾中表现出来的将中华文明视为评判基准的思维互为表里的。

## 二、从女性意识到"和魂"主张

　　在本章第二节的主家赞美意识部分中，论及了《枕草子》通过一条天皇、定子以及仕女们的笑声构建出来的风趣、高雅的定子后宫。虽然紫式部在其日记中称清少纳言随处写些汉字①，但清少纳言实际上对于女性写汉字还是有所

---

① "清少纳言是个一脸自满自命不凡的人。她竟然能那样自恃才高，毫不顾忌地随处乱写汉字！但若仔细看来，还是有许多不足之处。像她这样，竭力希望与众不同的人，日后一定会被人蔑视，最终没有个好的结局。惯于故作风雅之人，即便是在寂寞萧瑟时分，也会装出情动于中的样子，所以她们是不会错过任何一个附庸风雅的机会的。而在这过程中，自然难免会有不雅观的轻薄之举。而已经惯于有轻薄之举的人，她的结局又如何让人乐观呢？"张龙妹. 紫式部日记［M］. 重庆：重庆出版社，2021：293.

顾虑的。如在第五章第一节中提及的《枕草子》第七十八段，藤原齐信派人送来一封信，信上写着"兰省花时锦帐下"，要少纳言接下句，以试探少纳言的才情。少纳言看后，觉得就直接把下句用汉文答上有失风雅，于是她就在来信的角落上写道："草庵谁人访？（草の庵を誰かたづねむ）"，巧妙地把齐信的来信当作和歌的上半句，她自己续了后半句。再比如在二百八十段中，少纳言用卷帘这一行为来回答定子的有关香炉峰雪的问话。这些趣事，虽然基于汉诗文，但又有别于男性文人们的诗歌酬唱，是少纳言意欲不同于男性的汉诗文接受才表现出来的。自然，这正是《枕草子》的"风趣（をかし）"美的源泉。

紫式部在《源氏物语》开篇就将桐壶更衣比作杨贵妃，虽然桐壶更衣与杨贵妃毫无可比性，平安时代的日本也不可能因为天皇宠爱某个嫔妃就发生天下大乱，作者只是借以揭露摄关政治时期后宫斗争的残酷性①。在桐壶更衣去世以后，物语中有一段文字将杨贵妃和桐壶更衣进行了比较。原文如下：

> （1）皇上看了《长恨歌》画册，觉得画中杨贵妃的容貌，虽然出于名画家之手，但笔力有限，到底缺乏生趣。诗中说贵妃的面庞和眉毛似"太液芙蓉未央柳"，固然比得确当，唐朝的装束也固然端丽优雅，但是，一回想桐壶更衣的妩媚温柔之姿，便觉得任何花鸟的颜色与声音都比不上了。以前晨夕相处，惯说"在天愿作比翼鸟，在地愿为连理枝"之句，共交盟誓。如今都变成了空花泡影。天命如此，抱恨无穷！
>
> 丰子恺译《源氏物语：桐壶卷》10－11 页

引文开头部分是对杨贵妃容貌的评论，认为无论多么优秀的画师，毕竟绘画技术有限，从绘画上看到的杨贵妃缺少光彩（にほひ），被比喻为太液芙蓉、未央柳，也应该是名副其实的，唐风装束虽也端庄（うるはしう），但桐壶更衣和蔼可亲的（なつかしうらうたげなりし）模样是无法用花的颜色和鸟的声音来比拟的。作者以画中的杨贵妃与生前真实的桐壶更衣作比较，指出画中的杨贵妃缺少"光彩（にほひ）"（在这里指的是眼睛能够看到的光彩），这也许是画师的技术所限，但其唐风装束则是端庄有余，令人难以亲近。相反，更衣令人觉得可亲可爱。显然，这里是把杨贵妃的唐风（うるはし）与桐壶更衣的和风（なつかしうらうたげなりし）作对比，通过"固然（こそありけめ）"这一包含了否定语气的句式，主张了和风对于唐风的优越性。其后，以诗文中将

---

① 参见第五章第一节之四小节"紫式部对白诗的异化"。

杨贵妃比作"太液芙蓉、未央柳"为依据，认为更衣的那种美是任何花色和鸟声都无法比拟的。我们可以发现，作者的和风主张与上一小节中提及的以中华文明为评判基准的"本朝"意识不同，从人性的角度来主张更衣的美，令人无可辩驳。

在整部作品的人物性格塑造中，作者也几乎把人物描写成为这样两类，一类是"端庄（うるはしう）"型，另一类是"可亲可近（なつかしうらうたげ）"型。比如，光源氏的正妻葵上的性格就是端庄类的代表。《红叶贺》卷中写道："源氏公子贺罢退朝，回到左大臣邸中，但见葵姬照例端庄冷淡，毫无一点亲昵的样子。"这里用了"照例（例の）"一词以点明葵上的这种态度是一如既往的，是她的风格。这样的葵上，在作品中还是个自始至终不会用和歌表达自己情感的人物。而与葵上相反的是夕颜，这位头中将的外室，为了躲避来自头中将正妻的威胁，不得以寄居在五条一带陋屋中的女子，一直是以她的"可亲（なつかし）"姿态来获得光源氏的感情的。首先是，光源氏命侍从摘取她家篱笆上的夕颜花，夕颜命人递出来一把扇子用来托花，那带着女主人体臭的扇子就令光源氏有似曾相识的感觉（なつかし）。另一位空蝉，是位在光源氏面前始终不被他的感情所左右、清醒地保持自我的女性。空蝉虽然几次三番地拒绝了光源氏，但即时应景的书信也是亲切地（なつかしく）答复的，随意写就的和歌，有着一种不可思议的优美，令光源氏不能忘怀。

其实，将唐风和风做如此区别描述，在平安时代后期成书的、据传为菅原孝标女所著的《滨松中纳言物语》中也得到了继承。来到唐朝的男主人公中纳言朝见皇帝的场面是这样描写的：

（2）皇帝三十多岁，容貌异常端庄尊贵。见中纳言的丰采无与类比。在场的大臣公卿甚是惊诧，居然有这般人才，日本非同寻常。评价道："从前，河阳县的潘岳，在我们朝廷虽留下了美貌无双之名，但也并没有这般光彩夺目。"①

这位中纳言因为梦见父亲转生为唐朝的皇子，便执意要来唐朝，与转生后的父亲相会。一路艰辛，到大唐后先参见皇帝。引文说皇帝年龄30来岁，容貌非常端庄尊贵。他见中纳言风貌无与伦比，在座的大臣公卿见了，皆大为吃惊：日本居然有这等人物！一致认为：古代美貌无双的河阳县潘岳，也没有这般光

---

① 原文参见滨松中纳言物语［M］. 池田利夫，校注. 东京：小学馆，2001：33.

彩夺目（あいぎょうのこぼるばかりににほへる）。与"端庄尊贵（うるはしくめでたうおはします）"的唐朝皇帝相比，"光彩夺目（あいぎょうのこぼるばかりににほへる）"的中纳言代表的自然是和风之美。

在主张这种外表上的和风之美的同时，作品也随处宣扬了和风的人情美。下面引文同样是桐壶更衣去世以后的描写：

> （3）此时皇上听到风啸虫鸣，觉得无不催人哀思。而弘徽殿女御久不参谒帝居，偏偏在这深夜时分玩赏月色，奏起丝竹管弦来。皇上听了，大为不快，觉得刺耳难闻。目睹皇上近日悲戚之状的殿上人和女官们，听到这奏乐之声，也都从旁代抱不平。这弘徽殿女御原是个非常顽强冷酷之人，全不把皇上之事放在心上，所以故作此举。
>
> 　　　　　　　　　　　丰子恺译《源氏物语：桐壶卷》11 页

更衣去世后，即便是听到风声抑或虫鸣，天皇都会感到无比的悲伤，但那个弘徽殿女御，已有许久不曾来清凉殿参谒天皇，还要在月色优美的晚上，作管弦之乐，直至深夜。天皇对此甚感不快。而这段时间目睹天皇伤心之情的殿上人及仕女们，也觉得女御的行为不可理喻。女御是位性格刚强、棱角分明之人，根本没有理会天皇对更衣之死的哀伤之情。

在这里，作者显然描写了两类人。一类是对天皇的哀伤能够感同身受的殿上人和仕女们，另一类便是对天皇的伤心无动于衷依旧寻欢作乐的弘徽殿。按理说，作为桐壶帝的女御，她更应该能够理解天皇的哀思才是，可她居然比不上侍奉在天皇身边的男性官员和仕女们，其薄情程度可想而知。而能够体察他人内心的人情之美，便是《源氏物语》的"物哀（もののあはれ）"之美。

引文（1）的最后一句说，更衣与天皇朝夕相约为比翼鸟连理枝，可天不假年，长恨无尽。几乎是将《长恨歌》的相关语句训读而成，这种做法与清少纳言在《枕草子》中描述的化用白诗的方式相近。只是这里已经不再只是为了营造氛围，或者可以说，已经超越了具体诗句的引用，是对一个悲剧性爱情故事的共同哀叹，是物语作者对白居易诗文超越时空的共鸣。这也是紫式部营造"物哀（もののあはれ）"之美的一个方法。

不仅仅是在这样生离死别的人类共通的情感描述上体现了"物哀（もののあはれ）"之美，就连光源氏与六条妃子的分别，也是充满了哀感。自从葵祭时六条妃子与葵上的侍从们发生车位之争，这一次纠纷直接导致了"生灵"事件，临产的葵上屡屡受到"物怪"的侵扰，终致在产下夕雾后命赴黄泉。更为惊悚的是，在光源氏陪伴在葵上左右的时候，竟然眼看着葵上的仪态声音变为六条妃子的样子。这些事件令本来就若即若离的二人关系进入冰点。也正因为如此，六条妃子才下决心破例跟随被卜定为伊势斋宫的女儿离开京城前往伊势。在启程前往伊势之前，斋宫一行需要在京都郊外的野宫斋戒。光源氏在获知六条妃子的决定后，特意赶往野宫。以下引文是二人会面时的部分描述：

> 回想从前，随时可以自由相见，六条妃子对源氏的恋慕甚深。在这些岁月中，源氏心情懈怠，并不觉得此人之可爱。后来发生了那生魂祟人之事，源氏惊怪此人何以有此瑕疵，爱情随即消减，终于如此疏远。但今日久别重逢，回思往日情怀，便觉心绪缭乱，懊恨无穷。源氏大将追忆前尘，思量后事，不禁意气消沉，感慨泣下。六条妃子本来不欲泄露真情，竭力抑制。然而终于忍耐不住，不免泪盈于睫。源氏大将见此情状，更加伤心，便劝她勿赴伊势。此时月亮恐已西沉。源氏大将一面仰望惨淡的天空，一面诉说心中恨事。六条妃子听了他这温存之言，年来积集在胸中的怨恨也完全消释了。
>
> 丰子恺译《源氏物语：杨桐卷》222 页

这是与六条妃子互赠和歌问候、光源氏落坐后的描写。先是关于光源氏内心的描述：原本是可以随心所欲地来访问的，女子也是倾心爱慕，那些过去的岁月，因着自己内心的傲慢，也没有觉得有多么值得珍惜。不知何故，自从心里感觉女子有"瑕疵"以后，感情也冷了下来，关系就这样疏远了。"瑕疵"指的便是六条妃子的"生灵"事件。而这次见面让光源氏觉得又回到了从前，不禁思绪万千，思前想后，竟脆弱地哭了起来。女子虽竭力掩饰自己内心的痛苦，但凄楚的神情还是逃不过光源氏的眼睛，这令他更加心苦，再三劝阻女子放弃去伊势的决定。月亮也好像落山了，眺望着哀情万种的夜空，诉说着绵绵衷肠。长年积郁在六条妃子内心的怨恨似乎也就此消散了。

自从这次分别以后，时隔 6 年斋宫因为天皇换代结束任期，六条妃子随女儿回京，不久，她认为自己在斋宫的生活远离佛法，罪孽深重，就出家了。她出家的时候，光源氏前去探望，她把女儿托付给他，不久后就去世了。也就是说，野宫之会是他们作为世俗男女的最后相见，而且当时各自心里也都明了，因为"生灵"一事，他们之间的恋情已经彻底成为往事。上引文字实际上就是作者描写的这样两位男女的分手场面，而"物哀（もののあはれ）"之美充满了人物的内心描写和场景描写的字里行间，仿佛是一个新的恋情的开始而不是一段不堪回首的旧情的结束。这样的"物哀（もののあはれ）"之美是《源氏物语》描绘的理想的人情美。

除了外表上的和风美、人情美外，作者在《源氏物语》中还第一次提出了"大和魂"这一概念。第五章中在论及紫式部笔下的博士形象时，曾例举过夕雾取字仪式时博士们的夸张表现。在此之前，光源氏为夕雾举行成人仪式，亲王及一世源氏在元服时本可以获得四品官职，以光源氏的权势，令夕雾荫袭四品官职也是可能的，光源氏也曾经有过这样的打算，转而认为这样对夕雾的成长未必有利，结果只令其荫袭了六品官职，令其入大学寮学习两三年学问。夕雾的外祖母大君对此决定尤为失望，于是光源氏就用长篇大论来说服她自己这么做的理由。这其中就提到了"大和魂"的问题。

> 凡人总须以学问为本，方能更加见用于大和魂的社会。目前看来，这措施似乎耗费时日，教人焦急，但终将学优登仕，身为天下柱石，则为父母者即使身死，亦无后顾之忧。目前虽位卑职微，但在家长照拂之下，想不致被人讥为穷书生。
>
> 　　　　　　　　　　丰子恺译《源氏物语：少女卷》434 页，有改动

光源氏劝慰道：只有以汉学为本，才能在"大和魂"的国家里得到重用。眼下虽然有些令人担心，但如习得将来作为朝廷柱石的心规，即便是在自己去世以后也无须担心。当前虽有失体面，自有自己各方照料，不至于被讥笑为穷书生的。当然，这是作者借光源氏之口道出的贵族子弟的教育理念。划线部分的"学问"，原文作"才"，在平安朝专指汉学才能，即"汉才"。与"汉才"相对的是"大和魂"，古代日本人的灵魂观跟中国的有近似之处，认为身体只是躯壳，"魂"是生命。"魂"离开了躯壳，生命也就终止了。借尸还魂类故事的产生正是建立在这样的灵魂观上的。而上引这句话实际上是日本文化史上关于"汉才"与"和魂"关系的第一次表述。

这段关于"汉才""和魂"关系的文字，往往被看作光源氏或作者重视汉学的根据。重视汉学这一点应该无可非议。确实，在光源氏的鼓励下，似乎是实现了野无遗才般的盛世①。不过，这种重视并不意味着"汉才"比"和魂"更加重要。以"汉才"为本（才をもととしてこそ）指的只是后天习得的能力，有了这样的能力才能在"大和魂"的国度里担任重臣，而这样的"大和

---

① 原文为："殿にも文作りしげく、博士、才人どもところえたり。すべて何ごとにつけても、道々の人の才のほど現るる世になむありける。"紫式部. 源氏物语：第 3 册[M]. 阿部秋生，秋山虔，今井源卫，校注. 东京：小学馆，1994：30.

魂"则是先天生就的。光源氏虽说自己没有接受过像样的教育，但他在弹奏古琴、绘画方面都是无人可及的，甚至包括作诗。在夕雾取字仪式之后举行的诗会上，最后是他的诗作甚至超过了在场的文章博士们①。夕雾也一样，他在二条院刻苦学习，只四五个月就学完了《史记》，顺利通过大学寮的寮试，成为拟文章生，自然也是个有着"大和魂"的人物。而那些大学寮生，正如作者用"穷书生（せまりたる大学の衆）"形容的那样，以及在第五章里分析过的有关博士的穿着、举止、语言的描写那样，这是一个郁郁不得志的贫穷潦倒甚至与社会格格不入的群体。而他们与夕雾之间的不同，自然就是"大和魂"的有无。

就这样，紫式部在《源氏物语》中实现了从单纯的外貌审美到民族意识的自觉，而这一切，都是在女性视角下完成的。《源氏物语》中多处出现"作为女子（女にて）"的表述，用于"把某人作为女性来看待"或是"作为女性来看待某人某事"。比如，"雨夜品评"那一段，以光源氏为首的几个男子在宫中当值，百般无聊中讲述各自的恋爱经历，听讲的光源氏的容姿是这样描写的：

> 此时他身穿一套柔软的白衬衣，外面随意地披上一件常礼服，带子也不系。在灯火影中，这姿态非常昳丽，几令人误认为美女。
>
> 丰子恺译《源氏物语：帚木卷》24 页

光源氏穿着一身白色的已经变得柔软的内衣，外面随意披了件便服，带子也没系，在一旁斜靠着的样子，从灯影下观看，优美高雅，真希望能把他当作女子欣赏。这里的"作女子观（女にて見たてまつらまほし）"，从语法上可以做两种解释。除了把光源氏当作女性来看待以外，还可以解读为动作主体把自己比作女性来欣赏光源氏。而作品本身就是以仕女讲述"物语"（故事）的方式展开的，女性视角自是其叙事的基调，而正是这一源于女性日常的视角，道出了日本的民族性。

以上分三章探讨了平安朝女性散文体文学繁荣的文化意义。散文体书写使得女性们脱离了韵文创作的诸多规范，获得了自由地表达内心的方式，并且参悟了通过"虚构"来表达超越事实的"真实"这一小说创作的真谛。自由地表达内心之方法的获得，也是话语权的获得，使女性作者们能够从女性的视角出发，抒发自己的所感所思。而至于为什么是女性的视角反倒道出了日本的民族

---

① 原文为："大臣の御はさらなり。"紫式部. 源氏物语：第 3 册［M］. 阿部秋生，秋山虔，今井源卫，校注. 东京：小学馆，1994：27.

性特征，这一点或许要从"和汉"的关系中去思考。汉字被称为"真名"是男性使用的文字，假名被称为"女手"（女性文字）；"和歌（やまとうた）"也是与"汉诗（からうた）"相对应的称呼。在那个时代，女性的也就是民族的。到了镰仓时代，兼好法师在《徒然草》叙述四季变化的第十九段中称："凡此，亦是《源氏物语》《枕草子》的旧话重提而已"①。至少到了中世以后，以《源氏物语》《枕草子》为代表的女性文学中的美意识已经被认为是具有民族性的了。

而关于"大和魂"，后世之人假托菅原道真所作的伪书《菅家遗戒》中云："其自非和魂汉才不能阈其阃奥矣②"。或许是该书的伪托者在序言中感叹道："近世学者身未尝至其地。目未尝窥其俗。而心已醉于空词浮文之毒。动辄内彼外我。曰中华。曰中国。曰日东。曰大东。曰东方之国。甚者自称夷人。噫。文之灭质。败风俗。害人心。不亦酷乎。③"虽是后世之为，作者借学问之神菅原道真之口，也部分道出了社会对醉心于汉学的学者们的批判。这样的"和魂汉才"思想日后与神国思想结合，成为日本国家主义的精神象征。

明治维新以后，因为"国语""国文学"概念的确立，明治二十二年，东京帝国大学在增设国史科的同时，将原来与"汉文学科"对应的"和文学科"改为"国文学科"④。于是，以《源氏物语》《枕草子》为代表的女性文学就成为日本国文学的经典。而这样的现象，即便在同属汉字文化圈的朝鲜半岛或是越南都没有出现。平安时代女性散文体文学的繁荣对于其本国国文学的形成和发展所起到的作用由此可见一斑。

---

① "言ひつづくれば、みな源氏物語・枕草子などにことふりにたれど、同じ事、又今さらに言はじことにもあらず。"徒然草［M］．永积安明，校注．东京：小学馆，1995：97.

② 菅家遗诫［M］．日本国立国会图书馆藏，1852：14.

③ 菅家遗诫［M］．日本国立国会图书馆藏，1852：3.

④ 野山嘉正．国語国文学の近代［M］．千叶：放送大学教育振兴会，2002：23.

# 终章　何谓女性文学

如本书前述一直梳理的那样，古代的女性们留下了非常丰富的文学作品。但是，从现代意义上来说，所谓"女性写作"似乎必须具备"女性作者""女性意识""女性特征"三大要素。而且，"女性意识""女性特征"与女权主义密切相关。正如伍尔夫在《一间自己的房间》中主张的那样，女权主义在文学方面的基本诉求可以归纳为：摆脱在文学创作上受歧视的地位，建立女性自己的文学评判标准。为此，只是女性创作而不具备"女性意识""女性特征"的文学，比如，模仿男性创作的诗文，在女性主义批评者看来都不是女性文学。

而在日本，虽然翻开文学史，在"国文学"中，《枕草子》《源氏物语》这两部女性作品占据了绝对重要的地位，但以这两部作品为主的平安女性文学，一概被称为"平安女流文学"。大正（1912—1926）末期，平安时代的女性日记被统称为"平安女流日记"，与此同时，随着女性读者的剧增，"女流文学"一词在媒体确立①，一直沿用至今。"女流文学"一词，含有明显的对女性文学的歧视，而"平安女流文学"又被尊为日本"国文学"的代表作。平安女性文学正是处于这样一种尴尬的境地。

那么，平安时代的"女流文学"能否称得上是"女性文学"呢？以下将借用现代女性主义批判的一些视角，反观"女性文学"这一概念，以期对平安时代的女性们创作的文学作品做一个更为恰当的评价。

---

① 铃木登美．ジャンル・ジェンダー・文学史記述—「女流日記文学」の構築を中心に[M]//ハルオ・シラネ，铃木登美．創造された古典．东京：新曜社，1999：86．

# 第一节 "无雌声"与"无气力"

《晋书》卷九十八《桓温传》中云：

> 初，温自以雄姿风气是宣帝、刘琨之俦，有以其比王敦者，意甚不平。及是征还，于北方得一巧作老婢，访之，乃琨伎女也，一见温，便潸然而泣。温问其故，答曰："公甚似刘司空。"温大悦，出外整理衣冠，又呼婢问。婢云："面甚似，恨薄；眼甚似，恨小；须甚似，恨赤；形甚似，恨短；<u>声甚似，恨雌</u>。"温于是褫冠解带，昏然而睡，不怡者数日。

自此，"雌声"便用来形容女人一样柔和的声音。韩愈《病中赠张十八》诗中有："雌声吐款要，酒壶缀羊腔"之句。而明人胡震亨在《唐音癸签》中称"薛工绝句，无雌声，自寿者相"①，用"无雌声"一语来形容薛涛的诗歌。如赵松元指出的那样，这是胡震亨认为薛涛"作为一个妇女诗人而写出了富有丈夫气概的诗篇，显示出与其他女诗人不同的风貌"②。而这不同的风貌是薛涛诗歌值得称颂的特点，无疑也是对其诗歌的最高评价。之所以"无雌声"是对一位女性诗人作品的最高评价，那自然是因为诗歌创作历来是男性文人的领地的缘故。恰如朱淑真《自责》诗所咏的那样：

> 女子弄文诚可罪，
> 那堪咏月更吟风。
> 磨穿铁砚非吾事，
> 绣折金针却有功。

在古代，女性是被排除在文学世界之外的。所以女性要是作诗，就得"无雌声"，要有"丈夫气"。有关上官婉儿在诗歌上的作为，已经在第二章中论及，她在中宗朝振兴文学方面起到的作用，是当时任何一个男性文人都难以企及的。但对于她这样的功绩，《唐音癸签》如此评价：

---

① （明）胡震亨. 唐音癸签 [M]. 上海：上海古籍出版社，1981：83.
② 赵松元. 薛涛诗歌的"丈夫气"再议 [J]. 中国文学研究，1991，21 (2)：21-26.

又按，张说论上官昭容云：中宗景龙之际，辟修文之馆，搜英猎俊，豫游宫观，行幸河山，雅颂之盛，与三代同风。岂惟圣后之好文，抑亦奥主之协赞。然则汉代楚声，得自房中女萝。唐年近律，成诸彩楼雌称。事倘有同，功难忘始者欤①。

结尾处说："功难忘始者欤"，还是肯定婉儿的功绩的，但如划线部分"房中女萝""彩楼雌称"的表述，作者对于这样的成就竟然出自女性表现出了相当的遗憾，这种肯定显然也是相对的。

正因为女性是被排除在文学创作之外，那些醉心文学世界的女性常有"不是男儿身"之恨，从而催生了众多描写"女状元"的文学作品的诞生。黄崇嘏（883—924）是唐至五代时期的才女。因父病故，便女扮男装游历蜀中，知州周痒怜其诗才，委以官职，协助处理政务。后因周痒欲以爱女妻之，黄崇嘏才不得已请辞隐居。黄崇嘏女扮男装之事在古代广为人知，文学作品也多有描述，金元杂剧《春桃记》、明代徐渭杂剧《女状元辞凰得凤》、冯梦龙的话本小说《喻世名言》第二十八卷"李秀卿义结黄贞女"，凌蒙初《二刻拍案惊奇》中"同窗友认假作真，女秀才移花接木"，均记黄崇嘏女扮男装事，也是今日黄梅戏《女驸马》的原型。这一故事的演变过程中，我们可以看出民间对改变男尊女卑社会的强烈期待。不过这种期待也只能是民间的、虚构的，卫道士们是不会允许这样的事情发生的。明人郎瑛在他编撰的《七类修稿》中指责黄崇嘏有"三不洁"：无故而伪为男子上诗，一不洁也。服役为吏，周旋于男子之中，二不洁也。事露而不能告求所愿，复以诗戏，三不洁也。何谓青松白璧之操耶"②。男性对女性的文才的轻慢与对妇德的看重，同样根深蒂固。为此，女性对自己的才能不得施展的怨恨也是没有穷尽的。清代才女王筠"以身列巾帼为恨，撰《繁华梦》一剧，以自抒其胸臆"③。剧中的女主人公王梦麟不满自己身为女子，不能光宗耀祖，作《鹧鸪天》一词唱出心中的怨恨："闺阁沉埋十数年，不能身贵不能仙。读书每羡班超志，把酒长吟太白篇。怀壮志，欲冲天，木兰崇嘏事无缘。玉堂金马生无分，好把心情付梦诠。"女子虽有冲天壮志，但花木兰、黄崇嘏那样的壮举与自己无缘的，只能沉埋在闺阁中十数年。虽然，有人认为太平天国于 1853 年春攻克南京后，开甲取士，打破常规增设"女科"，

---

① （明）胡震亨. 唐音癸签 ［M］. 上海：上海古籍出版社，1981：83.

② （明）郎瑛. 七修类稿 ［M］. 上海：上海书店出版社，2009：427.

③ 邓丹. 清代女曲家王筠考论 ［J］. 戏剧，2007，126（4）：71 - 79.

金陵女子傅善祥考中鼎甲第一名，成为中国历史上的唯一一位女状元①。而商衍鎏此前就根据罗尔纲的《太平天国史料辩伪集》认为此说所据资料本属虚构作品，有关太平天国增设"女科"亦是虚构之事②。也就是说，古代中国长达1300年的科举史，实际上不曾有过什么女状元。"女状元"只是千万才女的梦想而已。

在朝鲜王朝《李朝香奁诗》中收录有林处子的诗，其人的生平介绍中云："我国妇女解文者甚少，若解文，俗谓薄命。盖才多然后能文，故才多则不能享厚福，理或然欤？英庙时，司道寺书员林姓有女，才艺女工俱臻妙，解棋谱，解词律。父母欲嫁之，女愿自择善琴棋、工诗吟、有豪概人许身……未久死，人皆惨之。"③解诗文的女子因为有了对未来夫婿在才情方面的要求，所以难以遵照父母之命婚配，也很难遇到称心如意的郎君，于是就有了"薄命"之说。

17世纪初期朝鲜的女诗人许兰雪轩，她的诗集于1606年由明朝使臣朱之蕃作《小引》、梁有年《题辞》、柳成龙作《跋》出版。恰如"兰雪集，朱使序之，偏方女子文集，华人弁卷，古无今无"④之语所示，兰雪轩的诗文集是朝鲜时代诗文的杰出代表。这样一位女诗人，也非常薄命。"及年二十七，无所病，忽一日，沐浴更衣曰：今年乃三九之数，今日霜堕红。倏然而逝。"⑤大约在她的诗集出版200年以后，朝鲜后期的学者朴趾源（1737—1805）随行进贺使兼谢恩使来到北京，他在此行记录的《热河日记》第四卷中提及许兰雪轩的诗集。

> 兰雪轩许氏诗载《列朝诗集》及《明诗综》，或名或号，俱以景樊载录。余尝著《清脾录序》详辨之，……大约闺中吟咏本非美事，而以外国一女子芳播中州，可谓显矣。然吾东妇人，未尝以名与字见于本国，则兰雪之号，一犹过矣，况乃认名景樊，在在见录，千载难洗，可不为有才思闺彦之炯鉴也哉！⑥

其中有关于中国误将"景樊堂"作为许兰雪轩之号的说明。据称许兰雪轩

① 方可. 中国唯一的女状元傅善祥 [J]. 文史月刊, 2008 (10)：61；水银河. 中国古代唯一的女状元 [J]. 政府法制, 2010 (36)：50.

② 商衍鎏. 女状元傅善祥考伪 [N]. 北京日报, 2004 - 12 - 20 (16).

③ 张伯伟. 朝鲜时代女性诗文集全编：下 [M]. 南京：凤凰出版社, 2011：1824.

④ 张伯伟. 朝鲜时代女性诗文集全编：下 [M]. 南京：凤凰出版社, 2011：1823.

⑤ 张伯伟. 朝鲜时代女性诗文集全编：下 [M]. 南京：凤凰出版社, 2011：1823.

⑥ 朴趾源. 热河日记 [M]. 朱瑞平, 校点. 上海：上海书店出版社, 1997：261 - 262.

之夫金诚立才貌不扬，雪轩曾作诗戏谑其夫云"人间愿别金诚立，地下长从杜牧之"①。因杜牧号樊川居士，故有"景樊川"（景慕樊川）之语。朴趾源在上文中为许兰雪轩之号在中国被讹传感到惋惜，同时，如划线部分所示，对于其诗歌在中国广为人知表达了极为微妙的评价。"大约闺中吟咏本非美事"，这应该是前提，但因为是"以外国一女子芳播中州"，也算是足够显赫了。之后，他又话锋一转，认为朝鲜的妇女"未尝有以名与字见于本国的"，兰雪之号已经过分了。况且还被误录，误传之名将千载难洗，为此希望闺秀们能引以为戒。由此也可以推见，朝鲜时代对于女性从事文学活动也是不推崇的。

朝鲜时代的任氏（允挚堂1721—1793）有《允挚堂遗稿》传世，其中就有传、论、说、箴、铭、赞等文体，如"论王安石""理气心性说""礼乐说"等等作品在当时完全属于男人世界的领域，为此其诸兄时常感叹"恨不使汝为丈夫身"②。金芙蓉（1800—1860）著有《云楚堂诗集》，其中一首《戏赠诗妓》云："微之不并世，独步江南境。梦得又新得，乐天大不幸。"③ 将元稹、刘禹锡、白居易比作云楚、琼山、锦园三位诗妓，体现出了对她们自身诗才的极大肯定。基于对自身才能的这种肯定，锦园就在她的《湖东西洛记》中表达了强烈的身为女子的不满："窃念吾之生也，不为禽兽而为人，幸也；不生于薙发之域而生于吾东文明之邦，幸也。不为男而为女，不幸也；不生富贵而生于寒微，不幸也。然而天既赋我以仁知之性、耳目之形，独不可乐山而广视听乎？天既赋我以聪明之才，独不可有为于文明之邦乎？既为女子，将深宫固门、谨守经法，可乎？既处寒微，随遇安分、湮没无闻，可乎？"④ 其弟镜春在该游记的《跋》中亦称"奈其生为女子，握珠抱玉，无所见售"，"今乃女子，而欲为男子之所难为者"，⑤ 写出了她不甘愿湮没在闺阁的雄心壮志。上文中的金芙蓉云楚在题跋中云："锦园，女中英豪也。文章特其余事，而犹可见绝伦之才，超世之识。……班固以昭为妹，辞藻炜烨，《都赋》《女诫》，并名今古，世称希觏之盛。若其女子而兄弟并名，则乃千古而一而已。惜其不为男而无所见施於世也。"⑥ 字里行间对班超能够与其兄班固齐名，表现出了极大的钦慕之情。

① 牛林杰，李学堂.17—18世纪中韩文人之间的跨文化交流与文化误读 [J]. 韩国研究论丛，2007（2）：334－350.

② 张伯伟. 朝鲜时代女性诗文集全编：上 [M]. 南京：凤凰出版社，2011：519.

③ 张伯伟. 朝鲜时代女性诗文集全编：中 [M]. 南京：凤凰出版社，2011：1072.

④ 张伯伟. 朝鲜时代女性诗文集全编：中 [M]. 南京：凤凰出版社，2011：1148.

⑤ 张伯伟. 朝鲜时代女性诗文集全编：中 [M]. 南京：凤凰出版社，2011：1170.

⑥ 张伯伟. 朝鲜时代女性诗文集全编：中 [M]. 南京：凤凰出版社，2011：1170.

广陵的黄一正在 16 世纪晚期编写的《事务绀珠》中，将不符合"淑女""静女"这些理想形象的女性归纳为：

女史：通书

女士：女有士行

女丈夫：女有男才

女而不妇：知女道而不知妇道①

女性希望自己不被湮没在闺阁，能够有所作为，而所谓有所作为就是像班昭一样，在男性的社会里拥有一席之地。或者如王筠借《繁华梦》中的王梦麟说出的那样能够不致与"玉堂金马生无分"。这样的女性就成了超越性别的第三类人，而体现她们这种梦想的诗文就是超越了性别的"无雌声"。

那么，日本平安时代的情形又是如何呢？江户时代之前的女性汉诗人，目前能够确认生平的只有有智子内亲王（807—847）。她是嵯峨天皇的第八皇女（或称第二皇女），4 岁就被占卜为贺茂神社的斋院，为第一代斋院。有 10 首诗歌保留在《经国集》等典籍中，是位可以与包括嵯峨天皇在内的当朝汉诗人互相酬唱的女诗人。嵯峨天皇行幸斋院时所作的探韵诗《春日山庄》②，受到嵯峨天皇褒奖，被授予三品内亲王，其时年仅 17 岁。从现存作品来看，也是位"无雌声"的女诗人。应该是随着"唐风讴歌"时代的结束，女性诗人也彻底退出了历史舞台。日本文学史上再次出场的女诗人是江户时代的江马细香（1763—1826）、原采苹（1798—1859）等。尤其是原采苹是位男装女诗人，她的《呼酒》诗体现出了她不是男儿胜似男儿的豪情③。

到平安时代中期，女性们就与汉诗创作无缘了。紫式部在丈夫藤原宣孝（？—1001）去世以后，由于经常会翻阅丈夫留下来的汉文书籍，她的侍女们就在背后议论道："知道为什么主人这样薄命了吧！女子怎么能读汉文书籍呢。要

---

① 转引自高彦颐. 闺塾师——明末清初江南的才女文化 [M]. 李志生，译. 南京：江苏人民出版社，2005：125.

② 《春日山庄》诗：寂寂幽庄水榭里。仙舆一降一池塘。栖林孤鸟知春泽。隐涧寒花见日光。泉声近报初雷响。山色高晴暮雨行。从此更知恩顾渥。生涯何以答穹苍。猪口笃志. 女性と漢詩 [M]. 东京：笠间书院，1978：287-288.

③ 《呼酒》诗：酒唯人一口，戸钱不须多。诗思有时渴，呼杯醉里哦。小谷喜久江. 原采蘋詩とその生涯 [M]. 东京：笠间书院，2017：397.

是在过去，那是连经文也不让读的。"① 甚至连女子懂汉文，似乎也成为非议的对象。在《紫式部日记》中有一段关于她自身汉学才能的文字：

> 舍弟式部丞孩童时习读汉籍，我在侧近旁听。有时舍弟不能顺利背诵，有时又会忘掉一些内容，而我竟然意外地能够理解，爱好学问的父亲常常感叹："可惜啊！汝生为女子，乃吾之不幸！"
>
> 张龙妹译《紫式部日记》301 页

"式部丞"是紫式部的胞弟藤原惟规。引文说惟规幼小时学习汉籍，经常不能很快背诵，而旁听的紫式部能够意外地很快记下来。为此，热心汉学的父亲藤原为时常常感叹：此女不为男儿，实乃憾事！作为文章生出身的为时，应该是非常希望有个继承自己学问的男儿。他发出这样的感慨，同样说明汉学对女子来说是无用的学问，与朝鲜王朝的情形相类。

> (A) 渐渐听到人们的议论："即便是男子，自恃才高之人，又怎样了呢？基本上都是怀才不遇的吧。" 其后，就连"一"字，我都不会写给人看，摆出一副不学无术呆头呆脑的样子。过去曾经阅读过的那些汉籍，现如今已全然不再留意了。即便如此，还是听到这样的闲话，世人以讹传讹，其他人听到这样的谣言又该多么地嫉恨！羞愤交加，便装作连屏风上写的诗句也不能阅读的样子。(B) 而中宫令我在御前为她讲解《白氏文集》某些诗篇，她对汉诗的世界充满了好奇心。于是，极力掩人耳目，利用没有其他人侍奉在中宫身边的空隙时间，从前年夏天开始，断断续续地向中宫进讲了文集中的《乐府》两卷。这件事一直都是悄悄进行的，中宫虽也秘而不宣，但大人和主上好像觉察到了，大人还向中宫献上了请书法家抄写的字迹异常美妙的《乐府》诗卷。这样向中宫进讲《白氏文集》的事，那个爱嚼舌根的内侍应该是不知道的吧。如果她知道了，又该怎样地造谣诽谤？想到这些，总觉得世事烦杂，令人忧虑。　　同上 301 – 302 页

这段文字可以分为 (A) (B) 两部分。先来看 (A) 部分，如划线部分所示，紫式部转述世人之言：即便是男子，恃才者又能如何？似乎绝不可能显达

---

① 原文为："御前はかくおはすれば、御幸はすくなきなり。なでふ女か真名書は読む。昔は経読むをだに人は制しき。" 紫式部日记·紫式部集 [M]. 山本利达，校注. 东京：新潮社，1980：92.

的！如上文所述，这里的"才"都是指"汉才"。听到这样的议论以后，紫式部装得哪怕是"一"字也不写，完全是一副没有任何学识的样子。过去读过的汉籍也不再留意了，连屏风上写的文字都装作不认识。这里值得关注的有两点，第一就是世人之语，即便是男子，恃才者都不能荣华富贵。这一点与当时的政治制度有关。文人依靠作诗作文而位列朝廷重臣的时代已经一去不复返了的。男子尚且如此，更何况女性？于是紫式部就装聋作哑。前文中提到其父时常感慨此女不为男儿，而紫式部本人对这个社会的现实是有着清醒的认识的，丝毫没有要用自己的"汉才"来建功立业的雄心壮志。

接触到紫式部这样的内心世界，让人联想起大约是 800 年以后的苏格兰女作家玛丽·布伦顿（Mary Brunton1778－1818）给友人的信中解释为何她选择匿名发表的理由：

> 就如你所了解的，我情愿悄无声息、不为人知地在世上走一遭，也不愿意有（我绝对不叫它享受）名望，无论那有多么光鲜；我不愿意被人指出来，让人注意到我，对我品头论足，被人怀疑端着文艺腔，遭人躲避，就像我这性别中普通地躲着女文人那样；遭人憎恨，就像另一性别中自命不凡的人拒斥女文人那样！①

不愿意在男人为主的世界里成为一个被其他女性和男性用异样的眼光关注的女人，在这一点上，布伦顿和紫式部是相通的。然而紫式部是幸运的。尽管她如此不愿展示自己的才能，如上引（B）部分内容所示，大概紫式部的才名还是不胫而走，她居然有机会向中宫彰子进讲白居易乐府诗卷。她们极力避人耳目，在中宫身边没有任何人侍奉的时候，非常粗略地进讲了《乐府》两卷。中宫也没有将此事公开，但摄政大人藤原道长和一条天皇似乎都察觉到了。道长还请人书写了特别精美的《乐府》诗卷进献给中宫。虽然紫式部装聋作哑，但以她自己的方式使她的汉学才能得到了最高层的认可。

不仅紫式部的汉学才能得到了意外的认可，她的物语创作才能更是使她得以名垂青史。

> 主上令人为他朗读《源氏物语》，他一遍听一遍夸奖道："作者一定是读过《日本纪》的吧。太有才华了！"那位内侍听到后，就捕风捉影地向殿

---

① 转引自伊莱恩·肖瓦尔特. 她们自己的文学——英国女小说家：从勃朗特到莱辛［M］. 韩敏中，译. 杭州：浙江大学出版社，2012：14.

上人散布道："据说此人特别自恃才高！"还给我起了个"女太史令"的
绰号。                                                        同上 300 - 301 页

文中说一条天皇令仕女为其朗读《源氏物语》，主上听后夸奖作者紫式部的
才华。这里的《日本纪》应该是以《日本书纪》为代表的日本史书。天皇夸奖
的这句话恰好被紫式部的同僚听到，于是跟殿上人等传言紫式部特别自恃才高，
还给她起了个"女太史令"（日本纪の御局）的绰号。有这样嫉贤妒能的同僚，
是上文中提到紫式部极力装聋作哑的主要原因，但一条天皇将《源氏物语》比
作日本的正史，或许可以说紫式部已经做出了像班昭续写《汉书》那样的丰功
伟绩。而从文学史来说，作为最高统治者的天皇能够这样评价一部被认为妇孺
消遣读物的物语，才是问题的关键。

正如在第二章中论述的那样，与中国和朝鲜时代的女性不同，平安时代因
着后宫文化的兴起，以女性文学为主导的文化沙龙使得女性能够在各种类型的
歌赛以及物语创作中展示自己的才能。而且因为是和文学，便不存在"无雌声"
的要求。比如，《古今和歌集》假名序在言及小野小町的和歌时云：

> 小野小町者，古衣通姬之流也。其歌哀，无气力，好比美貌女子为病
> 痛所恼。无气力者，女歌故也。①

文中指出小町的和歌充满了哀感，无气力，好比美貌女子为病痛所恼。但
最为重要的是划线部分这一句，补充说明无气力是因为那是女性之歌，点明了
女性和歌与男性和歌的区别。真名序对应的部分中只有"小野小町哥。古衣通
姬之流也。然艳而无气力。如病妇之着花粉"②。"其歌哀，无气力"接近于客
观描述，显然与"然艳而无气力"这样带着男性口吻的负面评价存在着差别。
而"无气力者，女歌故也"可以看作假名序作者纪贯之对女性和歌的理解，
或者说是对"雌声"的肯定。而这种对女性特点的肯定，也是和文学繁荣的
根本。

---

① 原文为："小野小町は、古の衣通姫の流れなり。あはれなるやうにて、つよからず。
  いはば、よき女のなやめるところあるに似たり。強からぬは女の歌なればなるべ
  し。"古今和歌集［M］. 小泽正夫，松田成穗，校注. 东京：小学馆，1994：27 - 28.
② 古今和歌集［M］. 小泽正夫，松田成穗，校注. 东京：小学馆，1994：426.

## 第二节 "模仿之作"与"女人的文学""和文学"

肖瓦尔特在言及亚文化与女性文学时有过这样的言论：

> 放眼文学中的亚文化群落，如黑人、犹太人、加拿大人、英裔印度人或甚至是美国人，我们可以看到他们都经历过三个阶段。首先，有一个很长的模仿阶段，模仿主导传统的流行模式，并把它的艺术标准和对社会角色的观点国际化。然后就是抗议阶段，反对这样的标准和价值观，并倡议少数群体的权利和价值，其中就有获得自主权的要求。最后是自我发现的阶段，适度地摆脱了对于对抗的依赖，转向内心，寻求身份认同。对于女作家来说，用以指称这三个阶段的恰当用语是：女性的、女权的、女人的（Feminine，Feminist，and Female）①。

这段文字虽然是针对 19 世纪以后的近代社会而言的，然而关于亚文化群落与主导传统模式之间存在的（1）模仿、（2）抗议、（3）自我发现三个阶段的分类，对于思考以中华文明为主导的古代东亚地区各国的文学史具有启发性意义。肖瓦尔特显然是将所谓亚文化群落比作女性，将主文化群体比作男性，也就是说女性文学对男性文学的模仿存在着与亚文化对主文化的模仿同样的三个阶段。而且肖瓦尔特的观点应该是在使用同一语言进行写作这一前提条件下的。在将这一分类运用在思考古代东亚社会的时候，还需要考虑使用汉文还是本国语言书写的问题，而语言的使用又与性别相关联。所谓阶段的划分当然不可能有具体的年表，更多的只是一种倾向，甚至一部作品中就有可能同时存在这样三种现象，在此，仅仅是借用肖瓦尔特的"模仿""抗议""自我发现"这几个概念来解读平安朝女性散文体文学的文学文化意义。

在第二章中，曾把中国和朝鲜王朝的女性诗人分为以下三类：

①受家学熏陶的才女

---

① 伊莱恩·肖瓦尔特. 她们自己的文学——英国女小说家：从勃朗特到莱辛［M］. 韩敏中，译. 杭州：浙江大学出版社，2012：10. 在玛丽·伊格尔顿《女权主义文学理论》中译为女人气、女权主义、女性，"女人气"特指英国文学中以男性笔名出现，"模仿统治传统的模式，使其一书标准及关于社会作用的观点内在化的"的时期（玛丽·伊格尔顿. 女权主义文学理论［M］. 长沙：湖南文艺出版社，1989：20－21.）。

②几近沦为倡优的女性

③后妃或是出仕宫廷的女性

在古代的文学环境中，女性写诗自然是要符合男性的审美，题材、语言、意境是对男性诗歌的模仿，即便是能够"称量"男性文人的上官婉儿的诗歌以及她的文学活动，莫不是理想化的、男性的。这也是在本章第一节论述的为什么"无雌声"是对女性诗歌的最高评价。

在散文文学方面，如在本章第一节中提到的"女状元"现象，恰如清代才女王筠在《繁华梦》一剧中借女主人公之口唱出的"玉堂金马生无分"那样，是对男女与生俱来的不平等的一种抗议，但这种抗议并不是对科举制度乃至那样的社会制度的否定。作品中的王梦麟在梦中托身男子，高中状元，娶贤妻美妾，官至礼部侍郎，享尽荣华富贵。这样的结局依然是对男性世界的一种模仿。朝鲜王朝的那位女扮男装的锦园在《湖东西洛记》中，可谓与陶渊明、李白、苏轼等异国的男性诗人神交，女性用汉文书写这一行为是对传统的抗议，所到之处的景物描写都体现了欲与中国的风景名胜一较高低的对抗意识，但如第六章中所述，还是停留在以中华文明为标准的阶段。

朝鲜王朝时期还出现了女性用谚文撰写的日记或传记类作品，这些在儒家思想浸染下成长的女性，虽然拥有了自己的文字，她们的思想却是被禁锢了的。如《恨中录》的作者洪氏在作品中自始至终表达的是她如何坚守妇道的：比如，每天如何坚持给婆婆及公公的其他王妃请安①，怎样宽宏大量地对待丈夫的情人，如何忍辱负重地抚养年幼的孩子等。这些无疑是对自己妇德的标榜。也就是说，虽然这些日记、传记换了书写的文字，甚至连锦园等用汉文书写的女性所具有的反抗传统的精神都没有。对于传统的男女不平等是顺从的，并且认为那是绝对的真理。

中国女性散文体文学中的自我发现，或许要推《再生缘》② 中的孟丽君。孟丽君女扮男装中状元被封为相国，但她不愿复装，即便是年老父母来朝廷指认，她也毫不留情地一口否认，致使年迈的父母受到责罚。正如郭沫若指出的那样，孟丽君是"挟持封建道德以反封建道德，挟爵禄名位以反男尊女卑，挟

---

① 本来宫中规定每五天一次向仁元、贞圣两位圣母请安，每三天向世子的生母宣禧宫请安。但作者基本上是每天去请安，而且为了不错过拂晓请安的固定时间，从来不曾有过安心的睡眠。张龙妹. 恨中录 [M]. 张彩虹，译. 重庆：重庆出版社，2021：201.

② 《再生缘》属于弹词小说，有一定的韵律，但与诗歌又存在着明显的不同。在此姑且将其看作散文体文学。

君威而不从父母，挟师道而不从丈夫，挟贞操节烈而违抗朝廷，挟孝悌力行而犯上作乱"①。虽然，孟丽君只能假借男性的名义，用"以其人之道还治其人之身"的方式进行的反抗，这一行为本身或许就意味着反抗行为的不彻底性，却是"女状元"故事中叛逆得最为彻底的一位②。这应该也是作者陈端生（1751—1796）在她的时代所能够想象的最为壮烈的女性形象吧。

从东亚女性散文体文学的具体出发，王筠的《繁华梦》、锦园的《湖东西洛记》或许可以称作出于抗议性模仿阶段，而陈端生的《再生缘》则属于抗议阶段。而真正可以称为达到了自我发现的女性散文体文学，在中国古代和朝鲜王朝时代，尚未发现。

在这一基本认识的基础上，我们试来探讨平安朝女性散文体文学对于当时的主文化汉文学以及男性的日记、物语文学的模仿是处于怎样一个阶段。

首先是日记文学，我国古代有"日录""日抄""日签"以及由官员记录的帝王日记《起居注》等。这样的文字行为传到日本，平安时代的宇多、醍醐、村上三代天皇留下了史称"三代御记"的帝王日记。而在天皇的影响下，公卿也纷纷以日记的形式记录自己的仕官生活，著名的有小野宫实资《小右记》、藤原道长的《御堂关白记》等传世。正是在男性们的影响下，醍醐天皇的皇后藤原稳子在仕女的帮助下用假名书写了《太后御记》（已散佚），为女性宫廷日记的鼻祖。

而假名体日记的始祖是纪贯之（866？—945？），他于 935 年左右结束土佐国守任期返回京城，假托女性，用假名书写了《土佐日记》（935），记录了 55 天旅途中的见闻和所思所想。记日记本身，是和文化（亚文化）对汉文化（主文化）的模仿，稳子和她的仕女的《太后御记》是女性对男性的文字行为的模仿，而纪贯之的《土佐日记》既是和文化对汉文化的模仿，而其中假托女性所表达的细腻情感，可以称得上是对女性对男性、亚文化对主文化的抵抗性模仿。

继《土佐日记》之后产生的《蜻蛉日记》，作者道纲母的模仿行为是双重的，既是对汉文化记录日记行为的模仿，同时又是对于纪贯之开创的假名日记的模仿。只是，她的第一层含义的模仿仅限于渊源上，其内容更多的是对本国的假名日记《土佐日记》的模仿，希望借日记这一形式书写自己的人生。在日

①　郭沫若. 郭沫若古典文学论文集［M］. 上海：上海古籍出版社，1985：880.
②　清代小说《兰花梦传奇》中的松宝珠、弹词小说《玉钏缘》中的谢香娥、《笔生花》中的姜德华基本上还是按照男性的妇德要求来塑造的女性形象，"女状元"或者只是使作品多了一层传奇色彩而已。

记的前半部分，或许还存在着对于歌集作品的模仿，但其中对自己感情的正视和直白的表述，则已经超越了日记本身的含义。

《枕草子》可以说是继《太后御记》之后的女性宫廷日记，其模仿也是双重性的，即对汉文化中男性记日记行为的模仿，以及对被称为圣帝的醍醐天皇的后宫文化的模仿。《太后御记》已经散轶，只留下了几条佚文，文章的详情虽不得而知，据角田文卫先生的论述，是用假名书写的、像男性日记一样的每天记述的日记①。《枕草子》中的"日记章段"已经不再是单纯的记录，虚构的成分可谓历历在目，而且是在具体的创作主题下进行的。显然，这样的作品本身已经远远超出了日记的范围，而整部作品呈现出的"风趣（をかし）"的审美理念，是对主文化的一个超越。《枕草子》中对汉诗文的引用或许可以看作对主文化、男性文化的模仿。这一点固然是无可否认的。但就整部作品而言，这些某种意义上可以看作方法，是在迎合主文化基础之上的一种自我主张，或许可以称之为模仿性对抗。

再来看《紫式部日记》，应该也属于女性宫廷日记，具有"公"的性质。但行文中作者不由自主地将笔端指向自己的内心，对自身行为、性格的解剖，对周遭人物事件入木三分的洞察，不仅摆脱了作为宫廷日记的"公"的性质，更是体现了作者强烈的自我意识，与当今意义上的日记文学无异。而《和泉式部日记》描述的完全是一个女人和一个男人的恋爱经过，在叙述上有对和歌文学的继承，但已经摆脱了日记的形式，甚至拥有了全知的叙述方法。

从物语文学来看，男性文人创作的《竹取物语》《宇津保物语》《落洼物语》，虽也是假名文学，但其中对主文化的模仿痕迹还是非常明显的。《竹取物语》中基于道教、佛教的主情节，《宇津保物语》中对中国孝思想、礼乐思想的接受，是属于主张国际性的一种模仿行为，与《日本灵异记》《今昔物语集》中有关"本朝"意识的主张如出一辙，也就是将佛教、道教或是儒家的孝思想等作为普世的标准，用来衡量本国的文化，以此来证明本国的国际性。《落洼物语》中关于嫡母虐待继子的故事，既体现了对汉文化中继母虐待继子类故事的继承，如第五章中所述，同时也反映了日本社会嫡母虐待庶出子女的具体现实。

《源氏物语》就是在这样极为单薄的物语文化基础上产生的。这是一部在语言、方法、思想性、审美理念等方面，全方位地超越了先行物语的作品。如在第六章中论述的那样，有关"大和魂"与"汉才"关系的提出，可以说是对

---

① 田文卫. 角田文卫著作集第6卷：平安朝文人志［M］. 京都：法藏馆，1966：16－18.

"和文化"（亚文化）与"汉文化"（主文化）关系的一个积极梳理，是对本国文化的积极主张。从模仿关系来说，在肖瓦尔特的三个模仿阶段中，亚文化群落的男性文化自然属于该群落的主文化，那么，紫式部的《源氏物语》实际上是日本国内的亚文化（女性文化）对主文化（男性文化）的一种超越，同时也是作为本国文化（和文化、亚文化）对汉文化（主文化）的一种超越。

在平安时代，女性们的文学就是"和文学"，在明治维新以后又被尊为日本"国文学"。这一结果，是对抗汉文化（主文化）的结果。而大正以后将其称为"女流文学"，则是日本文学界占主导地位的男性们对女性文学的歧视心理的体现，也是对"和文学"史的一种歪曲。

## 第三节 "女人的文学"还是"人的文学"

朱淑真感叹"女子弄文诚可罪"，明代郎瑛则明言"文章本是男儿事，女子能诗也不高"①。在西方社会的传统观念里，女性的文学创作也被看作父权制社会的潜在威胁。"像诗歌和悲剧之类的高雅文体被规定为男人的专利品，女人只能写供女人阅读的小说。男性批评标准不允许女人为男性写作，为了把女作家的影响尽量限制在女人的圈子内，社会千方百计阻扰女作家公开发表自己的作品"②。这里提到了西方社会女性在写作内容和公开自己作品上的局限性。

在平安时代的日本，物语是被当作妇女儿童的消遣之物的，上述男性创作的物语也是如此。但是，到了平安时代中期，物语创作转移到了女性手中。《源氏物语》就是以男主人公光源氏身边的仕女讲述光源氏的故事这一叙事方式展开的。文中多用"以女性观之（女にて見）"，涉及汉诗文等属于女性应该回避的话题时，就用"本非女人所知（女のえ知らぬことまねぶは憎きこと"少女"）""非女人所能模仿（女のまねぶべきことにしあらねば《杨桐》）"来搪塞，自始至终贯彻了女性视角。比如，对于夕颜的突然死亡，光源氏首先想到的是这是自己对藤壶抱有的不义之恋的报应，之后就是担心自己将因此成为世人的话柄，揭露了两性关系中男性的自私。而通过六条妃子的生灵、死灵事件，诉说了教养对于女性的残酷束缚，也描写了光源氏自己的良心苛责。也就是说，

---

① （明）郎瑛. 七修类稿［M］. 上海：上海书店出版社，2009：427.

② 康正果. 女权主义文学批评述评［J］. 文学评论，1988（1）：152–158.

《源氏物语》不仅书写了以男性为背景的女性，而且写出了女性视野中的男性。这一点，即便是在现代的女性文学中，也属于前卫之作。

再从发表自己作品这方面来看。如在第二章中所论述的那样，因为摄关政治带来的后宫文化的繁荣，物语创作成为后宫、斋院乃至大贵族家庭仕女们的主要文艺活动，形成了在天皇、皇后、重臣为主导的以女性文学为主的"文坛"。物语文学成为男性文人甚至是天皇的阅读对象。作为妇孺读物的物语（小说）能够获得如此高层的读者，恐怕在世界文学史上也是绝无仅有的。

所以，如果以上一节中提到的肖瓦尔特有关亚文化的"模仿""抗议""自我发现"与女性文学的"女性的""女权的""女人的"的对应关系来看，像《蜻蛉日记》《和泉式部日记》《枕草子》可以看作女性文学范围内（对主文化男性文学而言）的"女人的文学"，而《源氏物语》中"大和魂""物哀"等有关本国意识（和文学）的主张，更加属于亚文化对主文化的"自我发现"，而不能局限于"女性文学"。

除了"大和魂""物哀"这种本国意识的表露以外，有关人与宗教信仰关系的思考则已经关涉文学的普遍性问题。

在《紫式部集》中有这样一首和歌：

无常人世已厌离，却祈幼女来日长。

（若竹のおひゆくすゑを祈るかなこの世をうしといとふものから①)

这是紫式部在丈夫去世以后所咏和歌。两年左右的婚姻生活，让她深切体味到了佛教的人世无常。由歌序可知，作此歌之时，她的幼女生病，瓶子里插着用来驱赶病魔的汉竹，侍女在为幼女的病愈祈祷。看到这样的情景，作者吟咏了这首和歌。一个自称充分认识到了人世无常的人，却在那里不由自主地祈祷幼女的平安成长。看似顺接实则表示逆接之意的接续助词"因而（ものから）"很好地表达了紫式部此时的矛盾心理。母爱应该是这个世界上最为伟大也最为盲目的一种感情。但是，紫式部即便对于这样一种几近本能的感情流露，也不能暂时搁置自省的目光。

从《紫式部日记》《紫式部集》乃至《源氏物语》中可以发现，关于出家和现实生活之间的矛盾、宗教对于人类的救赎的可能性，是紫式部日常思考的问题焦点。她除了在日记和歌集中表达了自身在信仰上的思考、苦恼外，还在

① 紫式部日记·紫式部集［M］.山本利达，校注.东京：新潮社，1980：135.

《源氏物语》中塑造了众多的人物形象，男性中有光源氏那样位极人臣的贵族、朱雀院那样的上皇，女性中则有在佛家看来罪孽深重的六条妃子，又有功德圆满的紫夫人，还有命运坎坷的浮舟等。虽然作品中也可见"女身原本皆罪孽深重（女の身はみな同じ罪深きもとゐぞかし《新菜下》）"之类的语句。然而，这样的语言大多出自男人之口。比如，在《新菜下》卷中，六条妃子的亡灵出现致使紫夫人差一点死亡。就在亡灵被祛除、紫夫人起死回生之后，想起六条作为生灵出现时的恐怖场景，光源氏不禁心有余悸，遣人至各处寺院修法事予以加持，对于照拂六条的遗孤秋好中宫也不觉心存芥蒂。就是在这样的时候，作为光源氏的内心独白说出了"女身原本皆罪孽深重"之语。但是，作为物语的读者，是完全明了六条为什么会成为生灵或是亡灵，也知道紫夫人几次三番要求出家，是光源氏一直不允许才没能出家的。换言之，所谓"女人罪孽"的根源实际上是光源氏本身。恰如魏宁格在《性与性格》中述说的那样："女人受到的一切谴责都应该算在男人的账上"的①。作者就是这样不露声色地，貌似站在男性的价值观之上，发出了对男性的谴责。

而且，这样的谴责实际上也是对佛教所谓女性罪孽论的批判。在《源氏物语》中，终于没有一位出家人是得以往生的。无论他们身份贵或贱，也无论是男是女。贵为皇子且登上了准太上天皇之位的光源氏，直至紫夫人离世也没能出家，而那位命运多舛的浮舟，排除万难，如愿落发为尼了。紫式部有关佛教救赎的思考，已经不再局限于男女，而是有关人类与佛教信仰关系的终极思考。

回到序章中周作人有关"人的文学""新文学"的定义：

（1）创作不宜完全抹杀自己去模仿别人。

（2）个性的表现是自然的。

（3）个性是个人唯一的所有，而又与人类有根本上的共通点。

（4）个性就是在可以保存范围内的国粹，有个性的新文学便是这国民所有的真的国粹的文学。②

紫式部创作的《源氏物语》虽是千年之前的作品，其中有关"物哀"的美意识，"大和魂"的本国意识主张在平安时代的文学中完全属于个性化的表现，同时又体现了具有日本民族性的审美观和对外意识，成为日本"国文学"的经典。而有关人类与信仰关系的思考，体现了"与人类有根本上的共同点"，即便

① 奥托·魏宁格. 性与性格 [M]. 肖聿，译. 南京：译林出版社，2014：323.
② 周作人. 谈龙集 [M]. 北京：北京十月文艺出版社，2011：161-162；周作人. 周作人散文 [M]. 北京：中国广播电视出版社，1992：134-135.

是在当今世界也依然具有现实意义，称之为"人的文学"实不为过。

　　文学创作的终极意义在于对人类存在的思考，女性作者涉及的写作领域，与女性在社会上的作用一样，也越来越丰富多彩。如本书涉及的作品那样，哪怕是在千年之前，女性创作的作品已经称得上百花齐放了。这些在女权主义者看来或许不能称为"女性文学"的作品，实则是放在现在社会也毫不逊色的"人的文学"甚至是"新文学"。将"女性文学"与"女权主义"捆绑，或许反倒会矮化女性作者的文学亦未可知。毕竟文学本不应该以作者的性别来区分的。

# 参考文献

一、中文图书及学位论文

1. 王秀琴，胡文楷. 历代名媛书简［M］. 上海：商务印书馆，1940.

2. 王重民，等. 敦煌变文集［M］. 北京：人民文学出版社，1957.

3. （北宋）宋祁，等. 新唐书［M］. 北京：中华书局，1975.

4. （唐）魏徵，等. 隋书［M］. 北京：中华书局，1973.

5. 陈寅恪. 元白诗笺证稿［M］. 上海：上海古籍出版社，1978.

6. （清）彭定求，等. 全唐诗［M］. 北京：中华书局，1980.

7. （宋）李昉. 太平广记［M］. 北京：中华书局，1981.

8. （明）胡震亨. 唐音癸签［M］. 上海：上海古籍出版社，1981.

9. （清）陈端生. 再生缘［M］. 郑州：中州古籍出版社，1982.

10. （东汉）班固. 汉书［M］. 北京：中华书局，1984.

11. （清）邱心如. 笔生花［M］. 郑州：中州古籍出版社，1984.

12. 郭沫若. 郭沫若古典文学论文集［M］. 上海：上海古籍出版社，1985.

13. （明）冯梦龙. 情史类话［M］. 长沙：岳麓书社，1986.

14. 紫式部. 源氏物语［M］. 丰子恺，译. 北京：人民文学出版社，1986.

15. 徐君惠. 聊斋志异纵横谈［M］. 南宁：广西人民出版社，1987.

16. （唐）白居易. 白居易集笺校［M］. 朱金诚，笺校. 上海：上海古籍出版社，1988.

17. 玛丽·伊格尔顿. 女权主义文学理论［M］. 湖南：湖南文艺出版社，1989.

18. （明）王凤娴. 东归记事［M］//古今说部丛书（三）. 上海：上海文艺出版社，1991.

19. 周作人. 周作人散文 [M]. 北京：中国广播电视出版社，1992.

20. 夏洛蒂·勃朗特. 简爱 [M]. 黄源深，译. 南京：译林出版社，1993.

21. 钱理群. 周作人散文精编 [M]. 杭州：浙江文艺出版社，1994.

22. 蔡鸿生. 尼姑谭 [M]. 广州：中山大学出版社，1996.

23. 鲁迅. 古小说钩沉 [M]. 济南：齐鲁书社出版，1997.

24. 朴趾源. 热河日记 [M]. 朱瑞平，校点. 上海：上海书店出版社，1997.

25. 谢思炜. 白居易集综论上编 [M]. 北京：中国社会科学出版社，1997.

26.（宋）孟元老. 东京梦华录全译 [M]. 姜汉椿，译注. 贵阳：贵州人民出版社，1998.

27.（南朝）范晔. 后汉书 [M]. 北京：中华书局，1999.

28.（西汉）司马迁. 史记 [M]. 北京：中华书局，1999.

29. 张廓. 多妻制度——中国古代社会和家庭结构 [M]. 天津：天津古籍出版社，1999.

30. 阿里斯托芬，海罗达思，谛阿克列多思. 财神·希腊拟曲 [M]. 周作人，译. 北京：中国对外翻译出版公司，1999.

31.（唐）房玄龄，等. 晋书 [M]. 北京：中华书局，2000.

32. 程俊英. 诗经译注 [M]. 上海：上海古籍出版社，2000.

33. 周绍良，赵超. 唐代墓志铭汇编 [M]. 上海：上海古籍出版社，2001.

34. 拉法耶特夫人，等. 猛兽的习性 [M]. 郭宏安，译. 桂林：广西师范大学出版社，2002.

35. 戈公振. 中国报学史 [M]. 上海：上海古籍出版社，2003.

36. 弗吉尼亚·伍尔夫. 一个自己的房间 [M]. 贾辉丰，译. 北京：人民文学出版社，2003.

37. 李岩. 中韩文学关系史论 [M]. 北京：社会科学文献出版社，2003.

38. 金香花. 中韩女性教育比较研究 [D]. 长春：东北师范大学，2004.

39. 高彦颐. 闺塾师——明末清初的江南才女文化 [M]. 李志生，译. 南京：江苏人民出版社，2005.

40. 北京日本学研究中心文学研究室. 日本古典文学大辞典 [M]. 北京：人民文学出版社，2005.

41. 徐有富. 唐代妇女生活与诗 [M]. 北京：中华书局，2005.

42. 崔明德. 中国古代和亲史 [M]. 北京：人民出版社，2005.

43. 朱子彦. 帝国九重天——中国后宫制度变迁 [M]. 北京：中国人民大学出版社，2006.

44. （梁）释宝唱. 比丘尼传校注 [M]. 王孺童，校注. 北京：中华书局，2006.

45. 郭颂. 《洪吉童传》与《水浒》的关系 [D]. 济南：山东大学，2006.

46. 崔志远. 桂苑笔耕集校注 [M]. 党银平，校注. 北京：中华书局，2007.

47. 金香花. 中韩女性教育比较研究 [D]. 长春：东北师范大学，2007.

48. 胡文楷. 历代妇女著作考 [M]. 上海：上海古籍出版社，2008.

49. 张龙妹，曲莉. 日本文学 [M]. 北京：高等教育出版社，2008.

50. 胡晓真. 才女彻夜未眠 [M]. 北京：北京大学出版社，2008.

51. 韦旭升. 韩国文学史 [M]. 北京：北京大学出版社，2008.

52. 张丽杰. 明代女性散文研究 [M]. 北京：中国社科出版社，2009.

53. 今昔物语集本朝部插图本 [M]. 北京编译社，译. 北京：人民文学出版社，2008.

54. 朱淑真. 朱淑真集注 [M]. 冀勤，辑校. 北京：中华书局，2008.

55. 谭国清. 宫闱文选 [M]. 北京：西苑出版社，2009.

56. （北宋）赵明诚. 金石录 [M]. 山东：齐鲁书社，2009.

57. （明）郎瑛. 七修类稿 [M]. 上海：上海书店出版社，2009.

58. 包天笑. 钏影楼回忆录 [M]. 北京：中国大百科全书出版社，2009.

59. 张龙妹. 源氏物语中"嫉妒"的文学文化史内涵 [M] //谭晶华. 日本文学研究：历史足迹与学术现状. 南京：译林出版社，2010.

60. 苏同炳. 古代女名人 [M]. 北京：故宫出版社，2011.

61. 陈高华，张帆，刘晓，等. 元典章 [M]. 天津：中华书局，2011.

62. 张伯伟. 朝鲜时代女性诗文集全编 [M]. 南京：凤凰出版社，2011.

63. 李维屏，宋建福，等. 英国女性小说史 [M]. 上海：上海外语教育出版社，2011.

64. 周作人. 谈龙集 [M]. 北京：北京十月文艺出版社，2011.

65. （北宋）司马光. 资治通鉴 [M]. 北京：中华书局，2011.

66. 唐嘉. 东晋宋齐梁陈比丘尼研究 [M]. 成都：巴蜀书社，2011.

67. 詹学敏. 王微研究 [D]. 南京：南京大学，2011.

68. 伊莱恩·肖瓦尔特. 她们自己的文学 [M]. 韩敏中，译. 杭州：浙江大学出版社，2012.

69. （清）王照圆. 列女传补注 [M]. 上海：华东师范大学出版社，2012.

70. 周作人. 欧洲文学史 [M]. 北京：北京十月文艺出版社，2013.

71. （魏）杨衒之. 洛阳伽蓝记 [M]. 周祖谟，校. 北京：中华书局，2013.

72. 石小英. 八至十世纪敦煌尼僧研究 [M]. 北京：人民出版社，2013.

73. 李国彤. 女子之不朽——明清时期的女教观念 [M]. 桂林：广西师范大学出版社，2014.

74. 宇文所安. 初唐诗 [M]. 贾晋华，译. 北京：生活·读书·新知三联书店，2014.

75. 蒋勋. 蒋勋说唐诗 [M]. 北京：中信出版社，2014.

76. 玛格丽特·杜拉斯. 写作 [M]. 桂裕芳，译. 上海：上海译文出版社，2014.

77. 奥托·魏宁格. 性与性格 [M]. 肖聿，译. 南京：译林出版社，2014.

78. （唐）李林甫，等. 唐六典 [M]. 北京：中华书局，2014.

79. 赵俊槐. 《宇津保物语》中的"孝"思想研究 [D]. 北京：北京外国语大学，2014.

80. 大木康. 明末江南的出版文化 [M]. 周保雄，译. 上海：上海古籍出版社，2014.

81. 程巍. 文学的政治底稿：英美文学史论丛 [M]. 上海：复旦大学出版社，2014.

82. 景龙文馆记 [M]. 陶敏，辑校. 北京：中华书局，2015.

83. 邵育欣. 宋代妇女的佛教信仰与生活空间 [M]. 北京：中国社会科学出版社，2015.

84. 宋清秀. 清代江南女性文学史论 [M]. 上海：上海古籍出版社，2015.

85. 谭正璧. 中国女性文学史 [M]. 上海：上海科学技术文献出版社，2015.

86. 日本和歌物语集 [M]. 张龙妹，邱春泉，廖荣发，译. 北京：外语教学与研究出版社，2015.

87. 李赋宁. 欧洲文学史 [M]. 北京：商务印书馆，2016.

88. 魏爱莲. 晚明以降才女的书写、阅读与旅行 [M]. 赵颖之，译. 上海：复旦大学出版社，2016.

89. 焦杰. 唐代女性与宗教 [M]. 西安：陕西人民教育出版社, 2016.

90. 萨福. 你是黄昏的牧人——萨福诗选 [M]. 罗洛, 译. 北京：人民文学出版社, 2017.

91. （明）张岱. 夜航船 [M]. 长春：时代文艺出版社, 2002.

92. 今昔物语集天竺震旦部插图本 [M]. 张龙妹, 赵季玉, 译. 北京：人民文学出版社, 2019.


二、中文论文

1. 康正果. 女权主义文学批评述评 [J]. 文学评论, 1988 (1).

2. 赵松元. 薛涛诗歌的"丈夫气"再议 [J]. 中国文学研究, 1991 (2).

3. 邓红梅. 朱淑真事迹新考 [J]. 文学遗产, 1994 (2).

4. 葛晓音. 论初唐的女性专权及其对文学的影响 [J]. 中国文化研究, 1995 (9).

5. 薛海燕. 论中国女性小说的起步 [J]. 东方丛刊, 2000 (1).

6. 卞孝萱. 唐太宗入冥记与玄武门之变 [J]. 敦煌学集刊, 2000 (2).

7. 商衍鎏. 女状元傅善祥考伪 [J]. 出版参考, 2005 (6).

8. 韩梅. 论佛教对韩国文学的影响 [J]. 理论学刊, 2005 (5).

9. 罗时进, 李凌. 唐代女权文学的神话——上官婉儿的宫廷诗歌创作及其文学史地位 [J]. 江苏大学学报, 2005 (6).

10. 牛林杰, 李学堂. 17—18 世纪中韩文人之间的跨文化交流与文化误读 [M]. 韩国研究论丛, 2007 (2).

11. 方可. 中国唯一的女状元傅善祥 [J]. 文史月刊, 2008 (10).

12. 水银河. 中国古代唯一的女状元 [J]. 政府法制, 2010 (36).

13. 邓丹. 清代女曲家王筠考论 [J]. 中央戏剧学院学报, 2007 (4).

14. 李海燕. 上官婉儿与初唐宫廷诗的终结 [J]. 求索, 2010 (2).

15. 陈翀. 慧萼东传《白氏文集》及普陀洛迦开山考 [J]. 浙江大学学报（人文社会科学版）, 2010 (8).

16. 韩梅. 韩国古代文人眼中的中国——以《朝天记》《朝京日录》《入沈记》为中心 [J]. 东岳论丛, 2010 (9).

17. 赵秀丽. 明代妒妇研究 [J]. 武汉大学学报（人文科学报）, 2012 (3).

18. 张朋. 旅行书写与清末明初知识女性的身份认同 [J]. 汕头大学学报

（人文社会科学版），2013（5）.

19. 李南. 许兰雪轩及其作品研究综述 [J]. 湖北第二师范学院学报，2013
（7）.

20. 白根治夫. 世界文学中的日本女性文学 [J]. 日语学习与研究，2015
（2）.

21. 张龙妹. 紫式部的日记歌和她的求道心 [J]. 日语学习与研究，2015
（2）.

22. 杨莉馨. 他者之眼——论英国女性旅行文学的主题变迁 [J]. 妇女研究
论丛，2015（5）.

23. 胡菡. 初唐以宫廷女性作家为中心之游宴诗略论 [J]. 赤峰学院学报
（汉文哲学社会科学版），2007，28（5）.


**三、日文图书**

1. 藤原道长. 御堂关白记 [M] //东京大学史料编纂所. 大日本古记录.
东京：岩波书店，1954.

2. 德田进. 孝子说话の研究 [M]. 东京：井上书房，1963.

3. 黑板胜美. 日本三代实录 [M]. 东京：吉川弘文馆，1966.

4. 黑板胜美. 日本文德天皇实录 [M]. 东京：吉川弘文馆，1966.

5. 黑板胜美，等. 令集解 [M]. 东京：吉川弘文馆，1966.

6. 菅家文草·菅家后集 [M]. 川口久雄，校注. 东京：岩波书店.1966.

7. 天治本新. 字镜 [M]. 京都：临川书店，1967.

8. 小松茂美. かな——その成立と变迁— [M]. 东京：岩波书店，1968.

9. 速水侑. 观音信仰 [M]. 东京：墙书房，1970.

10. 萩谷朴. 紫式部日记全注释 [M]. 东京：角川书店，1971.

11. 川濑一马. 方丈记 [M]. 东京：讲谈社文库，1971.

12. 玉井幸助. 问はず语り研究大成 [M]. 东京：明治书院，1971.

13. 黑板胜美. 尊卑分脉 [M]. 东京：吉川弘文馆，1977.

14. 源顺. 倭名类聚抄元和三年古活字版 [M]. 东京：勉诚社，1978.

15. 紫式部日记·紫式部集 [M]. 山本利达，校注. 东京：新潮社，1980.

16. 朱熹. 仪礼经传通解（和刻本）[M]. 东京：汲古书院，1980.

17. 角田文卫. 角田文卫著作集 [M]. 京都：法藏馆，1982.

18. 新编国歌大观编集委员会. 新编国歌大观 [M]. 东京：角川书店，

1985.

19. 和泉式部集·和泉式部续集 [M]. 清水文雄, 校注. 东京: 岩波书店, 1985.

20. 藤原实资. 小右记 [M] //东京大学史料编纂所. 大日本古记录. 东京: 岩波书店, 1986.

21. 关根庆子, 等. 赤染卫门集全释 [M]. 东京: 风间书房, 1986.

22. 后藤祥子. 源氏物语の史的空间 [M]. 东京: 东京大学出版会, 1986.

23. 折口信夫. 折口信夫全集 [M]. 东京: 中央公论社, 1987.

24. 木村正中. 土佐日记纪贯之 [M]. 东京: 新潮社, 1988.

25. 都氏文集全释 [M]. 中村璋八, 大塚雅司, 校注. 东京: 汲古书院, 1988.

26. 玛丽·德·法兰西. 十二の恋の物语マリー·ド·フランスのレー [M]. 月村辰雄, 译. 东京: 岩波文库, 1988.

27. 源为宪. 三宝绘 [M]. 东京: 平凡社, 1990.

28. 近藤春雄. 新乐府·秦中吟の研究 [M]. 东京: 明治书院, 1990.

29. 小松茂美. 石山寺缘起 [M]. 东京: 中央公论社, 1993.

30. 后藤昭雄. 平安朝文人志 [M]. 东京: 吉川弘文馆, 1993.

31. 和泉式部日记 [M]. 藤冈忠美, 校注. 东京: 小学馆, 1994.

32. 萩谷朴. 平安朝歌合大成 [M]. 京都: 同朋舍出版, 1995.

33. 铃木日出男. 百人一首 [M]. 东京: ちくま书房, 1995.

34. 蜻蛉日记 [M]. 木村正中, 伊牟田经久, 校注. 东京: 小学馆, 1995.

35. 山田昭全. 释教歌の成立と展开 [M] //和歌·连歌·俳谐. 仏教文学讲座. 东京: 勉诚社, 1995.

36. 大镜 [M]. 橘健二, 加藤晴子, 校注. 东京: 小学馆, 1996.

37. 源氏物语1—6 [M]. 秋山虔他, 校注. 东京: 小学馆, 1996.

38. 室城秀之. うつほ物语 [M]. 东京: おうふう, 1996.

39. 江谈抄 [M]. 山根对助, 后藤昭雄, 校注. 东京: 岩波书店, 1997.

40. 枕草子 [M]. 松尾聪, 永井和子, 校注. 东京: 小学馆, 1997.

41. 关根庆子, 山下道代. 伊势集全释 [M]. 东京: 风间书房, 1997.

42. 田中喜美春, 田中恭子. 贯之集全释 [M]. 东京: 风间书房, 1998.

43. ハルオ, シラネ, 铃木登美. 创造された古典 [M]. 东京: 新曜社, 1999.

44. 明石一纪. 日本古代の亲族构造［M］. 东京：吉川弘文館，1999.

45. 梅山秀幸訳. 恨のものがたり［M］. 东京：総和社，2001.

46. 黒田彰. 孝子伝の研究［M］. 京都：佛教大学通信教育部出版，2001.

47. 石井文夫，杉谷寿郎. 大斎院前の御集注釈［M］. 东京：貴重本刊行会，2002.

48. 李美淑. 朝鮮王朝の宮廷文学の史実と虚構——『ハン中録』を中心に［M］//仁平道明. 王朝文学と東アジアの宮廷文学. 川越：竹林舎，2008.

49. 张龙妹. 嫡母と継母——日本の『まま子』譚を考えるために［M］//李銘敬，小峯和明アジア遊学（197）：日本文学のなかの〈中国〉. 東京：勉誠社，2016.

50. 金钟德. 朝鮮の宮廷文学における宗教思想［M］//張龍妹，小峯和明. アジア遊学（207）：東アジアの女性と仏教と文学. 東京：勉誠社，2017.

51. 水野隆. 蜻蛉日記上巻の成立に関する試論［M］//上村悦子. 論叢王朝文学. 東京：笠間書院，1978.

52. 今西祐一郎. 蜻蛉日记覚书［M］. 东京：岩波書店，2007.


## 四、日语论文等

1. 玉井幸助. 鎌倉時代記録文学の一つ［J］. 歴史教育、歴史教育研究会歴史教育，1954，2（8）.

2. 太田晶二郎. 白氏詩文の渡来について［J］. 国文学解釈と鑑賞，1956，21（6）.

3. 岡崎知子. 釈教歌—八代集を中心に—［J］. 仏教文学研究，1963（1）.

4. 高須陽子. 釈教歌をめぐる考察——二十一代集に見たる——［J］. 国文. 御茶の水女子大，1972（6）.

5. 竹村義一. 土佐日記地理考——幻の港・大湊（本論篇）［J］. 平安文学研究，1975（11）.

6. 藤岡忠美. 貫之の贈答歌と屏風歌一人はいさ心もしらず……の一首をめぐって［J］. 文学，1975（8）.

7. 目加田さくを. サロンの文芸活動」（5）—中宮定子サロンの議題—物語受容—［Z］. 日本文学研究（梅光女学院大学）28号，1992.

8. 张龙妹. 『源氏物語』の政治性—漢詩文の引用から見た［J］. 国文学

解釈と教材の研究，2001（12）.

　　9. 中野方子.『白雪曲』と『琴心』―貫之の琴の歌と漢詩文― ［J］. 中古文学，1993（11）.

　　10. 中島輝賢. 屏風歌歌人紀貫之の詠法――作中主体の意義と詠作意図―― ［J］. 古代研究，1995（1）.

　　11. 筒井次郎. ひらがな、いつごろできたの？ ［N］. 朝日新聞 DIGITAL，2013 - 01 - 12.

　　12. 京都で最古級の平仮名発見出土の土器片に ［N］. 日本経済新聞，2012 - 11 - 28.

　　13. 東京大学. 大正新脩大藏經 ［EB/OL］. SAT 大藏經テキストデータベース研究会，2015 - 10 - 05.

# 后　记

　　本科毕业以后，大学时的外教总会不定期地寄来一些日本新近出版的文学书籍，其中有一本便是已故恩师秋山虔老师的《源氏物语的女性们》。那时的我对《源氏物语》几乎可以说是一无所知，虽然在本科阶段读了丰子恺的中译本，但也只是读过而已。秋山老师著作优美的封面设计，吸引我打开了这本书，并一口气把它读完了。感动之余，就盲目地开始准备研究生考试了。

　　至今还记得在北外报名后，在首师大报名上政治课辅导班的情景。对于工作了四年的社会人来说，考研的最大障碍无疑是政治和英语两个科目。那时似乎还没有英语的考研辅导，由于是临时"发心"，首师大的政治辅导班也只剩下一半课程了，而且最关键的哲学和政治经济学的课程已经上完。经过几个月的努力，也在辅导班老师的帮助下，终于顺利考上了北京日本学研究中心。能够回到三点一线的大学生活，那种幸福感至今难忘。

　　进入研究生课程以后，其他同学大多左顾右盼，在文学的汪洋大海里寻觅着契合自己的作家、作品。而自己因为秋山老师的那本著作，就心无旁骛地阅读着《源氏物语》，全然不把研究古典的各种困难，比如，难懂的古典语法、复杂的文本体系、漫长庞大的研究史、变体假名等放在眼里。那时候还是用卡片做记录的，而且卡片还不是随便都能买到的。记得为了买卡片，还特意去了一趟前门。

　　硕士第一学期的老师是神户女子大学的大槻修教授。那时还有教师进修班，我们的古典课程也是跟教师进修班的同学们一起上的。大槻老师主要讲授了和歌的阅读、后期王朝物语以及古典文学的常识。2016 年在神户见到他的时候，获知他还在社区的 culture school 讲授《源氏物语》，说已经是读第二轮了，大概要 25 年左右读一遍。这样的一种悠然和坚持，令我无限欣美。接任大槻老师的是梅光女子大学的武原弘教授。武原老师的任期是一年，因为没有其他同学跟我一起学古典，我就跟着武原老师上了一年的一对一研讨课，那段时间应该练就了一些阅读的基本功。武原老师赠送的旧日本古典文学全集《源氏物语》至今是我的珍藏。

　　硕士阶段的访日研修，居然意外地有机会成为秋山虔老师的学生！原来，秋山老师那时候担任日本国际交流基金会的北京日本学研究中心项目的协力委员。武原老师原本安排我去九州留学的，秋山老师担心我一人去九州有诸多不便，便收留了我。那时秋山老师已经从东京大学退休，在东京女子大学任教。女子大学于我已经是十分新奇的体验了，更何况能够坐在教室里聆听秋山老师授课。六个月的访日研修，是我迄今为止的人生中最为美好的时光。那时候还不知道什么是做研究，但似乎隐隐约约体味到了做研究的个中快乐，不知不觉中确定了自己的人生方向。

　　到了博士阶段，因为秋山老师已经从东京女子大学也退休了，所以去了东京大学，师从秋山老师的高徒铃木日出男教授。东京大学的四年是最为磨练人的，研讨课里有博五的前辈，也有硕士新生，前辈们掌控着研讨的方向，而老师似乎只是在那里旁观，学生们的优秀由此可见一斑。每一次的研讨课发表，大家都做得尽善尽美，但还是难免被前辈们批得落花流水。除了铃木老师的课堂，还一直选修了多田一臣教授的上代文学研究和隔壁研究室山口明穗教授的古典语言学方面的课程，从两位教授处学会了如何回归到古语的本义来阅读古典。那四年的留学生活，似天堂也似炼狱。

　　拿到学位证书的第二天，就登上了回国的飞机。之后就一直在日研中心教书。文学专业每年总会有挚爱文学的学生，与他们相伴，沉浸在一个词义的辨析或是一首和歌的解读，令我忘却岁月的流逝。他们的存在是我人生的见证，也是我此生最为宝贵的财富。

　　本书的内容是多年前的社科项目的研究成果。自从接触到平安时代的女性作品，心中就一直有个疑问：我国古代的才女们为什么没有留下类似的作品？这本书算是一份答卷吧。如果对思考女性与文学的关系问题有些许裨益，那便是我最大的荣幸。

2021 年 8 月 2 日

于国际日本文化研究中心